Folgende Titel der Reihe »Die Chroniken der Seelenwächter« sind bisher erschienen:

Erschienene E-Books:

Band 1-23

Über die Autorin:

Nicole Böhm wurde 1974 in Germersheim geboren. Sie reiste mit 20 Jahren nach Phoenix, Arizona, um Zeichen- und Schauspielunterricht am Glendale Community College zu nehmen. Es folgte eine Ausbildung an der American Musical and Dramatic Academy in New York, bei der sie ihre Schauspielkenntnisse vertiefte. Das Gelernte setzt sie heute ein, um ihre Charaktere zu entwickeln. Sie lebte insgesamt drei Jahre in Amerika und bereiste diverse Städte in den USA und Kanada, die nun als Schauplätze ihrer Geschichte dienen.

Sie fotografierte jahrelang nebenberuflich für eine Tierfotoagentur und verkaufte ihre Fotos an Bücher oder Magazine. Zurzeit lebt sie mit ihrem Mann und Pferd Bashir in der Domstadt Speyer. Seit August 2014 erscheint ihre eigene Serie »Die Chroniken der Seelenwächter« bei der Greenlight Press.

Weitere Informationen:

http://www.die-seelenwaechter.de

http://www.facebook.com/chroniken.der.seelenwaechter

http://www.twitter.com/Seelenwaechter

http://www.greenlight-press.de

Neuigkeiten direkt aufs Smartphone.

Hol dir jetzt die kostenlose Seelenwächter-App!

Die Chroniken der Seelenwächter

Verborgene Mächte 5:

Erweckung

(Band 12)

von Nicole Böhm

Für Papa. Petri Heil.

1. Auflage Juli 2017

Autor: Nicole Böhm
Cover: Nicole Böhm
Lektorat: Andreas Böhm
Satz: Jürgen Straub
Innenillustration: Nicole Böhm

Bibliografische Information der Deutschen Nationalbibliothek Die Deutsche Nationalbibliothek verzeichnet diese Publikation in der Deutschen Nationalbibliografie; detaillierte bibliografische Daten sind im Internet über http://dnb.dnb.de abrufbar.

Herstellung und Verlag:
Greenlight Press
Gartenstr. 44B
76133 Karlsruhe
E-Mail: info@greenlight-press.de

Printed in Germany
ISBN: 978-3-95834-238-5

Sie finden uns im Internet unter:
http://www.die-seelenwaechter.de
http://www.facebook.com/chroniken.der.seelenwaechter
http://www.twitter.com/Seelenwaechter
http://www.greenlight-press.de

XII

Die Erlösung

Was bisher geschah

Auf der Suche nach ihrer verschollenen Mutter bricht die junge Jess in eine Kirchenruine ein. Sie möchte den Geist des toten Pfarrers beschwören, kennt er doch möglicherweise das Geheimnis um ihr Verschwinden. Statt Antworten warten nur noch mehr Fragen. Sie lernt die geheimnisvollen Seelenwächter kennen, die seit Jahrtausenden unerkannt unter den Menschen leben und diese vor den Tod bringenden Schattendämonen schützen.

Im Verlauf turbulenter Ereignisse verliert Jess nicht nur ihren Vormund Ariadne, sie muss auch erkennen, dass ihr eigenes Schicksal eng mit dem Wirken der Seelenwächter verknüpft ist. Jess stammt aus einer alten Blutlinie, die seit Jahrtausenden eine besondere Begabung für Musik zeigt. Unter anderem zählte König David zu Jess' Vorfahren. Durch die Magie seines Harfenspiels könnte eine alte Feindin der Seelenwächter die Freiheit erlangen. Zu Jess' Schutz belegte ihre Mutter sie mit einem Zauber, der diese Gabe unterdrückt und gleichzeitig Jaydee – ein junger Mann, der auf der Seite der Seelenwächter kämpft und Jess' Herz gewinnt – von ihr fernhält.

Aber die Gefahren lauern nicht nur in der Vergangenheit: Ralf, der Bruder von William, hat sich zu einem Mischwesen aus Schattendämon und Seelenwächter entwickelt. Nun will er mit Hilfe einer alten diabolischen Energie, dem *Emuxor*, die Schattendämonen auf eine höhere Bewusstseinsebene heben, um die Menschen als dominierende Spezies abzulösen. Hierfür benötigt Ralf die Seelen der vier Ratsmitglieder. Die ersten drei hat er. Als Letztes steht Logan auf seiner Liste.

Während die Seelenwächter gegen die Bedrohung durch Ralf kämpfen, findet sich Jess an einem einsamen Ort in der Antarktis wieder. Um sich selbst zu retten, entwirft sie einen wagemutigen Plan und lockt damit nicht nur zwei Helfer, sondern auch eine alte Feindin an.

Die Wolken verdichten sich am Horizont. Die Seelenwächter rüsten sich für den Kampf gegen die Schattendämonen, während Jess nur eines will: überleben und heimkehren zu ihrer neuen Familie.

1. Kapitel

Daddy?«

Es ist still. Warum ist es so still? Ich drücke Mr. Curly enger an mich. Er ist weich und warm und nass. Ich glaube, ich habe geweint. Bestimmt habe ich geweint, denn meine Augen fühlen sich ganz dick an.

Kann ich jetzt wieder rauskommen? Daddy hat gesagt, ich solle mich in Sicherheit bringen. »In Sicherheit bringen« heißt Wandschrank. Daddy war ganz hektisch gewesen. Er hat mir nicht gefallen. Ich glaube, er hatte Angst, aber ich kann ihn beschützen. Er muss doch keine Angst haben.

Mir tun die Beine weh. Ich will sie ausstrecken und klettere aus meinem Versteck. Ob die Fremden noch da sind? Sie sahen nicht nett aus. Das Mädchen war das schlimmste. Erst dachte ich, sie wäre freundlich, aber dann hat sie herumgeschrien. Ich mag es nicht, wenn jemand schreit. Dann brennen mir die Ohren.

Ich klemme Mr. Curly unter den Arm und tapse nach draußen. Meine Füße sind ganz kalt. Ich trage keine Socken. Daddy wird schimpfen, wenn er das sieht. Er hat dann Angst, ich werde krank. Vielleicht bin ich es schon, weil meine Augen so brennen. Außerdem tut mir der Bauch weh. Ich glaube, mir ist schlecht.

»Daddy?«, rufe ich noch mal, aber er antwortet nicht. Jetzt weiß ich, dass er ganz sicher Hilfe braucht. Er würde mich nie »in Sicherheit« schicken und dann gehen. Das macht er nicht. Weil er auf mich aufpasst. Vielleicht muss ich auf ihn aufpassen. Ich bin schon groß. Ich kann Kungfuu und ich habe die ersten Sat San Choi gemacht. Ich habe die Wörter gelernt, weil es Daddy gefällt, wenn ich sie ausspreche.

Jetzt muss ich ganz leise sein. Erst lege ich Mr. Curly ab. Er kann nicht kämpfen. Er ist ja nur ein Teddybär, und die können kein Kungfuu.

»Zum letzten Mal: Wo ist sie?«

Ich erschrecke. Das ist das Mädchen! Sie ist noch da. Ganz schnell ducke ich mich hinter die Gitter des Treppengeländers. Wenn ich ganz still bin, wird sie mich nicht hören. Ich mache das, was Daddy obserervieren nennt. Er hat es mir erklärt. Den Gegner beobachten. Seine Schwächen ausloten. Ich bin eine gute Schülerin. Ich weiß solche Sachen. Ich sage sie mir jeden Abend vor, bevor ich einschlafe: obserervieren; Kungfuu; Sat San Choi. Ich werde Daddy zeigen, was ich schon kann. Ich werde alle wegjagen, damit wir wieder alleine sein können. Dann bringt mich Daddy bestimmt ins Bett und sagt mir, wie stolz er auf mich ist.

Jetzt bin ich froh, dass ich so viel Mut habe. Ich gehe zwei Stufen runter, damit ich besser obserervieren kann. Die dritte Stufe knackt, wenn man drauftritt, da muss ich aufpassen. Ich sehe ins Esszimmer. Daddy ist da. Er sitzt auf einem Stuhl und hat die Hände nach hinten gebogen. Das sieht nicht bequem aus. Er ist ganz blass. Bestimmt tut ihm die Haltung weh. Das Mädchen ist auch da. Wenn sie nicht spricht, sieht sie ganz harmlos aus. So zierlich und klein. Aber Daddy hat mir gesagt, dass viele Gegner das tun, um sich zu tarnen. Die Männer, die sie dabeihat, finde ich gruselig. Sie blicken so grimmig, wie der böse Wolf in dem Märchen, das Daddy mir immer vorliest. Dabei mag ich keine Märchen. Ich bin schon zu groß dafür. Ich will lieber mehr über Kungfuu lernen.

Ich mache meine Beine ganz lang, damit ich nicht auf die Knarzestufe treten muss, und klettere weiter hinunter. Daddy keucht. Ich sehe zu ihm. Er hat mich entdeckt. Er zittert. Ich glaube, er wird auch krank. Ich mache noch einen Schritt, aber Daddy schüttelt den Kopf und zeigt mit seinen Augen nach oben. Das ist Körpersprache. Das habe ich auch gelernt. Die Körpersprache benutzt keine Wörter. Daddy will, dass ich gehe. Ich schüttele den Kopf, lege meine Handflächen aufeinander, um ihm zu zeigen, dass ich Kungfuu anwenden werde. Ich mache noch einen Schritt. Daddy macht einen ganz komischen Laut. Es klingt, als ob er schlimme Schmerzen hat. Das Mädchen dreht sich herum und sieht in meine Richtung. Ich weiche zurück an die Wand und halte mich im Schatten auf. Ich weiß, dass ich fast unsichtbar in den Schatten bin, weil meine Haut so dunkel ist.

»Höre ich da etwa einen Herzschlag?«, sagt sie. »Geh nachsehen, Carlos.«

Der böse Mann kommt auf mich zu. Daddy schaut mich ganz ernst an. Jetzt muss ich gehorchen. Nur schlechte Schüler gehorchen nicht. Ich drehe um und renne nach oben. Der böse Mann folgt mir. Im Wandschrank wird er mich nicht finden. Da bin ich sicher. Daddy sagt immer, dass kein Monster durch die Wände kann, weil sie magisch sind. Ich hebe Mr. Curly auf und nehme ihn mit.

»Ich warte«, sagt das Mädchen.

»Meine Antwort bleibt dieselbe«, antwortet Daddy. »Du bekommst die Harfe nicht!«

»Keira!«

Joshuas Stimme riss sie aus ihrer Lethargie. Er packte ihren Arm und zerrte sie in Richtung Haus. Sie taumelte, folgte ihm unwillkürlich.

Du bekommst die Harfe nicht.

Die letzten Worte ihres Vaters, der letzte Atemzug, der letzte Herzschlag. Danach hatte Coco ihn umgebracht und ausbluten lassen.

Auf einmal lief alles um sie herum in Zeitlupe ab. Sie wusste, dass sie in der Antarktis waren, dass sie gekommen waren, um Jess zu retten, dass diese die Nachfahrin König Davids war und unbedingt beschützt werden musste. Keira wusste, was auf dem Spiel stand – und dennoch zögerte sie.

»Denk an deinen Schwur, Keira! Du *kannst* sie nicht umbringen.«

Keira blickte ihn an. Aber sie musste doch! Sie hatte es geschworen. Für ihren Vater. Für ihre Seele. Für ihren Frieden ...

Das Portal zischte, zwei Männer traten heraus und schauten sich um. Keira erkannte sie sofort. Alles, was in der Nacht geschehen war, hatte sich in ihr Hirn eingebrannt. Es waren die selben Söldner, die Coco damals dabeigehabt hatte. Sie hatten den selben leeren Ausdruck in den Augen, bewegten sich mit der selben hohlen Gelassenheit, und ganz bestimmt gehorchten sie Coco nach wie vor aufs Wort.

Joshua packte Keira auch am zweiten Arm. »Komm mit!«

Und dann erschien sie: *Coco*. Ihr langes Kleid umspielte ihren dürren Körper, die schwarzen Haare wehten um ihre Schultern. Ein dritter Mann folgte als Nachhut.

Coco trat zwischen den beiden Männern hindurch und fixierte Keira und Joshua. Würde sie Keira wiedererkennen? In der Nacht hatte sich Keira im Schatten aufgehalten, und Coco konnte – wenn überhaupt – nur einen kurzen Blick auf sie erhascht haben.

»Bitte. Wir müssen die Nachfahrin schützen. Du wirst Rache nehmen können, aber du musst mir folgen!« Joshuas Finger bohrten sich schmerzhaft in ihren Ellbogen. Keira atmete tief ein und konzentrierte sich auf ihren Körper. Die Kälte schnitt ihr über die Haut, ihr Gesicht fühlte sich taub an, die Beine steif.

Gehe auf meinen Deal ein, und du wirst dich an ihr rächen können. Auf eine Art, die viel schlimmer ist als ihr Ableben ...

Sie riss den Blick von Coco los, drehte herum und folgte Joshua in das Gebäude.

Cocos Lachen verfolgte sie. Die Göre wusste genau, dass sie in der Falle saßen.

Die Tür knallte hinter Keira zu und verriegelte sich. Immerhin sah sie stabil genug aus, um sie eine Weile zu schützen.

Blitzschnell scannte sie die Umgebung ab: ein Zimmer, etwa fünfzig Quadratmeter groß, eine Tür rechts, ein Gang links – möglicher Fluchtweg? Feuer im Kamin, heruntergebrannt – eventuell Kohle als Waffe nutzen. Schürhaken – sieht stabil aus. Glasvitrine – Scherben ebenfalls als Waffe nutzbar.

Außerdem trug Keira ihre Armbrust, die fünf Wurfmesser und einen Dolch.

»Gibt es einen zweiten Ausgang?« Oder Eingang, denn im Grunde mussten sie sich hier drinnen nur verbarrikadieren, bis Joshua die Magie von Sophia gerufen hatte.

»Vom Flur zweigen rechts und links Zimmer ab«, sagte Jess. »Aber sie können jederzeit durch die Fenster. Da drüben ist eine Abstellkammer, sie ist komplett abgedichtet.«

»Wie lange brauchst du, Joshua?«

»Fünf Minuten. Vielleicht länger. Ich muss erst Jess' Aura abdecken, nur wenn sie komplett versiegelt ist, können wir weg. Ansonsten wird sich Coco an unsere Fersen heften.«

Es polterte gegen die Tür.

Bumm. Bumm. Bumm.

»Das klingt, als würde ein Elefant versuchen, das Ding einzutreten.«

»Das sind Söldner«, sagte Joshua. »Sie gehorchen Coco willenlos, und sie fühlen keinen Schmerz.«

»Prima.« Keira drehte sich um ihre eigene Achse. Sie musste die Kerle hinhalten. »Okay, ihr beide geht in die Abstellkammer. Joshua, du tust, was auch immer du tun musst. Ihr kommt auf keinen Fall vorher raus, verstanden?«

»Können wir dir nicht helfen?«, fragte Jess.

»Doch, indem ihr euch beeilt. Wie ist der Grundriss von diesem Haus? Wo führt der Gang hin?«

»In einzelne Zimmer. Ich glaube, das war so eine Art Forschungsstation gewesen. Die Räume links sehen aus wie Büros, auf der anderen Seite sind die Schlafzimmer. Eins ist verschlossen, da drinnen war ich gefangen. Brauchbare Waffen habe ich keine gefunden, in einem der Zimmer liegen Kabel und ein kaputtes Satellitentelefon. Das war es auch schon.«

Großartig. Von allen verdammten Orten waren sie ausgerechnet im Nirgendwo gestrandet. »Beeilt euch!«

Joshua nickte, Jess wirkte noch unschlüssig, doch er griff nach ihrer Hand und zerrte sie in die Abstellkammer.

Keira sprintete zeitgleich los. Sie rannte den Flur hinunter, warf einen raschen Blick in jedes Zimmer, um sich einen besseren Eindruck zu verschaffen. Hinter ihr klirrte ein Fenster. Das ging schnell.

In dem verwaisten Büro, das Jess erwähnte, stoppte Keira und durchsuchte die Kabel. Sie zog eines der längeren dünnen heraus. Während sie zurückrannte, rollte sie es ein Stück auf und band vorne eine Schlaufe wie bei einem

Lasso. Immerhin musste Keira die Jungs nicht besiegen, nur hinhalten, wobei die Versuchung, sich mit Coco anzulegen, nach wie vor groß war. Wie aufs Stichwort zuckte ihre Bauchwunde, die Jaydee ihr zugefügt hatte, als wollte sie sie daran erinnern, dass ein Kampf gegen Coco einem Selbstmordkommando glich.

Als Keira zurück in den Hauptraum gelangte, schüttelte einer der Männer die Scherben von seinem Rücken und öffnete die Tür für die anderen.

Keira presste sich an die Wand, nahm leise die Armbrust vom Rücken und legte einen Bolzen ein. Der zweite Mann trat als Nächstes ein, gefolgt von Coco, die sich in dem Zimmer umblickte und überaus zufrieden wirkte. Eine Schneeböe wehte mit ihnen ins Zimmer, das Feuer im Kamin flackerte, die Flammen wurden kleiner, gingen jedoch nicht aus.

»Ist ja richtig kuschelig.«

Keira lief es eiskalt den Rücken hinunter. Cocos Stimme fraß sich in ihren Bauch, verschlang ihr Herz und rief den Schmerz von damals wach. So lange her – und nichts davon war vergessen. Ihre Hand fing an zu zittern, sie schluckte, schloss kurz die Augen, sammelte sich.

Nicht schlappmachen. Du kannst das!

Keira fokussierte sich auf das Hier und Jetzt, legte ihre Waffe an, zielte und schoss dem ersten Mann mitten ins Ohr. Der Treffer saß. Er zuckte zusammen, drehte herum und blickte zu Keira. Ein leises Knurren drang aus seinem Mund, ansonsten schien es ihn nicht zu stören, dass er einen Pfeil in seinem Ohr stecken hatte. Keira legte nach und feuerte. Dieses Mal traf sie das linke Auge. Er war dem Ding nicht einmal ausgewichen!

»Verdammt.« Sie ging langsam zurück, spannte schon den nächsten Schuss. Sie würde weitermachen, bis sie nichts mehr hatte. Das Kabel ließ sie über ihrem Handgelenk baumeln, sie schoss, traf auf seinen Hals. Sie spießte den Kerl regelrecht auf, aber all das kümmerte ihn nicht im Geringsten.

Sie fühlen keinen Schmerz.

Keira feuerte ihr gesamtes Arsenal auf den Typen ab. Schließlich warf sie die Armbrust weg und legte das Kabel zurecht, damit sie es werfen konnte. All das passierte binnen weniger Augenblicke, aber Keira kam es vor, als würde sie erneut in Zeitlupe leben.

Der zweite Söldner blickte zu ihnen hinüber, verharrte im Eingang, als überlegte er, ob er seinem Freund helfen sollte oder nicht, während Coco im Zimmer stand und zur Abstellkammer schaute. Keiras Angreifer hatte sie fast erreicht. Sie ließ ihn näher herankommen. Er war fast zwei Köpfe größer als sie und doppelt so breit. Sie hatte schon mit Gegnern seines Kalibers gekämpft und gewonnen. Auch ohne Tattoos. Es war eine Frage der Technik, nicht der Kraft, aber ihr Gefühl sagte ihr, dass sie dieses Mal keine Chance hatte. Er machte einen Satz nach vorne, Keira sprang im gleichen Moment ab. Okay, Punkt Nummer eins: Er war träge. Das verschaffte ihr einen Vorteil. Sie fing den Schwung mit einer Rolle nach vorne ab, war sofort wieder auf den Füßen.

Ihr Angreifer fuhr herum, Keira holte aus und schwang das Kabel über seinen Oberkörper. Sie zog es blitzschnell zu, bevor er seine Arme hochreißen konnte. Er kam ins Straucheln, kippte vorne über und plumpste auf den Boden wie ein gefällter Baum.

War ja gar nicht so schwer.

In der Sekunde, als sie herumdrehte, um nach dem anderen Söldner zu sehen, bekam sie einen Schlag mitten ins Gesicht. Keira flog rückwärts, landete hart auf dem Rücken und konnte für Sekunden weder sehen noch hören. Sie röchelte, schnappte nach Luft, über ihr Gesicht rann etwas Warmes. *Blut.* Und sie bekam keine Luft! Warum nicht? Sie brauchte Sauerstoff! Atmen, Keira! Atmen! Sie drehte sich um, ein dunkler Schatten beugte sich über sie, packte ihre Kehle und zerrte sie in die Höhe. Keira würgte und verschluckte sich an ihrem eigenen Blut, das ihr den Hals hinunterlief.

»Wir kennen uns doch, oder?«, fragte Coco und trat vor sie.

Würde Coco Keiras Vater in ihren Zügen erkennen? Die dunkle Hautfarbe hatte sie von ihrer Mutter geerbt, aber natürlich besaß sie Ähnlichkeit mit ihrem Dad.

Keiras Hand tastete an ihren Gürtel, suchte den Dolch. Sie umklammerte den Griff, zog ihn aus der Halterung und stach blind zu. Ihr Gegenüber zuckte nicht einmal.

Coco schüttelte den Kopf. »Ganz schön hitzig. Halt sie fest, Carlos. Wir kümmern uns später um sie.«

Keiras Kopf sackte nach hinten, als hätten ihre Nackenmuskeln durch den Aufprall die Kraft eingebüßt.

Coco wandte sich dem ersten Söldner zu, der noch gefesselt am Boden lag und mit dem Kabel kämpfte. »Falk, steh auf und mach dich nicht lächerlich! Marwin!«

Keira trat nach Carlos, überlegte, ob sie ein Wurfmesser ziehen sollte, aber vermutlich hatte das genauso viel Wirkung wie bei Falk. Noch immer steckte ein Bolzen in seinem Auge, ein anderer in seinem Ohr.

Ein dritter Mann trat durch die Tür und nickte Coco zu.

»Die Nachfahrin ist da drinnen«, sagte Coco und deutete auf die Tür zur Vorratskammer. »Hol sie.«

Sofort drehte er herum und stiefelte zur Tür.

Hatte Joshua genügend Zeit gehabt? Es waren höchstens ein paar Minuten vergangen, mehr nicht.

Marwin öffnete die Tür zur Vorratskammer. Keira strampelte unter Carlos' Griff, trat nach ihm, traf ihn am Schienbein, im Bauch, in seinen Eiern. Nichts. Seine Hand lag eisern um ihre Kehle. Keira wurde schwindelig vom Sauerstoffverlust. Es war, als würde ihr gleich der Schädel platzen, so viel Blut staute sich darin. Die Tür zur Kammer flog weiter auf, und auf ein Mal schoss ein gewaltiger Kranich von der Größe eines Mannes aus dem Vorratsraum. Er war aus purem Licht. So rein und strahlend schön, dass es brannte. Keira blinzelte, wollte die Augen schließen, doch sie konnte sich nicht abwenden. Hinter dem Kranich erkannte sie Joshua. Er hielt die Handflächen nach oben gestreckt, seine Lippen formten Worte, die Keira nicht hören konnte, an der Wand neben ihm kauerte Jess. Sie hielt sich geduckt, versuchte, aus der Tür zu spähen und etwas zu erkennen.

Coco schrie, brüllte ihren Gehilfen Befehle zu, die im Ruf des Kranichs untergingen.

Endlich ließ Carlos Keira los, sie sackte auf die Erde, so schwer und taub wie ein Stein. Mit letzter Kraft hob sie den Kopf, sah Joshua. Er hielt die Augen fest geschlossen. Seine Haare – die vorher schon grau waren – verloren sämtliche Farbe und wurden schlohweiß. In seinem Gesicht bildeten sich Falten, als würde sie jemand hineinritzen. Seine Haut wurde fahler, kränker, älter, spannte sich scharf über seine Wangenknochen. Joshua zerfiel vor Keiras Augen.

Die drei Männer stellten sich vor Coco und bildeten einen Schutzwall um sie herum. Sie riss die Hände nach oben, kauerte sich zusammen und schrie vor Angst.

Coco hatte Angst!

Der Kranich!

Er war es. Er zwang Coco in die Defensive.

Jetzt!

Jetzt wäre die Gelegenheit anzugreifen!

Keira robbte nach vorne. Ihre Muskeln bleischwer. Der Kranich wuchs. Erreichte fast die Decke. Seine Flügel spannten sich von einer Wand zur anderen. Er baute sich über Cocos Gehilfen auf und öffnete seinen Schnabel.

Coco schrie weiter. Marwin schoss nach vorne, stemmte sich gegen den Kranich und erreichte schließlich Joshua. Keira wollte ihn warnen, nach ihm rufen, aber es kam nichts über ihre Lippen.

Marwin packte Joshuas Kopf ...

Joshua zuckte, sah zu Keira, lächelte ...

... und dann brach Marwin ihm das Genick.

Keira erstarrte. Der Kranich stieß einen grellen Schrei aus, leuchtete heller und stärker als die pralle Mittagssonne. Seine Energie traf auch Keira, strich über ihren Körper wie lange Finger. Sie spürte sein Gefieder, das sanft über ihren Körper glitt, sich über ihre Wunden legte und sie heilte. Keira seufzte, sie konnte nicht anders, als sich diesem Gefühl hinzugeben, auch wenn sie aufstehen und kämpfen wollte. Die Federn schoben sich unter ihren Körper, hoben sie hoch, sie wurde leichter und leichter. Die Schmerzen ebbten ab, das Licht umschlang sie mit all seiner Magie, und Keira ließ es zu.

Sie schloss die Augen und sog zum ersten Mal in ihrem Leben die Kraft der Urmutter Sophia in sich auf.

2. Kapitel

Jaydee

Wie lange waren Rowan und Jack schon weg?

Eine Minute, eine Stunde? Zwei?

Viel zu lange!

Vermutlich hatten sie einmal die Welt umrundet oder Jack hatte Rowan abgesetzt, und jetzt lag er irgendwo herum und lauschte seinem Herzen, wie es in tausend Stücke zerbrach. Genau wie bei Keira, als sie mit mir aus dem Portal stürzte.

Ich kickte gegen einen Grasbüschel. Gottverdammt! Das durfte nicht wahr sein! Wir waren so dicht dran, Jess endlich aufzuspüren. So nahe, dass ich es fast greifen konnte. Nur noch auf Jack schwingen, zu ihr reiten und sie endlich abholen!

Ich lief die Wiese auf und ab, kickte Maulwurfhügel weg, fluchte. Es war schwülwarm nach dem vielen Regen, dazu ging die Sonne auf und trieb die Temperaturen in die Höhe. Die Wunde in meinem Bauch pochte wie wild. Sie war wieder aufgeplatzt. Mein Shirt durchweicht vom Blut. Es wäre besser, wenn ich mich hinlegte, mir noch ein paar Flaschen Heilsirup einflößte, aber wie sollte ich? Jack wusste, wo Jess war. In seinem Kopf war das Wissen darüber gespeichert, und nun war er weg.

»Jaydee?«, sagte Anna. »Setz dich bitte hin. Du bist ganz blass.«

»Jetzt nicht.«

»Soll ich dir Sirup bringen?«

»Ich hätte auf Jack springen sollen. Rowan wird das nie schaffen, wenn er abstürzt ...«

Sie griff nach meinem Arm und drückte sachte zu. Ihre Finger waren wie ein Kühlbeutel auf meiner erhitzten Haut. Genauso intensiv waren ihre Gefühle. Sie war voller Schuld wegen der Verletzung, die sie mir zugefügt hatte. Ein Treffer am Arm oder Bein hätte genügt, doch sie hatte meinen Bauch erwischt, und so wirkte das Gift aus Jess' Dolch stärker in mir.

»Es tut mir leid, dass ich danebengeschossen habe«, flüsterte sie.

»Mach dir keine Gedanken.«

»Ich wollte euch schützen. Dich und Will.«

»Es ist gut, Anna.« Ich machte mich von ihr los, lief weiter auf und ab.

»Das ist es nicht. Du stehst kurz vorm Explodieren.«

»Wegen Jack und Rowan! Verfluchte Scheiße! Wo bleiben die zwei?«

»Sie werden zurückkommen. Rowan ist ein guter Mann. Er wird es schaffen. Wir finden Jess.«

Ich schüttelte den Kopf. Sie wollte mir Hoffnung machen. Verständlich. Nur empfand ich gerade keine Hoffnung. Ich war viel zu aufgeputscht. Die endlosen Kämpfe der letzten Stunden, meine Verletzung, die Sorge um Jess. Mein Gemüt verkraftete das nicht. Der *Jäger* verkraftete es nicht. Ich ballte die Hand zur Faust, ließ wieder locker. Ich wollte so dringend irgendwem wehtun.

»Du wirst sofort stehenbleiben«, sagte Anna und hielt mich an den Schultern fest. »Wenn du weiter läufst, verlierst du noch mehr Blut. Herrje, Jaydee. Warum seid ihr alle so stur! Du! Will! Muss das denn sein?«

Will ... der wäre perfekt, um meinen Zorn herauszulassen. *Der Verräter, das trojanische Pferd, er ist schuld, dass Jess weg ist!*

Ich schloss die Augen, kämpfte die Gedanken nieder. Mir war klar, dass er fremdgesteuert gewesen war, und es stand mir gewiss nicht zu, darüber zu urteilen. Ich wusste am eigenen Leib, wie es war, wenn einem die Hände und Beine nicht mehr gehorchten, wenn man nur noch Gast im eigenen Körper war.

Und dennoch ... ein kleiner Teil in mir wollte ihn so gerne dafür hassen.

Anna verstärkte den Druck ihrer Hände auf meinen Schultern. Sie kam näher, sendete mir ihre Liebe und ihre Zuneigung. Es war ihre eigene Methode, in mich zu dringen, mir zu zeigen, dass sie für mich da war. Sie erdete mich nicht so stark wie Akil, aber der Sturm in mir flaute tatsächlich ab, meine eigenen Gefühle wurden friedlicher. Ich wusste nicht, wie sie es machte, woher sie all diese Liebe für uns nahm. Für Will. Mich. Egal wen. Sie war unser Ruhepol. Sie gab, ohne zu fordern. Ich strich über ihre Wange, sie schmiegte ihr Gesicht in meine Hand, legte ihre Hände um meine Taille und drückte sich vorsichtig an mich.

»Du verschmierst deine Sachen mit meinem Blut.«

»Das ist mir egal. Halt mich nur für einen Moment fest.«

Ich tat ihr den Gefallen, fuhr über ihren Rücken und erwiderte ihre Umarmung.

»Wir finden Jess, okay?«

Wenn ich doch auch so überzeugt davon wäre. Alles, was ich empfinden konnte, war Sorge. Ohnmächtige, blinde, lähmende Sorge. Sie hatte sich um mein Herz und meinen Verstand geschlungen, nahm mir jede Rationalität. Am liebsten würde ich mich auf Amir schwingen, um die Welt reiten und jeden verdammten Winkel durchsuchen, obwohl es sinnlos war. Mein Kopf schrie nach Bewegung, während mein Körper am Ende war. Meine Beine fühlten sich an, als wären sie gar nicht mehr durchblutet, meine Muskeln schmerzten. Wenn ich weitermachte, würde ich umkippen.

»Wo ist eigentlich Will?« Es war schließlich sein Parsumi, der gerade durchgeknallt war.

»Im Bett. Ich habe ihm gesagt, er muss sich ausruhen, genau wie du.«

»Du solltest als Krankenschwester anheuern.«

Sie knuffte mich in die Seite. »Sei nicht so respektlos!«

»Respektlos wäre es, wenn ich dir vorschlagen würde, dass du das im Minirock, kniehohen Strümpfen und hautenger Bluse tun sollst.«

Sie lachte. Es war ein kurzes, unbeschwertes Lachen, das ich schon ewig nicht mehr von ihr gehört hatte. Purer Balsam für meine Seele.

»So Sprüche akzeptiere ich nur von Akil.«

Ich schmunzelte, doch die Unbeschwertheit verflog so schnell wie ein Wimpernschlag. *Akil* ... noch ein Thema, das mir Sorgen bereitete.

»Denkst du, es geht ihm gut?«, fragte Anna.

»Ich hoffe es.«

Abe kam zu uns. Er hielt sich die Schulter, in die Jack ihn gebissen hatte. »Ich werde mir von Leoti Heilpaste holen, das gleiche empfehle ich dir für deine Wunde.«

»Ich warte lieber hier.«

»Du kannst warten und heilen. Rowan wird euer Pferd zurückbringen.«

Bevor ich etwas erwidern konnte, drehte er um und lief die Wiese hinab. Das Blut rann seinen Arm entlang, Jack hatte ihn heftig erwischt, aber Abe ging aufrecht und stolz, als wäre die Wunde gar nicht vorhanden.

»Großvater hat recht«, sagte Ben. »Es bringt nichts, herumzustehen. Rowan ist ein großartiger Reiter, er wird es schaffen.«

Oder er war abgestürzt und mausetot.

»Komm. Wir gehen zu Leoti. Sie kann uns alle verarzten.« Auch er drückte auf die Wunde, die ihm Jack zugefügt hatte. Ben hatte ganz schön einstecken müssen in den letzten Stunden. Ich hatte ihn gewürgt, ihm die Nase gebrochen, und er war von einem unserer Pferde gebissen worden.

»Ben ... warte«, sagte ich leise. Er blieb stehen, spannte seine Schultern. Eine unbewusste Reaktion seines Körpers auf mich. Langsam drehte er sich um, behielt dabei jede meiner Bewegungen im Auge.

»Entschuldigungen liegen mir nicht sonderlich.« Ich ließ Anna los und strich mir durch die Haare, die für meinen Geschmack viel zu kurz waren. »Das alles tut mir leid. Ich weiß, es klingt lahm, doch ich wollte dir nicht ...«

»Du warst überdreht und ich stand in der Schusslinie, schon klar. Normalerweise buchte ich Leute wie dich ein.«

»Oder du schießt auf sie.«

Er schmunzelte. »Es wäre befriedigender, wenn es dir etwas ausgemacht hätte.«

»Falls es dich tröstet: Ich empfinde Verletzungen genauso wie jeder andere, auch wenn sie rasch heilen. Ein Schuss ins Bein schmerzt wie Hölle.«

»Gut. Dann ziele ich das nächste Mal auf Körperregionen, die richtig wehtun. Mal sehen, wie gut du das wegsteckst.«

»Ich ...«

Er zwinkerte mir zu und gab mir einen Klaps auf die Schulter. Es war nicht fest, aber mich brachte es aus dem Gleichgewicht. Diese verdammte Wunde in meinem Bauch.

Ben folgte seinem Großvater. Anna und ich wollten ihm hinterher, aber meine Füße kamen nicht mehr vom Boden weg.

»Jay ... ist alles okay?«

»Ja, ich bin nur ...« Müde. Schwach. Ausgelaugt. Mit jedem Atemzug spürte ich die Erschöpfung deutlicher. Gedanken, Gefühle, Eindrücke – alles vermischte sich, und ich war mir nicht mehr sicher, was ich davon wirklich erlebt hatte und was nicht. New York, Ashriel, Jess und ich, Arizona, Coco. Joanne. Dämonen. Kämpfen. Immer so viele Kämpfe ... Die Wunde in meinem Bauch hämmerte, als wäre sie ein lebendiges Wesen, das mich von innen her auffraß.

»Jaydee?«

Annas Stimme drang dumpf zu mir. Ich verlor das Gefühl für meinen Körper. Wärme sickerte aus meinem Bauch nach unten. Mein Shirt klebte an mir, mein Blut hämmerte in meinen Ohren.

»Du solltest dich ...« war das Letzte, was ich hörte, dann verlor ich mich selbst und fiel in die Dunkelheit.

3. Kapitel

Jessamine

Großer Gott, was geschah gerade?

Ich sah es mit meinen eigenen Augen und konnte es dennoch nicht begreifen. Joshua hatte das Kästchen mit dem Kranich gezückt und eine Hand darüber gehalten.

»Ich rufe dich, Sophia, Urmutter und Beschützerin der Ahnin, beehre uns mit deiner Magie und bewahre die Aura deines Blutes. Mein Leben für dein Leben. Meine Seele für deine Seele. So war es, so ist es, so wird es immer sein.«

Der eingeritzte Kranich wurde plötzlich lebendig. Er bewegte die Flügel, hob den Kopf, klapperte mit dem Schnabel. Die Konturen begannen zu leuchten, in einem hellen, strahlenden Blau, oder nein, eher Weiß, jetzt Rosa! Er öffnete seine Schwingen, stieß einen Schrei aus. Erst klang er ganz leise, wie ein Küken, das gerade geschlüpft war, doch mit jeder verstreichenden Sekunde wurde er lauter, stärker, leuchtender.

Ich drängte mich ans hintere Ende der Abstellkammer und beobachtete das Spektakel. Vielleicht hätte mich das alles ängstigen sollen, vielleicht hätte ich Keira und Joshua nicht vertrauen dürfen, aber ich wusste, dass es richtig war. Es war ein Gefühl ganz tief in meinem Herzen, so wie das Kind wusste, dass es zur Mutter gehörte und umgekehrt. Es war pures Urvertrauen, stärker als jede Angst, als jede Unsicherheit. All das strahlte Joshua für mich aus, genau wie Ariadne es einst getan hatte, bevor sie dieses Band zerstörte und die Briefe von Pfarrer Stevens verbrannte.

Der Kranich war auf die Größe eines mittleren Hundes gewachsen, das Licht so hell, dass es jeden Winkel der Kammer ausleuchtete. Es war so gleißend, dass es eigentlich in den Augen schmerzen sollte, doch das tat es nicht. Jede Faser meines Körper reckte sich ihm entgegen wie eine verdorrte Blume, die schon seit Ewigkeiten auf den erlösenden Schluck Wasser wartete. Es war ein Nachhausekommen, ein Fallenlassen, und es vertrieb für diese Sekunden jeden Schmerz, jeden Kummer und alles Schlechte, was ich bisher erlebt hatte. Die Schläge, die Kämpfe, Jaydees Attacken, Ariadnes Tod, Mums Verschwinden, Violets Verlust, das, was kleine Stücke aus meinem Herzen gebrochen hatte, heilte.

Er schützt meine Aura ...

Der Kranich umschlang mich mit einer Intensität, wie es zuletzt Jaydee getan hatte, als wir gemeinsam im Bett gelegen hatten. Ich gab mich vollkommen dieser Energie hin, nahm sie in meine Zellen auf, genoss ihre Berührung.

Die Tür zur Vorratskammer flog auf. Der Kranich schoss blitzschnell hinaus, wuchs stetig weiter, bis er meine Sicht versperrte. Joshua folgte ihm, die Arme erhoben, die Muskeln angespannt. Er zitterte vor Anstrengung, seine grauen Haare waren mittlerweile schlohweiß, genau die gleiche Farbe, die Ariadne hatte. Er wirkte dünner, gebrechlicher als eben noch.

Langsam ging er nach draußen. Seine Bewegungen wirkten alt und schwach, wie bei einem Mann, dem sämtliche Lebensenergie geraubt wurde. Ich drückte mich von der Wand ab und blieb dicht hinter ihm. Der Kranich war nun so groß, dass er die Decke berührte, seine Flügel umspannten den gesamten Raum, füllten ihn aus wie ein Netz aus Licht. Vor uns standen drei Männer in den Uniformen der Marines, dahinter Coco. Das Bild, das Ben von ihr hatte zeichnen lassen, war wirklich sehr gelungen. Sie blickte an den drei Männern vorbei, sah mir fest in die Augen.

Ein Sog legte sich um mein Herz. Die Wärme, die der Kranich in mir hinterlassen hatte, wurde durchbrochen und machte Eiseskälte Platz. Es war, als würde jemand aus dem Grab nach mir greifen. Coco war an einem Ort, wo kein Leben mehr existierte, sie war dunkel und eisig und abgrundtief böse. Ihre Augen schimmerten schwarz, die Pupille war nicht von der Iris zu unterscheiden. Ich schlang die Arme um mich, bemühte mich, das Vertrauen, das der Kranich eben noch in mich gepflanzt hatte, zu bewahren.

Das Leben und der Tod. Vereint in einem Raum. Vielleicht war es das, was Ashriel meinte, als sie von den letzten beiden Essenzen sprach.

Coco schrie einen Befehl, einer der Männer trat nach vorne, auf Joshua zu. Ich zuckte zusammen. Sah er denn nicht, dass er gleich angegriffen wurde?

Der Mann legte die Hände um Joshuas Kopf. Ich schrie seinen Namen, aber er hörte mich nicht.

Und dann stürzte er zu Boden.

Das Genick gebrochen.

Zack. Einfach so.

Wie bei Ariadne.

Gestorben, um mich zu schützen.

Großer Gott, warum nur? Warum ich? Warum das alles? Wer war ich? Warum starben Menschen wegen mir?

Der Kranich riss seinen Schnabel auf und stieß ein ohrenbetäubendes Krähen aus. Coco zuckte zusammen, kauerte sich hinter ihre Männer, ohne mich aus den Augen zu lassen. Sie spähte zwischen ihren Körpern hindurch, hielt mich mit ihrem Blick gefangen, als wollte sie mich mit sich zerren.

Um mich herum schien die Zeit stillzustehen. Meine Sicht auf sie und mich verschwamm.

»Komm mit mir«, hauchte sie. Es war nur ein Flüstern, dennoch so laut und präsent, dass es mir in den Ohren schmerzte. »Ich kann dir geben, nach was du suchst. Ich führe dich zu deiner Mutter ...«

Ich blinzelte. Meine Finger zuckten, meine Füße machten automatisch einen Schritt nach vorne. Etwas packte mich in meiner Mitte. Ein Ziehen. Es ging von ihr aus, ich fühlte es ganz deutlich.

»Du musst mir vertrauen. Die, mit denen du kämpfst, stehen nicht auf deiner Seite. Du bist zu Großem erschaffen. Du bist das Licht, das Leben, die Freiheit. Wecke dein Potenzial.«

Der Sog zerrte mich einen weiteren Schritt nach vorne. Sofort flammte der Kranich auf, schob sich schützend zwischen mich und Coco und kappte die Verbindung. Sie schrie vor Zorn, doch sie rührte sich nicht. Was auch immer diese Energie war, die Joshua heraufbeschworen hatte: Sie war stärker als Coco. *Noch*. Etwas in meinem Inneren bezweifelte, dass es ewig so bleiben würde. Der Kranich riss ein weiteres Mal seinen Schnabel auf und stürzte sich auf sie und ihre drei Männer. Das Licht wurde grell wie beim Reisen zwischen den Welten. Dieses Mal musste ich die Hand schützend vors Gesicht halten, damit ich nicht geblendet wurde, ich spürte die Kälte auf meiner Haut, die entstand, wenn man in ein Portal glitt, es gab einen lauten Knall ...

... und dann herrschte Stille.

Ich senkte die Hand, meine Haut war mit feinen Eiskristallen bedeckt. Das Feuer im Kamin war aus, an den Wänden, über den Möbeln, auf dem Boden: Überall war diese Schicht aus Eis. Die Vordertür stand sperrangelweit offen und trieb Schneeböen ins Innere. Der Wind war frostig, viel kälter als vorhin. Selbst der Himmel war verhangen.

Keira kauerte einige Meter von mir entfernt. Sie richtete sich langsam auf, klopfte das Eis und den Dreck aus ihrer Kleidung.

»Wo sind sie hin?«, fragte ich.

»Das weiß ich nicht.«

Meine Knie zitterten vor Anstrengung. Ich ließ mich auf den Boden sinken, neben Joshuas Leiche. Seine Haut war vollkommen vertrocknet, brüchig wie Pergament, seine Knochen stachen spitz unter seiner Kleidung hervor. Das Kästchen mit dem Kranich lag neben ihm. Zerbrochen in seine Einzelteile.

Keira torkelte, fing sich wieder und ließ sich neben uns plumpsen.

»Nein ...«, hauchte sie. »Nicht du auch noch.«

Sie legte eine Hand auf seine Brust und senkte den Kopf. Ich gab ihr und mir die Zeit, die wir brauchten. Es war tatsächlich schon wieder jemand wegen mir gestorben ...

Dieser Gedanke war so unfassbar schrecklich und surreal, dass ich nicht wusste, wie ich damit umgehen sollte.

So saßen wir da und starrten ins Leere.

Die, mit denen du kämpfst, stehen nicht auf deiner Seite. Du bist zu Großem erschaffen. Du bist das Licht, das Leben, die Freiheit. Wecke dein Potenzial.

Was hatte Coco damit gemeint? Und was hatte Keira mit all dem zu tun?

4. Kapitel

Jaydee

Gedämpfte Stimmen drangen an mein Ohr, wie Wellen am Strand. Sie traten in mein Bewusstsein, glitten weg, kamen zurück. Ein stetes Rauschen, hin und her, laut und leise. Draußen hörte ich Anna und Will. Glaubte ich zumindest. Vielleicht war es auch Ben.

Nach wie vor pochte die Wunde in meinem Bauch im Rhythmus meines Herzschlages.

Bawumm. Bawumm. Bawumm.

Etwas Kühles lag auf meiner Haut, entzog den Schmerz und den Druck. Der Umschlag kribbelte, als bestünde er aus Brausetabletten. Ich schlug die Augen auf und blickte an eine Holzdecke. Die Balken waren dunkel gegerbt. Es roch nach Johanniskraut, Kamille und etwas Würzigem, das ich nicht kannte. Langsam blickte ich an mir hinab. Ich trug nur noch Jeans, dieselbe, die ich vorhin schon angehabt hatte. Sie war schmutzig und hatte am Oberschenkel ein Loch. Sachte hob ich den grünlichen Lappen auf meinem Bauch an, um die Wunde darunter zu begutachten. Sie hatte aufgehört zu bluten und war weitgehend verheilt. Anna hatte mich unter der kleinen Narbe erwischt, die ich zurückbehalten hatte, als ich mich selbst mit Jess' Dolch attackiert hatte. Wenn das so weiterging, war mein Bauch bald eine Kraterlandschaft.

Neben mir huschte ein Schatten. Ich fuhr herum, spannte die Muskeln, um aufzuspringen, doch es war nur Leoti, die in einem Schaukelstuhl in der Ecke saß. Verdammt, wieso hatte ich sie nicht bemerkt?

Als hätte mein Bewusstsein sie ausgeblendet. *Wie bei den Seelenwächtern.*

Sie lächelte zahnlos, nickte und stand auf. Für eine Frau ihres Alters bewegte sie sich geschmeidig und kraftvoll. Ohne ein Wort setzte sie sich neben mich auf die Bettkante und nahm den Umschlag von meinem Bauch. Ich ließ sie gewähren, auch wenn ich mich ungern von fremden Menschen anfassen ließ. Meistens verpassten sie mir eine Bandbreite ihrer Gefühle und luden ihren emotionalen Mist bei mir ab. Leoti hingegen streifte nicht einmal meine Haut, berührte nur den Lappen. Sie wrang ihn in einer Schüssel aus, die neben dem Bett auf einem Tisch stand, und tupfte ein weiteres Mal die Wunde ab. Ich zischte vor Schmerz. Das Zeug brannte wie Hölle. Ich war kurz davor, ihr den Lappen wegzunehmen, als sich das Ziehen in ein wohliges Kribbeln verwandelte. Es sickerte in mich hinein, ähnlich wie Akils Heilenergie. Leoti grinste erneut und summte eine leise Melodie. Ihre Stimme vermischte sich mit dem Kitzeln in meinem Bauch, schien es noch zu verstärken.

Anna hatte vollkommen recht gehabt: Dieses Volk besaß eine Magie, die man nicht greifen konnte. Es war eine Schande, dass nur noch so wenige Dowanhowee übrig waren.

Irgendwann verstummte Leoti und entfernte den Lappen. Genau in dem Moment klopfte es an der Tür.

»Jay?«, fragte Anna.

»Ja.«

Genauso wortlos, wie Leoti sich hingesetzt hatte, stand sie auf und verließ das Zimmer.

»Danke!«, rief ich ihr hinterher, aber ich hatte das Gefühl, dass sie gar keinen Dank erwartete. Ich inspizierte die Wunde. Sie sah besser aus als vor fünf Minuten. Vorsichtig drückte ich auf die Ränder, es zwickte, aber es war auszuhalten.

»Wie geht es dir?« Anna erschien im Türrahmen, knetete ihre Finger, kratzte sich.

»Besser. Gibt es Neuigkeiten von Rowan?«

»Noch nicht.« Sie kam näher, setzte sich auf mein Bett und betrachtete meine Wunde. »Ich weiß, es ist gerade viel auf einmal, aber wir müssen reden.«

»Das ist einer der Sätze, die Männer nicht gerne von Frauen hören.«

Sie schmunzelte. »Du solltest mit Will sprechen. Söhn dich mit ihm aus. Begrabe endlich diese Streiterei.«

»Muss das sein?«

Sie hob eine Augenbraue.

»Schon gut. Was frag ich überhaupt.« Anna und ihr Hang zur Harmonie. Natürlich sollte ich mich bei Will entschuldigen. Ich hatte übers Ziel hinausgeschossen und mich komplett danebenbenommen, aber es war so einfach, zornig auf ihn zu sein und ihn für alles verantwortlich zu machen. Selbst wenn er gar nichts dafür konnte.

»Hast du Logan eigentlich über Will und Ralf informiert? Er war schließlich im Ratstempel gewesen, und er hat mich mit Joanne gesehen.« Außerdem war er eine ganze Weile weg gewesen, als ich mit Logan gesprochen hatte. Wer wusste, was er da angestellt hatte.

»Das habe ich gleich nach eurer Prügelei erledigt. Er wird Kendra losschicken, damit sie nach dem Rechten sieht. Er möchte ebenso gerne Will treffen, doch Logan kann sein Anwesen nicht verlassen. Er glaubt, dass er es nur schützen kann, wenn er dort ist.«

»Damit könnte er recht haben.« Die Anwesen waren der Schwachpunkt. Ralf griff sie an und holte sich dann die Seelen der Ratsmitglieder. Solange wir das verhindern konnten, war Logan sicher.

Und solange er sicher war, war Mikael es auch, denn dann konnte der Emuxor nicht auferstehen ...

»Ich weiß nicht, ob das eine gute Idee ist, Will zu Logan zu schicken«, fuhr Anna fort.

»Warum?«

Sie zuckte die Schultern. »Ich hatte so einen komischen Gedanken ...« Ihre Wangen färbten sich rot. Ihre Gefühle änderten sich in ... was war das? Scham?

»Ist alles klar?«, hakte ich nach. »Ist etwas geschehen?«

»Also ...« Sie presste die Lippen zu einem dünnen Strich zusammen, zog ihre Hand zurück, so dass wir keinen Körperkontakt mehr hatten. »Ich war bei Will. Im Bett.«

Ich runzelte die Stirn.

»Es ist nichts passiert!«, schob sie schnell nach, und ihre Wangen wurden noch einen Tick dunkler.

Ich schmunzelte, konnte es unmöglich zurückhalten.

»Jaydee!«

»Ich sag doch gar nichts.«

»Du schaust aber so, als würdest du es gleich.«

»Es ist gut, wenn ihr euch näherkommt.«

»Wir haben uns nur gehalten. Mehr nicht.«

»Du bist mir keine Rechenschaft schuldig.« Ich hatte mit Jess noch viel mehr gemacht und Anna auch nichts davon erzählt.

Anna betrachtete ihre Hände, kratzte eine alte Kruste ab.

»War es denn schön?«

»Ja. Er war sehr zurückhaltend und liebevoll und ... ach, ich weiß nicht. Hinterher sind mir so viele Dinge durch den Kopf gegangen. Als ihr gemeinsam im Wald wart, du und Will ... du hast doch gesehen, wie der Drache Ralf ... also er ist ... er hat Will ganz sicher verlassen, oder?«

»Hegst du Zweifel?«

»Als ich bei Will gelegen habe, hat er über Herzschmerzen geklagt, und er war so heiß.«

Oh Mann, Akil hätte dermaßen viel Freude an diesem Gespräch. »Warum sollte Ralf sich von mir verprügeln lassen? Oder so etwas überhaupt veranstalten? Er hätte einfach in Will bleiben können.«

»Vielleicht hatte er Angst, dass wir ihm auf die Schliche kommen. Er tut so, als hätte er Will verlassen, ist in Wirklichkeit aber noch da. Das hat mich alles an früher erinnert. Andrew sagte, die Kunst bei Kämpfen bestünde darin, den Anderen in falscher Sicherheit zu wiegen. Er hatte einmal eine Schlacht gewonnen, in dem er so tat, als würde er verlieren. Er hat seinen Gegner getäuscht, ihn glauben lassen, dass er der Schwache war, und als dieser seine Schilde senkte, hat er zugeschlagen. Vielleicht macht Ralf es genauso.«

»Möglich wäre es ...«

Sie grub ihr Gesicht in die Hände. »Gott, ich bin so unsicher!«

»Also gut. Ich rede mit ihm und fühle ihm auf den Zahn.«

»Okay. Er wartet draußen auf dich. Du kannst es gleich hinter dich bringen.«

Natürlich. »Du bist echt unglaublich, weißt du das?« Mit einem Grummeln stand ich auf und wartete, bis mir mein Körper mitteilte, ob er stark genug war. »Wie lange war ich eigentlich weg?«

»Ein paar Stunden. Es ist früher Abend.«

Abend. Noch weitere Stunden, in denen Jess verschollen war.

Ich trat zur Vordertür hinaus. Will stand im Vorgarten und blickte in die untergehende Sonne. Die Augen hielt er geschlossen, sein Gesicht war entspannt. Er trug dunkle Hosen aus schwerem Leinen und ein weißes Hemd, bei dem die Ärmel hochgerollt waren. Die merkwürdigen Adern, die er nach der Attacke durch die Drachen zurückbehalten hatte, waren zurückgegangen, aber noch nicht ganz verschwunden.

Ich blieb neben ihm stehen, schnupperte als Erstes, ob ich einen fremden Geruch an ihm feststellen konnte. Er duftete nach Kohle wie immer, nur dass es etwas intensiver schien. Als hätte er sich längere Zeit in einer Räucherkammer aufgehalten.

Er zuckte, als er mich hörte, drehte sich aber nicht zu mir um. »Ich weiß nicht, wo Jess ist«, fing er an, als könnte er sich damit gegen mich verteidigen. »Ich grüble und grüble und grüble, aber da ist nichts. Mein Verstand ist leergefegt. Ich kann es nicht mal ansatzweise beschreiben, diese Lücke in meinen Gedanken ist …« Er schüttelte den Kopf, öffnete die Augen. »Ich glaube nicht, dass Ralf sie in Gefahr gebracht hat. Er braucht sie lebendig. Vielleicht kann der Rat das Amulett orten und sie so …«

»Können sie nicht, oder eher: Sie wollen nicht. Logan meinte, es gäbe einen Zauber, mit dem man es finden kann, aber dazu muss man sich im Umkreis von zwanzig Kilometern aufhalten.« Das wäre bei einem großen Suchgebiet sowieso nicht sehr hilfreich.

»Dann müssen wir es eingrenzen. Es gab Schnee. Sehr viel Schnee. Kein Gebirge oder sonstige Hinweise, also können wir die Alpen schon mal ausschließen. Wir sollten an einem der Pole anfangen oder Grönland. Ich weiß, das ist ein riesiges Gebiet, aber wir können uns aufteilen und uns vorher informieren, wo Häuser stehen. Forschungsstationen, verwaiste Hütten, egal was. Ralf wird sie nicht mitten in der Wildnis ausgesetzt haben, dazu ist sie zu wertvoll.«

Ich beobachtete ihn genau. Achtete auf jede Geste, auf jedes Wort, lauschte jeder Betonung. Will wirkte anders, da hatte Anna recht. Er war gehetzt, unsicher, vielleicht verloren. Aber hieß das nun automatisch, dass Ralf noch da war?

Er drehte sich zu mir, starrte mich an. Seine goldbraunen Augen waren trübe und mutlos. Wir ließen einige Sekunden verstreichen, in denen wir uns nur anstarrten.

Nach dem letzten Ausbruch des Jägers in Schottland waren wir uns einen Schritt nähergekommen. Will hatte vor dem Rat seine schützende Hand über mich gehalten, ich hatte ihm und Jess den Weg im Schloss freigeräumt, aber wo standen wir jetzt? Wenn ich ihn ansah, konnte ich mir nur vorstellen, wie er Jess entführt hatte. Wie sie ihm die Tür geöffnet hatte, sich vermutlich freute, dass er da war, und dann … Ich unterbrach als Erster den Blickkontakt.

Es ist nicht Wills Schuld.

Mein Kopf wusste das, aber in meinem Herzen hing dieser dicke Kloß fest, der sich eingenistet hatte, seit Jess verschwunden war.

»Es ist alles so wirr in meinem Kopf«, sagte Will. »Ich habe … mein Körper hat Dinge getan, die ich nicht steuern konnte.« Er fuhr sich durchs Gesicht, wandte sich ab.

Oh Mann, ich wusste ganz genau, wie es ihm ging. Eigentlich müsste ich ihn verstehen und ihm verzeihen können.

»Was soll ich nur tun?« Er wirkte jung und verletzlich. Konnte Ralf das so gut vorspielen?

»Ich habe das Gefühl, mich vollkommen verloren zu haben.«

»Willkommen im Club.« Nun wusste er, wie es sich anfühlte. Wenn der eigene Verstand nicht mitarbeitete, wenn man Dinge getan hatte, aber sich partout nicht mehr daran erinnern konnte. Die Bilder waren da, man konnte sie fühlen, schmecken, riechen, doch sie ließen sich nicht greifen. »Will, wir ...«

Er verzog das Gesicht vor Schmerz und fasste sich ans Herz. Ich griff an seinen Ellbogen, ließ ihn sofort wieder los. Will glühte.

»Es geht schon ... ich ...« Er schnaufte durch, schloss die Augen, konzentrierte sich auf seinen Atem. »Diese Schmerzen hören nicht auf.« Er streckte die Arme aus. Die Adern pulsierten, sie zogen sich wie kranke Gebilde seine Haut entlang nach oben. »Ich weiß nicht, was es zu bedeuten hat.«

Die Adern wurden stärker, als wollten sie sich von seinem Körper lösen.

»Großer Gott, Jaydee ...« Er klammerte sich an mein Shirt, seine Augäpfel verdrehten sich nach hinten. »Was hat Ralf nur ...« Seine Knie knickten weg. »Hilf mir!«

Ich stützte ihn, hielt ihn aufrecht, aber mein Körper war noch nicht genügend regeneriert, um ihn zu stemmen.

Gemeinsam sanken wir auf die Knie. Wills Blick erfüllt mit blanker Panik. Er hatte Angst. Angst vor seinem Bruder. Angst vor dem Tod. Angst vor dem Feuer, das durch seine Adern floss.

»Ich weiß nicht mehr, wer ich bin«, flüsterte er und krümmte sich von Neuem. »Dieses Feuer ... es ist in mir drinnen.«

Die Tür ging hinter mir auf und Anna trat heraus. Sie japste vor Schreck und ließ sich sofort neben uns nieder. »Will!«

Er blickte zu ihr. Voller Schmerz. Liebe. Kummer. Sie umgriff sein Gesicht mit beiden Händen. »Es ist gut. Wir sind bei dir.«

»Wir sollten ihm noch mal Heilsirup geben«, sagte ich und machte ihr Platz.

»Er hat zwei Flaschen bekommen. Ich fürchte, er braucht etwas Stärkeres. Er muss zu seinem Element oder Logan. Er wird ihn heilen können.«

»Geh in meinen Kopf!« Will packte Anna an den Handgelenken. »Sag mir, wer ich bin.«

»Darüber hatten wir gesprochen, Will. Weißt du das nicht mehr? Du bist William Heinrich ...«

»Nein!« Die Adern leuchteten auf, wanderten höher zu seinem Oberarm. Er keuchte, drückte seine Stirn gegen ihre. »Bitte, sag mir, wer ich bin!«

So hatte ich Will noch nie gesehen. Ich konnte mir nicht vorstellen, dass Ralf noch da war. Um jemanden nachzuahmen, verhielt man sich nicht atypisch.

»Du solltest es tun«, sagte ich.

Anna atmete tief durch und biss sich auf die Lippe. »Ich weiß nicht.«

»In seinen Gedanken kann er nichts verstecken.«

Will zog sie näher. »Bitte«, flüsterte er. »Bitte, bitte tu es. Für mich.«

Anna seufzte tief. Sammelte ihre Kräfte. Es kostete sie Überwindung, was ich verstehen konnte. Gedankenstriptease war keine leichte Sache. Sachte drückte sie ihre Finger gegen seine Schläfen. »Versuch dich zu entspannen, ja?«

Er nickte, seine Hände krampften um ihre Arme. Er hielt sie zu fest, doch sie wehrte sich nicht gegen ihn. Ihre Fingerkuppen übten leichten Druck auf seine Schläfen aus, sie schloss die Augen, atmete aus und drang in seinen Geist ein. Ich konnte es nicht sehen, aber ich bekam eine Gänsehaut. Annas Aura leuchtete heller, sie umschlang Will, stülpte sich über ihn wie ein schützender Kokon. Auch er entspannte sich, zog Anna näher an sich heran, als wollte er sie küssen.

Ich stand langsam auf, um sie nicht in ihrer Konzentration zu stören. Die beiden wirkten wie versteinert, einer gefangen in der Aura des anderen. Ich erinnerte mich noch gut daran, wie ich Will beobachtet hatte, als er Jess‘ Blut nach dem schwarzmagischen Zauber untersuchte. Wie auch seine Aura gestrahlt hatte und ich dachte, dass es das ist, was einen Seelenwächter ausmacht: Wenn sie in ihrem Element wirken konnten, waren sie einzigartig.

Endlich öffnete Anna die Augen und zog ihre Finger zurück. Die Adern auf Wills Haut waren blasser, aber noch deutlich sichtbar.

Sie lächelte ihn an, ohne den Kontakt ganz zu unterbrechen. »Du bist du, Will.« Sie sah zu mir und nickte.

Er ließ die Luft aus seinen Lungen. Sein Körper sackte zusammen, er drückte seine Stirn fester gegen ihre.

»Das ist gut. Das ist sehr gut.« Er hielt den Atem an, lächelte kurz – und kippte um.

5. Kapitel

Geht endlich kaputt, ihr Scheißdinger!« Logan stand im Foyer seines Schlosses und drosch mit dem Schwert auf die goldenen Adern in der Wand ein. Schweiß strömte seinen Nacken hinab, sein Atem kam stockend, seine Muskeln brannten, dennoch zwang er seinen Körper, die letzten Energiereserven zu mobilisieren. Er legte all seinen Zorn, alle Verzweiflung in die Schläge. Ilai. Kirian. Soraja. Nun auch noch Will! Alle waren Opfer dieses Wahnsinnigen geworden. Wieder und wieder sauste Logans Klinge hinab. Traf auf die goldene Masse, die sich in seinem gesamten Anwesen ausgebreitet hatte, ohne Schaden anzurichten. Logan schrie seine Verzweiflung hinaus, seine Stimme hallte von den hohen Wänden wider, tief und grollend, dass er sie selbst kaum erkannte.

»Logan?«

Er hörte Kendra, aber er wollte nicht aufhören. Es musste einen Weg geben, diese Adern zu zerstören und sein Anwesen zu schützen. Es musste einfach!

»Logan, bitte hör auf.« Sie legte eine Hand auf seine Schulter.

Logan hielt inne. Schnappte nach Luft. Die Erschöpfung nagte an ihm. Sie war ein lebendiges, hungriges Wesen, das sich in ihm eingenistet hatte und ihn zu Fall brachte. Genau wie die Adern dem Anwesen die Kraft entzogen, fühlte auch er die Wirkung auf seinen eigenen Körper. Er würde daran zerbrechen.

Kendras Finger kribbelten. Sie drückte fester auf, schien durch ihn hindurchzugreifen. Der Zorn, der in ihm tobte, zog sich zusammen an diese Stelle, sammelte sich und ... verpuffte schließlich. Kendra keuchte dumpf und nahm die Hand weg.

Logan drehte sich zu ihr um. In ihrem Gesicht spiegelte sich seine eigene Wut. »Du musst mir nicht meine Gefühle nehmen.«

»Ich weiß.« Sie schloss die Augen, räusperte sich. Ihre Hände ballten sich zu Fäusten. Sie musste nun diese Emotion für ihn verarbeiten, seinen Zorn kompensieren. »Aber ich mache es gerne für dich.«

Er hob ihr Kinn an, damit sie ihm in die Augen sehen musste. Auch sie wirkte erschöpft, wie alle in seiner Familie. Zumindest der Rest, der noch übrig war.

Isabella fehlte. Ihr Lachen, das diese Wände erfüllt hatte, ihre helle fröhliche Art, durch die Gänge zu spazieren.

Nicht mal Zeit zum Trauern haben wir.

Natürlich war Isabella nicht die erste Wächterin, die Logan verlor, aber das war eines der Dinge, an die er sich nie gewöhnen konnte oder wollte. Er würde so gerne mit Aiden und Kendra innehalten. Doch es ging nicht, und vor allem durfte Logan keine Schwäche zeigen. Er war der älteste lebende Seelenwächter nach Ilai. Die letzten beiden Türme in dieser Welt aus Chaos. Wenn er einknickte, wer blieb dann übrig?

Er drehte sich zurück zur Wand und schaute nach oben. Er hatte einen Teil des Gesteins herausgeklopft. Darunter waren die Adern zum Vorschein gekommen. Sie verästelten sich von einer Seite zur anderen, pulsierten, glühten, dampften wie lebendige Wesen.

»Wenn wir mit unseren Waffen nichts ausrichten können, müssen wir als Nächstes einen Zauber versuchen. Derek muss uns helfen.«

Er war ebenfalls mit nach London gereist. Nachdem Ralf sich Sorajas Seele geholt hatte, sah Logan nicht mehr viel Sinn darin, im Tempel des Rates zu bleiben. Er musste das Schloss schützen. Das war der letzte Ort, an dem er etwas ausrichten konnte. Derek hatte es schließlich auch eingesehen.

»Was ist eigentlich bei der Probe herausgekommen, die Aiden und ich genommen haben?«, fragte Kendra.

Das war, bevor sich Ralf Kirian und Soraja geholte hatte. Logan hatte Aiden und sie aufgefordert, Proben aus den Adern mitzubringen, damit sie diese untersuchen konnten.

»Nichts. Absolut gar nichts. Sie bestehen aus einem organischen Material, ähnlich wie eine Baumrinde. Die Magie in ihnen ist nicht nachzuvollziehen. Es ist eine Sackgasse.« Logan betrachtete sein Schwert. »Dieser Mistkerl führt uns am Nasenring durch die Arena und lacht sich dabei vermutlich gehörig ins Fäustchen.«

»Was können wir noch tun?«

»Ich weiß es nicht, aber ich hätte tatsächlich eine Aufgabe für dich.«

Logan erklärte Kendra, was er von Anna gehört hatte, dass Ralf Wills Körper besetzt hatte und eine Weile im Ratstempel gewesen war. So schnell wie sich die Dinge entwickelten, war es ein Wunder, dass alle noch halbwegs bei Verstand waren.

»Sogar den Parsumi konnte er umpolen. Ich vermute, es liegt an unseren Kräften. Ilai, Kirian, Soraja ... wenn Ralf nur ein Prozent ihrer Fähigkeiten kanalisieren kann, ...«

»Besitzt er ein unfassbares Potenzial.«

»Mit Kirians Macht war es ein Leichtes für Ralf, in den Kopf eines Parsumi einzudringen und ihn zu verwirren. Du musst zurück zum Ratstempel und nach Joanne sehen. Es ist möglich, dass er sie freigelassen hat.«

Kendra schnaubte und blies eine ihrer roten Locken aus dem Gesicht. »Ich hätte das Miststück im Haus von Kirian töten sollen!«

»Und was, wenn du gescheitert wärst wie Isabella? Sie hat Joanne einen Pfeil ins Herz geschossen, und sie ist nicht gestorben.«

»Dann hätte ich ihren verdammten Schädel vom Kopf getrennt, sie zerhackt und verbrannt. Egal! Wir dürfen uns nicht von den Dämonen auf dem Kopf herumtanzen lassen!«

»Du hast richtig gehandelt, als du Joanne zu uns gebracht hast.«

»Und was hat es genutzt? Das mit den Gefäßen ging nach hinten los. Wir machen einen Schritt nach vorne, und Ralf wirft uns drei zurück!«

»Ach, Kendra.« Er legte den Arm um sie und zog sie an sich. Sie war so jung. Sie alle waren so entsetzlich jung. Er konnte ihren Eifer verstehen. Schnell handeln. Schnell entscheiden. Zack. Zack. Zack. Das war der Puls der Zeit. Die Welt bestand aus Eile, als wären alle auf der Flucht vor einer unsichtbaren Gefahr. »Glaub mir: Ich hasse Joanne genauso abgrundtief wie du, aber ...«

Hinter ihnen flog die Tür zum Salon auf. Derek stürmte herein, die Wangen gerötet, die Haare in wirren Strähnen, als hätte er sie die ganze Zeit über zerzaust. »Es ist etwas geschehen.«

Logan und Kendra folgten ihm sofort in das Nachbarzimmer. Der Salon war zu früheren Zeiten der Raum gewesen, um Gäste zu empfangen und ihnen die Warterei zu vertreiben. Er hatte fünf bodentiefe Fenster, die hinaus auf den Garten zeigten. In der Mitte des Raumes stand ein langer, dunkelgebeizter Holztisch, auf dem Derek seine Unterlagen ausgebreitet hatte. Die Luft war stickig, roch nach abgebrannter Kohle. Das Feuer im Kamin war an, die Flammen loderten nach draußen und formten sich zu einem Mann.

»Paul«, sagte Logan und trat näher. Er war einer von Dereks Leuten und dafür verantwortlich, dass die Barriere um Riverside bestehen blieb.

»Logan, Kendra«, antwortete die Flammengestalt.

»Ist etwas passiert?«

»Ja ...« Derek strich sich durchs Gesicht. Seine Hand zitterte. Auch sein

Geruch hatte sich verändert. Logan kannte diese Unternote nur zu gut: Derek hatte Angst.

»Wir haben ...«, setzte Paul an. »Viktor und ich, wir ... wir wollten helfen.«

Derek schüttelte den Kopf, atmete tief durch, um sich wieder zu fangen. »Sie haben eine Gruppe Seelenwächter zusammengestellt, sind in die Stadt eingedrungen, um Ralf aufzuhalten.«

»Ihr habt was?« Viktor gehörte ebenfalls zu Dereks Familie und war ein Feuerwächter. »War unsere Order nicht klar genug? Haltet die Barriere aufrecht! Niemand geht in die Stadt!«

»Doch. Aber wir glaubten, wir könnten es beenden. Wenn nur eine kleine Gruppe ging ... sie hatten sich geschützt. Mit Zaubern. Sie waren vorbereitet.« Paul strich sich durch den Nacken. »Sie waren vorbereitet ...«

»Wer?«

»Louis, Viktor, Mira, Richard ... Ich habe die Barriere für sie gesenkt, nur kurz, damit kein Dämon entkommen konnte! Und dann sind sie rein. Sie wollten sich zur Kirche schleichen und Ralf entführen. Erst gefangen nehmen, später töten. Es erschien uns sinnvoller, da wir nicht wussten, wie schwer er umzubringen war.«

Logan schlug mit der Faust auf den Tisch. Das Holz splitterte unter seinem Schlag.

»Großer Gott«, stammelte Kendra. »Sind sie ...«

Paul nickte. »Sie sind alle tot. Ralf hat sie aussaugen lassen und ihre verdorrten Leichen hinter der Barriere drapiert. Er hat jede auf einen Stuhl gesetzt und ... Um Viktors Hals hat er einen Zettel gehängt: *Danke für den Snack.* Außerdem hat er ihnen Popcorn in die Hand gedrückt und Plastikbecher. Sie hocken auf der Straße, als würden sie im Kino ...«

»Sei still!«, brüllte Logan. »Verdammt noch mal! Wie konntet ihr nur so ...« Dumm, leichtsinnig, verrückt sein! »Vier Seelenwächter! Vier gute Männer und Frauen!«

Derek schwankte, musste sich am Tisch abstützen, damit er nicht kollabierte.

Logan blickte zu Kendra, sie wischte sich die Tränen aus den Augen.

Wir machen einen Schritt nach vorne, und Ralf wirft uns drei zurück!

6. Kapitel

Jaydee

Bist du sicher, dass du Will alleine zu Logan bringen kannst?«, fragte ich. »Ich kann Amir satteln und mit dir ...«

»Schon gut«, sagte Anna. »Bleib. Falls Jack zurückkehrt.« Sie strich Will über die Stirn. Wir hatten ihn zurück ins Bett bugsiert. Leoti hatte ihn mit Heilkräutern versorgt, die auf seiner Stirn und seinen Armen lagen, doch auch sie halfen nicht. Er war fiebrig, die Adern an seinen Armen pulsierten. Will brauchte tatsächlich etwas Stärkeres. Anna beugte sich über ihn und gab ihm einen Kuss auf die Wange. Er zuckte im Schlaf, ansonsten bekam er nichts mit. Zu schade für ihn.

»Wenn Logan ihn auch nicht heilen kann, bringe ich ihn zu einem Kraftplatz. Dann kann er bei seinem Element sein und dort auftanken.«

Und wenn das ebenfalls nichts nutzte, musste auch er in den Tempel der Wiedergeburt. Dort wo Ilai, Kirian und Soraja waren. Wir verloren einen nach dem anderen. Ralf knockte uns von innen her aus.

Ich kniete mich neben sie und nahm noch mal die Kühle ihres Körpers in mich auf. »Willst du wirklich teleportieren? Du hast es schon lange nicht mehr gemacht.«

»Es ist wie atmen, Jay. Das verlernt man nicht.«

»Aber jemanden mitzunehmen, ist anstrengend.«

»Und dennoch einfacher für mich, als ihn auf einen Parsumi zu wuchten und ihm die Reise zwischen den Welten zuzumuten.«

Sie strich über meine Wange. Lächelte. Warum hatte ich gerade so ein komisches Gefühl im Bauch? Warum fiel mir dieser Abschied so schwer? Anna und ich waren schon auf tausend Kämpfen gewesen, hatten unzähligen Gefahren ins Auge geblickt. Es gehörte zu unserem Leben wie essen, schlafen, trainieren. Wir standen morgens auf und wussten nicht, ob wir uns abends wieder hinlegen konnten. »Passt du bitte auf dich auf?«

»Natürlich, und du versuch niemanden zu verprügeln, während ich weg bin.«

»Mal sehen.«

»Jaydee.«

Ich schmunzelte. »Ich versuche es. Mir wäre allerdings wohler, wenn du dich nicht bei Logan aufhältst.«

»Ich weiß, aber sag mir, was wir sonst tun sollen, um Will zu helfen? Wer kann so gut heilen wie Logan?«

Akil. Er hätte es gekonnt. Er war gut. *Gewesen.*

»Außerdem wollte Logan Will sowieso sehen.

»Wenn es brenzlig wird ...«, ich nahm ihre Finger in meine, hauchte einen Kuss darauf. »Falls Ralf das Anwesen angreifen sollte ...«

»Werde ich Logan helfen, es zu verteidigen. Ich bin eine Seelenwächterin. Ich töte Dämonen, schon vergessen?«

»Ralf ist kein gewöhnlicher Dämon.«

»Du musst dir keine Sorgen machen, Jay. Wir schaffen das. Außerdem treffen Logan und ich uns in einer Hütte im Wald, abseits von seinem Anwesen.«

»Du kannst mich nicht einmal erreichen, wenn du Hilfe brauchst.«

»Dann darf ich eben keine Hilfe brauchen. Und nun will ich nichts mehr davon hören, ich muss mich konzentrieren.«

Ich nickte und stand auf. Sie drehte sich zu Will, legte ihre Hände erneut auf seinen Kopf und schloss die Augen. Dieses Mal würde sie nicht in seine Gedanken eindringen. Sie würde mit ihm verschwinden.

Die Fähigkeit zu teleportieren war den Luftwächtern in die Wiege gelegt. Ein Rudiment aus alten Zeiten, als es noch keine Parsumi gab und die Wächter trotzdem schnell an verschiedenen Orten sein mussten. Akil hatte mir davon erzählt, wie umständlich es für alle gewesen war, so zu reisen – und wie unbekömmlich. Ich hatte es bisher noch nicht ausprobiert, doch Akil meinte, es fühlte sich an, als würde einem jemand den Magen durch die Speiseröhre herausholen, darauf herumtreten und ihn dann wieder verkehrt herum einsetzen. Außerdem konnte es passieren, dass danach die Finger und Zehen für eine Weile taub blieben.

Nichts, was ich ausprobieren musste.

Annas und Wills Gestalt wurden durchsichtig. Sie wirkten wie Hologramme. Es wurde kühler im Raum, der Duft nach Mandarine intensiver, ein Licht baute sich unter Annas Händen auf, wurde heller und heller, umschlang die Körper der beiden.

Und dann waren sie fort.

Erstaunlich.

Ich stand eine Weile in dem Zimmer und starrte auf die Stelle, an der die beiden eben noch gewesen waren. Mein Innerstes fühlte sich genauso leer an wie das Bett. Für einen Moment wusste ich nicht, was ich mit mir anfangen sollte. Etwas essen vielleicht. Oder mich hinlegen, oder eine Dusche nehmen, oder einen Spaziergang machen, oder endlich Jess finden. Ich würde erst dann zur Ruhe kommen, wenn sie in Sicherheit war.

Auf einmal gab es einen lauten Knall, gefolgt von einem leisen Wiehern. Ich drehte mich um, lauschte. War das echt gewesen, oder hatte ich es mir eingebildet?

Ich rannte zur Vordertür, streckte die Nase in den Wind, suchte nach einem vertrauten Duft.

Wieder ein Wiehern.

Er war es.

Eindeutig.

Jack!

So schnell ich konnte schoss ich aus dem Haus die Straße hoch.

Jack war wieder da!

Rowan hatte es geschafft. Hoffte ich zumindest, aber ich konnte mir nicht vorstellen, dass Jack alleine zurückgerannt war.

Blieb nur die Frage, in welchem Zustand der Parsumi sich befand. Stufte er uns noch als Gefahr ein? Konnte er uns zu Jess führen? War er fit genug ...?

Ich legte noch einen Zahn zu, meine Füße berührten kaum den Asphalt. Häuser zogen an mir vorbei, ich sprang über eine umgefallene Mülltonne, bog um eine Ecke. Irgendwo ging eine Tür auf. Ich war zu schnell, um hinzusehen, wer herauskam. Ich schoss um eine weitere Biegung – und da waren sie.

Beide nassgeschwitzt und erschöpft. Rowans Haare waren verfilzt, als hätte er den Kopf bei voller Fahrt aus dem Fenster gehalten. Auf seinen Schultern verdampfte die Eisschicht, genau wie auf Jacks Fell. Er pumpte wie nach einem Wettrennen. Rowan hielt sich mit einer Hand in seiner Mähne fest, mit der anderen strich er ihm über den Hals und redete beruhigend auf ihn ein.

»Ich glaub's nicht«, sagte ich und stoppte in fünf Metern Entfernung, damit ich Jack nicht erschrak.

Er spitzte die Ohren, als er mich sah, blähte die Nüstern, und heraus kam ein leises Brummeln zur Begrüßung.

Vorsichtig ging ich näher und streckte meine Hand aus, damit er daran schnuppern konnte. »Wie hast du das gemacht?«

»Ich habe ihm zugehört.« Rowan schwang sich von Jacks Rücken und tätschelte ihm ein weiteres Mal den Hals. »Seine Seele war in Aufruhr. Nun schweigt sie.«

Ich strich über seine weiche Nase hoch zu seiner Stirn. Er ließ mich gewähren. Noch immer pumpte er nach Sauerstoff. Die Erschöpfung stand ihm ins Gesicht geschrieben. Er brauchte eine Pause, und ich wünschte, ich könnte sie ihm gönnen.

Hinter mir hörte ich Schritte. Zwei Männer. Ben und Abe.

»Heiliger Ikandu«, sagte Ben und kam zu uns gelaufen. Auch gegen ihn zeigte Jack keine Aggression mehr. »Wie geht das?«

»Magie«, sagte ich leise.

Dieses Volk umgibt ein Zauber, den ich noch nicht begreife. Es ist magisch.

Die Dowanhowee besaßen Zugang zu Kräften, die jenseits unserer Vorstellungskraft lagen. Sie waren ihre eigenen Seelenwächter.

Rowan ließ sich von Jacks Rücken gleiten. Ich ging langsam auf die andere Seite, ohne den Körperkontakt zu dem Tier zu unterbrechen. Wir mussten los. Ich konnte unmöglich länger warten. »Noch ein Ritt, dann hast du es geschafft.«

»Du solltest auf keinen Fall alleine gehen«, sagte Ben.

»Dann schlage ich vor, dass du ein Pferd sattelst und mitkommst. Du hast zwei Minuten.«

Ben rannte los, ich strich weiter Jacks Fell ab, bis ich seinen Rücken erreichte. Die Wunde, die er sich vorhin zugefügt hatte, war fast verheilt. Parsumi brauchten nicht lange, um zu genesen oder sich zu erholen, aber Jack hatte viel erlebt. Seine Muskeln zitterten, ich fühlte seine Anspannung und seine Angst. Ich grub die Finger tiefer in sein Fell, versuchte ihm Ruhe zu vermitteln, so wie ich es bei allen anderen auch tat. Emotionen flossen in zwei Richtungen. Ein Geben und ein Nehmen. Jack behielt mich genau im Auge. Er war skeptisch, doch er wurde mit jeder verstreichenden Sekunde ruhiger.

»Wir schaffen das«, flüsterte ich, griff in seine Mähne und zog mich nach oben. Er spannte sich, tänzelte auf der Stelle, aber er warf mich nicht ab. Sein Körper kochte, trotz der vielen Rennerei zwischen den Welten. Er war an seinen Grenzen, und vermutlich trieb ich ihn gleich darüber hinaus. Ich beugte mich nach vorne, strich über seinen Hals.

Hinter mir hörte ich Ben. Ich blickte über die Schulter. Er hatte Mirabell gesattelt und schloss zu uns auf. »Schafft er das wirklich?«

»Ja.« Er musste. Wir hatten keine Wahl. »Bring mich zu Jess«, flüsterte ich.

Normalerweise reagierten Parsumi auf konkrete Ortsangaben, doch wenn sie an einer Stelle gewesen waren, genügte ein Gefühl. *Bring mich nach Hause* funktionierte genauso wie: *Bring mich nach Arizona*. Ich konzentrierte mich also auf Jess, rief mir ihr Bild ins Gedächtnis, zusammen mit den Informationen, die ich von Will hatte. Eis, Schnee, eine endlose Wüste.

Jack drehte herum und trabte die Straße hinunter. Seine Hufe schlürften über den Asphalt, er hatte kaum Kraft, aber er gehorchte. Ben blieb dicht bei uns. Mirabell würde uns folgen. Ich drückte meine Fersen in Jacks Flanken. Er verfiel in einen leichten Galopp und steuerte eine Wiese an. Noch waren wir zu langsam für den Sprung, doch ich trieb ihn weiter und weiter. Wenn er mitten im Portal schlapp machte, wäre das schlecht für uns, denn dann wären wir mal wieder gestrandet.

Ich klopfte ihm auf den Hals, versuchte ihm Stärke zu übermitteln. Seine Erschöpfung war greifbar, sie spiegelte sich in jedem kraftlosen Galoppsprung.

Dennoch beschleunigte er, sammelte irgendwoher seine letzte Energie – und trat mit mir ins Portal.

7. Kapitel

Jessamine

Keira durchbrach die Stille als Erste. Sie schüttelte sich, blinzelte und wischte ihre Tränen weg, die als kleine Eiskristalle auf ihrer Haut klebten. Ich richtete mich ebenfalls auf. Mein Körper war schockgefrostet, gleichzeitig war mein Geist aufgeputscht. Dieses Erlebnis eben, die Begegnung mit Joshua, die so kurz währte und so intensiv war ...

»Was ist eben geschehen?«, fragte ich.

»Ich erkläre es dir später. Wir dürfen nicht hierbleiben. Joshua hat deine Aura abgeschattet ... er ...« Sie schniefte, drehte den Kopf und wischte sich durchs Gesicht. »Ich werde dich beschützen.« Ihre Stimme klang kratzig. Mit bebenden Händen griff sie in Joshuas Jackentasche und zog ein zerknülltes Stück Papier heraus. »Das ... das ist die Rückfahrkarte. Joshua sagte, dass wir darüber zurückkehren, aber ich weiß nicht, wie es funktioniert.«

Ich schlang die Arme um mich, rubbelte mich warm, doch meine Finger hatten sämtliches Gefühl verloren. Ich würde ja gerne die Tür zumachen, aber dazu musste ich aufstehen, und das erschien mir gerade absolut unmöglich.

»Die Rückfahrkarte«, murmelte sie und starrte auf das Blatt Papier in ihrer Hand. Die Zeichnung darauf sah aus wie die Umrisse eines Landes mit einem Punkt in der Mitte.

»Zeigt das, wo wir sind?«

»Ja.«

»Und wo ist das genau?«

»In der Antarktis.«

Ich hob die Augenbrauen. »Das ist unfassbar.« Ralf hatte mich allen Ernstes an den Südpol gesteckt. Dieser Kerl war krank und leider auch krank genial. Niemand würde mich finden können. Ich rieb über meine Stirn. Hoffentlich hatten sie bemerkt, dass Will nicht Will war. »Du hattest nicht zufällig Kontakt zu Jaydee und den anderen?«

»Nein, warum?«

»Weil jemand unter ihnen ist, vor dem ich sie warnen muss.« Vielleicht war es schon zu spät. Vielleicht brach da draußen gerade die Hölle los, vielleicht war der Emuxor auferstanden und die Schattendämonen überrannten die Menschen.

Mein Blick fiel auf Joshuas Leiche. Er lag auf dem Bauch, das Gesicht halb verdeckt mit den weißen Haaren. Diese Farbe löste qualvolle Erinnerungen in mir aus. Ariadnes Haare, durch die ich früher so oft mit den Fingern gestrichen und sie gefragt hatte, warum sie so weiß waren. Sie hatte immer gelacht, mir aber nie eine Antwort darauf gegeben. Ein Schauer ging mir durch den Körper. Ich spannte die Oberschenkelmuskeln, zwang sie mit allem, was ich noch aufbringen konnte, mich nach oben zu stemmen. Es fühlte sich an, als würde ich ein gefrorenes Stück Fleisch auseinanderbrechen. Dennoch schaffte ich es irgendwie zu dem Stuhl, auf dem die Decke lag, mit der ich mich am Morgen eingewickelt hatte. Sie war ebenfalls mit einer feinen Eisschicht überzogen. Ich nahm sie mit und legte sie behutsam über Joshua, um seine Leiche zu verdecken. »Wir sollten ihn beerdigen.«

»Wir werden keine Zeit dafür haben. Außerdem können wir hier schlecht ein Grab ausheben.«

Das stimmte wohl. Das einzige, was blieb, war verbrennen.

Keira schluckte, schloss die Augen und seufzte. »Er würde zudem wollen, dass ich dich erst wegbringe.« Keira blickte zur Tür, als hätte sie etwas gehört. Ich fuhr automatisch mit herum und lauschte.

»Was?«

Sie kniff die Augen zusammen. »Vermutlich nur der Wind.«

»Glaubst du, Coco kommt wieder?«

»Ganz sicher sogar. Ich weiß nicht, wohin der Kranich sie geschickt hat oder wie das alles funktioniert, aber ich weiß, dass sie ihre Suche nach dir niemals einstellen wird. Ich muss nur noch herausfinden, wie ich diesen Zettel dazu bringen kann, uns wegzuteleportieren.«

»Vielleicht kann das Kästchen dabei helfen.«

Keira sammelte die Bruchstücke zusammen. Der untere Teil des Kästchens war in zwei Hälften zerbrochen, der Deckel gesprungen, der Kranich hatte nur noch einen Flügel.

»Mh.« Sie steckte die Teile so gut es ging zusammen. »Keine Ahnung, ob da noch Magie drin ist oder ob ich sie überhaupt rufen kann. Ich bin selbst völlig überrumpelt worden.«

»Und wenn wir zurück sind, wirst du mir erklären, was das alles zu bedeuten hat? Der Kranich, diese Magie, du, Joshua ...«

Sie blickte mir fest in die Augen, für eine Sekunde glaubte ich, dass sie mir den Wunsch abschlagen würde. »Ja, das werde ich. Es gibt nichts Schlimmeres, als über seine eigene Vergangenheit im Unklaren zu bleiben. Unwissenheit schützt nicht, sie behindert und sie macht schwach. Vor allem du darfst dir keine Schwäche erlauben.«

Keiras Worte drangen tief in mich, und sie beunruhigten mich. Bei Ariadne ahnte ich immer, dass sie mehr wusste, als sie zugegeben hatte. Gerade in den letzten Monaten, wenn es um Pfarrer Stevens und meine Mutter ging. Sie war mit ihrem Geheimnis gestorben, und jetzt kratzte ich an demselben Geheimnis ein zweites Mal.

»Aber ich werde dafür Zeit brauchen. Es ist nichts, was ich dir auf die Schnelle erläutern kann. Wir reden ganz in Ruhe darüber, okay?« Sie streckte mir die Hand hin. »Erst gehen wir.«

Ich ergriff ihre Finger. Ihre Haut fühlte sich trotz der Kälte warm an. Keira zog mich zu sich auf den Boden. Es war mir unangenehm, neben Joshuas Leiche zu sitzen. Er hatte mich beschützt. Er war gestorben, weil er mich vor Coco bewahren wollte. Wie sollte ich damit umgehen? Wie verantworten, dass jemand Fremdes sein Leben für mich geopfert hatte?

»Er wollte es so«, sagte Keira. »Er hat nur dafür gelebt. Nur für deine Sicherheit.«

»Ich würde es so gerne verstehen.«

Die, mit denen du kämpfst, stehen nicht auf deiner Seite. Du bist zu Großem erschaffen. Du bist das Licht, das Leben, die Freiheit. Wecke dein Potenzial.

Keiras Finger schlossen sich fester um meine. Sie setzte sich auf die Fersen und faltete den Zettel auf ihren Oberschenkeln auf. Wir starrten beide darauf, warteten, ob etwas passieren würde.

Tja, es passierte natürlich ... nichts.

Sie seufzte, griff nach dem zusammengeschusterten Kästchen.

»Joshua hatte einen Spruch gesagt, als er den Kranich erweckte«, sagte ich. »*Ich rufe dich, Sophia, Urmutter und Beschützerin der Ahnin, beehre uns mit deiner Magie und bewahre die Aura deines Blutes. Mein Leben für dein Leben. Meine Seele für deine Seele. So war es, so ist es, so wird es immer sein.*«

»Okay.« Keira gab den Spruch genauso wider. Wir starrten gebannt auf den Kranich.

Zehn Sekunden.

Zwanzig.

Eine Minute.

Es tat sich nichts, außer dass mir noch kälter wurde und sich eine unendliche Schwere um meine Glieder legte.

»Sicher, dass er das gesagt hat?«

»Ja.«

Wir glotzten beide auf den Kranich, als könnten wir ihn allein mit der Kraft unserer Gedanken dazu bewegen, lebendig zu werden.

Keira sagte noch einmal den Spruch, intensiver dieses Mal. Ganz kurz glomm der Vogel auf, wie das Leuchten eines Streichholzes in der Nacht.

Dann war es wieder weg.

Wir seufzten gleichzeitig.

»Da muss noch mehr sein«, sagte Keira.

»Vielleicht musst du dich stärker konzentrieren. Ich kenne mich nicht gut mit Magie aus, aber jeder, den ich bisher dabei beobachtet habe, war extrem fokussiert.«

»Dann noch mal.« Keira umschloss das Kästchen fester. »Joshua und ich waren in einer Hütte im Wald gewesen. Er meinte, die Karte würde uns dorthin zurückführen.« Sie schloss die Augen, atmete tief durch. »Es duftete nach Kaffee und frischen Bagels, die Temperaturen waren angenehm sommerlich mild. Die Vögel zwitscherten.«

Keira redete weiter, erschuf ein detailreiches Bild des Hauses, bis ich es selbst vor meinen Augen sah.

Das Kästchen wurde wärmer. Ich fühlte es, obwohl ich es nicht anfasste.

»Großer Gott«, sagte Keira auf einmal. »Ich glaube, es funktioniert. Ich fühle ein Ziehen.«

Sie blickte auf den Kranich. Die Schnitzereien fügten sich zusammen, er leuchtete – nicht mehr so kraftvoll wie vorher, aber er war da.

Draußen ertönte ein lauter Knall, als ob jemand durch ein Portal kam.

»Oh, Mist!«, sagte ich. »Kann Coco schon zurück sein?«

»Scheiße.«

Durch den Türspalt sah ich ein helles Licht. Es war definitiv jemand durch ein Portal gekommen. Coco oder ... Ralf.

Ich wandte mich wieder Keira zu. Der Kranich auf dem Kästchen flackerte auf, zeigte die ersten Regungen.

»Komm schon!«

Er öffnete seine Schwingen, drehte den Kopf und betrachtete Keira. Seine Magie war im Gegensatz zu vorhin völlig anders. Wie eine Kerze gegen ein Buschfeuer. Träge richtete er sich auf, machte den ersten Flügelschlag. Die Konturen begannen zu funkeln, nicht grell und schön wie vorhin, eher verhalten, als hätte er keine Kraft mehr.

»Lass mich auf keinen Fall los«, sagte sie.

Mein Blick fiel auf den Tisch. Dort lag mein Amulett, das ich mir vorhin vom Hals gerissen hatte.

Ich sollte es mitnehmen, doch da zerrte ein Sog an meinen Eingeweiden und mich mit Keira in einen Tunnel hinein.

»Es ist gleich vorbei«, rief sie. »Hab keine Angst.«

Draußen hörte ich Stimmengewirr.

Wer war zurückgekommen?

Das Ziehen glitt meinen Arm hoch, meine Schulter, meinen Oberkörper. Es war ein Gefühl, als würde ich hinter einem Wagen hergeschleift werden.

In der Sekunde, als das Ziehen meine Füße erreichte, flog die Tür auf.

Ich blickte herum!

Erstarrte.

Und dann riss das Portal uns fort. Ich schrie, versuchte loszulassen, doch es war zu spät. Wir stürzten in einen Strudel unendlicher Leere und noch mehr Kälte.

Wir hatten einen Fehler gemacht ...

8. Kapitel

Jaydee

Jess!«, rief ich, aber ich war zu spät.

Sie war weg.

Verschwunden in einem Portal.

Ich stapfte durch den Raum und konnte nicht fassen, was eben geschehen war. Sie war da gewesen. Dort! Direkt vor mir. Nur wenige Zentimeter von mir entfernt. Ich hatte sie fast gehabt!

Auf dem Tisch lag Jess' Amulett. Die Kette war zerrissen. Ich packte es, schloss es in meiner Hand ein, als könnte ich so eine Verbindung zu ihr herstellen.

Aber da war nichts. Ich hatte sie verpasst!

Mit Wucht trat ich gegen das Tischbein. Das Holz knirschte und er stürzte in sich zusammen. Ich nahm einen Stuhl, pfefferte ihn gegen die Wand. Die dünne Eisschicht, die die Wände und das Inventar überzog, bröckelte. Die Kälte fühlte ich nicht mal mehr.

Jess war hier gewesen!

Jetzt war sie weg!

Zehn Sekunden! Zehn verfluchte scheiß Sekunden!

»Jaydee?« Ben stürmte in die Hütte, sein Haar war bedeckt mit feinem Reif, er hatte Gänsehaut und zitterte. Wir waren definitiv zu luftig angezogen für dieses Klima.

»Jess und Keira waren hier. Sie sind in einem Portal verschwunden.« Ich blickte mich um.

Feuerwächter!

Ich brauchte einen Feuerwächter!

Jetzt sofort!

Er musste einen Suchzauber fertigen, damit ich Keira aufspüren konnte ... Verfluchte Scheiße! Woher hatte sie gewusst, wo sich Jess befand?

Der Jäger rührte sich erneut in mir. Keira, dieses verdammte Miststück.

Sie hat Jess entführt. Bekämpfe sie!

Aber Jess hatte nicht so ausgesehen, als wäre sie entführt worden. Oder ich täuschte mich. Es war einfach zu kurz gewesen!

»Und wer ist das da?«, fragte Ben und deutete auf die Leiche vor ihm.

»Keine Ahnung.« Es war mir im Moment auch scheißegal. Ich wuselte in dem Zimmer herum, suchte nach Spuren, nach Gerüchen, nach Hinweisen. Am liebsten hätte ich das gesamte Haus demoliert und meinen Zorn auf die Art rausgelassen, stattdessen bohrte ich die Nägel in meine Handinnenflächen und lenkte mich mit dem Schmerz ab.

Ben hob die Decke an und betrachtete die Leiche. Es war ein alter Mann, mit komplett weißen Haaren und eingefallener Haut.

Der Geruch nach Blut stieg mir in die Nase. Ich stoppte. Schnupperte. Da drüben in der Ecke. Sofort lief ich zu der Stelle und bückte mich. Keiras Blut. Ich erkannte es am Geruch. Wir hatten oft genug miteinander gekämpft, ich hatte diesen Duft abgespeichert.

»Er hat keinen Ausweis dabei«, sagte Ben.

Ich sah zu den beiden. Da war etwas, das mich stutzig machte. An der Leiche. Etwas kam mir bekannt vor. War es ein Geruch oder die Farbe seiner Haare? Ich stand auf, lief zu Ben und kniete mich neben ihn. Mittlerweile durchsuchte Ben die Jackentaschen des Alten, doch er fand nichts.

Ich beugte mich tiefer über ihn. Da war sie: eine merkwürdige Duftnote. »Er riecht nicht alt.«

»Bitte?«

»Sein Körpergeruch. Er ist nicht der von alten Menschen. Er riecht jünger.«

»Mir war nicht klar, dass Menschen unterschiedlich alt riechen.«

Ich hob eine Augenbraue. »Frag mal Akil, der kann dir einiges über Ausdünstungen jeglicher Art erzählen. Mein Geruchssinn ist nicht so gut wie seiner, aber dieser Mann hier ...« Ich nahm eine weitere Nase. »Er war nicht so alt, wie er aussieht.« Und diese Haarfarbe ... sie wirkte nicht wie das natürliche Grau, das die Jahre mit sich brachte. Es sah eher so aus, als wären sämtliche Pigmente entzogen worden. Bisher war ich einer Person begegnet, bei der es auch so gewesen war: Ariadne.

Gottverdammt, diese ganze Sache wurde immer verworrener. Ich hatte keine Ahnung, was ich denken, fühlen, tun sollte. Ariadne, Keira, Coco, Jess. Es gab zwischen all diesen Dingen einen Zusammenhang, der sich mir noch nicht erschloss.

Ich schüttelte mich und stand auf. »Da drüben ist Keiras Blut. Ich nehme eine Probe, suche mir einen Feuerwächter und lasse ihn einen Suchzauber fertigen.« Keine Ahnung, wen ich damit beauftragen konnte, aber es musste einfach gehen. Zur Not würde ich Colin fragen, auch wenn er der Letzte war, den ich um Hilfe bitten wollte.

»Ich würde gerne die Leiche beerdigen oder sie verbrennen«, sagte Ben. »Hier herumzuliegen ist unwürdig.«

Ich sah auf den Körper, vermutlich sollte ich Ben helfen, zu zweit wären wir schneller.

»Es geht schon, Jaydee, hau ab, aber bitte gönne Jack eine Pause. Er kann nicht mehr.«

»Ich bringe ihn heim und hole Amir.« Das war ein Umweg von zwei Minuten. Verkraftbar. Ich stand auf und lief zurück zu Keiras Blut. Noch war es gefroren, aber ich benötigte etwas, worin ich es aufbewahren konnte.

»Hier«, sagte Ben und zog eine kleine Papiertüte aus seiner hinteren Hosentasche.

Ich runzelte die Stirn.

»Allzeit bereit. Man kann nie wissen, wann man Spuren sichern muss.«

Ich kratzte das Blut mit meinem Dolch vom Boden, schob es in die Tüte und steckte sie ein. »Willst du wirklich hierbleiben?«

»Ja. Ich kann ihn nicht so zurücklassen. Es dauert nicht lange. Oder hast du Bedenken, dass er als Schattendämon auferstehen könnte?«

»Bei der rasanten Entwicklung im Moment müsste es schon passiert sein. Seine Seele ist wohl ins Licht gegangen.« Ich betrachtete den Toten noch mal. Er erinnerte mich so stark an Ariadne. Diese Haarfarbe, die Haut, die Falten, die so unnatürlich wirkten. Damals hatte ihre Seele vor mir gestanden und war dabei gewesen, sich zu verlieren. Sie wollte hierbleiben, wollte für Jess da sein, obwohl sie es nicht mehr konnte. Ich hatte ihr die Münze für den Fährmann zugeworfen und sie somit ins Licht geschickt. Alle Seelenwächter hatten diese Münzen bei sich, für den Fall, dass sie einer verlorenen Seele begegnen sollten. Heute trug ich keine bei mir. In der letzten Zeit war ich in so viele Kämpfe verwickelt gewesen, hatte so oft meine Klamotten gewechselt, dass ich es schlichtweg vergessen hatte.

»Geh endlich, Jaydee.«

Ich nickte und riss meinen Blick von dem Toten. »Bis du zurück in Riverside bist, werde ich schon wieder weg sein.«

»Viel Glück und meld dich, sobald du kannst.«

Ich verließ den Bungalow. Die Sonne wanderte dem Horizont entgegen. Der Wind hatte zugenommen und brachte die Art von Kälte mit sich, die schmerzhaft über die Haut kratzte. Ich trug nur ein T-Shirt und war mittlerweile durchgefroren bis auf die Knochen, aber merkwürdigerweise störte es mich nicht. Mein Körper und meine Seele waren nur noch auf eine Sache ausgerichtet: Finde Jess!

Mirabell und Jack warteten dicht beim Bungalow. Sie hatten sich in den Windschatten gestellt, ihr Fell bedeckt von einer sanften Schneeschicht. Jack döste mit gesenktem Kopf. Ich lief zu ihm und tätschelte ihm die Nase. Er hatte alles gegeben und war am Ende seiner Kräfte.

»Bald kannst du dich ausruhen. Versprochen.«

9. Kapitel

Logan lief den abgetretenen Pfad entlang, der zu der Hütte im Wald führte. Er war schon lange nicht mehr hier gewesen, dabei liebte er diesen Flecken seines Anwesens. *Hatte ihn geliebt.* Als Liz noch lebte und sie gemeinsam fast jede freie Minute im Wald verbrachten.

Noch eine Tote auf der langen Liste. Noch eine geliebte Person, die nicht mehr wiederkehren wird.

Ach, Liz. Vielleicht war es ganz gut, dass sie diese Zeit nicht mehr miterlebte. Sie hätte sich der Gruppe um Viktor und Paul sofort angeschlossen und wäre mit in die Stadt marschiert. Sie war sehr hitzköpfig gewesen. Erst handeln, dann denken. Und genau dafür hatte er sie geliebt.

Logan gönnte sich einen tiefen Atemzug frischer Waldluft, überlegte, ob er seine Schuhe ausziehen und barfuß weiterlaufen sollte, aber er wollte Anna nicht so gegenübertreten. Sie legte sicherlich nicht viel Wert auf Etikette wie manch anderer Wächter, dennoch war er ein Ratsmitglied. *Noch.* Und er würde sich so verhalten. Logan streifte beim Vorbeigehen über die Stämme der Bäume. Der Wald war dicht bewachsen, die Laubschicht ließ wenig Licht durch. Heute war ein trüber Tag, der Himmel verhangen, die Luft drückend. Die Anspannung machte sich überall bemerkbar, sogar im Wetter.

Er stieg eine kleine Anhöhe hinauf und fand sich schließlich auf der Lichtung, wo die Hütte stand. Wie ein Hexenhäuschen, das seine Besucher anlockte, ruhte es einsam und verlassen. Das Dach benötigte neue Latten, die Wände sollten gebeizt werden, die wilden Rosen gestutzt. Logan hatte diesen Ort vernachlässigt. Er hatte es nicht ertragen, hier zu sein. Alles – jedes Blatt, jeder Baum, selbst die Hütte – atmete die Erinnerung an Liz aus. Die letzte Wächterin, die er vor Isabella verloren hatte. Die letzte, die er geliebt hatte, mit seinem Leib und seiner Seele. Die letzte, bei der er sich selbst gestattet hatte, Halt zu suchen und sich fallenzulassen.

Beziehungen zwischen Wächtern waren nicht verboten. Es war oft die einzige Möglichkeit, wie sie sich ein halbwegs normales Leben schaffen konnten. Natürlich konnten sie keine Familie im klassischen Sinne gründen, aber sie konnten füreinander da sein, und manchmal war das auch genug; wobei Logan gerne Kinder gehabt hätte. Immer noch. Nach diesen vielen, vielen Jahren, in denen er auf der Erde wandelte, sehnte er sich nach Kinderlachen, das seine Wände erhellte, nach der Neugier der Jugend, nach den Problemen eines Teenagers. Er bereute nicht, dass er ein Seelenwächter geworden war, dieses Leben hatte ihm viel gegeben und viel abverlangt; in Zeiten wie diesen mehr als sonst, aber jeder Sturm ging vorüber. Die Frage war immer, wer am Ende übrig blieb, um die Flaute zu genießen.

Die Tür der Hütte ging auf und Anna trat heraus. Sie trug ein langes Kleid, das ihre Narben verdeckte, die Haare waren in einem strengen Zopf geflochten, an ihrer Hüfte hingen die Wurfmesser. Da Logan keinen Parsumi roch, war sie wohl teleportiert.

»Hallo, Logan.«

»Hallo.«

»Will liegt auf einer Bank hinter der Hütte.«

Sie kam auf ihn zu. Ihre Bewegungen so elegant und leichtfüßig, als würde sie die Erde gar nicht berühren.

Genau wie bei Isabella.

Ein Stich raste durch sein Herz. Er musste kurz wegsehen, blinzeln. *Bloß nicht einknicken. Keine Schwäche zeigen.* Es ist nicht die Zeit dazu.

Anna blieb vor ihm stehen. Sie roch nach Mandarine, eine angenehme Kühle umschloss ihren Körper, legte sich um Logans Haut und um sein Herz.

Luftwächter.

»Wie geht es ihm?«

»Nicht gut. Seit er von Ralf besessen war, ist er verwirrt und steht neben sich. Außerdem sind seine Arme mit den Adern überzogen. Es sieht grausig aus, aber das wirst du ja gleich selbst erkennen. Ich habe ihm zwei Flaschen Heilsirup gegeben. Leider hilft er nicht.«

Sie gingen gemeinsam um die Hütte herum. Logan vermied es, das Gebäude näher zu betrachten. Er hatte früher viele Stunden mit Liz hier verbracht. Sie war ebenfalls eine Erdwächterin gewesen, die älteste in seiner Familie. Lange Jahre hatten sie sich gegen ihre Liebe gewehrt, waren umeinander herumscharwenzelt, ähnlich wie Will um Anna. Doch irgendwann hatten sie nachgegeben und zueinander gefunden. Sie war eine starke, selbstbewusste und wunderschöne Frau gewesen. Logan hatte lange um sie getrauert, er tat es immer noch und bereute zutiefst, dass er so viele Jahre damit verschwendet hatte, sie nur zu bewundern, statt ihr seine Liebe zu gestehen.

Vielleicht würden sie sich bald wiedersehen. Wenn sie Ralf nicht aufhalten konnten und es Logan ebenfalls erwischte ...

Auf der anderen Seite hätte er dann keine Seele mehr, und ohne Seele konnte er nirgendwohin gehen. Es bliebe nichts von ihm übrig.

Will lag auf der Bank, die Logan gezimmert hatte. Auch etwas, wozu er kaum noch kam: Möbel bauen. Seit er in den Rat aufgestiegen war, blieben seine Leidenschaften auf der Strecke. Will sah blass aus, seine Haut strahlte eine unnatürliche Hitze ab, auf seiner Stirn standen Schweißtropfen. Anna hatte die Ärmel seines Hemdes hochgerollt und die Unterarme entblößt. Wills Adern stachen scharf hervor, als wären sie mit einer Flüssigkeit gefüllt. Sie pulsierten im Rhythmus seines Herzschlages. Logan schloss die Augen, lauschte in Wills Körper. Er arbeitete auf Hochtouren. Der Puls ging schnell, das Blut rauschte durch ihn hindurch.

»Kannst du ihm helfen?«, fragte Anna.

»Das werden wir gleich sehen.« Er setzte sich hinter Will auf die Bank und legte eine Hand auf seine Stirn. Sofort zerrte Wills Körper an Logans Heilenergie. Er nahm sie an sich wie ein Verdurstender einen Schluck Wasser. Manchmal war das so bei Verletzten. Manchmal benötigten die Zellen so viel Heilung, dass sie regelrecht danach gierten. Logan presste die Hand fester auf, ließ die Energie zwischen sich und Will fließen, gab ihm, so viel er konnte. Er spürte das Ziehen an seinem eigenen Körper. Jemanden zu heilen kostete Kraft, aber normalerweise nicht so viel, dass er selbst Schaden davon nahm. Schon gar nicht, wenn er mitten in seinem Element, in der freien Natur, war. Er fühlte, wie seine Füße sich im Boden verankerten, ihm Halt boten und ihn gleichzeitig mit neuer Energie aus der Erde versorgten.

Doch all das half nichts. Logans Heilenergie verdunstete einfach in Wills Körper, ohne etwas zu bewirken. Er nahm die Hand weg und schüttelte den Kopf. »Es genügt nicht.«

Annas Schultern sackten herunter. Ihre Finger suchten eine ihrer Narben, kratzten daran herum. Logan legte seine Hand auf ihre. »Nicht verzagen, Anna. Wir bringen ihn zu einem Kraftplatz. Vielleicht kann er sich bei seinem Element erholen.«

Jede Seelenwächterfamilie besaß auf ihrem Grundstück Kraftplätze für die vier Elemente. Wenn die Kämpfe zu viel wurden, wenn ein Wächter eine Auszeit brauchte oder einfach seine Ruhe wollte, dann war dies die Anlaufstelle.

»Logan!«

Das war Aiden. Logan blickte sich um. Sie kam den Weg entlanggerannt, den auch er genommen hatte. Sie trug wie immer dunkle Kleidung, enge Hosen in Lederoptik und ein dazu passendes Top. Die schwarzen Haare hatte sie in einem Pferdeschwanz gebändigt. Aiden lächelte, doch Logan kannte sie lange genug, um ihre Erschöpfung dahinter zu erkennen. Sie kam genauso an ihre Grenzen wie alle.

»Was ist?«

»Ich habe es geschafft! Die Schutzzauber um unser Anwesen!« Schweratmend blieb sie vor ihm stehen und japste nach Luft. »Sie stehen. Also ein Teil davon.«

Logan erhob sich, griff an ihre Schulter. Drückte sie. »Das ist großartig.«

»Die alten Schutzzauber konnte ich nicht wieder in Gang setzen, also habe ich einen zweiten Wall gezogen. Er wirkt gegen Schattendämonen und gegen Menschen. Solange Ralf nicht mit einem anderen Wesen eindringen wird, sind wir sicher.«

Logan zog Aiden an sich und drückte ihr einen Kuss auf die Haare. Sie lachte, erwiderte seine Umarmung. Ein kleiner Erfolg! Endlich hatten sie einen kleinen Erfolg auf ihrem Konto. »Das gibt uns Zeit.«

»Ja. Ich muss alle zwei Stunden die Zauber erneuern, und sie werden gewiss keine Wochen halten, aber einige Tage schon. Wir können durchatmen, uns sortieren und überlegen, wie wir gegen Ralf vorgehen können.«

Vielleicht gab ihnen das genau die Zeit, die sie brauchten. Vielleicht gab es doch noch eine Möglichkeit, Ralf zu stoppen.

»Wie geht es Will?«, fragte Aiden.

»Schlecht. Er muss zu seinem Kraftplatz. Ich kann ihn nicht heilen.«

»Ich helfe euch.«

Sie standen auf, hoben Will gemeinsam an und liefen zurück zum Anwesen.

Es gibt Hoffnung. Immer wieder.

10. Kapitel

Jessamine

Wir müssen sofort zurück!« Kaum hatte ich festen Boden unter den Füßen, zog ich Keira an mich. »Das war Jaydee! Er wollte mich holen.« Mich retten. »Keira!«

Sie stand neben mir, ihr Blick starr und erschrocken, als hätte sie ein Wunder beobachtet. Noch immer hielt sie das Kästchen mit dem Kranich fest, doch als sie die Finger öffnete, zerbröselte es endgültig zu Staub. Genau wie der Zettel, der uns zurückgebracht hatte.

Ich schüttelte sie an den Schultern, damit sie endlich zu sich kam.

Ihre Lider zuckten, sie sah mich an, ohne zu blinzeln. An ihrer Schläfe war eine graue Strähne erschienen, die vorher noch nicht dagewesen war. Ihr Gesicht war blass, trotz ihrer dunklen Hautfarbe. Sie sah aus, als hätte jemand sämtliche Energie aus ihrem Körper gezogen.

»Keira?«

Sie atmete einmal flatternd ein, verdrehte die Augen nach oben und kippte um.

Toll. Einfach toll! Ich stieß einen frustrierten Schrei aus und beugte mich über sie. Ihr Atem ging flach, aber ihr Herz schlug ruhig. Sie zitterte, obwohl ihre Haut ganz warm war. Ich blickte mich rasch um.

Wir waren in einer urigen Hütte gelandet. Es roch tatsächlich nach Bagels und Kaffee. Das Zimmer war mit indirektem Licht ausgeleuchtet. Auf dem Tisch stand eine halbleere Karaffe mit Wasser, auf der Küchentheke zwei Tassen. Kaffeepulver war auf dem Tresen verschüttet. Anscheinend kam der Aufbruch überraschend.

Draußen war es dunkel. Wir waren also entweder nach Osten oder Westen gereist. Einmal vor in der Zeit oder zurück ...

»Keira, bitte wach auf.« Ich strich über ihre Wange, fühlte ihren Puls, rüttelte sie sachte. Ich musste zurück zu Jaydee. Sofort. Wir waren so nahe dran gewesen, nur zehn Sekunden später, und wir hätten uns getroffen!

»Keira!« Verdammt noch mal! Sie konnte doch jetzt nicht schlapp machen!

Auf einmal raschelte es in einem der Nebenzimmer. Ich fuhr herum und starrte in die Dunkelheit. Krallen tapsten über den Holzboden. Automatisch griff ich an Keiras Gürtel und zog eins der Wurfmesser heraus. Doch das war nicht nötig. Ein Hund kam aus dem Zimmer getrottet. Er blieb kurz in der Tür stehen, reckte seine Glieder, schüttelte sich und stapfte dann freudig auf uns zu.

»Mann, hast du mich erschreckt!«

Er begrüßte mich schwanzwedelnd, schob seine Nase unter meine Hand, damit ich ihn streichelte, und warf sich vor mich auf den Rücken. Golden Retriever. Natürlich. Die würden eher dem Einbrecher Tee kochen, statt jemanden zu vertreiben. Ich tat ihm den Gefallen und kraulte ihm den Bauch.

»Bist du alleine hier?«

Nein, ich erwartete keine Antwort, aber es beruhigte mich, mit jemandem zu sprechen.

Ich knuddelte den Hund noch mal, legte das Wurfmesser zurück und stand auf. Das Zimmer war aufgeteilt in einen Wohnbereich mit Couch und Kamin, den Essbereich, der über Terrassentüren nach draußen führte, und eine große Küche. Seltsamerweise hatte ich das Gefühl, schon mal hiergewesen zu sein, dabei war ich mir sicher, dass es nicht so war. Es lag an der Energie in diesen Wänden. Sie hieß mich willkommen, als wäre ich ein Teil ihrer Geschichte.

Keira keuchte, ihre Hände krampften. Sofort war ich bei ihr, aber leider wachte sie nicht auf. Schaffte ich es, sie auf die Couch zu heben? Sie sah nicht sehr schwer aus, aber ich war ziemlich fertig, und der Hund wäre mir bestimmt keine Hilfe. Also stand ich auf, holte Kissen und eine Decke und machte es ihr so bequem wie möglich.

Ich musste Ben anrufen. Seine Nummer konnte ich hoffentlich über die Auskunft herausfinden, immerhin arbeitete er für die Polizei.

»Okay. Telefon, wo bist du?« Ich lief einfach los, der Hund sprang an meine Seite, hob einen zerkauten Turnschuh auf und folgte mir. »Nein, wir gehen nicht spielen.«

Ich durchquerte den Raum und lief in das Zimmer, aus dem der Hund gekommen war. Es war das Schlafzimmer, das Bett war zerknautscht, offenbar hatte er darin gelegen.

Rechts neben dem Schlafzimmer war ein weiterer Raum. Ich knipste das Licht an. Ein Büro! Sehr gut. Ein massiver Holztisch thronte vor einer Terrassentür. Dahinter erkannte ich nur Dunkelheit und einige Bäume im Restlicht des Hauses. Ich umrundete den Tisch und öffnete eine Schublade nach der anderen. Notizblöcke, Kugelschreiber, massenhaft Bleistifte (wer bitte brauchte so viele Bleistifte?), Locher, Brieföffner, alles war da. Nur kein Handy. Ich ließ mich in den Ledersessel sinken und seufzte. Der Hund kam zu mir. Er hatte den Schuh mit einem zusammengelegten Socken getauscht und warf ihn mir in den Schoß. Dann legte er seine Schnauze auf mein Knie und fixierte den Socken, als könne er ihn mit bloßer Willenskraft dazu bringen, sich zu bewegen. Ich wuschelte ihm durchs Fell.

»Ich hab keine Zeit, mit dir zu spielen. Ich muss zurück nach Hause.« Zu Jaydee. Der Blick, den er mir vorhin zugeworfen hatte, ging mir noch durch und durch. Angst, Sorge, Freude, Wärme. Er war über mich geglitten wie ein Laser. Ich drehte mich zurück und starrte ins Zimmer.

Der Hund behielt seine Nase auf meinem Schoß und hypnotisierte die Socke. Ich nahm das Ding und warf sie zum Flur hinaus. Sofort sprang er hinterher.

Ich strich mir durchs Gesicht, durchsuchte noch weitere Schubladen und Schränke im Büro. Es fühlte sich merkwürdig an, in den Sachen eines anderen herumzuwühlen. Joshua war für mich gestorben. Er war gekommen, um mich zu retten, und jetzt lag er im ewigen Eis.

Ariadne. Joshua. Violet. Mum.

Die Liste meiner Verluste wurde länger und länger. Joshua hatte ich zwar nicht gekannt, dennoch war er ein Mensch gewesen, der meinetwegen tot war.

Ich hatte ihn auf dem Gewissen. Nicht aktiv, aber passiv.

Wie sollte ich verantworten, dass andere ständig ihr Leben für mich riskierten? War es vielleicht doch an der Zeit, dieser Welt den Rücken zu kehren und alles hinter mir zu lassen, so wie Soraja es vorgeschlagen hatte? Konnte ich das überhaupt noch?

Da im Büro nichts Praktisches zu finden war, lief ich zurück ins Wohnzimmer. Keira saß auf der Couch und umklammerte ein Glas Wasser.

»Gott sei Dank: Du bist wach!«

Der Hund hatte sich zu ihren Füßen niedergelassen und kaute auf einer Fernbedienung herum.

»Wie geht es dir?«, fragte ich und nahm neben ihr Platz.

Keira starrte auf ihr Wasserglas, ähnlich wie der Hund vorhin auf die Socke auf meinem Schoß. Vorsichtig strich ich über ihre Schulter.

»Keira?«

»Ja. Ich ...« Sie blinzelte, trank das Wasser aus und betrachtete das leere Glas. »Das war ...«

»Schmerzhaft?«

Sie schüttelte den Kopf und blickte mich an. In ihren Augen standen Tränen und Verwirrung. Dieses Bild passte nicht zu ihr. In den wenigen Situationen, in denen wir miteinander zu tun gehabt hatten, war sie mir tough und unnahbar vorgekommen. Jetzt brach diese Fassade zusammen und entblätterte eine fragile Frau.

»Magisch«, sagte sie schließlich. »Ich kann es nicht annähernd in Worte fassen. Ich habe ...« Sie streckte eine Hand aus, betrachtete ihre Finger. »Ich habe göttliche Energie berührt. Sie war in mir, hat durch mich gewirkt. Noch nie in meinem Leben habe ich etwas derart Reines und Starkes gespürt. Wir sind so klein, Jess. So unbedeutend gegen diese Macht.«

Ich drückte ihre Schulter sachte. Keira brauchte Zeit, das alles zu verarbeiten, nur hatten wir die nicht. »Ich muss dich drängen. Es ist wichtig, dass ich zurück zu meinen Freunden komme. Hast du ein Telefon? Weißt du, wo wir sind?«

»Nein, das tue ich nicht. Du solltest nicht zurück. Du bist dort nicht sicher.«

»Und ob ich das muss! Unter ihnen ist ein Verräter, und ich ...«

»Aber Joshua hat gesagt ...«

»Es ist mir ziemlich schnuppe, was er sagte oder nicht. Ich gehe auf alle Fälle.« Wenn sie mir nicht helfen wollte, dann würde ich es ohne sie schaffen. »Sie sind meine Familie. Ich werde sie nicht im Stich lassen, verstehst du?«

Sie starrte auf ihre Hände, rieb die Finger aneinander, fuhr die Innenseiten nach.

Am liebsten würde ich sie durchschütteln! Sie konnte ja meinetwegen über die Göttlichkeit dieser Sache nachgrübeln, so viel sie wollte, aber nicht hier und jetzt.

»Keira ...«, versuchte ich es noch mal, doch sie hörte mir nicht zu.

Ich seufzte und stand auf. Sinnlos. Ich musste selbst eine Möglichkeit finden, wie wir zurückkämen. Als Nächstes würde ich in der Küche suchen. Der Hund hüpfte im Wohnzimmer herum, suchte schon wieder den nächsten Gegenstand. Ich stand auf und fing bei den Schubladen neben der Spüle an, fand aber nur Handtücher, Schwämme, Müllbeutel, Hundefutter.

Natürlich bekam der Hund das mit und kam freudig zu mir. Er warf mir die Fernbedienung vor die Füße und stieß gegen meine Hand. Ich schob ihn zur Seite, aber er blieb so penetrant, dass es nicht klappte. Mit einem weiteren Stups brachte er mich aus dem Gleichgewicht. Ich taumelte rückwärts, trat auf die Fernbedienung und plumpste auf den Hintern.

»Danke auch!«

Ein Zischen, gefolgt von einem leisen Rattern, erklang im Wohnzimmer. Sofort drehte ich mich um. Eine Wand fuhr zur Seite und offenbarte eine Nische mit einem Fernseher, einem Recorder und ... »Das glaub ich jetzt nicht!«

Ein Telefon!

»Wie ...?«

Ich hob den Fuß. Die Fernbedienung! Na klar! Sie hatte die Nische geöffnet. »Hund! Du bist genial!«

Ich stürmte aus der Küche und schnappte mir das Telefon von der Station. Es war ein modernes Modell mit integriertem Touch-Screen und mit Internetverbindung! Ich konnte nach Bens Nummer googlen! Vielleicht sogar meinen Standort herausfinden!

Ja! Ja! Ja!

»Du bekommst den größten Hundeknochen, den ich finden kann!«

Ich rief Google auf und tippte ein: Polizeidienststelle Riverside-Springs ... Es dauerte nicht lange, bis sich die Seite aufgebaut hatte. Trotz der Einöde hatte ich erstklassigen Empfang. Endlich! Endlich lief mal etwas gut für mich. Jetzt musste ich nur noch Bens Nummer finden und hoffen, dass sein Diensthandy angegeben war. Als sein Bild aufpoppte und daneben die Büronummer und die Handynummer standen, hätte ich am liebsten geheult vor Freude! Ich drückte das Telefon an meine Brust, dankte wem auch immer da oben im Himmel und wählte die Nummer.

Das Bimmeln klang wie eine Erlösung. Wie ein Willkommensgruß ... ein lang ersehntes ...

»Dies ist die Mailbox von Detective Benjamin Walker. Hinterlassen Sie bitte eine Nachricht. Ich rufe so schnell wie möglich zurück.«

Beep ...

11. Kapitel

Logan hielt Will aufrecht, während Aiden vor dem Kraftplatz stand und die Tür entriegelte. Nur die Wächter des entsprechenden Elements konnten eintreten. Aiden würde Will hineinbringen und ihn dann dem Feuer überlassen.

»Bist du soweit, Aiden?«, fragte Logan.

Will war zwischendrin immer mal wieder zu Bewusstsein gekommen. Er hatte wenige Worte gesprochen. Etwas vom Feuer in sich gestammelt und war erneut weggetreten.

»Ja. Ich schaffe das schon.«

Die Tür hinter ihr klappte auf. Ein Schwall Hitze trat aus der Öffnung, drinnen sah Logan die Flammen züngeln, bereit, ihren Wächter aufzufangen und ihm Kraft zu spenden.

Aiden trat vor Logan und legte Wills Arm um sich. Er stöhnte leise.

»Wir bringen dich zu deinem Element«, sagte Logan. »Es wäre gut, wenn du etwas mithelfen könntest.«

Will zuckte, als hätte er ihn gehört. Aiden schlang die Arme um seine Taille. Zum Glück besaßen alle Seelenwächter mehr Kraft als Menschen, sonst hätte Aiden Schwierigkeiten bekommen, Will zu stemmen. Er war ein durchtrainierter großer Mann, sie einen halben Kopf kleiner.

»Nein«, stammelte Will. »Nicht da rein. Ich verbrenne!«

»Du kannst nicht verbrennen, Will«, antwortete Aiden. »Du bist Feuer. Es wirkt in dir und mit dir, es wird dir niemals schaden, hörst du?«

Er schüttelte den Kopf. Seine Finger krallten sich in ihre Schultern. »Ich kann nicht! Wo? Wo bin ich?«

»An unserem Kraftplatz. Auf Logans Anwesen.«

Wills Augen verkleinerten sich zu Schlitzen, sein Atem ging schneller, genau wie sein Herz. Logan hörte es hämmern, so laut, dass es fast alle anderen Töne überdeckte.

»Will?«, fragte Logan.

»In mir ist ... da passiert etwas!« Wills Puls legte noch einen Takt zu.

Das war zu schnell. Zu heftig. Logan trat hinter ihn, half Aiden, ihn zu halten, doch er zitterte so stark, dass er kaum noch aufrecht stehen konnte. Gemeinsam betteten sie ihn vor den Eingang. Logan setzte sich hinter ihn, legte eine Hand auf Wills Stirn.

»Was hat das zu bedeuten?«, fragte Anna und kniete sich neben die beiden.

Logan schüttelte den Kopf. »Meine Heilenergie nutzt nach wie vor nichts. Wir müssen ihn ...«

Will schrie vor Schmerz. Er riss sich das Hemd auf, als wäre es zu heiß, um es weiter zu tragen.

»Oh, mein Gott«, sagte Anna und schlug die Hand vor den Mund.

Sein gesamter Körper war mit den Adern überzogen. Seine Haut war leicht durchsichtig, darunter schimmerte es rot und gelb. *Wie Feuer. In ihm drinnen.* Vorsichtig legte Logan eine Hand auf Wills Brust und zog sie sofort zurück. Logans Haut zischte, Brandblasen entstanden.

»Logan?«, fragte Aiden.

»Ich weiß nicht, was das ist.« Er starrte fassungslos auf seine Hand. Die Verletzung heilte. »Das habe ich noch nie gesehen.«

Will schrie ein weiteres Mal, grub seine Hände in die Erde.

»Wir müssen etwas tun!«, schrie Anna. Sie beugte sich über Will, wollte sein Gesicht packen, aber Logan hielt sie zurück, damit sie sich nicht auch verbrannte. Sie machte sich frei, legte ihre Finger um Wills Wangen. Es zischte, als hätte sie auf eine heiße Herdplatte gefasst. Anna zuckte zusammen, zog ihre Finger zurück. Sie betrachtete ihre geröteten Hände.

»Schon gut, Anna, ich werde dich gleich ...«, *heilen*, wollte Logan eigentlich sagen, doch auf einmal schossen Flammen aus Wills Körper. Er schrie vor Schmerz. Die Flammen wurden größer, formten sich zu einer Gestalt, sie entwickelte Klauen, Flügel, eine lange Schnauze. Höher und höher stiegen sie empor, bis sie die Größe eines Pferdes erreichten.

»Das ist einer der Feuerdrachen!«, sagte Anna und sprang auf die Füße.

Will keuchte.

Logan starrte die Flammen an. Völlig fassungslos und für eine Sekunde unfähig zu handeln.

Das war doch unmöglich!

Wir machen einen Schritt nach vorne, und Ralf wirft uns drei zurück!

Der Feuerdrache bäumte sich auf, löste sich von Will, streckte die Schnauze in die Luft und riss sein Maul auf. Er breitete seine Flügel aus, als wollte er Logan, Anna und Aiden in eine Umarmung ziehen.

»Geht sofort zurück!«, brüllte Logan.

Aiden zückte ihre Armbrust, legte an, feuerte auf den Drachen. Der

Pfeil zischte durch ihn hindurch. Er schenkte dem Geschehen nicht einmal Beachtung.

Anna und Aiden schoben sich vor Logan, als könnten sie ihn so beschützen, doch Logan wusste, dass es vorbei war. Ein dumpfes Grollen ging durch die Erde. Sein Anwesen brodelte. Das Feuer schoss durch die unterirdischen Adern, die das gesamte Gebäude umschlossen, sie wurden lebendig, gespeist von dem Drachen, der bei ihnen eingedrungen war.

»Ralf kann unmöglich die Explosion auslösen, wenn er nicht hier ist«, rief Aiden. Sie ballte die Hand zur Faust, formte einen Feuerball und schleuderte ihn auf den Drachen. Es ließ ihn genauso unbeeindruckt wie der Schuss zuvor.

»Das ist auch nicht nötig«, flüsterte Logan. Ralf brauchte dieses Mal keine Explosion.

»Was?«, fragte Aiden.

Der Drache warf den Kopf in den Nacken und sauste mit weit geöffnetem Rachen auf die Erde nieder. Aiden, Anna und Logan wichen gleichzeitig rückwärts, aber sie waren nicht das Ziel seiner Attacke. Die Zähne des Drachen verankerten sich im Boden, er biss zu, riss ein großes Stück Erde heraus und brachte die Adern zum Vorschein, die sich darunter durchgegraben hatten. Aiden schoss den nächsten Feuerball auf ihn. Es kümmerte ihn nicht, er biss ein weiteres Mal zu, durchtrennte das Netz aus Adern mit seinen Fängen.

»So macht er es ...«, stammelte Logan. Ein beißender Schmerz schoss durch sein Herz, als hätte der Drache ihn gebissen und nicht die Adern. »So bringt er das Anwesen zu Fall.« Logan knickte in den Knien ein, Aiden und Anna wirbelten herum, stützten ihn.

»Die Explosion lässt die Drachen aktiv werden«, keuchte er. »Und wir haben einen aufs Anwesen gebracht. In Will.«

Ein trojanisches Pferd ...

Logan blickte Aiden in die Augen. Sie verzog das Gesicht, wusste nicht, was sie tun sollte.

»Ich werde der Nächste sein.« Wieder schoss der Schmerz durch seinen Körper. Logan keuchte, wollte nicht schreien, doch nie zuvor in seinem Leben hatte er etwas derart Schlimmes gefühlt. Sein Herz, seine Seele – sie explodierten in ihm drinnen.

»Nein, Logan. Nein!«

Logan kippte nach vorne, grub seine Finger in die Erde. *Erde.* Sein Element. Sein Motor. Sein Anker. Er fühlte die Stärke, spürte, wie seine Heilkräfte gegen den Schmerz kämpften und ihn dennoch nicht besiegen konnten. Es war vorbei.

Das Anwesen starb.

Er starb mit ihm.

»Bringt euch in Sicherheit«, stammelte er.

»Wir lassen dich auf keinen Fall allein«, antwortete Aiden.

Logan blickte auf. Ein letztes Mal. Er wusste, dass es gleich vorbei war. Er fühlte es in jeder seiner Zellen.

Will lag vor ihm. Bewusstlos. Sein Körper übersät mit den Adern. Würde auch er sterben?

Die Erde erzitterte, ein Beben drang tief und böse über das gesamte Gelände. Die Adern traten hervor, wurden lebendig. Weitere Flammen flackerten auf. Noch mehr Drachen erschienen, und sie brachten eine vertraute Gestalt mit sich.

»Ralf ...«

Aiden zischte, stand auf, legte einen Pfeil an. Ralf lachte, hob die Hand, jagte einen seiner Drachen auf sie. Aiden wurde zurückgeschleudert. Logan konnte ihr nicht nachblicken, er konnte sich nicht mehr bewegen. Anna zog eines ihrer Wurfmesser. Logan wollte ihr sagen, dass sie das nicht tun sollte, dass sie laufen sollte, doch es war zu spät. Ralf attackierte sie genauso wie Aiden. Für einige Augenblicke sah Logan nur noch Feuer um sich herum. Spürte die Hitze, sengend und zerstörerisch.

Ralf kam näher. Sein Körper bestand aus Rauch und Flammen. Es war genauso wie beim Rat; als Ralf sich Kirian geholt hatte und sie verzweifelt versucht hatten, ihn aufzuhalten. Ralf blieb vor ihm stehen und beugte sich zu Logan hinunter.

»Danke für die Einladung. Ich wusste, ihr könnt Will nicht leiden lassen. Dafür seid ihr zu gutherzig.«

Es krachte hinter Logan. Ein Teil des Schlosses war zusammengebrochen.

»Kendra ... Derek ...« Waren sie noch drinnen? Oder lagen sie jetzt begraben unter einem Berg aus Schutt? Ralf gab ihm einen Tritt, Logan stürzte auf den Rücken, blieb liegen. Der Schmerz in seiner Brust lähmte ihn. Hitze breitete sich von seinem Herzen her aus, rauschte durch ihn, als wäre er auf einmal mit Feuer statt mit Blut gefüllt.

Weitere Mauern krachten in der Ferne zusammen. Logan starrte nach oben. Der Himmel war erfüllt mit Rauch und Qualm.

Grinsend hielt Ralf die Arme über Logans Körper. Der Schmerz bündelte sich in seiner Körpermitte. Logan schrie, glaubte in zwei Hälften zu zerspringen. Er krallte die Hände in den Boden, biss sich auf die Zunge, schmeckte Blut. Aiden huschte wie ein Schatten um ihn herum, schrie seinen Namen, feuerte Pfeile gegen Ralf, doch kein einziger erreichte sein Ziel. Ralf schloss die Augen, der Sog in Logans Körper nahm zu. Flüssiges Feuer rann in ihn hinein, füllte seinen Körper, seine Organe, brachte alles in ihm zum Schmelzen. Logan schrie. Er hielt es nicht mehr aus. Keine Sekunde länger konnte er diesen Schmerz ertragen.

Und als er glaubte, daran zu zerbrechen, war es auf einmal vorbei.

Logan fühlte nichts mehr.

Nur noch unendliche Leere.

Sein Körper hatte sich aufgelöst, er war gefangen und gleichzeitig frei. Sein Gehör, sein Geruch, sein Gefühl: Alles war weg. Nur seine Augen funktionierten noch. Er sah alles um sich herum, unfähig, Signale an seinen Körper zu senden, damit er sich bewegte. Ralf lachte, riss die Arme in die Luft. Für ewig lange Zeit sah Logan nur noch rot und gelb. Er müsste die Hitze eigentlich spüren, der Drache war neben ihm, doch das war nicht der Fall. Alles prallte an Logan ab. Er war ein Gefangener in seinem eigenen Körper.

Das grelle Licht verschwand. Ralf ebenso. Aiden beugte sich über Logan. Sie redete auf ihn ein, schüttelte ihn. Sie weinte. Logan sah es deutlich und es sollte ihn emotional berühren, aber das tat es nicht. Es war nichts mehr da. Keine Gefühle. Keine Seele. Nichts.

Selbst seine Gedanken verebbten, bis nur noch gähnende Leere in seinem Kopf herrschte.

Und dann war auch die weg.

Er hatte alles vergessen.

Logan war weg.

12. Kapitel

Jessamine

Hinterlassen Sie bitte eine Nachricht ...«

Das war das fünfte Mal, dass ich bei Ben anrief. Es klingelte ständig durch, bis die Mailbox ansprang. Bisher hatte ich keine Möglichkeit gefunden, uns zu orten. Sogar den Notruf hatte ich gewählt, aber es kam nur ein komisches Besetztzeichen, als wäre die Leitung tot. Entweder hatte Joshua sämtliche Sicherheitsmaßnahmen ergriffen, um ja nicht aufgespürt zu werden, oder es lief gerade etwas in der Welt ab, was wir nicht mitbekamen.

Mittlerweile war ich nach draußen gegangen. Ich hatte mir ein paar Turnschuhe angezogen – die zwei Nummern zu groß waren –, weil mir Ralf Klamotten, aber keine Schuhe in dem Haus im Eis überlassen hatte. Es war immer noch dunkel, aber der Himmel wurde stetig heller. Ein Kauz rief, es duftete nach Pinien und Wald und Moos und ...

Beep ...

Ich legte auf und seufzte. Der Hund hatte sich neben mich gepflanzt und beobachtete jede meiner Bewegungen. Wir saßen auf der Veranda und blickten auf einen Vorplatz, auf dem bis vor Kurzem ein Auto geparkt haben musste. Die Abdrücke im Boden waren noch deutlich zu sehen.

Keira war drinnen. Sie redete nach wie vor nicht viel, aber ich hatte das Gefühl, dass sie langsam zu sich kam.

Erneut wählte ich Bens Nummer.

Es klingelte. Mal wieder.

Und klingelte.

Und klingelte.

Und ...

»Hallo?«, fragte eine Mädchenstimme.

Vor Schreck hätte ich fast das Telefon fallen lassen. War das Coco? Nein, sie hatte anders geklungen. Diabolischer.

»Wer ist da?«, fragte ich.

»Flo.«

Flo. Und wer in Gottes Namen war Flo? »Was machst du mit Bens Handy?«

»Es lag auf dem Tisch und läutete.«

»Heißt das, er ist bei dir?«

»Nein. Er ist mit dem silberäugigen Mann weggegangen.«

Mit Jaydee ... Ich sank gegen das Geländer der Veranda, kniff mir in den Nasenrücken. Das durfte doch nicht wahr sein ... »Ist Anna in der Nähe? Kennst du sie?«

»Ja, aber sie ist nicht da.«

»Verdammter Mistkram!«

»Fluchen bringt Unglück.«

Ich seufzte. Wie gut, dass mir das endlich mal jemand sagte. »Ich benötige dringend Hilfe. Ich muss mit Ben reden. Wenn er wieder da ist, dann soll er ...«

Ein lauter Knall ertönte im Hintergrund. Das Geräusch kannte ich! Genauso klang es, wenn jemand aus dem Portal trat, und wie zur Bestätigung erklang kurz darauf ein zaghaftes Wiehern.

»Flo! Ist Ben gerade zurückgekehrt?«

»Ich weiß nicht. Ich müsste zum Fenster hinaussehen.«

»Dann tu das bitte!« Himmelherrgott.

Ich hörte Schritte, ein Rascheln. »Nein. Ben ist nicht da. Nur der silberäugige Mann.«

»Jaydee!« Oh mein ... Das war ja ... Ich sprang auf. »Geh sofort zu ihm! Sag ihm, Jess ruft an, aber gib ihm nicht das Handy! Es geht kaputt, wenn er es anfasst. Hast du verstanden?«

»Ja.«

Wieder hörte ich ihre Schritte. Sie summte leise. Schön, dass sie Spaß hatte, während ich hier tausend Tode starb!

»Flo?!«, rief ich.

Noch mehr Rascheln, ein Knacken ... Sekunden des Wartens. Ich biss auf meine Nägel, malträtierte sie, bis ich Blut schmeckte, lief umher. Der Hund war aufgesprungen und folgte mir. Offenbar erwartete er einen Spaziergang.

Es krachte erneut. Ich hörte gedämpfte Stimmen.

Jaydee! Das war Jaydee! Es ging mir durch und durch, als könnte er aus der Entfernung nach mir greifen und mich festhalten.

»Jess?!«, rief er.

Flo hatte ihn auf Lautsprecher gestellt. Oh Mann, ich werde sie knutschen!

»Ja! Ja, ich bin hier.«

»Wo ist hier, verdammt?«

»Ich weiß es nicht ... Im Wald. Irgendwo im Nirgendwo. Keira hat uns gerettet. Coco war da und ... Will! Ralf ist Will, Jaydee! Ihr müsst aufpassen. Er hat seinen Körper übernommen und mich verschleppt und ...« Es krachte in der Leitung. Jaydee fluchte, vermutlich war er zu nahe an das Handy getreten. Die Seelenwächter vertrugen sich nun mal nicht gut mit moderner Technik.

»Das wissen wir alles schon. Mach dir keine Sorgen. Ralf hat ihn wieder verlassen. Wo kann ich dich abholen?«

»Ich ... im Wald. Genauer kann ich es dir nicht sagen.«

»Ist Keira bei dir?«

»Ja.«

»Gib sie mir.«

»Sie ist nicht ansprechbar, und sie weiß auch nicht, wo wir sind.«

Jaydee fluchte dermaßen heftig, dass selbst ich rote Ohren bekam.

»Nimm bitte Rücksicht auf das Mädchen«, sagte ich.

»Ich brauche einen Hinweis. Gibt es nichts, woraus du schließen kannst, wo du bist?«

»Um mich herum ist Wald. Hier ist Nacht, aber die Sonne geht bald auf. Wo ist Ben? Vielleicht kann er den Anruf zurückverfolgen lassen.«

»Er ist noch in der Antarktis und beerdigt die Leiche.«

»Joshua.«

»Hast du ihn gekannt?«

»Nein, aber er muss etwas mit Ariadne zu tun gehabt haben. Jaydee, das ist alles so verwirrend.«

»Ich weiß. Ich ...« Er kam näher, das Telefon krachte erneut. »Ich werde dich finden, verstanden?«

»Ja.«

»Du sagst, du bist in einem Haus«, sagte Jaydee. »Beschreibe es mir.«

»Es ist eine Hütte im Wald. Sie ist selbst gebaut, rustikal und nicht sehr groß. Ich bin in der Einöde und ... Herrgott, ich weiß nicht, wie ich dir helfen kann, mich zu finden. Es ist einfach ein beschissenes Haus. Verstehst du?«

»Hey, nicht durchdrehen. Wir schaffen das. Ich habe Proben von Keiras Blut genommen und wollte gerade zu einem Feuerwächter, damit er mir einen Suchzauber anfertigt. Ich habe auch dein Amulett gefunden, wenn du nicht mehr geschützt bist ...«

»Doch! Bin ich. Joshua hat meine Aura abgeschattet, wegen Coco. Ich weiß nicht, wie lange es anhält. Ich weiß überhaupt nichts, es ging alles so schnell. Will war zu mir gekommen, ich dachte zumindest, er wäre es gewesen, und dann hat er mich entführt und ... er hat Soraja getötet!«

»Ja, er hat uns alle getäuscht.«

Ich rieb über meine Stirn und lief umher. In meinem Kopf hämmerte es dumpf. Wenn ich nur wüsste, was ich tun soll ... »Oh.«

»Was ist?«

»Hier ist eine Garage.« Ohne es zu bemerken, war ich ums halbe Haus gelaufen. »Vielleicht ist ein Auto drinnen.« Ich klemmte das Telefon zwischen Schulter und Ohr und öffnete die Tür. Muffelige Luft mit einem Hauch alten Öles kam mir entgegen. Ich tastete nach dem Lichtschalter.

»Und?«

»Ein Quad.« In knallrot. An den Reifen hingen Blätter und kleine Äste, der Unterboden war mit Schlamm bespritzt, der Schlüssel steckte. Ich drehte ihn herum. Sofort sprang der Motor mit einem dumpfen Wummern an. »Und es funktioniert.«

»Okay, du wirst jetzt ...«

Der grelle Schrei einer Frau unterbrach bei Jaydee die Stille.

»Scheiße«, sagte er.

Auf einmal hörte ich Getrampel, noch mehr Gebrüll. Flo japste, es schepperte, als hätte sie das Handy fallen lassen.

»Jaydee, was ist da los?«

»Wir werden angegriffen.«

»Was?«

»Schattendämonen! Rowan! Warte!«, brüllte Jaydee. Seine Stimme entfernte sich, Kampfeslärm brach aus. »Flo, heb das Handy auf und versteck dich im Haus!« Es raschelte in der Leitung. Flo schrie, es krachte wieder.

»Jaydee!«, brüllte ich ins Telefon.

Und dann war die Leitung tot.

13. Kapitel

Joanne starrte auf die Uhr, die der Meister ihr dagelassen hatte. Der Alarm war soeben losgegangen. Es war soweit. Endlich war es soweit, und sie durfte dieses Drecksloch verlassen!

Der Hunger in ihr war übermächtig. Sie konnte kaum klar denken, wollte nur ihre Hände auf den Körper eines Menschen legen und ihn aussaugen und dann den nächsten und den nächsten. Genau das würde sie tun, sobald sie in London war. Essen. Essen. Essen, bis sie nicht mehr konnte, und dann würde sie die Pläne des Meisters durchführen, auf das Schloss von Logan gehen und die letzte Explosion auslösen. Sie würde ihn nicht enttäuschen. Nie mehr.

Mit Mühe schob sie sich nach oben, stützte sich dabei an der Wand ab. Ihr Körper bestand nur noch aus Schmerzen. Wenigstens war Jaydee nicht zurückgekehrt. Joanne hätte eine weitere *Unterhaltung* mit ihm nicht verkraftet. Sie wäre eingeknickt, hätte ihm alles erzählt, was er wissen wollte, ohne Wenn und Aber.

Gleich habe ich es geschafft.

Sie stieß sich von der Wand ab, torkelte in die zweite Kammer und auf das Portal zu. Es schimmerte durchsichtig. Auf der anderen Seite erkannte sie Gestein. Wie in einer Höhle. Bestimmt hatte der Meister es so programmiert, dass es irgendwo unter der Erde endete. Sie konnte ja schlecht mitten in der Innenstadt von London auftauchen. Bald hat auch dieses Versteckspiel ein Ende. Wenn der Emuxor die vier Seelen der Ratsmitglieder erhalten hatte, konnten sie loslegen. Dann würden die Schattendämonen vorpreschen und die Menschen ausrotten.

Oh, wie sie sich darauf freute. Sobald sie wieder gestärkt war, würde sie Jaydee suchen und ihm jede einzelne Grausamkeit der letzten Stunden fünffach zurückzahlen. Sie würde ihn in Ketten legen, ihn am Rande des Lebens halten und so lange mit ihm spielen, bis er nicht mehr wusste, wer er war.

Joanne grinste und trat durch das Portal.

Ein leichter Sog zerrte an ihrem Inneren, etwas Kaltes strich über ihre Haut wie eine Wand aus Wasser. Diese statischen Portale waren angenehm für die Reise. Ein Ziehen, Kälte, und dann war es vorüber.

Sie öffnete die Augen. Joanne stand in einer steinernen Kammer, es war kühl, feucht und es roch nach Weihrauch.

War sie in einer Kirche? In London gab es sicherlich mehr als genug davon, aber es schien ihr dennoch ungewöhnlich, dass der Meister sie ausgerechnet an so einen Ort geschickt hatte.

Sie drehte sich herum und schrie erstickt.

In der Mitte des Raumes war ein steinerner Altar aufgebaut. Darauf lag eine Gestalt in einem verschmutzten, ehemals weißen Kleid mit einer Widdermaske auf dem Kopf und schlief.

Joanne lief es eiskalt den Rücken hinunter.

Sie war nicht in London.

Er hatte sie angelogen ...

»Ich werde dich nicht enttäuschen.«

»Nein, das wirst du tatsächlich nicht.«

Ihre letzten Worte, die sie ausgetauscht hatten, bevor er ging.

Das wirst du tatsächlich nicht ...

Sie schluckte trocken. Joanne starrte auf die Gestalt vor sich. Ihr Innerstes zog sich zusammen. Sie fühlte einen Druck, ihre Emotionen, die sich an der Stelle zusammenbrauten und sich in einem hysterischen Lachen Raum suchten. Es war genauso wie nach dem Angriff von Coco. Joanne war besiegt worden. Dieses Mal nicht von einer kleinen Göre, sondern von dem Mann, der ihr sagte, dass er sie liebte. Den sie liebte. Geliebt hatte.

Ich werde dich nicht enttäuschen.

Nein, weil er ihr gar keine Gelegenheit mehr dazu ließ.

Joanne starrte weiter auf den Emuxor. Sein Brustkorb hob und senkte sich in langsamen Zügen. Er hatte sich bestimmt damit abgefunden, ein weiteres Mal eingesperrt zu sein und nutzte die Zeit, um seine Kräfte zu schonen. Nachdem der Rat versucht hatte, die Fylgja von Jess zu lösen, hatte der Meister den Emuxor nach unten in die Krypta gebannt, damit er sicher war.

Wenn Joanne nun hier war, konnte das nur eines bedeuten: Die Barriere um Riverside war gefallen, sonst hätte der Meister sie nicht herbringen können. Deshalb hatte er gewollt, dass sie noch in der Höhle ausharrte. Er musste erst alles vorbereiten, und sie hatte brav gehorcht, bis sie wie ein Opferlamm zum Altar geführt werden konnte.

Sie presste sich dicht an die Wand und lief auf die andere Seite der Krypta zu den Steintreppen, die nach oben führten. Sie machte den ersten Schritt und stieß gegen einen unsichtbaren Widerstand.

Eingesperrt.

Natürlich. Der Meister hatte diesen Schutz erbaut, um den Emuxor vor dem Zugriff des Rates zu verstecken. Sie legte ihre Stirn gegen die verschleierte Wand. Schon wieder stand sie vor einer beschissenen Barriere. Das nächste Lachen drang aus ihrer Kehle. So fremd und schrill, dass sie es kaum erkannte. Sie schlug auf die Wand ein, wieder und wieder und wieder, bis ihre Knöchel schmerzten.

Auf einmal klatschte jemand. Es kam von oben. Joanne drehte den Kopf, doch sie konnte nichts erkennen.

Schritte näherten sich. Langsam. Beherrscht. *Der Meister.* Sie erkannte ihn sofort. Er kam die Treppe heruntergelaufen, klatschte noch immer.

»Wie ich sehe, hast du meine Anweisungen befolgt. Du bist ein braves Mädchen.«

»Warum bin ich eingesperrt?« Sie konnte sich die Antwort denken, wollte sie aber aus seinem Mund hören.

Seine Stiefel erschienen in ihrem Blickfeld, noch ein Schritt, und sie sah seine Beine, seinen Rumpf und schließlich ihn. Er sah gut aus. Stark. Stolz. Wie ein Sieger. Er trug weite Hosen, ein Hemd, bei dem er die Ärmel hochgekrempelt hatte.

»Weißt du das wirklich nicht?« Der Meister blieb vor ihr stehen und blickte sie an. »Meine liebe, wunderbare und einfältige Joanne. Hast du ernsthaft geglaubt, ich hätte deinen Widerstand nicht gespürt? Dachtest du, ich wusste nicht, wie sehr du dir deine Freiheit ersehnst? Wie viele Gedanken du dir um dich selbst gemacht hast?«

Sie zuckte mit den Schultern. Sie würde nicht klein beigeben, auch wenn sie kaum aufrecht stehen konnte.

»Ich weiß immer, was meine Untergebenen denken, planen, fühlen, tun. Vor allen Dingen, wenn es meine eigenen Geschöpfe sind. Du trägst ein Stück meines Herzens in dir, hast du das schon vergessen? Ich habe dich aus der Finsternis befreit, in dem ich mein Fleisch mit dir teilte. Wir sind verbunden, Joanne. So wie ich mit all den Dämonen verbunden war, die ich erschaffen habe.«

Nur waren sie alle mittlerweile tot. Erledigt von Jaydee, als er aus dem Schloss flüchtete.

Sie schloss die Augen. Sie hätte es sich denken können. Sich denken *müssen*! Der Meister hatte Schattendämonen nur aus dem Dunkeln holen können, indem er einen Teil seines Herzens opferte. Sie hatten sich oft darüber unterhalten. In den Höhlen von Schottland, als sie einander noch liebten und vertrauten. *Oder auch das war von Anfang an nur gespielt ...*

»Was nun?«, fragte sie.

»Nun ...« Er kam näher, bis sie nur noch eine Armlänge voneinander entfernt standen. Wäre die Barriere nicht, könnte sie ihn anfassen. »... nun werde ich den Emuxor erwecken. Ich habe alle Seelen bekommen. Der Rat ist mein.« Er lachte, hob seine Hand, ballte sie zur Faust. Seine Haut strahlte vor Energie. Sie hüllte ihn ein wie ein Schild. Der Meister stöhnte zufrieden. »Du kannst dir nicht vorstellen, wie das ist, Joanne. Diese Macht in mir drinnen. Ich bin mit der Natur verbunden, mit den Elementen, ich kann sie fühlen und riechen und schmecken. Nicht einmal die Barriere um die Stadt konnte meiner Macht länger standhalten. Errichtet vom Rat. Zerstört von mir. Ihrem Bezwinger, dem wahren Herrscher über die Seelenwächter. Es ist zu schade, dass ich diese Macht nicht behalten kann.«

Joanne schloss die Augen. Jetzt würde er größenwahnsinnig werden. Sie wusste es. Sie kannte ihn gut genug.

Der Meister deutete auf den Emuxor. »Es wird Zeit. Du darfst in der ersten Reihe sitzen, meine Liebe. Ganz bestimmt wird er sehr hungrig sein, sobald er seine wahre Gestalt angenommen hat.«

»Und weiter? Ich bin eine Dämonin, was sollte er mit mir ...?«

Der Meister grinste. »Ach, das habe ich dir ja noch gar nicht erzählt. Der Emuxor ernährt sich nicht nur von den Lebenden, er braucht auch die Toten. So hält er konstant ein Gleichgewicht in seinem Körper. Wir haben mehr als genug Schattendämonen da draußen, an denen er sich sattfressen kann.«

Sie kniff die Augen zusammen. War das sein Ernst? Er wollte die Dämonen an den Emuxor verfüttern? Wo war die Erlösung, die Freiheit, die Macht, die er allen versprochen hatte? Doch dann dämmerte es ihr. Das alles wollte er nur für sich. Er hatte die vielen Dämonen erschaffen, damit er sie dem Emuxor geben konnte. »Was ist mit deiner neuen Armee? Wenn der Emuxor alle tötet, hast du keine mehr. Immerhin wolltest du die Schattendämonen über die Menschen erheben.«

»Ach, Joanne. Stell dich doch bitte nicht so dumm! Was soll ich mit dem Vieh?! Hast du dir die Neugeborenen einmal angesehen? Die meisten sind Ausschuss. Natürlich dürfen nur die Ausgewählten mit mir teilen, ich hatte so gehofft, dass du eine von ihnen bist, doch du hast dich anders entschieden.«

Ja, sie hatte schlecht über ihn gedacht, ja, sie hatte sich überlegt, wie es wäre, wenn sie selbstständig wäre, aber was war mit all den Kämpfen, die sie in seinem Namen ausgefochten hatte? Die ganze Drecksarbeit, die sie erledigt hatte. »Ohne mich wärst du nie so weit gekommen.«

Der Meister kratzte sich am Kinn. »Vielleicht. Vielleicht auch nicht. Ohne dich hätte es eben länger gedauert, jeder ist ersetzbar, auch du.«

Joanne schlug mit der flachen Hand auf die Barriere. Der Meister lachte und hob eine Hand.

»Also schön. Wir haben offenbar genug geplaudert. Dann werde ich dich mal anketten, damit du alles hautnah miterleben kannst.«

Hitze stieg aus ihren Handgelenken und kroch den Arm nach oben. Joanne wich zurück, schüttelte sich, als könnte sie so die Magie abstreifen. Ihre Haut glühte, bildete einen Ring aus Brandblasen rund um das Gelenk. »Was soll das?«

»Vorsichtsmaßnahmen. Ich werde ein Exempel an dir statuieren. Jeder, der mich verrät, wird sehen, was das für Konsequenzen nach sich zieht.«

Joanne wimmerte, die Hitze zog sie an die gegenüberliegende Wand, zerrte an ihr wie Seile, die nach ihr ausgeworfen worden waren.

Der Meister lachte. Über sie. Über die Seelenwächter. Über den Rat. Über alle, die einfältig genug waren, ihm in die Falle zu gehen.

14. Kapitel

Jaydee

»Flo! Geh!«

Aber Flo dachte gar nicht daran. Sie stand wie angewurzelt da und starrte auf die Schattendämonin, die auf sie zusprintete. Zusammen mit zwanzig anderen. Ich wusste nicht, wo ich zuerst sein sollte, wen ich zuerst bekämpfen musste.

Binnen Sekunden brach das Chaos aus. Schreie, Menschen, Körper. Überall um mich herum wuselte es. Ich zog den Dolch aus dem Stiefel und rammte ihn einer Dämonin ins Herz, die mir gerade in die Schusslinie gelaufen war. Sie schrie, taumelte nach hinten und stürzte zu Boden. Keine Ahnung, ob sie tot war oder ob sie gleich wieder auferstehen würde wie Joanne. Und ich hatte keine Zeit nachzusehen. Ich warf mich zwischen Flo und ihre Angreiferin. Es war eine Krankenschwester, sie trug die typischen Klamotten, war mit Blut und Schmutz besudelt. Und sie kam mir verdammt bekannt vor. Ein Blick auf ihr Namensschildchen bestätigte meine Annahme: Margareth. Das war die, mit der ich in der Notaufnahme gesprochen hatte, als ich Akil, Anna und Will aus dem Krankenhaus holen wollte und dabei Ben kennenlernte. Der Kreis schloss sich.

Ich schlug ihren Arm weg und rammte ihr gleichzeitig meinen Dolch ins Herz. Die Wunde in meinem Bauch pochte, doch dank Leotis Heilmittel war sie fast verheilt. Margareth taumelte rückwärts, ich zog mein Messer aus ihrer Brust und gab ihr einen Schubs. Hoffentlich blieb sie tot!

»Heb das Handy auf!«, brüllte ich Flo an. Im Normalfall wäre es mir scheißegal gewesen, aber das war meine einzige Verbindung zu Jess.

Flo war käseweiß. Sie stand regungslos mit zitternden Händen da und grub die Finger in ihr Blumenkleid. Ihre Mutter war von Nioti gekillt worden, keine Ahnung, ob Flo das gesehen hatte oder nicht. Ein zweiter Dämon stürmte von rechts auf uns zu. Ein Teenager, nicht viel älter als Flo. Er fixierte sie und fing tatsächlich an zu sabbern. Kein Wunder: Flo war die perfekte Mahlzeit. Jung. Rein. Unschuldig.

»Bleib dicht bei mir«, sagte ich und legte das Messer zurecht. Der Junge umkreiste uns, sah zu mir, zu Flo, zu mir. Er spürte, dass von mir eine Gefahr ausging, traute sich noch nicht zu, mich anzugreifen.

Drei weitere Jungen kamen auf uns zu. Einer hielt einen Baseballschläger in der Hand, schwang ihn hin und her, die anderen beiden schwärmten zu den Seiten aus. Sie kesselten uns ein. Eigentlich konnte ich es mit mehreren Dämonen gleichzeitig aufnehmen. Vorausgesetzt, die Jungs waren nicht vom gleichen Kaliber wie der Obdachlose im Park.

Das könnte gleich lustig werden ...

Der erste Junge näherte sich uns und keifte seine Kumpels an. »Verpisst euch, ich hab sie zuerst gesehen!«

Nur dachten die anderen gar nicht daran, sich zu verpissen. Ich drehte mich um meine Achse, Flo stand neben mir, zu einer Salzsäule erstarrt. Zeit, den Jäger herauszulassen ... Junge Nummer eins griff als Erster an. Flo schrie, ich sprang vor sie und kickte dem Kerl in den Bauch. Er flog drei Meter weiter, der mit dem Baseballschläger kam von links, einer der anderen von rechts. Ich packte Flo am Kragen ihres Kleides und zerrte sie zwischen den beiden heraus. Kurz streifte ich ihre Haut und bekam die volle Bandbreite ihrer Angst ab. Sie hallte tief in mir nach. Intensiv, aber bei weitem nicht so schlimm wie bei Jess. Ich packte das Gefühl und warf es dem Jäger zum Fraß vor. Seine Energie schoss durch meine Adern, die beiden Jungen prallten beinahe gleichzeitig auf mich. Ich trieb einem den Dolch ins Herz, trat ihm die Füße weg und packte den anderen am Kopf. Er kickte nach mir, wehrte sich. Junge Nummer drei fixierte erst uns, dann entschied er sich, Flo zu folgen. *Scheiße.* Ich packte den zweiten Dämon an der Kehle und grub meine Nägel in seinen Hals. Er keuchte, röchelte, ich drückte fester, bis ich das warme Blut an meinen Armen hinabfließen spürte.

Ja. Blut. Angst. Kämpfe. Genau das, was ich so sehr liebte.

Ich ließ den Jäger weiter von den Ketten, umklammerte den Kopf des Jungen und tat, was ich in Schottland getan hatte: Ich köpfte ihn ohne Waffe. Es war ein berauschendes Gefühl, als er neben mir zusammenbrach. Am liebsten hätte ich es bis zum Letzten ausgekostet, aber der nächste Dämon hatte Flo fast erreicht. Mit wenigen Schritten hatte ich ihn eingeholt, sprang ihm von hinten ins Kreuz und brachte ihn zu Fall. Ich stach ihm mitten ins Herz. Meine Finger kribbelten. Ich wollte mehr Blut sehen, mehr zerstören, und genau das tat ich. Ein Dämon nach dem anderen attackierte uns, und genauso schnell fielen sie durch meine Hand. Ich kämpfte blind drauflos, tötete schnell, brutal und effektiv.

Irgendwann war niemand mehr da, den ich töten konnte. Ich stand schweratmend auf der Straße. Mein Puls rauschte in meinen Ohren, meine Haut klebte vor stinkendem schwarzen Blut.

Flo starrte mich an. Ich erwiderte ihren Blick. Normalerweise hätte ich damit gerechnet, Furcht in ihren Augen zu erblicken, aber so war es nicht. Es lag eine gewisse Distanz darin, sie wusste nicht, wie sie mich einstufen sollte, doch ich erkannte keine Abscheu, keinen Ekel und kein Urteil. Flo nahm mich, wie ich war. Für ein Mädchen ihres Alters war das extrem beeindruckend.

Eine Hand legte sich auf meine Schulter. Instinktiv wollte ich danach schlagen, doch es war Abe, der mich mit seiner Kraft erdete. Wieder floss diese unglaubliche Energie in mich, mit der er mich zuvor geflutet hatte.

»Du kannst kämpfen, ohne dich dabei zu verlieren«, flüsterte er. »Nutze die Stärke in dir und bündle sie ins Gute.«

Als ob das so einfach wäre! Dennoch gestattete ich mir, seine Kraft anzunehmen und den Jäger zu beruhigen. Ich brauchte einen klaren Kopf.

Abe ließ von mir ab, ich drehte mich zu ihm und deutete auf Flo. »Sie wird weitere Dämonen anziehen. Ihr alle. Eure Seelen sind zu schmackhaft.« Meine vermutlich auch, aber ich konnte mich wenigstens verteidigen.

Abe nickte. »Wir müssen in die Höhle unserer Ahnen. Sie werden uns schützen.«

Gebrüll drang von der Straße zu uns hoch. Die nächsten Dämonen waren im Anmarsch.

»Sie kommen aus der Stadt«, sagte Abe.

»Bist du sicher?« Denn das konnte nur eines bedeuten: Die Barriere war zerstört.

»Das bin ich.«

Hieß das automatisch, dass Ralf sich Logan geholt hatte? Und wenn ja, was war mit Anna und Will? »Bring alle in die Höhle. Ich werde so viele aufhalten, wie ich kann. Wo ist Rowan?«

»Unten an der Straße. Er wird mit dir kämpfen.«

Hoffentlich kam Ben bald zurück oder Anna. Ich wandte mich an Flo. »Hast du das Handy eingesteckt?«

Sie nickte. Gott sei Dank!

»Pass gut darauf auf. Wenn Jess noch mal anruft, frag sie, wo sie ist, und sag ihr, dass ich sie hole, sobald ich kann. Hast du verstanden?«

Ein weiteres Nicken.

»Geht!«

Ich sah den beiden hinterher, drehte um und rannte die Straße hinunter. Leoti und Tuja kamen mir entgegen. Sie trugen beide Beutel bei sich, die sie fest an ihre Brust pressten, und schlossen zu Abe und Flo auf. Er musste die Leute selbst zusammentrommeln. Ich würde die Dämonen mit Rowan so lange aufhalten, wie ich konnte.

Rechts neben mir ging eine Tür auf und eine junge Frau mit einem Teenager stürmte heraus. Sie sah mich kurz an, ich zeigte die Straße hoch, damit sie sich Abe anschließen konnte. Hier lebten nur noch eine Handvoll Dorfbewohner, und ich kannte trotzdem noch nicht alle.

Endlich erreichte ich Rowan. Er stand in der Mitte der Straße und wartete ruhig. Seine Muskeln waren gespannt, die Augen starr geradeaus gerichtet, wie ein Adler, der nach einer Maus spähte.

»Sie werden bald da sein«, sagte er.

»Wie viele?«

»Mehr, als wir bekämpfen können.«

Ich atmete ein, sog die frische Luft in meine Lungen und mit ihr den Geruch nach Verwesung, der an mir klebte. Dämonenblut. Ich hatte schon viel in meinem Leben vergossen, ich war schon in so viele Kämpfe verwickelt gewesen, aber mir schwante, dass mich jetzt etwas erwartete, das alles bisher Erlebte übertreffen würde.

»Wie machst du es?«, fragte ich. »Das Töten.« Rowan hatte die Fähigkeit, Dämonen mit bloßen Händen umzubringen. Er war der einzige Mensch, den ich kannte, der dazu in der Lage war. Außer mir selbst, aber ich war kein richtiger Mensch.

»Ich unterbreche ihr Nun'ja. Die Energie, die sie am Leben hält.«

»Warum kannst nur du das?«

»Warum kann der Adler fliegen?«

Wieso geht die Sonne im Osten auf? Es ist, wie es ist, Blümchen.

Meine Antwort an Jess, als sie mich fragte, warum ich an kein Element gebunden bin. Vermutlich brauchte man nicht für alles eine Erklärung.

»Wie auch immer du das machst, sei schnell damit.«

Ich blickte die Straße hinunter und fühlte das Brodeln unter meinen Füßen. Einem herannahenden Gewitter gleich. Die Luft zog sich zusammen, aufgeladen mit einer übermächtigen Gefahr. Ich fühlte es mit jeder Faser meines Körpers. In Riverside war das Böse ausgebrochen. Es reckte und streckte sich, erwachte aus seinem Schlummer, und es würde jeden verschlingen, der sich ihm in den Weg stellte.

Rowan und ich rückten näher zueinander. Ich mit meinem Dolch bewaffnet, er mit seinen Händen. Zwei gegen eine Armee aus Schattendämonen. Nicht das erste Mal, dass wir zahlenmäßig unterlegen waren. Auch mit Aiden hatte ich damals am Fluss gegen eine Übermacht gekämpft.

»Halte ihn nicht zurück«, sagte Rowan leise. »Du wirst ihn brauchen.«

Und ich wusste, dass er den Jäger meinte.

15. Kapitel

Jessamine

Keira!« Ich stürmte, zusammen mit dem Hund, zurück ins Haus. Sie saß nach wie vor auf der Couch. Sofort war ich bei ihr und kniete mich vor sie. »Die Pause ist vorbei. Ich habe ein Quad gefunden, wir werden abhauen.«

Sie blinzelte, starrte mich aus leeren Augen an.

»Oh, Herrgott noch mal! Komm endlich zu dir! Ich weiß, dass das alles aufreibend für dich war, aber ich brauche dich! Hörst du?«

Keine Reaktion. Ich kaute auf meiner Lippe, tippte mit den Fingern auf meinen Knien. »Keira, bitte. Ich kann nicht länger herumhocken. Weißt du, ob eine Stadt in der Nähe ist?«

Sie unterbrach den Blickkontakt mit mir und starrte auf ihre Hände.

»Jetzt reicht es mir.« Ohne darüber nachzudenken, schnappte ich mir die Wasserkaraffe auf dem Tisch und schüttete den restlichen Inhalt über sie. Der Hund sprang zur Seite, weil er einige Tropfen abbekam, Keira schrie, zuckte.

»Bist du irre?«

»Nein. Oder vielleicht ein bisschen, aber wir müssen gehen! In Riverside fallen im Moment Schattendämonen ein. Meine Freunde brauchen Hilfe!«

Sie drehte den Kopf, ihre Haare hingen in nassen Strähnen an ihrem Gesicht, aber immerhin wirkte sie wacher als vorher.

»Steh auf!«

Zu meinem Erstaunen gehorchte sie sogar. So ging das also! Kein Wunder, dass Jaydee mich gerne anblaffte. Das war der Ton, in dem man mit den Menschen reden musste, damit sie reagierten.

Ich stand ebenfalls auf. Jaydees Worte hallten in meinem Kopf nach: *Wir werden angegriffen. Schattendämonen!*

Hieß das, es war wieder etwas passiert? Hatte Ralf sich die letzte Seele geholt? War der Emuxor erwacht und Violet ...? Mir stieg die Galle hoch, ich schluckte sie wieder hinunter und konzentrierte mich auf meine Schritte.

Nicht so viel denken. Einfach machen.

»Du sagst, da steht ein Quad in der Garage?«, fragte Keira. Sie wirkte noch leicht benommen, aber anscheinend hatte die kleine Dusche geholfen, ihre Lebensgeister zu wecken.

»Ja. Ich habe keine Ahnung, wie man das fährt, aber so schwer kann es nicht sein.«

»Ist es nicht. Glaub mir.« Keira blickte sich um, wischte sich das restliche Wasser aus dem Gesicht und ging zu einem Schrank an der Wand. Sie öffnete ihn. Drinnen hingen Waffen unterschiedlicher Art. »Mit was kannst du am besten umgehen?«

»Ich hatte einige Übungsstunden mit dem Kurzschwert, aber wenn es hart auf hart kommt, schlage ich einfach drauflos, ehrlich gesagt. Denkst du, wir brauchen Waffen?«

»Ich habe keine Ahnung, aber ich fühle mich deutlich besser, wenn ich welche bei mir trage.« Keira nahm einen zweiten Dolch mit dazugehörigem Gürtel und gab ihn mir. »Der ist handlicher.«

Ich band ihn mir um die Hüfte. »Die Klingen sind nicht aus Titanium.« Natürlich waren sie das nicht. Die Waffen waren den Seelenwächtern vorbehalten, und sie zerfielen zu Staub, sobald sie aus ihrem Besitz entwendet wurden.

»Nein, aber Silberwaffen sind besser als keine.« Keira verstaute einige Wurfmesser an ihrem Gürtel, prüfte die Schärfe eines der Messer, nickte und steckte es in ihren Stiefel. Die Geste erinnerte mich sofort an Jaydee, der jetzt in Riverside war und seinen eigenen Kampf ausfocht.

»Ich wurde mit einer Limousine hergebracht. Den Großteil des Weges habe ich verschlafen, aber es muss eine Straße geben. Ich schlage vor, wir starten und sehen, wo wir landen.«

»Wie machen wir es mit dem Hund?«

»Benson.«

»Wir können ihn nicht hierlassen. Wer weiß, wann das nächste Mal jemand zum Füttern kommt. Kann er neben dem Quad herlaufen?«

»Je nachdem, was für eins es ist, können die Dinger hundert Sachen schnell fahren.«

»Mist.«

»Wir lassen ihn vorübergehend hier«, sagte Keira. »Wir richten ihm Futter und genügend Wasser, dann checken wir, wo wir sind, rufen Jaydee an und kommen wieder für Benson. Ich müsste außerdem noch einige Sachen zusammensuchen. Vorausgesetzt, ich finde sie gleich.«

Ich blickte auf den Hund, der neben uns saß und unserem Gespräch aufmerksam lauschte.

»Also gut«, sagte ich, beugte mich zu ihm und streichelte ihm über den Kopf. Sofort legte er eine Pfote auf meinen Unterarm, damit ich ja nicht damit aufhörte.

»Du wartest brav hier, wir kommen gleich wieder, und dann finden wir ein schönes Plätzchen für dich, ja?« Hoffentlich ging Jaydee noch mal ans Handy. Mein Telefon musste ich wohl oder übel hierlassen. Es war kein mobiler Apparat, er würde die Verbindung verlieren, wenn wir uns vom Haus entfernten. Ich streichelte noch einmal Benson und stand auf. »Lass uns gehen.«

Keira hatte eine ganze Weile im Haus verbracht und nach etwas gesucht. Sie meinte, sie wollte zwei Bücher mitnehmen, aber da sie sie nach zwanzig Minuten noch immer nicht gefunden hatte, drängte ich zum Aufbruch. Sie hatte mürrisch gehorcht und das Steuer vom Quad übernommen.

Jetzt fetzten wir die Straße hinunter. Naja, Straße war zu viel gesagt. Es war ein befestigter Schotterweg, begrenzt durch den Wald auf einer Seite und auf der anderen durch einen Abhang. Stellenweise verfluchte ich meinen Einfall mit dem Quad. Keira war lebensmüde ... oder angstbefreit ... oder ein Adrenalinjunkie. Wie auch immer, ich konnte ihrer Fahrweise nicht die geringste Begeisterung entgegenbringen.

»Ganz so eilig haben wir es nicht, Keira!«

»Ich will unbedingt so ein Teil! Das fetzt mehr als mein Motorrad!«

Es war ja schön, dass sie wieder bei Sinnen war und offensichtlich Spaß hatte, aber apathisch auf der Couch sitzend hatte sie mir dann doch einen Tick besser gefallen. Sie bog scharf nach rechts, wich einem zu tief hängenden Ast aus. Ich schrie, klammerte mich an ihrer Taille fest. Bestimmt spürte sie meine Nägel durch den Stoff. »Keira!«

»Keine Angst! Hab alles im Griff.«

Ich schickte ein Stoßgebet gen Himmel, drückte mich fest an sie und schloss die Augen. So heizten wir den Weg hinunter, der steil bergab führte, bogen um viel zu enge Kurven in viel zu schnellem Tempo. Mir war schlecht, ich schwitzte, ich fror, ich zitterte. Alles was ich tun konnte, war, mich an Keira festzuhalten und inständig zu beten, dass wir mit heilen Knochen ankommen würden.

Irgendwann bremste sie. Mein Magen machte einen Hüpfer, meine Muskeln krampften. Ich presste mich an Keiras Rücken und hielt die Augen fest geschlossen. Das Quad brummte, genau wie mein Körper. Ich kam mir vor, als hätte ich zu lange in einer Achterbahn gesessen.

»Sieh mal«, sagte Keira.

»Muss ich?«

»Hier bin ich mit dem Flieger angekommen.«

Das klang schon mal gut. Nach Flughafen, Tower, Menschen ... Ich öffnete die Augen, lugte über Keiras Schulter und verwarf meine Theorie. Wir standen auf einer Lichtung, rings um uns war Wald. Die Landebahn war eine befestigte Strecke mit circa einem Kilometer Länge. Einen Tower gab es nicht, auch keine Menschen oder Flugzeuge oder Autos oder sonst etwas.

Keira blickte sich um und schüttelte den Kopf. »Da drüben geht ein Weg weiter. Wir probieren den.«

Bevor ich antworten konnte, gab sie Gas, heizte über die Landebahn, bog in den Weg ein, der zwischen den Bäumen durchführte, und schoss erneut durch den Wald. Vielleicht hätten wir doch oben in der Hütte bleiben sollen. Ben hätte den Anruf möglicherweise zurückverfolgen können, er hätte uns geortet, Jaydee wäre hergekommen, hätte uns abgeholt und wir wären endlich wieder ...

»Na, da sieh mal einer an!«, sagte Keira auf einmal und bremste so abrupt, dass es mich gegen sie drückte.

»Was ist?«

»Wir haben die Zivilisation gefunden. Oder zumindest so eine Art Zivilisation.«

Ich richtete mich auf. Wir standen an einer Landstraße. Eine echte dieses Mal, mit Beton und zwei Fahrstreifen und Geschwindigkeitsbegrenzungen. Keira fuhr langsam an, bog nach links ab.

Bedauerlicherweise war das hier der Arsch der Welt. Die Straße hatte Schlaglöcher, in die ich mich hätte legen können, in unregelmäßigen Abständen tauchten Häuser auf. Keines passte vom Baustil zum anderen, meist waren es verwahrloste Cottages mit verblasstem Anstrich und demolierten Dächern. Die Gegend strahlte etwas Deprimierendes aus, als wären wir in einem Endzeitfilm gefangen. Menschen trafen wir natürlich keine. Die Gegend war wie ausgestorben. War auch das der Grund, warum niemand den Notruf beantwortet hatte?

»Wo sind alle?«, fragte ich.

»Keine Ahnung, aber das gefällt mir nicht.«

»Sollen wir irgendwo klingeln? Ich brauche nur ein Telefon und ein Ortsschild, damit ich Ben Bescheid geben kann.«

»Da vorne kommt ein Supermarkt.«

Keira beschleunigte und bog eine Minute später auf einen Schotterplatz vor einem heruntergekommenen Gebäude ein. Ein rostiger Truck parkte davor. Die Läden waren geöffnet, die Fenster vergittert. Im Inneren des Marktes brannte kein Licht, noch sah ich jemanden. Bevor Keira richtig stoppte, sprang ich vom Quad und rannte den abgetretenen Weg zum Eingang. Das Haus war in einem desolaten Zustand. Die weiße Farbe bröckelte von den Holzlatten, die Regenrinne war mit Blättern verstopft und es stank nach Katzenurin. Über der Eingangstür hing ein Fliegenfänger, so voll mit toten Mücken, dass der Klebestreifen komplett bedeckt war. Am Griff baumelte ein Schild: *Open*.

Na, wenigstens etwas.

Ich blickte um die Ecke. An der Hauswand hing ein altes Münztelefon. Wenn ich jetzt noch herausfand, wo wir waren und ob das Ding funktionierte, stünde unserer Rückreise nichts mehr im Wege. Ich riss die Türe auf, eine Glocke schellte und der Duft nach altem Kaffee und Klebstoff empfing mich.

»Hallo?«, rief ich. »Wir brauchen Hilfe!«

Eine Antwort blieb aus, also lief ich weiter ins Innere. Die Regale standen in vier Reihen und zogen sich quer durch den Laden. Hier gab es alles. Von Hundefutter über Waschmittel zu Toilettenpapier und Fertiggerichten. Vielleicht fand ich auch Prepaid-Handys.

Die Kasse war eins dieser alten mechanischen Modelle, auf der man den Preis mit echten Tasten eingeben musste. Sie stand auf einer langen Theke, die befüllt war mit Comics, Spielkarten und anderem Krimskrams. Ich schritt die Reihen ab, hinter mir schellte die Türglocke erneut. Keira.

»Da vorne sind Landkarten!«, rief ich und stürzte ans Ende der Theke. Sofort schnappte ich mir eine und faltete sie auseinander. Es war eine Wanderkarte, mit Wegen und Rastplätzen in der Umgebung.

»Hier, sieh mal! Das könnte es doch sein, oder? Der Ouachita National Forest, Arkansas.« Tja, warum auch nicht? Es war besser als die Antarktis.

Keira trat neben mich und blickte über meine Schulter. Wir breiteten die Karte über die Theke aus, um uns besser zu orientieren.

»Draußen habe ich ein Schild gesehen«, sagte Keira. »Die Straße ist die Route 27, einer der Querwege heißt Mockingbird Lane.«

Mein Finger flog über die Karte. »Hier!«

Keira nickte. »Ja, der helle Streifen dort müsste die Landebahn im Wald sein, wir sind den Weg hier runtergefahren und kamen an der Landstraße dort raus.«

Wir wussten, wo wir waren! Endlich! »Draußen hängt ein Münztelefon. Wenn uns der Ladenbesitzer Geld leiht, kann ich sofort anrufen.« Ich beugte mich über die Theke. Es gab noch eine Tür, die in einen Nebenraum führte. Das Büro vermutlich. »Hallo? Jemand da?«

Nichts.

Keira umrundete die Theke und klopfte an die Bürotür. »Wir brauchen Hilfe.« Sie lauschte kurz, blickte mich an, zuckte mit den Schultern und öffnete schließlich. »Scheiße!«

»Was ist?«, fragte ich.

»Da liegt ein Toter! Er wurde ausgesaugt. Von einem Schattendämon.«

Oh nein.

Wir werden angegriffen. Schattendämonen!

Erst bei Jaydee, jetzt auch hier. In einem Ort, der wie ausgestorben war, wo wir keine Menschen trafen, der Notruf nicht funktionierte ... Mir schwante ganz Übles, aber noch wagte ich nicht, mich mit diesem Gedanken zu beschäftigen. »Ist ein Telefon im Büro?«

»Nein. Nicht mal ein Computer. Wir hauen ab.« Keira packte mich am Arm und wollte mich mit sich zerren.

»Nein! Stopp! Nimm das Kleingeld aus der Kasse! Für das Münztelefon.«

Keira sprintete zurück, öffnete die Kasse, packte so viele Münzen wie möglich aus der unteren Schublade und stopfte alles in eine Plastiktüte. Sie drückte sie mir in die Hand. »Du machst deinen Anruf, ich behalte die Umgebung im Auge.«

»Glaubst du, der Dämon ist noch da?« Es war lächerlich, diese Frage zu stellen, denn wir ahnten beide die Antwort. Die Schattendämonen veränderten sich, ihre Entwicklung ging rascher vonstatten denn je. Wenn die Seele des Ladenbesitzers nicht ins Licht gegangen war, würde er gleich wiederauferstehen.

Wir drehten herum, rannten Richtung Ausgang. Die Türschelle läutete erneut. Keira hielt sofort an. Ihre Finger schlossen sich fester um meinen Arm.

Schwere Schritte erklangen. Jemand war in den Laden gekommen.

»Hallo?«, fragte eine zarte Frauenstimme. Sie dehnte das Wort unnötig lang, als wüsste sie genau, dass wir da waren.

Ich drückte mich enger an Keira. Ihre Hand schloss sich um eins ihrer Wurfmesser. Sie deutete mit dem Kinn nach links. Wir blieben geduckt, versteckten uns hinter den Regalen und schlichen so zum Ausgang. Die Schritte kamen näher. Die Frau befand sich vermutlich zwischen dem ersten und zweiten Regal auf der anderen Seite, doch wenn es eine Schattendämonin war, wusste sie genau, wo wir waren. Sie konnte uns wittern.

»Nananana, wer wird denn wohl schon gehen wollen?«

Die Tür schellte ein weiteres Mal. »Amber?«, fragte eine zweite Frau.

»Hier, Blue.«

»Was dauert denn ...«

Ich hörte, wie sie tief die Luft einsog und lachte. Auch sie hatte uns gewittert.

»Verstehe«, sagte sie. »Zwei Leckerbissen.«

»Ist Cherry noch draußen?«

»Ja, vernascht den Trucker.«

Drei Dämonen also. Mindestens. Toll. Der Art nach, wie sie sich verhielten, waren sie vom Joanne-Kaliber. Noch toller.

Keira zog mich unbeirrt weiter. »Ich sorge für Ablenkung«, flüsterte sie. »Du musst zum Telefon.« Im Vorbeigehen an den Regalen nahm sie zwei Farbspraydosen mit. »Egal was passiert, mache den Anruf! Verstanden?«

Ich nickte. Wir kamen ans Ende des Regals. Zum Ausgang waren es nur noch zwei Meter. Machbar. Neben uns war ein Rondell mit Postkarten, Kaugummis und Feuerzeugen aufgebaut.

Die Schritte der zweiten Dämonin waren nah.

»Was sucht ihr denn da hinten?«, fragte Amber.

»Nagellack«, antwortete Keira. »Mir ist gerade einer abgebrochen.«

Die Dämonin lachte schallend.

Keira zog das Rondell heran, nahm sich zwei Feuerzeuge und deutete auf die Tür. »In zwei Sekunden rennst du los.«

»Okay.«

Sie gab dem Rondell einen Schubs, zückte das Feuerzeug, schüttelte eine Spraydose und sprang aus dem Versteck. Ich startete gleichzeitig und rannte zur Tür. Kurz erhaschte ich einen Blick auf die beiden Dämoninnen. Zwillinge! Sie glichen sich von der schwarzen Kleidung bis hin zum Pferdeschwanz. Der einzige Unterschied war, dass eine bernsteinfarbene Haare hatte und die andere blaue. Amber. Blue. Sehr einfallsreich. Ich kickte die Tür auf, Keira sah mich fliehen, hielt die Spraydose hoch, zündete das Feuerzeug, und dann hörte ich einen markerschütternden Schrei. Ich bog um die Ecke, rannte auf das Telefon zu, ohne mich noch mal umzudrehen. Sofort fischte ich die Münzen aus der Tüte, kramte die Quarter heraus, warf so viele wie möglich in den Apparat und wählte Bens Nummer ...

Bitte geh ran!

16. Kapitel

Jaydee

Tod.
Blut.
Schmerzen.
Schreie.
Gewalt.
Noch mehr Blut.

Mein Geist befand sich an einem abstrakten Ort. Alles war still, auch wenn um mich herum das Chaos tobte. Ich sah meine Hände, den Dolch, das viele Blut. Schwarz und zäh und stinkend. Ich fühlte den Schmerz, die Schläge, die Tritte, jemand hatte mir in den Arm gebissen. Ich wusste, dass ich kämpfte. Dass der Jäger meinen Körper lenkte, dass ich nur noch aus meinen animalischen Instinkten bestand. Dass ich töten würde, bis niemand mehr übrig war. Und ich mochte es. Nein, *liebte* es. Dieser Zustand war verstörend und friedvoll zugleich.

Der Jäger und ich. Ich und der Jäger.

Eine Einheit und dennoch so verschieden.

»Du bist das Geschöpf meiner Herrin.«

Ich stockte. Das waren Cocos Worte gewesen. Das hatte sie zu mir gesagt, als ich sie in Arizona getroffen hatte.

Lilija ...

Warum kam mir das gerade jetzt in den Sinn? Was hatte das zu ... ich bekam einen Fausthieb gegen die Rippen und krümmte mich zusammen. Mir blieb kurz die Luft weg. Mein Angreifer war ein junger Kerl, sehr gut trainiert, bullig, in sportlicher Kleidung. Ich schlug mit gleicher Wucht zurück und riss ihm den Kopf vom Schädel. So ging es weiter. Gemeinsam mit Rowan tötete ich einen Dämon nach dem anderen. Ich wusste nicht, wie viele es waren, aber sie überrollten uns wie eine Sturmflut. Die schmale Straße verlangsamte den Fluss ihrer Attacke ein wenig, aber wir konnten sie nicht aufhalten. Manche von ihnen schlugen sich einfach durchs Unterholz und tröpfelten oben im Dorf ein. Sie würden jeden schnappen, der es nicht rechtzeitig in die Höhle geschafft hatte. Es gab nichts, was Rowan und ich dagegen tun konnten. Keine andere Möglichkeit, sie aufzuhalten. Wir waren zu wenige, und sie wurden angezogen von der reinen Seelenenergie der Dowanhowee.

Mein Dolch raste in das Herz eines Mädchens. Sie klammerte sich an meiner Schulter fest und starrte mir voller Entsetzen in die Augen.

»*Das Geschöpf meiner Herrin.*«

Ja! Ja, genau das war ich. Und ich tötete, weil es mir Spaß machte.

Ich stieß das Mädchen von mir weg, fuhr herum und stach auf den nächsten Dämon ein.

Wieder eine Frau, wieder ein Teenager. Sie wich mir aus, brachte sich im letzten Moment mit einem Sprung in Sicherheit. Ich wäre ihr hinterher, doch ein Junge sprang mir ins Kreuz und klammerte sich fest. »Lass Kathy in Ruhe!«

Er legte die Hände um meinen Kopf, schnürte mir die Luft ab. Ich rammte ihm mein Messer in den Unterarm, aber er ließ nicht los. Seine Gefühle sickerten in mich. Er war voller Wut und Sorge. Ich nahm sie auf, nutzte seinen Zorn, stach ein weiteres Mal auf ihn ein. Er schrie, presste eine Hand auf meine Stirn, doch wenn er mir die andere auf die Brust legen wollte, musste er meinen Hals loslassen. Ich drehte den Dolch herum, zielte nach hinten. Er drang unter seinem Ohr ein. Ein Röcheln kam aus seiner Kehle. Er löste sich von mir, plumpste von meinem Rücken wie ein Rucksack, dem die Gurte gekappt wurden. Sofort wirbelte ich herum und trennte seinen Kopf ab. Kathy schrie. Sie kauerte links an der Straße. Statt wie die anderen hangaufwärts zu rennen, starrte sie ihren sterbenden Freund an. Ich gab dem Körper einen Tritt und wandte mich ihr zu. Sie zuckte, grub ihre Hände in die feuchte Erde und robbte auf dem Hintern zurück. Sie war die Letzte von der Angriffswelle, das letzte Opfer, das letzte Mal Blut.

Ein Teil von mir bedauerte es zutiefst, während der andere sich nach Ruhe sehnte.

Ich stapfte auf sie zu, drehte den Dolch wieder herum. Das Blut ihres Freundes tropfte von meiner Klinge. Sie starrte darauf, ihre Augen aufgerissen vor Furcht.

»Warte!«, sagte Rowan auf einmal hinter mir und legte seine Hand auf meine Schulter.

Ich schlug sie weg und lief weiter. Das war meine Beute. Ich würde sie nicht teilen.

»Jaydee.« Er packte mich ein zweites Mal, grub seine Finger fester in meinen Muskel. Die gleiche Ruhe, die Abe aussandte, sickerte in mich. Ich wollte sie nicht. Ich wollte weiter jagen. Noch mehr töten. Ich packte Rowans Handgelenk und drehte es nach oben. Er schrie, krümmte sich zusammen.

»Fass mich noch einmal an, und ich breche dir sämtliche Knochen!«

Rowan blieb völlig ungerührt, trat einen Schritt nach vorne und packte mich an beiden Schultern. »Lass nicht zu, dass dich das Böse übermannt. Es hat seine Arbeit getan. Du bist der Herr deiner Sinne.«

Ich schüttelte mich, umklammerte den Dolch fester, meine Muskeln spannten sich, zuckten, warteten nur darauf, die Waffe in Rowans Herz zu treiben. Der Jäger wollte Blut. Ihm war es egal, von wem es kam.

»Zurück mit ihm!«, sagte Rowan ungerührt.

Ich schluckte. Ich musste mein eigener Anker sein. Mein eigener Anker ... mein ... Ich atmete ein, machte mir die Umgebung bewusst. Bäume. Wind. Natur. Erde. Das Element, das so intensiv wirkte. Es hatte tiefe Wurzeln, unendliche Kraft, und genau diese musste ich greifen und mich daran festhalten.

»Gut so«, flüsterte Rowan und ließ mich los.

Kurz schwankte ich, als hätte er mich auf eine wackelige Scheibe gestellt. Der Jäger zog sich langsam zurück. Ich fühlte, wie seine Kraft mich verließ und sich dafür die Erschöpfung einschlich. Wir hatten lange gekämpft. Wir hatten viele getötet. Die Straße war übersät mit Aschehaufen. Die letzten Überreste unserer Schlacht.

»Hilfe ...«, wimmerte es von rechts. »Bitte, bitte helft mir.«

Kathy war noch da. Ich blickte zu ihr. Sie saß am Straßenrand, grub die Nägel in die Erde und starrte uns an.

»Was ist das? Ich habe so fürchterliche Schmerzen.« Sie fasste sich an den Bauch. »Ihr habt ... Justin ... mein Freund ... Warum tötet ihr uns?« Kathy trug ein Shirt mit dem Logo der Riverside-High. Natürlich hatten Ralf und seine Leute sich erst die reinen jungen Seelen geholt. Sie waren die perfekten Opfer gewesen. Schmackhaft und unschuldig.

»Sie weiß nicht, was sie ist«, sagte Rowan und lief zu ihr. Er hatte einiges abbekommen. Sein Hemd war zerfetzt und mit Dämonenblut besudelt. Eine Bisswunde klaffte an seinem Hals, eine andere am Arm. Die vielen Schrammen und Kratzer konnte ich nicht zählen.

»Ist es normal, dass sie so verwirrt sind?«, fragte er.

»Nein. Ich nehme an, dass der Übergang zu schnell ging.« Ich folgte ihm.

»Wir können sie nicht am Leben lassen.« Früher oder später würde sie sich einen Menschen schnappen und ihn aussaugen. Sie war eine Schattendämonin.

»Sie kann es vielleicht lernen.« Rowan ging vor ihr in die Hocke, damit er mit ihr auf Augenhöhe war. »Den Hunger kontrollieren.«

Er streckte die Hand nach ihr aus. Kathy starrte sie an, als wüsste sie nicht, was das ist.

»Du bist verwandelt worden«, sagte Rowan ruhig. »Du bist gestorben und als neues Geschöpf auferstanden. Die Schmerzen in deinem Bauch sind Hunger.«

Mit den Augen tastete sie seinen Körper ab und blieb an seinem Herzen hängen. Sie schluckte, leckte sich über die Lippen.

»Rowan ... lass es.«

»Wie kann ich ihn stillen?«

»Du musst lernen, damit umzugehen.«

»Wir bringen sie um und sehen nach den anderen«, sagte ich. »Sie ist eine Dämonin.«

Er blickte zu mir. »Das heißt nicht, dass sie ...«

Kathy machte einen Satz nach vorne und sprang auf Rowan. Er stürzte nach hinten, landete auf dem Rücken. Sie saß sofort auf ihm, eine Hand auf der Stirn, die andere auf dem Brustkorb. Es war so schnell gegangen, dass nicht mal ich reagieren konnte. Er schrie vor Schmerz, als sie seine Seele aussaugte. Ich rannte zu ihr, packte sie an den Haaren, wollte sie von ihm zerren, doch sie hielt sich fest wie ein verdammter Klammeraffe. Rowans Oberkörper bäumte sich auf, seine Augen verdrehten sich nach hinten, Kathy seufzte vor Wonne. Ich riss ihre Haare zurück und schnitt ihr den Kopf ab. Rowan keuchte, ich zerrte den Rest von Kathys Körper von ihm herunter und warf ihn zur Seite.

Ich beugte mich über Rowan. Dieser verdammte Narr. »Geht es?«

»Ja. Ich glaube.«

Ich reichte ihm die Hand. Er ergriff sie, ließ sich von mir in die Höhe ziehen und hielt sich kurz an mir fest, bis er sich wieder gefangen hatte.

»So viel dazu, dass sie es lernen können.«

»Nur weil wir bei einer versagen, sind nicht alle verloren.«

»Du bist ein Vollidiot.« Ich schüttelte den Kopf, wischte meinen Dolch an der Hose sauber und sah mich um. Der Tod hing in der Luft. Drückend und schwer wie ein Gewitter. »Lass uns nach den anderen sehen. Vielleicht brauchen sie Hilfe.«

Rowan nickte und folgte mir. Seine Bewegungen waren nicht mehr so kraftvoll, aber vielleicht war ihm das eine Lehre fürs nächste Mal, wobei ich das bezweifelte.

Nach einem kurzen Lauf erreichten wir die Hauptstraße. Die Häuser waren verwüstet, Scheiben eingeschlagen, Türen aus den Angeln gewuchtet, Zäune umgerissen. Es sah aus, als wäre eine Stampede wilder Tiere durchgefegt. Auf der Straße lagen zwei Frauenleichen. Ihre Haut über die Skelette gespannt. Ausgesaugt. Seelenlos.

»Beim heiligen Ikandu«, sagte Rowan. »Catori und Aja.«

Er rannte zu ihnen, ließ sich neben der ersten Frau auf die Knie sinken. »Catori ... sie war verlobt. Mit einem Mann aus Toronto. Sie wollte dieses Jahr zu ihm ziehen. Und jetzt ...« Er legte eine Hand auf ihr Gesicht und schloss ihre Augen.

Ich gab Rowan einen Moment, doch wir hatten nicht viel Zeit. Wenn sich noch Dämonen im Dorf herumtrieben, würden sie uns schnell finden.

»Rowan ...«

»Ja. Ich ...« Er schloss die Augen, schluckte den Schmerz herunter. »Können sie zu Dämonen werden? Wie Nioti?«

»Wenn ihre Seelen noch hier sind, ja.«

Rowan senkte den Kopf und legte seine Hand auf Catoris Herz. Er flüsterte Worte, die ich nicht kannte.

Ich blickte die Straße hoch. Der Sonne nach zu urteilen war es Mittag. Die Luft war schwülwarm, ein sanfter Wind wehte, vertrieb den Verwesungsgestank auf meiner Haut. »Die Dämonen sind noch da, ich fühle es. Wir müssen zu den anderen und sehen, ob sie Hilfe brauchen.«

Rowan küsste Catori auf die Stirn und stand auf.

Wortlos gingen wir weiter. Wir fanden weitere Leichen. Die Frau mit dem Teenager war auch dabei. Rowan hielt bei jedem an, verabschiedete sich kurz und folgte mir. Der Weg zur Höhle schien endlos. Nach jeder Kurve rechnete ich mit einem weiteren Toten. Zum Glück fanden wir keine mehr. Wir betraten schweigend den Wald, die Luft schien hier noch drückender zu werden; die Feuchtigkeit hing zwischen den Bäumen wie in einem Regenwald. Der Boden war aufgeweicht, es schmatzte bei jedem unserer Schritte.

Meine Sinne waren zum Bersten gespannt. Ich horchte in den Wald hinein, nahm tiefe Atemzüge, beachtete jede Duftnote.

Und dann trafen wir auf weitere Dämonen. Sie waren zu fünft.

Einer von ihnen saß auf einem Mann und saugte ihn aus, die anderen vier standen daneben und keiften. Sie rempelten sich gegenseitig an, einer der vier stieß den anderen von dem Mann herunter und setzte sich dann selbst darauf.

»Du Arsch, hast den voll leergenuggelt. Hättest uns ruhig was über lassen können.«

Okay, die waren definitiv nicht so verwirrt wie Kathy. Sie wirkten stärker, fitter, selbstsicherer. Ich schätzte sie auf Mitte zwanzig, sie trugen alle Militaryhosen und schwere Springerstiefel, die Haare waren bei jedem kurz geschoren.

»Sht!«, machte einer und drehte sich in unsere Richtung.

»Wie gut kannst du noch kämpfen?«, fragte ich Rowan.

»Das werden wir gleich sehen.«

Ich blickte kurz zu ihm. Er sah blass und zittrig aus, und die Jungs vor uns waren ein anderes Kaliber als das, was wir eben erledigt hatten. »Sie sind schon länger Schattendämonen, das heißt, sie werden stärker sein. Vielleicht wie Joanne. Ich werde sie ablenken, dann kannst du zur Höhle.«

»Nein. Wir kämpfen zusammen.«

»Sieh mal einer an, was für hübsche Ladies sich zu uns verirrt haben«, sagte der, der eben noch auf der Leiche gesessen hatte. Er war der größte von den Fünfen. »Ihr seht ja verdammt lecker aus.«

»Halt dich zurück, Maze. Du hast gerade gegessen. Jetzt sind wir dran.« Das war der, der noch auf dem Toten saß. Er stand auf. Seine Haut war dunkel, die Haare rabenschwarz. Er starrte mich an, leckte sich die Lippen. »Na, Bübchen, wollen wir 'ne Runde tanzen?«

»Keine gute Idee«, antwortete ich. »Ich trete ständig meinem Partner auf die Füße.«

Er warf den Kopf in den Nacken und lachte schrill. »Du bist einer dieser Seelenwächter, oder? Der Meister hat uns von dir erzählt.«

Der Meister. Also gehörten sie zum näheren Dunstkreis von Ralf.

»Ihr sollt ziemlich lecker sein.«

Rowan trat dichter an mich heran. Er schwankte leicht. Einen Kampf würde er nicht lange durchhalten.

Die anderen vier Kerle umkreisten uns.

Ich scannte einen nach dem anderen ab. Das würde gleich ziemlich brutal werden. Die Jungs waren erfahren und strahlten pure Aggressivität aus. Ohne sich abzusprechen, verteilten sie sich rund um uns wie ein Rudel Wölfe. Nur der Dunkelhäutige blieb stehen und verschränkte die Arme vor der Brust. Dann war er wohl der Alpha.

»Und?«, fragte ich. »Willst du nur dastehen und mich bewundern?«

»Hast 'ne ziemlich große Klappe.«

»Und ein ziemlich großes Messer.«

Er grinste wieder. »Der Kerl gehört mir. Ihr könnt euch den anderen teilen.«

Ein kollektives Stöhnen ging durch die Reihen, doch niemand erhob Einspruch.

Ich legte den Dolch zurecht. Gleich würde ich herausfinden, wie die Jungs zu töten waren.

Er kam langsam näher, fixierte mich genau. Ich wartete. Die Luft zwischen uns füllte sich mit Spannung. Es war einer dieser Momente, bei denen die Zeit langsamer lief, die Geräusche verstummten, die Wahrnehmung sich auf einen Punkt fixierte. Jeder wartete auf den Startschuss. Keiner wagte, den ersten Schritt zu machen.

Neben mir knackte es, einer der vier Dämonen verlor offenbar die Geduld und warf sich nach vorne. Ich fuhr blitzschnell herum, zog meinen Dolch quer über seinen Bauch und stoppte ihn so mitten im Lauf. Die Wunde war heftig, er klappte in der Mitte zusammen, versuchte mit den Händen die Blutung zu stoppen und stürzte zu Boden. Der Alpha reagierte fast zeitgleich. Er machte einen Satz auf mich zu, ich nutzte den Schwung, den ich sowieso schon hatte, und warf mich zur Seite. Rowan drehte sich, wehrte einen der anderen Dämonen ab.

Dann brach der Kampf los.

Der Alpha fixierte sich voll und ganz auf mich, während die anderen drei sich über Rowan hermachten. Ich versuchte, sie im Blick zu halten, ihm beizustehen, doch ich bekam einen Tritt in den Magen. Voll auf meine verfluchte Wunde. Der Mistkerl hatte meine Schwachstelle gefunden. Es pochte in meinem Bauch.

»Immer schön die Augen offenhalten«, sagte der Kerl.

Ich fuhr herum, drehte den Dolch und ratschte ihm einmal quer über die Wange.

Er zog die Hände nach oben, griff sich in sein Gesicht. Schwarzes Blut sickerte aus dem Schnitt, doch der schloss sich sofort wieder. Er leckte die letzten Tropfen von seinen Fingern und grinste. Aus dem Augenwinkel bemerkte ich, wie Rowan einem Dämon das Genick brach. Ein anderer warf sich auf ihn, packte Rowan am Kopf. Er trat aus, traf eine Kniescheibe, doch sie gönnten ihm keine Pause. Der Alpha verpasste mir einen zweiten Schlag. Dieses Mal gegen den Schädel. Mir wurde kurz schwarz vor Augen, aber ich fing mich sofort wieder, drehte herum und versenkte meinen Dolch in seinem Bein. Er schrie vor Schmerz. Ich ließ die Klinge kreisen, bohrte in der Wunde herum. Er holte erneut aus, um mir eine mitzugeben, ich duckte mich, zog das Messer aus dem Bein und stach in seinen Bauch. Warmes Blut quoll über meine Hand, ich trat ihm in den Magen. Drosch wieder und wieder und wieder auf ihn ein, bis er taumelte und zurückfiel. Sofort ließ ich von ihm ab, wandte mich einem der anderen Dämonen zu und stieß ihn von Rowan.

Plötzlich wurde ich am Kragen zurückgezerrt und gegen einen Baum geschleudert. Es raschelte in den Ästen, Vögel flogen davon, ein Zweig stürzte herab. Der Alpha war sofort auf mir und presste mich mit seinem vollen Gewicht in den Boden. »Hey, Schnuckel, genug gespielt, jetzt wird gegessen.«

Er legte eine Hand auf meine Stirn. Ich trat ihm so fest ins Kreuz, wie ich konnte, und traf seine Niere. Er keuchte, rutschte von mir ab. Ich bekam einen Arm frei und attackierte ihn mit dem Dolch. So schnell würde der Arsch mich nicht kleinkriegen. Der Treffer landete ein Stück unter seinem Herz. Neben mir kam Rowan zu Fall. Zwei Dämonen stürzten sich gleichzeitig auf ihn, bekamen sich in die Wolle, wer zuerst durfte. Ich sprang auf die Beine, eine Hand umschlang meinen Knöchel, und schon lag ich wieder. Der Alpha zerrte mich zurück, ich rollte mich auf den Rücken, trat mit dem freien Fuß nach ihm. Rowan keuchte. Einer der Dämonen saß auf ihm, ich würde mich nicht rechtzeitig befreien können, um ihn zu retten.

Verdammter Mist! Er hätte Kathy vorhin nicht ... Auf einmal hörte ich Hufgetrappel. Jemand galoppierte durch den Wald. Ein Schuss fiel, der Dämon stürzte von Rowan.

Der Alpha knurrte, war kurz abgelenkt. Ich trat ihm ins Gesicht. Seine Nase brach, er ließ meinen Fuß los. Sofort war ich wieder oben. Ben bremste neben uns ab und sprang aus dem Sattel. Er schoss auf den nächsten Dämon, der zurückflog, aber nicht umkippte.

»Bring Rowan weg!«, brüllte ich und schnappte mir den Dämon, der eben auf Rowan gesessen hatte. Jetzt traf ich das Herz. Mein Messer glitt in sein Fleisch, ich drehte die Klinge, er japste und ging zu Boden. Ben half Rowan in den Sattel. Kaum saß er, zückte Ben die Waffe, legte an und feuerte hinter mich. Die Kugel sauste an meinem Ohr vorbei und schlug in einen Dämon.

»Das wird sie nicht stoppen. Du brauchst Titanium! In der Satteltasche!«

Ben drehte sich herum und wühlte in den Taschen. Einer der Dämonen hatte sich regeneriert und sprang nach vorne. Er riss an Mirabells Zügel, die sofort nach ihm biss und ihn so von Ben ablenkte.

Der Alpha griff ebenfalls an. Sie kamen von allen Seiten. Ich teilte nur noch aus. Stach blind zu. Irgendwann wusste ich nicht mehr, wen ich wo traf, welcher Dämon tot war oder ob einer von ihnen einfach wieder auferstanden war. Hände rissen an mir, meine Beine knickten weg, ich fiel, stand auf, fiel ein weiteres Mal.

Auf einmal packten mich zwei Arme, zogen mich auf den Rücken eines Pferdes und brachten mich aus der Schusslinie. Ich klammerte mich an Ben, verharrte, halb an Mirabell hängend, vier, fünf, sechs Galoppsprünge, bis wir die Dämonen hinter uns gelassen hatten.

»Da vorne ist die Höhle«, rief Ben. Er ließ mich los, ich glitt von Mirabell herunter, damit sie nicht drei Leute tragen musste. Rowan saß vor Ben. Er war blass und zittrig. Die Dämonen hatten ihm ziemlich zugesetzt.

Hinter uns knackte das Geäst. Unsere Angreifer riefen nach uns, verfolgten unsere Spuren. Es würde nicht lange dauern, bis sie uns eingeholt hatten. Halb torkelnd erreichte ich den Eingang der Höhle. Ben ritt vor mir durch. Wir wurden von Abe empfangen.

»Ben ...«

Das war das erste Mal, dass Abe eine Art Regung zeigte. Bisher hatte ich ihn mit einer stoischen Gelassenheit erlebt, doch jetzt wirkte er regelrecht erleichtert. Ein Lächeln umspielte seine Lippen. Er ging zu Ben, der gerade vom Pferd stieg, und zog ihn in eine feste Umarmung. »Ich dachte, du schaffst es nicht.«

Selbst Ben war zu perplex, um zu reagieren, doch schließlich erwiderte er Abes Umarmung. »Es ist alles gut, Großvater. Rowan braucht Hilfe.«

»Bring ihn zu Leoti. Dort drüben den Gang entlang.«

»Wie viele haben es aus dem Dorf geschafft?«

»Mit dir und Rowan sind wir jetzt zu sechst. Tate und Flo sind ebenfalls da.«

»Sechs? Es sind nur noch sechs von uns übrig?«

»So ist es.«

»Heiliger Ikandu.«

»Hey!«, schrie auf einmal einer der Dämonen von außerhalb der Höhle. Es war der Alpha. Er stand vor dem Eingang, unfähig, diesen Ort zu betreten.

»Du hast hier keinen Zugang, Dämon«, sagte Abe.

Der Alpha kniff die Augen zusammen, musterte uns und nickte. »Früher oder später müsst ihr rauskommen.«

Hinter ihm tauchten zwei weitere Dämonen auf. Also hatten wir zwei erledigt.

Abe ignorierte sie. »Kommt.«

Wir ließen Rowan auf Mirabell sitzen und brachten ihn in den hinteren Teil der Höhle. Als ich das erste Mal hier gewesen war, waren wir durch eine Kammer gelaufen, in der die Geschichte dieses Volkes an die Wände gemalt war. Abe hatte mir erklärt, dass der einzige, der den Emuxor aufhalten konnte, Mikael war. Dieses Mal kam mir die Höhle größer vor, verwinkelter, vielleicht bildete ich es mir aber auch nur ein.

»Wie weit reichen die Tunnel eigentlich in den Berg?«

»Bis hinunter in die Stadt«, sagte Abe. »Aber die meisten Gänge sind eingestürzt oder stehen unter Wasser. Nachdem mein Volk aus der Stadt vertrieben wurde, hat es diese Höhlen benutzt, um an ihre heiligen Orte zu gelangen und zu beten.«

Ein Mann kam uns entgegen. Das musste dann Tate sein. Er war in Abes Alter, um seinen Arm war ein Verband gewickelt, sein Hemd war zerrissen, die Haare standen in alle Himmelsrichtungen ab. Die beiden nickten einander stumm zu, als wäre damit alles gesagt.

Ich blickte zu Ben, der ruhig neben mir herlief. Er sah ziemlich durchgefroren aus. »Was hast du eigentlich mit der Leiche gemacht?«

»Ich hatte mir überlegt, sie zu verbrennen, aber das war nicht nötig. Als ich sie bewegte, zerfiel sie einfach zu Staub.«

Ich runzelte die Stirn. Er zuckte mit den Schultern. Natürlich hatte er keine Erklärung dafür, aber es war egal. Wie so vieles gerade.

Endlich kamen wir zu Leoti. Sie hatte es sich in einer der Kammern gemütlich gemacht. Ein Feuer brannte in der Mitte, darüber hing ein Kochtopf, aus dem würzige Gerüche emporstiegen und den kleinen Raum erfüllten. Sie sah müde aus und hatte selbst eine Wunde an der Stirn. Ihr Kleid war zerrissen und verschmutzt. Dennoch lächelte sie gütig und zeigte auf ein Fell an der Wand. Wir legten Rowan darauf ab und ließen sie alleine, damit sie sich in Ruhe um ihn kümmern konnte.

Als wir wieder draußen waren, hielt Ben mich am Arm fest. »Was ist hier passiert?«

»Die Barriere ist offen. Ralf muss sich Logan geholt haben, wir haben noch nichts aus England gehört. Die Dämonen sind nach allen Richtungen herausgestürmt, um sich Nahrung zu suchen. Es ging schnell. Wir konnten nicht mehr alle in Sicherheit bringen.«

Bens Griff um meinen Arm wurde stärker, er schloss die Augen, murmelte ein stilles Gebet. Ich ließ ihn in Frieden, gab ihm die Minuten, die er für sich brauchte.

Schließlich sah er mich wieder an. Erschöpft und ausgelaugt wie alle. Er wusste genau, dass das erst der Anfang war. Dass es noch viel schlimmer kommen würde.

»Ist der Emuxor wach?«

»Keine Ahnung. Ich ... Jess hat sich gemeldet.« Ich erzählte ihm von dem Anruf und dass wir nicht herausfinden konnten, wo genau sie steckte.

»Ist sie noch in der Hütte? Wo ist mein Handy?«

»Das hat Flo, und ich weiß nicht, ob sie noch dort sind. Sie hat ein Quad gefunden, länger konnten wir nicht telefonieren. Aber ich muss auch wissen, was mit Anna ist. Wenn Ralf sich Logan ... Ich kann nicht ... Wo soll ich zuerst hin?«

Ben legte eine Hand auf meine Schulter. Er war aufgewühlt von den Kämpfen, voller Sorge um die Zukunft seiner Leute. Die Emotion hing unter der Oberfläche, er hielt sie zurück. Ganz der Profi, der er war. Schritte näherten sich. Leise, kleine Tippelschritte, die von den Wänden widerhallten.

Wir drehten uns um. Flo blieb vor uns stehen und streckte das Handy aus. »Für dich. Es ist Jess.«

17. Kapitel

Jessamine

Jess, wo bist du?« Bens Stimme klang hallend, als stünde er in einem hohen Raum.

»Wir sind in Arkansas, im Ouachita National Forest an der ...«

Die Verbindung wurde von einer automatischen Bandansage, die mich aufforderte, mehr Geld nachzuwerfen, unterbrochen. Hektisch kramte ich in der Tüte und warf weitere Münzen nach. Auf einmal donnerte es im Supermarkt, als wäre etwas explodiert. Ich zuckte zusammen, lauschte für eine Sekunde. Zwei.

»Jess?!«

Dieses Mal war es Jaydee, der nach mir rief. Die Leitung krachte. Jaydee fluchte lauthals und ich atmete erleichtert durch. Wenn er fluchen konnte, hatte er den Angriff gut überstanden. Dann ging es ihm gut.

»... mache das schon ... bleib auf Abstand«, hörte ich Ben sagen. »Jess. Ich bin wieder da. Noch mal genauer, bitte. Ihr seid im Ouachita National Forest?«

»An der Straße 27, in der Nähe von ...«

Weiter kam ich nicht, denn ich wurde von etwas Hartem im Rücken getroffen.

Ich verlor den Hörer und die Orientierung. Die Welt kippte, und in der nächsten Sekunde fand ich mich rücklings auf der Erde liegend. Neben mir landeten ein Stein und die Tüten mit den Münzen. Ich drehte mich auf den Bauch, hustete, suchte nach dem Messer an meinem Gürtel. Ein Stiefel kickte mich in die Seite, beförderte mich wieder auf den Rücken und quetschte mich in die Erde. Mir blieb die Luft weg, noch fester, und meine Rippen würden brechen.

»Jess?«, rief Ben. »Bist du noch dran?«

Die Dämonin stand über mir und grinste. Sie hatte leuchtend rote Haare und einen Lutscher im Mundwinkel stecken. Das musste dann wohl Cherry sein.

»Jess?«

Mit einem süffisanten Lächeln nahm sie den Hörer in die Hand. »Der Teilnehmer ist vorübergehend nicht erreichbar.«

Und hängte ein.

Im Supermarkt polterte es erneut. Schüsse erklangen. Drei. Vier. Fünf. Sechs. Keira hatte offenbar eine Waffe gefunden und feuerte das Magazin leer.

Meine Finger schlossen sich um den Knauf des Messers. Cherry sah es und trat mir in die Seite. Ich keuchte, rollte noch mal herum. Sie war sofort bei mir und zerrte mich an den Haaren in die Höhe. Ein stechender Schmerz fuhr durch meine Kopfhaut. Cherry zog mich zurück, pfefferte mich gegen die Hauswand und presste sich an mich. Ihr Atem stank nach einer Mischung aus Verwesung und Kirsche.

»Bist ja 'ne ganz 'ne Süße, mh?« Sie leckte über meine Wange, hinterließ eine klebrige Spur aus Zucker.

Igitt.

Eine Hand legte sie auf meine Stirn, die andere wollte sie auf meinen Brustkorb pressen. Ich hob das Knie und rammte es ihr in den Bauch. Sie keuchte, ließ von mir ab, taumelte rückwärts. Sofort zückte ich das Messer und stach zu. Ich traf ihre Schulter, sie schrie, wollte nach mir schlagen, aber ich duckte mich weg und zog die Klinge wieder aus ihr heraus.

Wenn es hart auf hart kommt, schlage ich einfach drauflos, ehrlich gesagt.

Und genau das tat ich. Mein Messer traf ein weiteres Mal. Ihren Arm und noch mal ihre Seite. Sie schlug nach mir, schrie, wurde wütender. Schwarzes Blut troff von der Schneide. Cherry taumelte, presste die Hände auf ihre Wunden, um die Blutungen zu stillen. »Du Miststück!«

Sie sprang nach vorne, packte mich an der Schulter und schleuderte mich mit solcher Wucht herum, dass ich mich überschlug. Sofort war sie wieder bei mir, kickte mir in den Bauch, damit ich auf dem Rücken lag. Ich fuhr herum, rammte meinen Dolch durch ihre hochhackigen schwarzen Sandalen in ihren Fuß. Sie schrie, ich drückte fester zu. Mit dem anderen Fuß traf sie mich am Kinn, ich schmeckte mein eigenes Blut. Zum Glück hatte sie nicht viel Kraft eingesetzt, sonst hätte sie mir wohl den Kiefer gebrochen.

Ich zog meinen Dolch aus ihrem Schuh, wollte ein zweites Mal zustechen, doch Cherry machte einen Sprung nach hinten und humpelte fluchend in das Wäldchen, das hinter dem Supermarkt anfing. Offenbar wusste sie nicht, dass sie gleich selbst heilen würde, vielleicht war sie doch nicht von Joannes Kaliber und erst vor Kurzem verwandelt worden. Benommen blickte ich ihr hinterher. Schon sonderbar: Jaydee hatte erzählt, dass der Kampf mit dem frischverwandelten Dämon in New York schwierig gewesen war und er ihm ziemlich eingeschenkt hatte. Cherry hingegen hatte unsicher und linkisch gewirkt. Es gab also Unterschiede. Nicht, dass ich mich beschweren wollte!

Ich spuckte das Blut aus und stand auf. Meine Seite schmerzte von den Tritten, mein Kiefer fühlte sich an, als wäre er ausgerenkt. Ich ignorierte es, so gut es ging, rannte zurück zur Vorderseite und stieß dabei fast mit Keira zusammen. Ihre Jacke war über der Brust aufgerissen, sie hatte eine lange Schramme auf der Wange, ihre Haare rochen nach Rauch und standen wirr von ihrem Kopf. »Hast du Ben erreicht?«

»Ja. Aber ich konnte ihm nicht mehr die genaue Adresse durchgeben. Cherry hat mich aufgehalten. Jetzt ist sie abgehauen.«

Keira blickte ihr nach, überlegte anscheinend, ob sie hinterher sollte oder nicht. »Blue und Amber hab ich erledigt.«

»Wie?«

»Hab sie geröstet.«

Deshalb stank sie so nach Rauch ...

»Ich fürchte, es wird nicht bei den beiden bleiben. Als ich eben nach dem Ladenbesitzer sehen wollte, war seine Leiche weg.«

»Das heißt, er ist wiederauferstanden.« Ich blickte mich um. Weit konnte er nicht sein. »Ich werde es noch mal bei Ben versuchen.« Vermutlich waren sie schon auf dem Weg, aber probieren konnte ich es ja. Ich eilte zurück zum Telefon, suchte die Münzen zusammen, die auf dem Boden lagen, und griff zum Hörer. Ein Klicken ertönte, Keira stieß mich zur Seite. Genau in der Sekunde traf ein Schuss mitten in das Telefon. Es krachte ohrenbetäubend, das Plastik flog in alle Richtungen davon, genau wie die Münzen, die noch im Apparat waren. Keira und ich stürzten zu Boden, sie kauerte sich über mich, zog ihre Wurfmesser und spähte in das Wäldchen.

»Das war eine Schrotflint...«

Päng! Der nächste Schuss zischte über unsere Köpfe hinweg. Keira rollte sich über mich, riss ihre Arme hoch.

»Du sollst sie nicht töten, du Schwachkopf!«, schrie Cherry. »Wie sollen wir sie da noch essen?«

»Sofort zurück in den Markt!«, sagte Keira.

Wir sprangen gleichzeitig auf. Ich sah in die Richtung, aus der die Schüsse gekommen waren, und entdeckte einen Mann im Holzfällerhemd. Er trug schmutzige Jeans, seine Haut wirkte eingefallen, blass. Er kam langsam auf uns zu, lud dabei seine Flinte nach. Hinter ihm raschelte es im Gebüsch. Ein weiterer Mann erschien, er hatte keine Waffe dabei, trug die gleichen Klamotten wie der erste und sah genauso mürrisch aus. Mit einigem Abstand folgte Cherry. Deshalb hatte sie es so eilig gehabt zu verschwinden. Sie wollte Verstärkung holen.

»Komm!« Keira zerrte mich am Ellbogen mit sich.

Ich folgte ihr zurück zur Vorderseite des Hauses. »Ach du Scheiße …!«

Rechts und links von der Straße kamen Dämonen auf uns zu. Sie sahen alle unterschiedlich aus. Eine Frau trug eine mit Mehl verschmierte Schürze, als hätte sie gerade noch gebacken. Neben ihr lief ein Mann mit Pantoffeln und Jogginghose. Ein anderer hatte schmutzige Hände von der Gartenarbeit. Sie wirkten, als wären sie mitten aus ihrem Alltag gerissen worden.

»Das ist ja wie in einem Zombie-Endzeit-Film«, sagte ich. Keine Ahnung, wie ich darauf kam. Vermutlich versuchte mein Hirn, dem Ganzen einen harmloseren Stempel aufzudrücken. Vielleicht war das der einzige Weg für mich, mit diesen vielen Kämpfen umzugehen.

»Wir müssen uns verbarrikadieren und es aussitzen, bis deine Freunde kommen«, sagte Keira.

»Okay.«

Sie hatte es kaum gesagt, da fiel ein weiterer Schuss. Er ging haarscharf an meinem Kopf vorbei. Keira und ich stürmten zurück in den Markt. Sie riss die Vordertür auf, stockte, gab mir wieder einen Schubs nach hinten und zog ihr Messer. Ich war noch damit beschäftigt, mein Gleichgewicht zu finden und sah aus dem Augenwinkel eine dunkle Gestalt auf Keira zuhechten. Es war ein hagerer Mann. Er trug ein blaues Shirt mit dem Supermarktlogo auf der Brust. Das musste dann der Ladenbesitzer sein. Sofort eilte ich Keira zu Hilfe, der Kerl hatte seine Arme um ihren Hals gelegt und drückte zu. Ich hatte die beiden fast erreicht und trat ihm, so fest ich konnte, in die Seite. Er ließ von ihr ab, torkelte. Sie zückte ihr Messer, drehte es und schnitt ihm die Kehle auf. Röchelnd fasste er sich an die Stelle und kippte um.

»Das wird ihn nicht töten, aber aufhalten. Sehr gut gemacht!«, sagte Keira. Sie wollte zurück in den Markt, aber jetzt versperrten uns die Männer mit den Holzfällerhemden den Weg. Cherry war noch immer dicht hinter ihnen und grinste.

»Hier geht es nicht weiter«, sagte sie.

»Zum Quad«, sagte Keira.

Wir drehten herum, die Frau mit der Mehlschürze sah ihre Chance, sie rannte mit ihrem Mann auf uns zu. Keira zückte eins ihrer Wurfmesser und katapultierte es auf sie. Es blieb mitten zwischen ihren Augen stecken. Der Mann konzentrierte sich auf mich, er streckte die Arme aus, ich duckte mich unter ihm weg und stach meinen Dolch in seinen Bauch, zog ihn blitzschnell heraus und erwischte ihn ein zweites Mal seitlich am Hals. Er griff sich an die Stelle, richtete sich auf, und da hatte er ebenfalls ein Wurfmesser von Keira im Kopf.

»Das war mein letztes.« Keira schloss zu mir auf, packte mich und zerrte mich zum Quad weiter. »Deine Technik ist noch sehr unausgereift, aber immerhin kannst du sie dir vom Leib halten.«

Wir sprangen beide auf das Quad. Keira startete den Motor, wendete. Noch mehr Dämonen kamen von der Straße aus auf uns zu. Sie kesselten uns regelrecht ein. Bald kämen wir gar nicht mehr weg.

Keira ließ den Motor aufheulen. »Halt dich gut fest, ich fahre sie um.«

Ich klammerte mich an ihre Jacke, quetschte mich an sie.

Keira gab Gas, wir fuhren zwei Meter. Auf einmal gab es einen Schlag am hinteren Reifen, das Quad ruckelte, als würde es über unebenen Boden fahren. Ein Zischen erklang. Mir war vollkommen klar, was das bedeutete.

»Oh, verdammt.«

»Sag es bitte nicht.« Ich presste mich an Keira, weigerte mich hinzusehen und mich zu rühren. Das war nicht real, solange ich es nicht sah. Nicht real. Nicht real.

Keira drehte sich um und sah auf den Hinterreifen.

»Er ist platt. Ein Messer steckt drin.«

Und sie hatte es doch gesagt.

18. Kapitel

Jaydee

Wo ist sie?«

»In Arkansas, in einem National Park. Das Telefonat wurde unterbrochen, aber ich google gleich danach.«

»Unterbrochen? Was heißt unterbrochen?«

»Die Leitung war auf einmal tot.« Seine Finger huschten über das Display, er rief eine Karte auf, tippte den Suchbegriff ein. Ich tigerte um Ben herum wie das Raubtier um die Beute.

»Geht es ihr gut? Warum war die Leitung tot?«

»Ich weiß es nicht. Jetzt lass mich in Ruhe, ich muss mich konzentrieren.«

»Du ...« Ich knurrte, strich über meinen Kopf, ging weiter. Ben schüttelte den Kopf und tippte dabei auf seinem Handy herum.

Das halte ich nicht aus, das halte ich nicht aus, das halte ich nie und nimmer ... eine Hand schob sich in meine. Ich zuckte vor Schreck zusammen und fuhr herum. Flo stand hinter mir, ihre kleinen Finger fest verwoben mit meinen. Ich starrte zu ihr hinunter. Sie war knapp zwei Köpfe kleiner als ich. Ihre braunen Schokoaugen blickten mich an. Ihr Daumen strich über meine Haut, und mit der Berührung drangen ihre Gefühle in mich. Ruhe. Eine unendliche, fast schon erdrückende Ruhe. Ich wusste nicht, woher der Zwerg diese Emotion nahm, vor allen Dingen jetzt, wo alles um uns auseinanderfiel, nach allem, was sie erlebt hatte. Ihre Ruhe stülpte sich über mich. Es war mir unmöglich, mich dagegen zu wehren, und eigentlich wollte ich es auch nicht.

»Wie machst du das?«, fragte ich.

Flo lächelte, zuckte mit den Schultern und ließ mich genauso schnell los, wie sie mich berührt hatte. Ich starrte auf meine Hand, von der ihre Wärme meinen Arm hinauf über meine Schulter bis hinunter in meine Zehenspitzen floss.

Ben kam zu mir und zwang meine Gedanken wieder auf das Geschehen. »Okay. Ich habe die Straße gefunden, die sie erwähnte. Ich schlage vor, wir reiten dorthin und suchen vor Ort.«

Er hatte noch nicht ausgesprochen, da war ich schon unterwegs Richtung Ausgang. Die Dämonen lauerten noch immer vor der Höhle. Zwei saßen auf dem Boden, der Alpha lehnte am Felsen und zündete sich eine Zigarette an. Ich blieb in einiger Entfernung zu ihm stehen.

»Ah, der Hübsche ist wieder da. Hast Sehnsucht nach uns?«

Ben holte zu mir auf. »Wie willst du an denen vorbeikommen?«

»Wie gut kannst du zielen?«, flüsterte ich, so dass der Alpha uns nicht hören konnte.

»Ziemlich gut.«

»Auch auf einem Pferderücken im Galopp?«

Ben sog die Luft durch die Zähne. »Vielleicht weniger gut.«

»Komm schon, Zuckerschnute«, sagte der Alpha. »Wir sind auch ganz zärtlich!«

Ich ignorierte das Gewäsch, klopfte Ben auf die Schulter – »Wird schon schief gehen« – und pfiff einmal. Es dauerte nur Sekunden, bis ich Mirabell hörte. Sie trabte freudig auf uns zu und blieb vor mir stehen.

»Wir brauchen Amir«, sagte ich. »Wir kämpfen uns einen Weg nach draußen frei, reiten zu den Stallungen und holen ihn. Wenn wir Jess finden, wirst du sie mit auf dein Pferd nehmen.« Anders wäre es mir lieber, aber ich konnte Jess unmöglich vor mir im Sattel halten und sie die ganze Zeit dabei anfassen. Ich drehte mich um, blickte zurück in die Höhle. Rowan hustete dumpf aus der kleinen Kammer. Leoti summte eine beruhigende Melodie.

»Sobald wir Jess haben, bringen wir alle auf ein Anwesen der Seelenwächter in Sicherheit.« Die Frage war, auf welches. Bei Raphael vielleicht, vorausgesetzt, Colin würde mich über die Schwelle lassen. Aber darauf musste ich es ankommen lassen. Uns blieb nicht mehr viel Auswahl. Und wenn Jess in Sicherheit war, musste ich nach Anna sehen. Wenn ich wenigstens mit ihr kommunizieren könnte so wie die anderen Seelenwächter.

»Was soll ich tun?«, fragte Ben.

Ich drehte mich um. Der Alpha hatte sich am Höhleneingang aufgebaut. Eine Hand links, die andere rechts an die Wand gestützt. Wir mussten ihn umnieten, wenn wir vorbei wollten.

»Steig auf«, sagte ich zu Ben.

Er gehorchte, ich nahm hinter ihm Platz. »Er wird seine Leute um sich versammeln und versuchen, uns vom Pferd zu zerren.« Vermutlich würden sie das auch schaffen. Sobald einer den Zügel schnappen konnte, wären wir erledigt. Ich zog den Dolch aus meinem Stiefel. »Du musst ihn ins Auge treffen. Such dir eins aus.«

»Soll das ein Witz sein?«

»Nein.« Ich griff um Ben herum, nahm Mirabells Zügel und lenkte sie zurück in die Höhle, damit wir Anlauf nehmen konnten. Wäre sie nur einen Tick länger, könnten wir möglicherweise von hier aus ins Portal springen. »Sobald du den Anführer getroffen hast, schießt du die anderen ab.«

»Ach, kommt schon!«, rief der Alpha uns hinterher. »Macht ihr jetzt einen auf Brokeback Mountain oder was?«

»Muss ich verstehen, von was er da faselt?«, fragte ich.

»Äh, nein.«

Wir ritten so weit wie möglich zurück und wendeten. »Du darfst nicht zu früh schießen, sonst erholt er sich.«

»Okay.«

»Ein Schuss, ein Treffer, Ben.«

»Mach mir ruhig mehr Druck. Kein Problem.«

Ich lächelte.

»Und was tust du bei der ganzen Sache, außer bequem hinter mir zu sitzen und dumme Sprüche zu klopfen?«

Ich zeigte ihm den Dolch. »Ich werde ihm ’ne neue Frisur verpassen. Kopf ab. Der neueste Schrei.«

Ben nahm die Zügel an sich und atmete durch.

»Zieh deine Waffe so spät wie möglich. Er rechnet mit meinem Angriff, nicht mit deinem.«

Der Alpha grinste und schnalzte mit der Zunge. Sofort bauten sich die zwei Dämonen hinter ihm auf.

»Erst den Chef, dann die anderen.«

Ben nickte. Seine Hand glitt an seinen Gürtel, wo er seine Waffe trug. Ich wusste nicht, wie schnell er mit dem Ding war, ich hoffte einfach, dass es genügte.

»Bereit?«

»Nein.«

»Dann los.« Ich gab Mirabell einen Klaps auf den Hintern. Sie startete sofort durch. Mit einer Hand hielt ich mich an Ben fest, da ich hinter dem Sattel saß und die schlechtere Position hatte, mit der anderen drehte ich den Dolch. Wie erwartet, grinste der Alpha breit. Ich hatte einen Hauch seiner Stärke zu spüren bekommen. Er war gut. Ein Fels in der Brandung, den man kaum einreißen konnte.

Wir galoppierten den Höhlengang hinunter. Ich fühlte Bens Anspannung über die Berührung, seine Emotionen wechselten zwischen Sorge, Mut, Furcht, Entschlossenheit. Sein Herz schlug schneller, er atmete abgehackt. Je näher wir kamen, umso stärker richteten sich seine Sinne aus, umso mehr traten seine Gefühle nach hinten. Die Furcht verebbte, wurde vom Adrenalin abgelöst. Ben war ein Kämpfer. Genau wie ich. Wir waren hierfür geboren.

Noch fünfzehn Meter.

Die Dämonen rückten näher an den Alpha heran, fixierten uns, freuten sich bestimmt schon auf ihr Mahl. Bens Finger legten sich um den Griff seiner Glock. Meine schlossen sich fester um den Dolch.

»Noch nicht«, flüsterte ich.

Mirabell hielt ihr Tempo, rannte unbeirrt auf die Dämonen am Ausgang zu.

Noch zehn Meter.

Die Anspannung wuchs, auf beiden Seiten. Der Anführer lächelte breiter. Er wusste, dass wir keine Chance hatten, seine Mauer zu durchbrechen. Nicht so.

Noch acht Meter.

Ben zog die Waffe.

Ich lehnte mich zur Seite.

Noch fünf Meter.

Der Alpha fixierte mich, leckte sich über die Lippen.

Ben legte an, zielte.

Noch drei Meter.

Der Alpha bemerkte die Waffe, wich rückwärts.

Zu spät.

Ben schoss.

Der Alpha zuckte. Griff sich ans rechte Auge. Schwarzes Blut rann durch seine Finger. Er schrie.

Noch einen Meter.

Ich lehnte mich zur Seite.

Ein weiterer Schuss.

Der nächste Dämon schrie vor Schmerz.

Der Alpha machte einen Satz auf uns zu, ich packte seinen Schädel. Ben feuerte auf den dritten Dämon. Ich bekam die Haare des Alphas zu fassen, meine Klinge ratschte durch seine Kehle. Mirabell sprang aus der Höhle – und dann hielt ich den abgetrennten Kopf des Anführers in der Hand.

Einer der Dämonen packte Mirabells Schweif, krallte seine Nägel in ihre Kruppe. Sie buckelte im Galopp, warf mich fast dabei ab. Er zog sich nach oben, griff nach meiner Jeans und wollte mich vom Pferd holen.

Ich schleuderte ihm den Kopf seines Alphas entgegen. Er grunzte, ließ aber nicht ab. Mirabell torkelte, sie verlor ihr Gleichgewicht mit der ungewohnten Last auf ihrem Rücken. Ich drehte den Dolch, stieß blindlings hinter mich, erwischte den Dämon an der Schulter. Er brüllte, klammerte sich noch fester an mich. Mirabells Hinterhufe sackten weg, sie fing sich wieder, galoppierte weiter. Wir preschten mitten durch den Wald in Richtung Dorf.

Ein weiterer Schuss ertönte, hallte in der Weite nach, und auf einmal ließ der Dämon von uns ab und plumpste zu Boden.

Ben setzte sich wieder gerade hin, ich umklammerte seine Taille, damit ich ebenfalls Halt fand. Wir blickten nicht mehr zurück, schossen zwischen den Bäumen hindurch, bis wir das Dorf und die Stallungen erreichten. Ich sprang von Mirabells Rücken, noch ehe wir standen, riss die Türen auf und rannte ins Innere. Freudiges Brummeln empfing uns. Ich öffnete die Boxentüren von Bee und Jack, damit sie rauskonnten, und zog mich auf Amirs Rücken.

Gemeinsam verließen wir den Stall und ritten die Straße hinunter. Ich behielt die Umgebung im Auge. Es war ruhig. Vielleicht zu ruhig, oder ich erwartete mittlerweile einfach das Schlimmste. Vermutlich waren die Dämonen in größere Städte unterwegs und töteten auf dem Weg dorthin so viele Menschen, wie sie wollten. Die Armee war draußen, und wir kamen nicht mehr gegen sie an.

Ich blickte nach Riverside. Ein rotes Glühen erfüllte den Himmel, als wäre die Stadt hell beleuchtet.

Der Emuxor. Er wachte auf. Jetzt gerade. Ich fühlte es.

Erst muss ich Jess in Sicherheit bringen.

Ich drehte Amir und gab Gas. Ben folgte, und nur wenige Augenblicke später hatte uns das Portal verschluckt.

19. Kapitel

Jessamine

Ich war bisher in einige Kämpfe verwickelt gewesen. Meistens fingen sie gleich an. Erst taxierten sich die Gegner in aller Ruhe, scannten sich gegenseitig ab, loteten ihre Stärken und Schwächen aus. Manchmal feixten sie oder klopften Sprüche, bevor es losging. Dann, ohne erkennbaren Grund oder Absprache, startete die Attacke. Das alles folgte seinen eigenen Gesetzen. Genau wie eine Schar Zugvögel wusste, wohin sie fliegen musste, entwickelte auch ein Kampf seine eigene Dynamik. Rechts, links, schnell, langsam. Das Gute gegen das Böse. Vermutlich wussten die Parteien, was zu tun war, weil sie schon so lange gegeneinander antraten.

»Steig ab«, sagte Keira.

Ich gehorchte und zuckte vor Schmerz, als ich mich drehte. Cherrys Tritte lärmten noch in meinem Körper nach, doch mir schwante, dass ich gleich mehr einstecken musste. Keira stieg ebenfalls vom Quad. Mittlerweile standen etwa zwanzig Dämonen um uns herum, und weiter hinten an der Straße sah ich noch mehr kommen. Einer hielt eine Axt in der Hand und trug eine ölverschmierte Latzhose, die nächste eine Krankenschwesteruniform, ein anderer hatte eine weiße Schürze um den Bauch gebunden und eine Kochmütze auf dem Kopf. Sie blickten uns an, blickten sich selbst an, als fragten sie sich, warum sie hier waren. Diese Menschen waren völlig überraschend gestorben, und genauso überraschend waren sie auferstanden.

»Sie sind verwirrt«, sagte ich zu Keira.

Der Koch kam näher, fixierte erst Keira, dann mich. »Bist aber 'nen hübsches Püppchen.«

Er nuschelte stark, war kaum zu verstehen.

»Und du riechst gut.«

Der Mechaniker nickte. »Is mir auch aufgefallen. Macht Hunger.«

»Ja, mir auch«, sagte die Krankenschwester, ein anderer stimmte ihr ebenfalls zu.

Wie an einer Schnur gezogen kamen die Dämonen näher. Schritt für Schritt für Schritt.

Ich griff nach Keiras Hand. Die Stimmung wurde mit jedem Atemzug angespannter. Ich fühlte es bis in die Zehenspitzen. Es war dieses Kribbeln im

Nacken, das Ziehen im Bauch, das ich auch bei Joanne damals gefühlt hatte, als sie mir vor der Kirche gegenüberstand. *Der Instinkt für Gefahr.*

»Es geht gleich los«, sagte Keira. Ihre Finger klammerten sich fester um meine. Sie spürte es genauso wie ich. »Wir müssen uns zum Supermarkt durchkämpfen.«

»Was, wenn wir es nicht schaffen?«

Sie antwortete nicht darauf, denn es gab kein »*Was wenn*«. Das war unsere einzige Chance. Entweder wir hielten durch, oder das war es gewesen.

»Los jetzt!«, sagte Keira, und das war das Signal. Der nicht hörbare Startschuss war gefallen, die Stimmung gekippt. Sie gab mir einen Schubs, ich rannte, der Koch stürzte nach vorne, Keira wehrte ihn ab. Ich hörte ein Röcheln, einen dumpfen Aufprall. Kurz blickte ich über meine Schulter. Sie hatte ihm die Kehle durchgeschnitten. Er lag am Boden, eine Blutlache breitete sich unter ihm aus.

Der Kerl mit der Axt stürzte sich auf mich. Er hob sie über seinen Kopf, holte Schwung. Ich preschte nach vorne und stach ihm den Dolch in den Bauch. Die Axt stürzte zu Boden, er stellte mir ein Bein, ich stolperte, legte mich der Länge nach hin, und schon war er hinter mir und zerrte mich wieder nach oben. Cherry kam von vorne auf mich zu, flankiert von den beiden Holzfällern, doch anstatt zusammenzuarbeiten, attackierten die beiden Jungs den Kerl, der mich festhielt. Ich verlor den Halt, als er mich losließ. Neben mir keuchte es dumpf, als einer der Holzfäller auf den Mechaniker losging. Ich beachtete sie nicht weiter, schnappte mir die Axt und blickte auf. Genau da holte Cherry mit dem Fuß aus, der geheilt war, und trat mir ins Gesicht. Ich drehte mich weg, bekam ihren Hieb gegen das Ohr. Und der saß.

Mir wurde schwindelig, übel, alles drehte sich. Mit letzter Kraft klammerte ich mich an der Axt fest, stemmte mich nach oben und holte damit aus. Ich traf sie unterhalb ihrer Kehle, dennoch reichte es nicht, ihren Kopf vom Hals zu trennen. Jemanden zu köpfen war nicht so einfach, wie es in den Filmen aussah. Mir war es erst ein Mal gelungen. In Ashriels Theater, und selbst da hatte ich eine Weile gebraucht. Cherry schrie wie am Spieß. Einer der Holzfäller trat mir in den Leib, damit ich von ihr abließ. Ich flog zwei Meter nach hinten und landete hart.

Um mich herum war die Hölle ausgebrochen. Dämonen bekriegten sich mit Dämonen, Keira war in einen Kampf mit einem älteren Mann und seiner Frau verwickelt. Der Mann packte Keira, drehte ihren Arm auf den Rücken und legte seine Hand auf ihre Stirn. Keira japste, schnappte nach Luft, trat ihm auf den Fuß, bevor er dazu kam, sie fester an sich zu ziehen. Sie agierte blitzschnell, elegant – und tödlich.

Genau wie Jaydee, wenn er kämpfte.

»Lauf!«, brüllte Keira. »Ich komme nach.«

Ich wich einem weiteren Dämon aus, ein Teenager dieses Mal. Er wirkte schwächlich und labil, war allerdings blitzschnell. Er sprang auf mich zu, schlug mir mit der flachen Hand ins Gesicht. Die Ohrfeige saß, doch das Adrenalin und die Angst trieben mich voran. Ich schlug blind um mich, traf Körper, hörte Schreie. Irgendwo hinter mir war Keira, kämpfte genauso besessen wie ich.

Schlagen, treten, zustechen, ausweichen ... mein Körper reagierte instinktiv, rief sich die wenigen Trainingsstunden ins Gedächtnis, die ich bei Jaydee gehabt hatte. Keine Ahnung, wen ich erwischte, ob ich jemanden außer Gefecht setzte, ob es genügte, was ich tat.

Und auf einmal stand ich im leeren Supermarkt. Mein Atem ging schwer, mein Herz wummerte heftig, meine Haut schmerzte von den Hieben.

Aber ich hatte es geschafft!

Grundgütiger! Ich hatte es tatsächlich geschafft.

Blitzschnell blickte ich mich um. Eins der Regale war umgekippt und hatte eine der Dämoninnen unter sich begraben. Amber oder Blue. Nur ihre Füße lugten unter dem Schutt hervor. Es roch nach Feuer und Benzin, die Luft war schwülwarm. Sofort schoss ich herum und knallte die Tür hinter mir zu. Wo war Keira? Ich spähte durch das Fenster hinaus. Die Tür war vergittert wie die Fenster, aber ich konnte nichts erkennen. Das Kampfgewusel war weiter rechts, außerhalb meines Blickfeldes.

Auf einmal krachte etwas gegen die Scheibe. Ich schrie vor Schreck. Eine Dämonin – die Krankenschwester – hämmerte von außen dagegen. Auf ihrer Wange hatte sie einen tiefen Schnitt, der sich gerade wieder zusammenfügte. Auf ihrem Shirt einen großen Blutfleck. Rotes Blut. Hatte sie den vorhin auch schon gehabt, oder war er von Keira?

Ich packte die Klinke, schloss ab und schob einen Riegel vor. Sie hämmerte gegen die Scheibe, die natürlich sofort brach, aber das nutzte ihr nicht viel. Die Vergitterung war so eng, dass sie nie und nimmer durchkommen würde. Voller Zorn umklammerte sie die Metallstreben und zerrte daran. Ich wich langsam rückwärts, behielt sie dabei im Auge. Ganz bestimmt gab es einen

Hinterausgang, vermutlich im Büro. Ich musste den Weg für Keira freihalten, vielleicht hatte sie sich dorthin durchgekämpft. Die Dämonin rüttelte weiter an den Gittern, bis sie jemand von hinten wegzog und ihren Platz einnahm. Es war der Ladenbesitzer. Er hatte sich von unserer Attacke erholt und war geheilt. Mit einem hämischen Feixen griff er in seine Hosentasche und zog einen Schlüsselbund hervor.

Ich schloss kurz die Augen. *Oh nein, bitte nicht …*

Und schon klickte das Schloss und die Tür schwang auf. Ich machte mir gar nicht die Mühe, noch mal hinzusehen, drehte auf den Hacken um und rannte in den rückwärtigen Teil des Gebäudes.

»Ach komm, Kleine. Wir wollen nur einen kleinen Haps. Sei doch nicht so.«

Warum mussten die immer dumme Sprüche klopfen? Ich erreichte die Theke, umquerte sie, wollte ins Büro. Die Tür flog auf, und einer der Holzfällerkerle trat heraus. Er sah mitgenommen aus. Sein Arm hing unnatürlich schräg herunter, vermutlich hatte er sich die Schulter ausgekugelt. Anstelle seines rechten Auges war nur eine schwarze, zugeschwollene Höhle übrig. Auch er würde gleich heilen.

Ich wich vor ihm zurück, drehte den Dolch, machte mich bereit zuzustechen. Der Kerl folgte mir, geiferte und lachte. Ich schluckte, suchte den Raum ab, ob ich noch etwas finden konnte, was mir helfen würde. Der Ladenbesitzer kam von vorne auf mich zu, der Holzfäller von hinten. In der Eingangstür erschien die Krankenschwester, genau wie der Teenager, dem ich vorhin eine verpasst hatte.

Sie hatten mich komplett eingekesselt. Von Keira fehlte jede Spur. Ich wich weiter mit erhobenem Dolch zurück, sah von einem zum anderen. Sie kamen näher, der Teenager packte die Krankenschwester, zerrte sie zurück. Die beiden gerieten in eine Schlägerei, was mir nur recht war, doch als Ersatz für die beiden tauchten schon die Frau in der Schürze und der Pantoffelmann auf.

Keira hatte gesagt, dass Silberwaffen besser waren als keine Waffen, aber sie halfen eben nur bedingt, schoben das Unausweichliche hinaus. Wenn mir nicht gleich etwas einfiel, wie ich diese Dämonen in Schutt und Asche legen konnte, war ich erledigt. Panisch blickte ich mich um, suchte nach weiteren Spraydosen, Feuer, Waffen, egal. Meine Suche wurde jäh unterbrochen, als ich gegen die Wand stieß. Ich drehte mich um. Mist. Jetzt stand ich in einer Sackgasse.

»So ein Pech«, sagte der Holzfäller. »Da ist uns die Maus in die Falle getapst.«

Ich schluckte, hob den Dolch, machte mich bereit zuzustechen, doch ich wusste, dass ich das nicht lange durchhalten konnte.

Der Ladenbesitzer griff als Erstes an. Der Holzfäller folgte eine Sekunde später. Sie kamen von zwei Seiten. Ich musste mich entscheiden. Rechts oder links. Einer würde mich definitiv erwischen. Der Ladenbesitzer hatte mich fast erreicht, ich drehte mich zu ihm, hob mein Messer. Auf einmal stockte er mitten in der Bewegung und blickte auf seine Brust, auf der sich ein schwarzer Blutfleck ausbreitete. Er schluckte, kippte nach vorne. In seinem Rücken steckte ein Dolch bis zum Anschlag. Direkt über seinem Herzen.

»Was zum Teufel sag ich dir immer, Blümchen?«, erklang auf einmal eine Stimme von der Tür.

Jaydee!

Mein Herz machte einen Satz. Ach was, zwei, drei, Hunderte! Doch mir blieb keine Zeit, mich über ihn zu freuen. Der Holzfäller startete seinen Angriff, riss mich von den Füßen und landete auf mir. Augenblicklich lag seine Hand auf meiner Stirn, die andere suchte meinen Brustkorb. Noch hatte ich meinen Dolch. Ich stach auf ihn ein, erwischte seinen Oberarm, er fuhr herum, packte die Klinge und riss sie mir aus der Hand.

Neben mir hörte ich Gekeuche. Ein Körper ging zu Boden. Dann der zweite. Jaydee hatte offenbar die Frau und den Pantoffelmann gekillt. Der Holzfäller lachte hämisch, warf den Dolch weg und legte die freie Hand auf meinen Brustkorb. Der Sog setzte ein, ich tastete umher, suchte eine Waffe. Etwas ratschte über den Boden, fand meine Finger. Ich drehte den Kopf ein Stück. Es war ein zweiter Dolch. Jaydee. Er hatte ihn mir zugeschoben.

Ich griff ihn, der Holzfäller bemerkte die Bewegung, statt mich weiter auszusaugen, ließ er kurz ab. Das genügte mir, ich hob die Klinge und rammte sie ihm seitlich in die Kehle. Sein Schrei war fürchterlich. Das Metall war aus Titanium, schmerzte mehr als unsere Silberklingen. Er griff an das Messer, in dem Moment erschien Jaydee hinter ihm, bog seinen Kopf durch und trennte ihn sauber vom Hals ab. Der Rest des Körpers fiel nach vorne auf mich drauf. Ich wurde begraben unter einem Schwall aus schwarzem Blut und dem Gestank aus Verwesung.

Uäh ....

Jaydee zerrte den toten Körper von mir herunter und sah auf mich hinab.

Ich lächelte ihn an, wollte meine Hand ausstrecken, damit er mir hochhalf. Er bemerkte die Bewegung und schüttelte verächtlich den Kopf, als wäre ich zu dumm, mir zu merken, dass er mich nicht anfassen konnte. Seine Augen bohrten sich in mich, waren erfüllt mit stechendem Silber. Ich hielt seinem Blick stand, versuchte ihm klarzumachen, dass ich keine Angst vor ihm hatte, aber er schien es gar nicht zu bemerken. Seine Augenbrauen waren zusammengezogen, die Kiefermuskeln stachen hart hervor. Er wirkte ... wütend. War er böse auf mich? So viel Verachtung hatte ich das letzte Mal bei ihm gesehen, als wir unsere ersten Trainingsstunden gehabt hatten. Jaydee hatte mir klar und deutlich gezeigt, was ich für ihn war: ein Klotz am Bein. Nach allem, was zwischen uns vorgefallen war, dachte ich eigentlich, dass wir das hinter uns gelassen hatten.

»Achte besser auf deine Umgebung, verflucht noch mal«, sagte er. Selbst seine Stimme klang eisig kalt und gefühllos. »Ich bin nicht immer da, um dich zu retten, also bekomm das endlich in deinen Schädel.«

»Ich ...«

Er schnaubte, wischte seinen Dolch am Hosenbein sauber und lief davon.

Einfach so.

Er ließ mich liegen, als wäre ich ein nerviges Menschlein, das er retten musste, weil es seine Pflicht war.

»Jess!«, hörte ich Keira vom Eingang her rufen.

Ich starrte an die Decke, fühlte das warme Blut des Holzfällers, das langsam durch mein Shirt sickerte. Jaydee. Er war in sein altes Muster zurückgekehrt und ließ mich die Abscheu spüren, die ein Teil von ihm für mich empfand. Vielleicht war das aber auch die Realität. Vielleicht waren unsere Stunden in New York eine Ausnahme gewesen. Ein kurzes Innehalten von uns beiden, damit wir uns jetzt gegenseitig anfeinden konnten. Womöglich hatte ich es mir auch nur eingebildet, und das alles hatte nie stattgefunden.

»Hey!« Keira ließ sich neben mir nieder. Ich setzte mich auf und drehte mich zu ihr. Sie hielt sich den rechten Arm, an dem das Blut herunterlief und von ihren Fingern tropfte.

»Geht es dir gut?« Sie wartete nicht auf meine Antwort, zog mich an sich und hielt mich fest. »Du hast es geschafft.«

Ich nickte, presste mich an sie, genoss für einen winzigen Moment die Ruhe.

»Ben ist auch da. Er und Jaydee haben alle Dämonen erledigt, aber ich fürchte, es werden mehr kommen. Wir müssen aufbrechen.«

»Okay.«

Keira half mir aufzustehen, dabei war sie selbst ziemlich lädiert.

»Was ist mit dir?«, fragte ich.

»Geht. Hab schon Schlimmeres mitgemacht. Komm.«

Wir humpelten zum Supermarkt hinaus. Es lagen Aschehaufen auf dem Boden. Die Überreste der Dämonen, die Jaydee erledigt hatte. Ich blickte nicht mehr zurück, fokussierte mich auf die Tür und den Weg in die Freiheit. Dabei erschien mir wieder und wieder Jaydees Gesicht vor Augen. Die Art, wie er mich eben angesehen hatte. Diese Kälte, die ich womöglich von ihm gewohnt sein sollte, jetzt aber kaum noch ertragen konnte. Nicht mehr. Ich wollte von ihm gehalten, getröstet, umarmt werden, auch wenn ich wusste, dass das unmöglich war.

Wir traten ins Freie. Die Sonne knallte mir ins Gesicht, zusammen mit dem Gestank des Todes. Als stünden wir vor einer Leichenhalle, in der die Körper verrotteten. Ich würgte den Brechreiz hinunter.

»Jess!«, rief Ben. Er verrieb gerade einen Aschehaufen mit dem Stiefel und rannte zu mir. Keira ließ mich los, damit er mich umarmen konnte. Ich schmiegte mich auch an ihn, stellte mir einfach vor, dass Jaydee mich auf diese Art begrüßt hätte.

»Geht es dir gut?«, fragte er.

»Nein, aber es wird schon wieder.«

»Wir reiten sofort los. Jaydee will dich zu Raphael bringen.«

»Was ist mit Keira?«

Ich blickte über Bens Schulter. Jaydee ignorierte mich und lief zu Amir.

»Hey, Jaydee!«, rief Ben. »Kannst du Keira bei dir mitnehmen?«

»Nein!«

»Wir werden sie auf keinen Fall zurücklassen«, rief ich ihm hinterher.

»Dann soll sie zu Fuß gehen. Mit mir reitet sie jedenfalls nicht.«

Ben seufzte. »Dieser Kerl, echt. Warte hier.« Er rannte los und schloss zu Jaydee auf, bevor er sich auf Amirs Rücken ziehen konnte. Keira trat neben mich, sie hielt sich den Arm, der noch immer blutete.

»Ich glaube nicht, dass er mich mitnimmt.«

»Dann bleibe ich auch.«

»Jess ... das ist ... auf keinen Fall. Du musst in Sicherheit gebracht werden.«

»Jaja, spar es dir, Keira. Entweder gehen wir beide, oder wir versauern hier.« Ich hatte die Schnauze voll von Jaydees Launen. Mal nett. Mal abweisend. Das hielt doch kein Mensch aus!

Ben und Jaydee stritten. Ich konnte sie nicht verstehen, aber dem Klang ihrer Stimmen nach zu urteilen waren sie ziemlich geladen. Jaydees Muskeln waren angespannt, er ballte die Hände zu Fäusten, und Ben stand vor ihm, die Arme verschränkt, der Blick ernst. Er ließ sich nicht von Jaydee einschüchtern, was gut war. Vermutlich brauchte er Leute, die ihm Paroli boten. Ben deutete auf Keira und mich, redete auf Jaydee ein. Er wiegelte ab, strich sich durch die Haare, ging ein paar Schritte, kam zurück.

»Er hasst mich«, sagte Keira. »Er denkt, ich hätte ihn an Joanne verraten.«

Als er im Kerker gelandet war und an mich gekettet wurde. Diesen Tag würde ich niemals vergessen. »Hast du?«

»Nein. Also ... indirekt, vielleicht. Ich war nicht ... ach verdammt. Es war nicht meine Absicht. Anthony hat mich unter Druck gesetzt. Er ... er hat mich erpresst und ich ... ich hatte keine Wahl.« Sie zischte. »Ach Mann, das stimmt nicht. Es gibt immer eine Wahl, nur die Konsequenzen schmecken uns nicht, und es ist keine Entschuldigung. Durch mich ist Jaydee in Joannes Fänge geraten. Wobei er mir das heimgezahlt hat.« Sie fuhr sich an den Bauch.

Ben schüttelte den Kopf und kam zurück zu uns. Jaydee drehte uns den Rücken zu. Ich hatte keine Ahnung, was in ihm vorging.

»Keira, du kannst mit Jaydee reiten«, sagte Ben, als er uns erreichte.

»Wirklich?«

»Ja.«

Sie sah Ben skeptisch an. »Er wird mich aber nicht unterwegs vom Pferd werfen?«

»Nein. Keine Angst.«

Keira zog eine Augenbraue hoch und wirkte nicht so, als ob sie Ben glauben wollte.

»Wirklich nicht, Keira. Du kannst mit ihm reiten. Komm, Jess. Wir haben genug Zeit verplempert.«

Ich sah zu Keira und nickte ihr zu. Sie seufzte, strich mir über den Rücken und ging zu Jaydee. Er beachtete Keira noch immer nicht, schwang sich auf Amir und wartete.

Ben beugte sich zu mir. »Er wäre fast verrückt geworden aus Sorge um dich.«

»Ja?« Ich drehte mich zu ihm. »Ich muss sagen: Das fühle ich richtig. Er ist so warmherzig und liebevoll zu mir.«

»Interpretiere sein Verhalten nicht falsch. Er weiß nicht, wie er mit dir oder sich selbst umgehen soll.«

»Weißt du was? Das ist mir gerade sowas von egal. Ich bin keine Maschine, Ben. Ich kann nicht immer ... Ich möchte seine ...« Ich schnaubte, denn mir war klar, dass ich all die Dinge, die ich mir von Jaydee erhoffte und nach denen ich mich sehnte, nicht von ihm haben konnte. Er konnte mich nicht berühren, nicht halten, nicht in die Arme nehmen und trösten. Punkt.

»Jess ...«

»Nicht. Lass gut sein. Bring mich einfach weg.«

Er nickte, ich sah ihm an, dass er das Thema gerne vertieft hätte, doch er besaß genügend Feingefühl, es nicht zu tun. Wir gingen zu Mirabell, die brummelte, als sie mich sah. Ben stieg auf, streckte mir die Hand hin und half mir, hinter ihm aufzusitzen. Jaydee ritt mit Keira voraus. Sie blickte über ihre Schulter zurück zu mir.

»Wir holen Benson noch!«, rief sie, dann musste sie sich an Jaydee festkrallen, weil er so schnell beschleunigte, dass sie fast hintenrunter flog.

»Wer ist Benson?«, fragte Ben.

»Ein Hund. Wir mussten ihn in der Hütte zurücklassen. Sein Besitzer ist tot. Wir können ihn nicht dort lassen, den armen Kerl.«

»Verstehe. Jetzt bringe ich dich aber erst mal zu Raphael. Danach machen wir weiter, es liegt noch viel vor uns.«

»Die Barriere ist unten, oder?«

»Ja.«

»Und der Emuxor frei?«

Ben antwortete nicht, das musste er auch nicht. Ich schlang die Arme um ihn, zog mich fest an seinen Körper und dachte an Violet, die vielleicht gerade in Riverside Todesqualen ausstand.

Und es gab keinen Weg, wie ich ihr helfen konnte.

20. Kapitel

Anna stemmte sich auf die Arme und blickte sich um. In ihren Ohren rauschte es, die Geräusche drangen nur gedämpft zu ihr durch. Es roch nach Rauch und Feuer und Tod.

»Logan!« Aiden kniete vor ihr, sie beugte sich über Logans Körper. Rüttelte und schüttelte ihn, schlug sogar mit der Faust auf sein Herz. Aber er rührte sich nicht. Wie auch? Annas Mund klappte auf. Sie wollte Aiden sagen, dass es sinnlos war, was sie tat. Dass Logan gegangen war, dass Ralf seine Seele geholt hatte, aber sie brachte kein Wort mehr heraus.

Kämpfen. Kämpfen. Kämpfen.

Es ging einfach so weiter, und sie konnten nichts mehr tun, um die Welle aufzuhalten. Ralf hatte sie ein weiteres Mal an der Nase herumgeführt. Er hatte Will benutzt und bekommen, was er wollte – und jetzt würde er den Emuxor auferstehen lassen.

Will ...

Anna keuchte. Am liebsten hätte sie sich fallen lassen und wäre für immer liegengeblieben. Mit einem Mal war alles so mühsam, so sinnlos. Sie hatten verloren. Sie hatten schon wieder verloren.

Wo ist Will?

Er war vorhin zusammengeklappt, als der Drache aus seiner Brust gekommen war. Anna wollte ihm helfen, alle wollten ihm helfen, aber sie konnten nichts mehr für ihn tun. Sie blickte sich um, die Luft war schwer und stickig. Rauch waberte um sie, der Wind verteilte winzige Staubpartikel überall. Sie setzten sich auf Annas Haare, ihre Haut, in ihre Lunge. Als hätte jemand Konfetti über das gesamte Anwesen geworfen.

»Will ...«, keuchte sie und hievte sich mühevoll nach oben. Jede Bewegung fiel ihr unsäglich schwer, sie fühlte sich benommen, schwach, verängstigt. Die Welt hatte den Atem angehalten, um das Grauen zu betrachten, das Ralf über sie gebracht hatte. Anna war klar, dass dies alles erst der Anfang war, dass sie unter Ralfs Herrschaft noch schlimmer leiden mussten. Sie sah zum Schloss. Es war zur Hälfte eingestürzt. Einer der Türme war komplett in sich zusammengebrochen, Rauchwolken stiegen aus den Trümmern auf.

War noch jemand im Haus gewesen? Sie wusste es nicht. Sie hatte nicht danach gefragt, als sie angekommen waren.

»Logan! Bitte wach auf!«, schrie Aiden und schüttelte Logan erneut durch.

Begriff sie denn nicht, wie sinnlos es war? Aiden war eine Seelenwächterin. Sie musste doch erkennen, dass Logan nicht mehr zu retten war. Anna taumelte einige Schritte, ihre Schultern drückten sie nach unten, als würde sie einen Eisenträger darauf balancieren.

»Aiden«, flüsterte sie und ließ sich ihr gegenüber wieder auf die Erde sinken. Neben Logan.

Seine Haut war straff über sein Skelett gespannt, sein Atem kam schnell und rasselnd, seine Augen blickten wirr umher, als bekäme ein Teil von ihm noch mit, was mit ihm geschah.

»Aiden, lass es, er ist fort«, sagte sie noch einmal. Sie wollte es selbst nicht hören. Sie wollte diese Worte nicht sprechen, aber sie musste es. Jemand musste etwas tun. Jemand musste eine Entscheidung treffen. *Irgendjemand. Hilfe.* Mit Tränen in den Augen blickte sie sich um. Wo war Will nur? Sie stemmte sich auf die Füße, schrie seinen Namen, auch wenn er nur als Krächzen herauskam.

Anna kratzte sich über ihre Arme, blinzelte gegen die Staubpartikel, die jetzt überall waren.

»Will!«

Bitte, bitte sei da!

Sei nicht verletzt!

Sei nicht tot!

Sei du selbst!

So ohnmächtig und schutzlos hatte sie sich zuletzt in Andrews Fängen gefühlt. Diese Hilflosigkeit, die Wut, das eigene Unvermögen, etwas zu tun. Ihre Finger suchten und fanden eine alte Kruste. Sie kratzte sie herunter, hieß den Schmerz willkommen, kratzte tiefer, bis sie Blut spürte.

»Will!«

Ihre Tränen vermischten sich mit den Staubpartikeln, sie wischte sie weg, verteilte den Dreck auf ihrem Gesicht. Mühevoll stand sie auf, torkelte, stolperte fast. Sie musste ihn finden. Er musste hier irgendwo sein.

»Will!«

Gib mir endlich Antwort!

Hatte er den Angriff überlebt? Hatte er das überleben können? Anna hatte keine Ahnung. Sie wusste nicht, was die Drachen auslösen konnten, wie stark sie waren. Niemand wusste das, weil niemand mit den Elementrückständen spielte. Sie waren unbeherrscht und nicht zu berechnen. Sie würden Ralf nicht ewig folgen ...

»Will ...« Ihre Stimme brach in ein Schluchzen. Sie konnte den Gedanken nicht ertragen, dass ihm etwas zugestoßen war. Nicht Will. Nicht noch einer ihrer Familie.

»Bitte, antworte ...«

Anna erreichte den Eingang zu dem Kraftplatz, in den sie Will bringen wollten.

»Oh, meine Güte!«

Er saß an der Wand. Den Blick starr geradeaus gerichtet, die Hände kraftlos in seinem Schoß. Anna stürmte zu ihm und ließ sich neben ihn in den Dreck sinken. Er reagierte nicht auf sie, blinzelte nicht einmal.

»Bist du verletzt? Will?« Anna griff an seine Schulter, schüttelte ihn ganz sachte. Keine Reaktion. »Sag mir bitte, ob es dir gut geht. Kannst du mich hören?«

Auf einmal zuckte er zusammen. Anna erschrak.

»Ich habe ihn umgebracht ...«, stammelte er. »Logan ist tot. Ich bin ein Mörder.«

»Was? Nein, nein, nein.«

Will schluckte. Noch immer hielten seine Augen einen Punkt in der Ferne fixiert. Anna kannte diesen Gesichtsausdruck, und er ließ ihr das Blut in den Adern gefrieren. Genauso schauten Menschen, die alles verloren hatten. Anna hatte es oft genug gesehen. Ob früher bei Soldaten, die für Andrew in die Schlacht gezogen waren und demoralisiert zurückkamen, oder bei den zahllosen Überlebenden, die eine geliebte Person beim Angriff eines Schattendämons eingebüßt hatten. Es war der Moment, wenn das Herz die Hoffnung aufgab, wenn es sich in sich selbst zurückzog und alles Gute und Schöne von ihm abprallte.

Will war kurz davor, den Verstand zu verlieren, und Anna durfte das auf keinen Fall zulassen.

»Bitte, komm zu dir!«, sagte sie und legte eine Hand auf seine Wange. Sollte sie noch mal in seinen Kopf? Seine Gedanken beeinflussen, das Erlebnis von eben löschen? Aber hatte sie dazu überhaupt ein Recht? Es war gegen das Gesetz, die eigenen Fähigkeiten gegen einen anderen Seelenwächter einzusetzen. Wenn Will sie darum bitten würde, wäre das eine Sache, es einfach zu tun, wäre falsch und unmoralisch. »Will. Ich brauche dich.«

Er blinzelte. Endlich. Ihre Worte waren also zu ihm durchgedrungen. Wie von einem Faden gezogen drehte er den Kopf und starrte sie an. Sie japste nach Luft. Seine Augen waren vollkommen leer und glasig. Das Glühen darin erloschen.

»Ich habe ihn umgebracht«, wiederholte er.

Anna sank in sich zusammen und vergrub ihr Gesicht in ihren Händen. Alles in ihr schrie danach, sich zu kratzen. Sie wollte sich die Haut herunterzerren, tiefer und tiefer aufreißen, bis sie nichts mehr spüren konnte außer Schmerz.

»Ich muss nach Kendra und Derek sehen«, sagte Aiden auf einmal hinter ihr. »Sie waren noch im Schloss. Danach muss Logan in den Tempel der Wiedergeburt. Was ist mit Will?«

»Er steht total neben sich. Er braucht ...« Sein Element, einen Heiler, Ruhe, Hoffnung. Anna wusste nicht, was Will benötigte, wie sie ihm helfen konnte. Sie blickte über ihre Schulter zu Aiden. Auch sie war am Ende ihrer Kräfte. Sie hatte soeben einen wichtigen Teil ihres Lebens verloren.

»Geh, Aiden. Ich kümmere mich um Will.«

Sie nickte nur. Es war zu viel für sie alle. Zu viele Verletzte, Tote, zu viel Leid.

Anna hielt nur noch mit Mühe die Tränen zurück. Jetzt nicht einknicken, nicht schwach werden.

Du kannst mich nicht einmal erreichen, wenn du Hilfe brauchst.

Das hatte Jaydee zu ihr gesagt.

Anna blickte in den Himmel, der mit schwarzen Rauchwolken verhangen war, und schloss die Augen. Eine Windböe strich ihr um die Nase. Ihr Element war bei ihr. Noch. Aber auch das konnte ihr nicht helfen. Sie war allein.

Jetzt war sie wirklich auf sich allein gestellt.

21. Kapitel

Jessamine

Ich klammerte mich an Ben fest und hoffte, dass der Ritt bald vorüber war. An das Reisen zwischen den Welten hatte ich mich einigermaßen gewöhnt, aber jetzt saßen wir zu zweit auf einem Pferd, das gestaltete die gesamte Angelegenheit wesentlich wackliger.

Ben machte seine Sache allerdings großartig. Er lenkte Mirabell selbstsicher, als würde er den ganzen Tag nichts anderes tun. Vielleicht lag es in seiner Natur. Er hatte nun mal einen guten Umgang, ob mit Mensch oder Tier.

Jaydee sollte sich eine Scheibe von ihm abschneiden.

Tja, Jess, was hast du erwartet?

Ich kannte Jaydee. Ich wusste, wie er tickte. Ich wusste, was ihn ausmachte und auf was ich mich mit ihm einließ. Er hatte mir in den ersten Minuten die schlimmste Seite von sich selbst gezeigt und mir klargemacht, dass er nicht gut für mich war. Also durfte ich mich auch nicht über sein Verhalten wundern. Theoretisch. Praktisch hingegen schmerzte es, als würde er mir einen Dolch ins Herz treiben. Der eiskalte Blick von vorhin, seine Abweisung, der herrische Tonfall ... nach allem, was wir miteinander erlebt hatten, wünschte ich mir, dass er sich freute, wenn er mich sah. War das zu viel verlangt? Wenn er mich schon nicht anfassen konnte, dann konnte er doch mit mir sprechen, mir sagen, dass alles gut war, mich fragen, wie es mir ging. Ich wusste, dass er dazu in der Lage war. Am Morgen nach unserem kleinen Abenteuer in New York hatte er es bewiesen. Was war auf einmal anders? Was hatte ich falsch gemacht, dass er so abweisend zu mir war?

Es knallte, das Licht um uns verblasste, wir traten aus dem Portal, und meine Gedanken wurden zurück zum Geschehen gelenkt.

Wärme schlug mir entgegen, zusammen mit Sonne. Wir standen mitten an einem herrlichen Sandstrand, das Meer schimmerte intensiv türkisblau, eine sanfte Brise wehte. Es roch nach Wasser und Palmen und Kokosnuss.

»Wow«, sagte ich. Das war einer der schönsten Orte, die wir je besucht hatten. Es war eins dieser Motive, die Fotografen festhielten, damit sie Menschen wie ich auf ihrem Desktophintergrund zum Träumen verwenden konnten. »Das ist ...«

»... unerwartet«, sagte Ben und drehte sich zu mir. »Alles klar bei dir?

»Ja.« Langsam löste ich meine klammen Finger von Ben. Ein Stück weiter vorne waren Keira und Jaydee aus dem Portal getreten. Er wendete Amir und sah zu uns. Sein Blick fand meinen. Lächelte er? Ein bisschen vielleicht?

Nein.

Er drehte sich zu Keira und blaffte sie an. Sofort ließ sie ihn los und rutsche über Amirs Hintern nach unten.

Ben trieb Mirabell an, bis wir neben Jaydee zum Stehen kamen. »Wo müssen wir hin?«, fragte Ben.

Jaydee zeigte nach rechts, zu einem Weg, der zwischen Palmen hindurch führte. »Colin ist das Oberhaupt dieser Familie. Ihm gehört die gesamte Insel. Das Haupthaus ist dort hinten, aber wir ...«

»... seid natürlich bemerkt worden«, sagte ein Mann und trat aus dem Palmendickicht zu uns.

Er trug luftige Dreiviertelhosen, keine Schuhe und ein weißes Hemd, das halb offen stand. Seine Haut war braungebrannt, die Arme mit hellen wulstigen Narben übersäht, als hätte er sie einst in einen Eimer Säure gehalten. Sie ähnelten Annas Narben. Aber im Gegensatz zu ihr trug er sie mit einem Selbstbewusstsein, dass es mich fast umhaute. Überhaupt sah er ziemlich gut aus. Er war durchtrainiert, wie fast alle Seelenwächter, sein Gesicht kantig, und in seinen Augen lag ein leidenschaftliches Funkeln. Müsste ich tippen, würde ich ihn dem Element Feuer zuordnen, denn das war genau das, was er ausstrahlte.

»Colin«, sagte Jaydee und sprang von Amir.

Colin wandte sich Jaydee zu, das Funkeln flackerte auf, sein Mund verzog sich zu einem spöttischen Grinsen. »Du hast Nerven, hier aufzutauchen.«

Jaydee presste die Zähne aufeinander. Ihm lag eine Erwiderung auf der Zunge, ich sah es ihm an, doch er hielt sie zurück, ballte die Hände zu Fäusten und blickte zu Boden. »Wir ... wir brauchen deine Hilfe.«

Colin nickte, kratzte sich am Ohr und trat näher an Jaydee heran. Die Atmosphäre zwischen den beiden lud sich auf wie kurz vor einem Unwetter. Es sah Jaydee überhaupt nicht ähnlich, sich so zurückzuhalten, aber wir waren die Bittsteller. Wenn Colin uns Obdach gewähren sollte, musste er sich zusammenreißen, auch wenn sein Körper genau die Aggression ausstrahlte, vor der ich mich so sehr fürchtete.

»Bitte?«, sagte Colin und deutete auf seinen Kopf. »Ich hab vermutlich Sand im Ohr, denn ich hab dich nicht ganz verstanden.«

Jaydee holte tief Luft. Seine Muskeln waren zum Bersten gespannt. Gleich würde er platzen. Ganz bestimmt.

»Wir können im Moment nirgendwo hin, unser Anwesen wurde zerstört.«

»Davon habe ich gehört.« Colins Oberlippe zuckte. Er hatte mächtig Spaß daran, Jaydee in die zweite Reihe zu verdrängen, und ich musste zugeben, dass es mir gerade auch sehr gut gefiel.

Colin kratzte sich am Kinn, als müsste er über Jaydees Worte nachdenken. Dann änderte sich seine Ausstrahlung urplötzlich, er holte aus und schlug Jaydee voll auf die Nase. Der taumelte zurück, stürzte fast in den Sand, doch er konnte sich noch abfangen. Ben zuckte, spannte sich, seine Finger fuhren zu seiner Waffe, aber er zog sie nicht.

Jaydee wischte sich das Blut von der Nase und spuckte einen roten Klumpen aus. Statt sich postwendend auf Colin zu stürzen, betrachtete er seine Finger und grinste. »War's das etwa schon?«

»Nein, du Arsch«, sagte Colin. »Aber du hast Glück, dass im Moment ein Ausnahmezustand herrscht und ich euch schlecht wegschicken kann. Außerdem sehen die beiden Damen aus, als bräuchten sie Hilfe.«

Colins Blick huschte zu Keira, dann zu mir. »Bist du der Mensch mit der Fylgja?«

Fein. *Der Mensch mit der Fylgja.* Das klang, als wäre sie eine Krankheit. »Ich bevorzuge Jess, wenn es recht ist.«

Colins Blick wurde weicher. Er räusperte sich. »Ja, natürlich. Entschuldige, aber die jüngsten Ereignisse zerren an unser aller Nerven. Es ist viel passiert.« Colin blickte zu Ben. »Und du bist?«

Er stieg von Mirabell und reichte ihm die Hand. »Benjamin Walker. Es freut mich.«

Colin ergriff sie und nickte. »Du bist ebenfalls ein Mensch.«

»Richtig.«

»Treibst dich nicht gerade in der besten Gesellschaft herum.«

Ben zuckte die Schultern. »Bisher kann ich mich nicht beklagen.«

Colin ließ Bens Hand los und deutete hinter sich. »Dort entlang geht es zum Haus. Raphael kann sich um eure Verletzungen kümmern.«

Raphael. Da war er wieder. »Danke«, sagte ich und blickte zu Keira. Mal gespannt, wie sie auf ihn reagieren würde.

»Das ist nett«, sagte Ben. »Aber ich muss erst nach Riverside. Meine Freunde sitzen in einer Höhle fest, ich muss sie in Sicherheit bringen.«

»Lass mich raten, du willst sie auch gerne hier unterbringen«, sagte Colin.

»Wenn das möglich ist. Mein Volk besteht noch aus fünf Menschen. Wenn wir nicht bei dir bleiben können, wäre es schön, wenn du mir einen anderen Ort nennst.«

»Nein, schon gut. Die Insel ist groß genug.«

»Danke!«

»Gut, wenn das geklärt ist.« Jaydee ging zu Ben. »Ich muss erst nach London. Zu Anna.«

»Gibt es denn keine Möglichkeit, sie zu kontaktieren?«, fragte Ben.

»Für mich nicht.« Jaydee warf Colin einen kurzen Blick zu. Der verschränkte die Arme vor der Brust und dachte gar nicht daran, Jaydee entgegenzukommen. Dabei war es vermutlich ein Leichtes für ihn, Anna anzufunken.

Ben schüttelte den Kopf. »Ich habe keine Ahnung, was zwischen euch beiden vorgefallen ist, und es ist mir vollkommen egal. Das hier betrifft uns alle. Seelenwächter und Menschen! In meiner Stadt sitzt ein Irrer, der gerade dabei ist, einen Dämon aus der Hölle heraufzubeschwören. Also würdet ihr die Zickerei bitte auf später verschieben?«

Jaydee und Colin blickten gleichzeitig zu Ben. Um Jaydees Mundwinkel formte sich ein leichtes Lächeln, doch es verschwand sofort wieder.

»Darf ich dich daran erinnern, dass du *Gast* auf dieser Insel bist?«, sagte Colin.

»Und der Gast kommt aus einem Volk, das den einzigen Weg kennt, den verdammten Emuxor aufzuhalten. Also hilf uns oder sieh dabei zu, wie wir alle gemeinsam untergehen. Jetzt funke bitte Anna an, damit Jaydee und ich uns um meine Leute kümmern können.« Ben drehte um und stapfte durch den tiefen Sand zu Mirabell. Bisher hatte ich ihn nur ruhig und besonnen erlebt, aber es stand ihm außerordentlich gut, auch mal auf den Putz zu hauen.

»Jaydee!«, rief eine junge Frau auf einmal hinter uns.

Ich drehte mich um. Sie kam den Weg heruntergerannt, hatte knallrote Haare, Augen so blau, dass sie fast die gleiche Farbe wie das Meer hatten, und ein absolut sympathisches Lächeln.

»Oh, mein Gott! Hab ich doch richtig gesehen!«

»Skyler«, stammelte Jaydee. Sie lachte, sprintete auf ihn zu, hüpfte und umschlang ihn mit den Beinen und den Armen. Er kam nicht mal mehr dazu, nach Luft zu schnappen, schon lagen ihre Lippen auf seinen.

Äh. Hallo?

Sie klammerte sich an ihn, grub ihre Hände in seine Haare und versenkte ihre Zunge in seinem Mund.

Ich glaub, mein Schwein pfeift!

Ich starrte die beiden an. Unfähig zu begreifen, was da passierte, obwohl es so offensichtlich war. Erwiderte er den Kuss? Gefiel es ihm? Hatte er die Augen geschlossen? Keine Ahnung, ich konnte es nicht erkennen, und ich wollte mir nicht die Blöße geben, genauer hinzustarren. Eigentlich genügte es ja auch, dass seine Hände auf ihrem Hintern lagen und sie an seinen Körper gepresst hielten, damit sie nicht herunterfiel.

Nach einer viel zu langen Zeit schob er sie schließlich von sich und löste ihre Beine von seiner Hüfte.

»Ist das schön, dich zu sehen«, sagte sie und strahlte übers ganze Gesicht.

Gut, das mit dem sympathischen Lächeln nahm ich hiermit zurück!

Er zog ihre Hände aus seinem Nacken, seine Miene undurchsichtig und unnahbar. So wie ich es von ihm gewohnt war. Er antwortete ihr nicht. Er sah auch nicht zu mir. Er drehte um und schwang sich auf Amir und galoppierte davon.

Ben warf mir einen mitleidigen Blick zu, dann stieg er auf Mirabell und folgte Jaydee. Ich sah ihnen nicht hinterher, hörte nur den charakteristischen Knall, als das Portal sie verschluckte.

Skyler blickte ihm nach, zuckte mit den Schultern und kam dann zu mir. Ihr Lächeln war noch breiter geworden. »Hi, ich bin Sky. Willkommen auf unserer Insel.«

»Jess«, antwortete ich automatisch, obwohl ich ihr am liebsten eine gescheuert hätte. Bevor ich das allerdings tun konnte, lag ich auf einmal in ihren Armen.

»Ich freu mich so! Endlich nicht mehr allein unter diesen Kerlen!«

Ich machte mich steif, ihre Berührung war kühl, luftig und federleicht.

Keira räusperte sich neben mir und erlöste mich damit aus dieser unfreiwilligen Umarmung. Diese Tante war zu viel für mich. Wirklich.

Mit Dämonen kämpfen? Damit konnte ich umgehen.

Reisen quer um den Globus? Auch okay.

Neue Seelenwächter kennenlernen? Jederzeit!

Jemanden treffen, der dem Mann die Zunge in den Hals schiebt, mit dem ich vor einem Tag noch im Bett gelegen habe? Absolutes No-Go!

»Ist alles okay?«, fragte jemand neben mir. Colin. Seine Stimme klang weich und sanft, völlig anders als eben noch.

Ich nickte.

»Skyler ist ein wenig impulsiv.«

»Bin ich nicht! Ich freu mich einfach.«

Colin lächelte und bot mir seine Hand. Ich ergriff sie stoisch, als würden meine Glieder von Marionettenfäden gezogen.

»Der Auftritt eben mit Jaydee und mir tut mir leid«, sagte Colin. »Eigentlich bin ich nicht der Typ, der andere aus dem Nichts heraus verprügelt, aber Jaydee hat ...«

»... es verdient.« Und zwar sowas von ... »Wenn du ihn wieder siehst, hau ihm ruhig noch eine rein.« Und noch eine. Und noch eine, und wenn er fragte, wofür die alle waren, fing er am besten von vorne an.

Colin lächelte sanft. »Lass uns reingehen. Du siehst aus, als bräuchtest du dringend Heilenergie.«

Oder eine Pulle Rum! Ich hakte mich bei ihm unter. Auf einmal stand Skyler neben mir und ergriff meinen anderen Arm. Sie lächelte mich offen an und tätschelte meine Haut. »Ich freu mich so, dass ihr hier seid.«

Oh Gott, bitte. Jemand muss mich ganz dringend erlösen.

22. Kapitel

Ein dumpfes Grollen weckte sie. Joanne zuckte zusammen und richtete sich unter Schmerzen auf. Sie war tatsächlich vor Erschöpfung eingeschlafen. Ihre Arme waren über ihrem Kopf an der Wand befestigt. Der Meister hatte sie angekettet, mit Fesseln aus Feuer. Sie brannten um ihr Handgelenk, fraßen sich in ihre Haut, aber Joanne nahm die Schmerzen kaum noch wahr. Wie auch? Das Auge, das Jaydee ihr ausgestochen hatte, war noch immer nicht nachgeheilt. Die Stelle hatte sich in ein kontinuierliches Pochen verwandelt, das bei jeder Drehung des Kopfes schmerzte. Ihr Körper fühlte sich an, als wäre er über ein Reibeisen gezogen worden. Wieder und wieder und wieder. Joanne konnte schon gar nicht mehr definieren, welche Stelle ihr mehr wehtat. Aber all der Schmerz, die Wunden, das Blut war nichts im Vergleich zum Hunger, der an ihren Eingeweiden nagte. Joanne hatte so etwas noch nie gespürt. Es fühlte sich an, als hätte sie ein Loch in ihrem Bauch, dass sich mit jedem Atemzug weiter ausdehnte und ihre Innereien zum Kochen brachte.

Ein weiteres Grollen erschütterte die Krypta. Kleine Steine bröckelten von der Decke. Über Joanne vibrierte es, als trampelte ein Riese oben herum.

Das Grollen wiederholte sich. Lauter dieses Mal. Und näher. Die Decke bekam Risse. Sie zogen sich von der Mitte nach außen, formten Muster und Linien, vereinten sich in einem Kreis.

Er startet mit dem Ritual.

Der Meister hatte es ihr erklärt. Wenn er alle Seelen des Rates gesammelt hatte, konnte er sie dem Emuxor verfüttern, er würde die Stärke der vier Elemente absorbieren und in seine Transformation gehen.

Joanne spuckte einen Schleimklumpen aus und zerrte an ihren Fesseln. Sie wusste nicht, was mit ihr geschehen würde, wenn der Emuxor neben ihr zu seiner wahren Gestalt auferstehen würde. Ob er die gesamte Krypta, vielleicht sogar die Kirche, mit vereinnahmen würde, ob er sie am Leben ließ oder verschonte.

Die Muster an der Decke leuchteten in einem gleißend goldenen Licht auf. Es war die gleiche Farbe, die auch die Adern auf den Anwesen hatten, die Farbe, die der Meister für seine Magie verwendete. Jetzt vibrierte auch der Boden, die Wände. Immer mehr Steine brachen aus den Mauern. Der

Emuxor stöhnte laut. Es war ein Geräusch, als würde ein gigantischer Bär aus dem Winterschlaf erwachen. Es hallte lange in Joannes Körper nach, als richteten sich ihre Zellen darauf aus. Ihre Glieder wurden steif, und sie fühlte einen fast unbändigen Drang, zum Emuxor zu gehen und ihn anzufassen.

Er ruft seine Kinder zu sich.

Der Emuxor spannte die Arme, sein Körper war noch immer der der Fylgja. Ihre Haut war mit etlichen Kratzern und Dreckschlieren versehen, das einst weiße Kleid völlig verschmutzt. Die Zeichen an der Decke leuchteten heller, der Schein breitete sich nach unten aus, hüllte den Emuxor ein. Es war ein faszinierendes und beängstigendes Schauspiel. Joanne sollte nicht hier sein. Sie zog und zerrte an ihren Fesseln, aber es half nichts. Je mehr sie sich dagegen wehrte, umso fester schnürten die unsichtbaren Feuerseile in ihre Haut.

Plötzlich hörte sie Schritte, jemand kam nach unten. Der Meister. Joanne erkannte ihn am Gang.

Er hatte sich umgezogen, trug jetzt eine lange Robe in einem dunklen Rot. Vier andere Dämonen begleiteten ihn. Alfred und drei Männer, die sie nicht kannte. Sie trugen die Vassums, mit den Seelen der Ratsmitglieder. Vor der Barriere blieben sie stehen, der Meister lächelte. Dann legte er die Hand auf ein Symbol an der Wand. Es zischte laut, die Barriere flackerte auf, und der Meister trat mit seiner Gefolgschaft in die Krypta.

So öffnet er die Barriere also ...

Wenn Joanne jetzt ihren Fesseln entkommen konnte, war sie frei.

Das Licht erhellte mittlerweile die gesamte Krypta. Die Temperaturen waren angestiegen, die Luft schwüler geworden.

Als würde er das Tor zu Hölle öffnen.

Im Grunde machte er auch genau das. Der Emuxor war eine Ausgeburt der Hölle. Er kam von dem Ort, an dem alles Böse geboren wurde, vielleicht war er sogar das Urböse in personifizierter Form.

Joannes Kehle wurde eng. Sie fühlte den unbändigen Drang zu schreien und um ihr Leben zu rennen, dabei sollte sie sich nicht vor ihm fürchten. Er war ihr Erlöser, ihr Retter. Er würde alle Schattendämonen aus ihrem Dasein befreien und ihnen das bieten, was ihnen zustand.

Joanne wusste das. Sie hatte es mit dem Meister wieder und wieder durchgesprochen. Dennoch nagte etwas an ihrem Inneren, das sie beunruhigte. Die

Macht des Emuxors war größer, als sie geahnt hatten. Joanne war sich nicht sicher, ob der Meister ein Spiel mit dem Feuer einging, bei dem er sich möglicherweise verbrennen konnte.

Soll mir recht sein.

Der Meister blieb am Kopfende des Emuxors stehen, während seine Gehilfen sich rings um ihn verteilten und die Vassums auf den Boden stellten. Joanne war zwei Meter von dem Spektakel entfernt an die Wand gekettet. Sie zog leicht an ihren Fesseln, die nicht einen Millimeter nachgaben. Der Meister lächelte sie an, triumphierend und stolz. Joanne hätte sonst etwas dafür gegeben, ihm dieses dreckige Lachen aus dem Gesicht zu dreschen. Alfred blieb dicht bei ihr stehen. Sein Blick fand den von Joanne. Er zuckte, als wollte er etwas sagen, doch dann senkte er die Augen.

So viel zu meinen neuen Freunden.

Die anderen Dämonen kannte Joanne nicht. Es waren neue, jeder trug eine Polizeiuniform. Sie waren noch nicht lange verändert, aber sie hatten Potenzial. Bei manchen Dämonen war das so. Man konnte zwei Seelen gleichzeitig verwandeln, die einen wurden sofort stark wie sie selbst, andere blieben auf einer gewissen Entwicklungsstufe hängen. Auch bei den Schattendämonen gab es eine Evolution, die nicht bei jedem gleich ablief.

Der Meister griff in seine Robe und zückte die Bibel, die Joanne für ihn von dem Anwesen der Seelenwächter geholt hatte. *Als ich noch seine Arbeit machen durfte ...*

Er zwinkerte ihr zu, als wisse er genau, was gerade in ihr vorging, dann schlug er die Bibel auf und begann, daraus zu rezitieren. Joanne hatte schon beim ersten Mal die Wörter nicht verstanden, sie tat es auch jetzt nicht.

Sie lehnte sich gegen die Wand und kämpfte das Brodeln in ihren Gedärmen nieder. Wenn sie hier herauskommen wollte, musste sie überlegt vorgehen. Sie würde eine Chance bekommen. Ganz sicher.

Das Licht an der Decke wechselte die Farbe. Aus dem Gold wurde Rot, es wanderte an die Füße des Emuxors, teilte sich in zwei Bahnen, von der eine zu der linken Hand strahlte. Dort änderte sich die Farbe ein weiteres Mal in ein sattes Blau. Auch diese Lichtbahn teilte sich und umhüllte als Nächstes den Kopf in einem kräftigen Grün. Es endete an der rechten Hand in einem gleißenden Weiß: die Farben der vier Elemente.

Joanne blickte an die Decke. Sie wusste, dass die Krypta an der Stelle unter dem Kirchenschiff lag, an der früher der Altar gestanden hatte. Der Meister hatte dort seine eigenen Zeichen auf dem Boden aufgebracht, als er anfing, sich die Seelen der Ratsmitglieder zu holen.

Der Meister erhob die Stimme, hielt die Bibel über den Kopf des Emuxors. Ohne ersichtlichen Grund fingen die Seiten plötzlich Feuer, doch der Meister ließ die Bibel nicht los. Er sprach weiter und weiter, bis die Seiten verkohlt waren und nur noch Asche übrig blieb. Er wischte die Reste hinfort, seine Handflächen waren nicht einmal rußgeschwärzt.

»Es ist Zeit für den Erlöser«, sagte der Meister, griff ein weiteres Mal in seine Robe und zückte einen Dolch. Joanne erkannte ihn sofort wieder. Es war die Waffe, die Mike damals für den Angriff auf Will benutzt hatte. Die Seelenwächter waren zu dem Zeitpunkt im Krankenhaus von Riverside Springs gewesen, Joanne hatte ihre Dämonen auf sie gehetzt, damit sie Will verletzten und dem Meister das Blut brachten.

Er drehte die Klinge und ritzte sich in die Hand. Das eingelassene Wappen blitzte auf. Das Symbol der alten Familie. Wegen dieses Wappens war Will erst auf sie aufmerksam geworden und dem Meister direkt in die Falle in Schottland getappt.

»Mit dem Blut eines Bruders hat es begonnen, mit dem Blut eines Bruders soll es enden.«

Der Meister ließ sein Blut auf die Stirn des Emuxors tropfen. Die Maske leuchtete grell auf, ein Donnern ging durch die Höhle.

Die Vassums rund um den Altar glommen, als stünden sie in einem Hochleistungsofen. Das Glühen kam von innen, grub sich nach draußen und ließ den Ton der Gefäße schmelzen, bis sie in sich zusammenbrachen und die Seelen der Ratsmitglieder freisetzten. Reine Energie, so pur und nahrhaft, stieg empor. Joannes Magen zog sich zusammen. Ein Haps! Nur ein Haps davon, und sie wäre komplett regeneriert. Sie fühlte die Macht und die Stärke dieser Seelen, das Jahrhunderte alte Wissen, die Erfahrung, die Reinheit.

Seelenwächter.

Einzigartig und wertvoll.

Bald schon würde es keine mehr von ihnen geben. Der Emuxor würde sie alle jagen und finden und seinen Hunger an ihnen stillen. Auf der einen Seite war es bedauerlich, dass diese Geschöpfe ausgerottet wurden, auf der anderen wurde ein ewig währender Kampf endlich beendet. Joanne musste jetzt nur noch dafür sorgen, auf der Seite der Gewinner zu stehen.

Der Meister ließ den letzten Blutstropfen auf den Emuxor fallen und malte mit dem Messer ein Zeichen in die Luft.

»Meine Macht sei deine Macht. Ich binde diese Seelen an dich, Herr. Nimm sie als Geschenk und beehre uns mit deiner wahren Gestalt.«

Die Seelen der Ratsmitglieder hüllten den Emuxor ein, vereinten sich über seinem Körper in zwei übereinanderliegende Achten. Das Zeichen der Seelenwächter. Jeder Schattendämon erkannte es instinktiv. Es war das Symbol ihrer Feinde, das Symbol des Todes.

Joanne presste sich fester gegen die Wand. Vielleicht würde sie gleich brechen, ihre Fesseln dadurch lösen. Sie musste bereit sein, auch wenn sie keine Ahnung hatte, wie sie überhaupt noch gehen sollte.

Das Licht hatte den Emuxor jetzt vollkommen bedeckt. Joanne erkannte nur noch seine Umrisse. Er hob die Arme, sie wurden länger, dünner, Krallen wuchsen aus seinen Fingern. Das Kleid fiel schlaff an seinen Konturen herab. Die Glieder der Fylgja verloren ihre weiblichen Kurven, ihre Füße vergrößerten sich zu Pranken mit langen Klauen. Die Widdermaske glühte. Auch sie veränderte sich. Das Metall schmolz, doch es fiel nicht in sich zusammen, sondern legte einen Schädel frei, wie ein Abguss aus der Maske. Knöchern und bedrohlich. Das Kleid zerfiel zu Staub. Jetzt lag nur noch sein blanker Körper da, er war mit einer ledernen Haut überspannt, ähnlich wie die der Menschen, nachdem sie von einem Schattendämon ausgesaugt wurden. Erst wirkte er alt und leblos, doch das Licht speiste ihn. Die Seelen der Ratsmitglieder flossen weiter in den Emuxor hinein. Er stöhnte ein weiteres Mal, tief und bedrohlich. Jetzt klang er schon kraftvoller. Joannes Finger krampften. Es war schrecklich und faszinierend zugleich.

Die lederne Haut strahlte, Muskeln formten sich auf den Armen, den Beinen. Das Licht flackerte auf, und dann war es schlagartig vorbei, als hätte jemand den Schalter ausgeknipst.

Joanne blickte sich um. Der Meister war verschwunden. Nur die vier Dämonen waren noch da und warteten ruhig. Joanne zog die Beine an, rüttelte an ihren Fesseln. Ohne Erfolg.

Der Emuxor richtete sich langsam auf. Hautreste der Fylgja lösten sich von seinem Rücken und zerfielen auf dem Altar zu Staub. Er war gewachsen, musste über zwei Meter groß sein, wenn er sich aufrichtete. Seine Arme waren schlank und muskulös, aber unnatürlich lang. Der Schädel war nicht länger die Maske, sondern ein Teil von ihm. Seine Beine waren die eines Widders, die Haut mit schwarzen Haaren bedeckt. Der Emuxor schob sich vom Altar und richtete sich auf. Er streckte die Arme aus, und dann folgte ein Geräusch, das Joanne noch nie in ihrem Leben gehört hatte und hoffentlich nie wieder hören musste.

Er stieß einen lauten Schrei aus. Tief und bedrohlich. Er kam direkt aus der Hölle, vereinte allen Schmerz und Leid und Kummer. Er klang lebendig, war gefüllt mit Emotionen. Hass. Zorn. Rachsucht. Gier. Neid. All die schlechten Eigenschaften der Menschen klangen in diesem Schrei mit. Sie erfüllten die Krypta, wanderten nach oben in die Kirche. Die Erde bebte. Joanne keuchte. Ihr stieg die Galle nach oben. Der Schrei kroch in sie hinein, füllte ihren Leib, ihr Herz, ihre Seele. Ein gewaltiger Druck entstand in ihrem Kopf. Sie wollte die Hände an die Schläfen pressen, aber es ging nicht. Plötzlich sah sie nur noch verschwommen.

Den anderen vier Dämonen erging es nicht besser, sie fassten sich an die Ohren, sanken in die Knie. Der Emuxor blickte sich um. Er riss sein Maul auf, entblößte seine Fänge und grinste.

Ihr gehört alle mir!

Er sprach, ohne dass er den Mund bewegte. Joanne hörte seine Stimme in ihrem Kopf.

Kommt zu mir, meine Kinder. Labt euren wahren Meister. Gebt mir eure Stärke, eure Energie.

Joanne keuchte. Der Schmerz in ihrem Schädel machte sie taub. Sie musste weg! Weg von diesem Wesen, das keine Erlösung brachte, sondern nur Schmerzen. Der Emuxor hob seine Arme, parallel stöhnten die vier Dämonen um ihn herum. In ihren Gesichtern stand der Schmerz, den Joanne gerade selbst spürte.

Der Emuxor hob die Arme, kratzte mit einem Finger auf seiner Handoberfläche herum, bis sich feine Hautschuppen lösten. Diese blies er davon. Eine kleine rote Wolke entstand. Die Luft wurde plötzlich stickiger. Beißender. Als hätte er sie mit einem Giftgas angereichert.

Alfred keuchte und hustete. Er griff sich an die Kehle, genau wie die drei anderen Dämonen. Der Emuxor riss sein Maul auf, die Wolke stülpte sich über die Vier, und dann erklangen ihre Schreie. So schrecklich und schmerzerfüllt, als würden sie in der Mitte auseinandergerissen.

Joanne war völlig erstarrt. Sie blickte auf das Schauspiel vor sich, unfähig zu blinzeln oder zu schlucken oder sich weiter gegen ihre Fesseln zu stemmen.

Die Haut der Dämonen wurde faltig, die Muskeln schwanden, ihre Augäpfel wölbten sich nach außen. Sie zerfielen vor ihren Augen zu ausgelutschten Skeletten.

Er fraß seine eigene Kreation. Der Emuxor nahm nicht nur Menschenseelen zu sich, er verspeiste ebenso Schattendämonen. Seine Brut. Die versprochene Erlösung war anders, als sie erwartet hatte.

Joanne hielt die Augen gesenkt, starrte auf die Steinplatten vor ihr und wartete, bis die Schreie der Dämonen vorüber waren.

Zwei große Pranken schoben sich in ihr Blickfeld, die Nägel waren spitz und lang. Der Emuxor stand jetzt direkt vor ihr. Er knurrte bedrohlich. Sie ballte die Hände zu Fäusten, ihr Herz raste. Gleich wäre es vorbei. Gleich würde er auch sie fressen, und dann war es das gewesen. Tot. Ausgelöscht. Es würde nichts von ihr übrig bleiben. Auf der Seite der Gewinner? Lächerlich! *Das ist die gerechte Strafe für all meine Sünden ...*

Der Emuxor beugte sich zu ihr hinunter. Eine Kralle schob sich unter Joannes Kinn. Er zwang ihren Kopf nach oben, damit sie ihn direkt ansehen musste. Seine Augen glühten rot, sein Atem roch faulig. Er betrachtete Joanne interessiert, als würde er über etwas nachdenken. Ob er sie erkannte? Als ehemalige rechte Hand des Meisters? Er knurrte leise, fast glaubte sie, ein Lächeln in seinem Gesicht zu erkennen.

Dann hob er seine Klauen und presste sie auf ihr Gesicht.

23. Kapitel

Jessamine

Colins Anwesen war ein Traum. Ein warmer, karibischer, nach Kokos duftender Traum. Ihm gehörte tatsächlich die gesamte Insel, wobei sie mit zehn Kilometern Länge und fünfzehn in der Breite nicht sehr groß war. Das Haupthaus lag als Zentrum in der Mitte. Es hatte zwei Stockwerke, die schichtenförmig aufeinander aufbauten. Jedes Zimmer besaß eine eigene Terrasse mit Blick auf den Ozean. Vor dem Haus war ein künstlicher Wasserlauf, der sich wie ein Fluss rings ums Anwesen zog und – wie mir Colin erklärte – in einem Becken an einem Felsen endete. Natürlich mit Wasserfall. Überall waren Palmen und andere exotische Bäume gepflanzt. Ein sanfter Wind wehte, schien alle Sorgen und Probleme vertreiben zu wollen.

»Unsere Gästehäuser sind auf der gesamten Insel verteilt«, erklärte Colin. »Ihr dürft euch eins aussuchen. Ich empfehle allerdings die auf der Westseite. Die Sonnenuntergänge sind traumhaft.«

»Wobei es morgens auch wunderschön ist«, ergänzte Skyler. Sie hing noch immer an meinem Arm, ihr Körper verströmte eine angenehme Kühle und erinnerte mich an Anna, außer, dass Skyler nicht nach Mandarine roch – und ich eigentlich nicht von ihr berührt werden wollte. Wenn ich es mir recht überlegte, wäre es mir am liebsten, sie würde sich verziehen, aber da ich hier Gast war, wollte ich nicht pampig sein.

»Das Meer hat dann diesen wahnsinnig intensiven Türkiston, und es riecht so frisch und luftig und ...« Sie redete weiter über die Vorzüge der einzelnen Häuser. Ich hörte nicht zu, überlegte mir eher, wie ich sie loswerden konnte, ohne, dass es zu sehr auffiel. Ich könnte sie in den Wasserlauf schubsen, so tun, als würde ich stolpern ...

»Wo genau sind wir eigentlich?«, fragte Keira.

»Ich nenne diesen Ort Malea-Island«, sagte Colin. »Er liegt östlich von Jamaica und ist auf keiner Karte der Menschen verzeichnet. Bis vor ein paar Jahren gab es diese Insel nicht. Ich habe sie und alles, was darauf ist, erschaffen. Um einen Platz für mich und meine Familie zu haben. Im Moment sind wir allerdings nur zu dritt. Raphael, Sky und ich.«

»Du bist eine Luftwächterin?«, fragte Keira.

»Ja. Seit zwei Jahren«, antwortete Skyler. »Es ist alles ziemlich verwirrend.

Meine Fähigkeiten, diese neue Welt, manchmal hab ich das Gefühl, dass es mich erschlägt.«

Erschlagen wäre auch eine Möglichkeit, damit sie still war. Aber ich hatte keine Chance gegen einen Seelenwächter, vermutlich nicht mal gegen einen so jungen wie sie.

»Ich habe noch nicht alles im Griff, eines Morgens bin ich auf der anderen Seite der Insel aufgewacht, weil ich mich versehentlich selbst teleportiert habe, wie bescheuert ist das denn bitte?«

Ha! Dann teleportiere dich doch einfach weg auf die nächste Insel. In Neuseeland soll es ganz toll sein ...

»Du wirst es lernen«, sagte Colin. »Hab Geduld.«

»Das sagst du schon die ganze Zeit, doch ...«

»Ich dreh durch!«, rief jemand vom Haus heraus. »Die schicke Braut ist wieder da!«

Mir blieb doch wirklich nichts erspart. Gar nichts.

Eine Tür flog auf und Raphael stürzte heraus. Zum Glück trug er dieses Mal Kleidung! Luftige Leinenhosen und ein knallrotes Shirt.

»Ihr kennt euch?«, fragte Colin.

»Flüchtig. Wir haben uns auf den Azoren getroffen.«

Raphael breitete die Arme aus und rannte auf uns zu. Er strahlte übers ganze Gesicht. Seine blonden Locken waren frisch gewaschen und mehr oder weniger ordentlich frisiert, er strahlte vor Freude und – *Halleluja und Hurra!* – er wirkte nüchtern.

»Du siehst noch schärfer aus als beim letzten Mal«, sagte er und kam zu mir. Er schlang seine Arme um mich, der Duft aus Erde und Moos umschloss mich, genau wie es bei Akil der Fall war. *Gewesen war.* Ich sog ihn auf, schloss die Augen und rief mir sein Bild ins Gedächtnis. Gott, wie er mir ... »Hey!«

Raphael legte seine Hand auf meinen Hintern und petzte hinein. Ich quiekte und schlug ihm auf die Schulter. Er lachte nur und lief völlig unbeeindruckt zu Keira.

Sie verschränkte die Arme vor der Brust. »Wenn du mir an den Hintern grabschst, werde ich dir das Handgelenk brechen.«

Raphael hielt mitten in der Bewegung inne und starrte sie an. Dann warf er den Kopf in den Nacken und lachte lauthals. »Ah. Ich liebe Frauen mit Biss.«

»Raphael, Keira und Jess sind unsere Gäste«, sagte Colin. »Sie benötigen deine heilenden Hände. Auf die nette Art, wenn es geht.«

»Bin immer nett.«

Colin schmunzelte und drehte sich zu uns. »Ich muss mich bei euch entschuldigen. Die Pflicht ruft. Ich werde Anna anfunken und ihr sagen, dass sie zu uns kommen kann.«

»Danke, Colin«, sagte ich.

»Fühlt euch wie zu Hause. Wenn ihr etwas braucht, sagt Sky oder Raphael Bescheid.«

Lieber würde ich 'ne Runde nackt mit Raphael tanzen, bevor ich Skyler um etwas bitten würde. Sie lächelte mich an, schien ganz erpicht darauf, uns jeden Wunsch von den Augen abzulesen.

Colin verneigte sich und lief davon.

»Okay, Ladies«, sagte Raphael und ließ seine Fingerknöchel knacken. »Wer will zuerst von diesen Händen verwöhnt werden?«

Ich sah zu Keira und zuckte die Schultern.

»Auf dich aufzupassen wird anstrengender als gedacht«, sagte sie.

»Ich kann nichts dafür.«

Eine Stunde später hatten wir es hinter uns. Raphael hatte sich sehr zurückgehalten und erst mich und dann Keira geheilt. Danach hatte Skyler uns in zwei nebeneinanderliegenden Gästehäusern untergebracht. Ich konnte endlich duschen, etwas essen, mich umziehen. Keira wäre am liebsten bei mir geblieben, um mich im Auge zu behalten, aber ich hatte es ihr ausreden können. Wir beide hatten noch viel miteinander zu klären. Die Sache mit Joshua, was das alles mit Ariadne zu tun hatte, wie sie selbst in die ganze Sache verstrickt war.

Keira versprach mir, mich aufzuklären, aber sie brauchte dazu einige Unterlagen, die noch in der Hütte lagen. Bei der Gelegenheit konnte sie auch gleich Benson holen.

Am liebsten hätte ich sie sofort festgenagelt und ihr alle Informationen aus den Fingern gesogen, aber ich war fix und fertig. Mein Körper war an seine Grenzen gelangt, trotz Raphaels Heilenergie. Die Entführung, Sorajas Tod, mein Aufenthalt in der Antarktis, unsere Flucht aus Arkansas ... Wenn ich mich nicht verrechnet hatte, war ich seit fast zwei Tagen auf den Beinen. Mein Verstand war bis zur Oberkante gefüllt. Ich brauchte erst Ruhe, bevor ich mich der Informationsflut von Keira stellen konnte.

So lag ich auf dem riesigen Bett, mit Blick auf das Meer, starrte zur geöffneten Terrassentür hinaus und kämpfte gegen die Müdigkeit und den Zorn auf Jaydee, der immer wieder in mir hochkam.

Er hatte Skyler geküsst!

Seine Hand hatte auf ihrem Hintern gelegen!

Sie kannten sich von früher, das war mehr als deutlich gewesen.

Was hast du denn erwartet?

Jaydee hatte eine Vergangenheit. Er war viel mit Akil unterwegs gewesen, und dass die beiden nicht gerade Eis essend auf einer Parkbank gesessen hatten, war ja wohl klar. Wie vielen Frauen würde ich noch begegnen, die sich ihm an den Hals warfen? Wie viele waren da überhaupt?

Ich knautschte mein Kissen zurecht und drehte mich auf die Seite.

Colin hatte nicht zu viel versprochen, die Aussicht war grandios. Das Gästehaus stand auf einer Anhöhe. Es hatte zwei Stockwerke, unten war die Küche und der Wohn- mit Essraum, oben zwei Schlafzimmer, die über ein Bad und eine große Dachterrasse miteinander verbunden waren. Das Meer rauschte als leises Hintergrundgeräusch, die Brandung war ruhig, die Wellen einschläfernd.

Wie viel Zeit blieb mir, mich auszuruhen? Wann würde es weitergehen, und was würden wir unternehmen?

Gegen Ralf. Gegen den Emuxor. Für Violet.

Sie war noch immer in seinen Fängen, und ich wusste einfach nicht, wie ich ihr helfen konnte. Die Ereignisse schlugen regelrecht über meinem Kopf zusammen. Seit der Nacht, als ich in der Kirche war, hatte ich nichts mehr unter Kontrolle. Ich saß in einem Kanu, das von einem wilden Strom unkontrolliert mitgerissen wurde, alles was mir blieb, war dafür zu sorgen, dass ich nicht kenterte. Violet fehlte mir schrecklich. Jede meiner Zellen sehnte sich nach ihr, nach ihrer Wärme, ihrer sanften Stimme, ihrem beruhigenden Lächeln. Gleichzeitig ahnte ich, dass es nie wieder so sein konnte. Ich wusste nicht warum, aber ich hatte ein drückendes Gefühl im Bauch. Violet war seit Tagen in der Gewalt des Emuxors. Was, wenn sie gar nicht mehr bei Verstand war? Was, wenn sie sich selbst verloren hatte?

Über all diesen Grübeleien mussten mir irgendwann die Augen zugefallen sein, denn als es an meine Tür klopfte, war es deutlich dunkler in meinem Zimmer geworden. Ich schreckte hoch und blickte mich um. Die Sonne küsste schon fast das Meer, also war ich ein paar Stunden weggewesen.

Es klopfte noch einmal.

»Blümchen?«

Jaydee. Mein Herz machte unwillkürlich einen Satz. Mein erster Impuls war, aus dem Bett zu springen und ihm sofort die Tür zu öffnen, doch dann fiel mir wieder ein, wie er sich benommen hatte.

Also drehte ich mich wieder zurück und tat so, als schliefe ich. Sollte er da draußen versauern!

»Ich weiß, dass du wach bist, ich höre es an deinem Herzschlag.«

Mist.

»Darf ich reinkommen?«

»Nein.«

Ich hörte das Klicken der Türklinke. Ich hatte abgeschlossen, weil ich nicht sicher war, ob Raphael *zufällig* vorbeischauen würde, während ich unter der Dusche stand. Zutrauen würde ich es ihm.

»Jess, bitte.«

»Ach, jetzt hab ich wieder einen Namen?«

»Ich ... Können wir reden, ohne dass eine Tür zwischen uns ist?«

»Zwischen uns wäre noch immer eine Tür, selbst wenn ich öffne. Du bist doch derjenige, der mich aussperrt!«

Er brummte leise, seine Hand strich über das Holz, ich konnte es hören. »Ich muss dich sehen.«

»Geh einfach, Jaydee.«

Ich schloss demonstrativ die Augen, als könnte ich damit zeigen, dass es mir egal war. Zu schade, dass er es nicht sehen konnte.

Nach wenigen Minuten öffnete ich sie wieder und blickte über meine Schulter. Er stand immer noch draußen. Seine Füße warfen einen Schatten unter den Türschlitz.

»Hast du nichts Besseres zu tun?«, fragte ich.

»Im Moment nicht, nein.«

Jetzt reichte es mir. Ich stand vom Bett auf, stapfte zur Tür und öffnete. Er fiel mir halb entgegen, konnte sich gerade noch am Rahmen abfangen. »Was soll das?«

»Ich hatte mich angelehnt und nicht damit gerechnet, dass du so schnell ...«

»Nein! Das! Du! Ich! Wir beide! Dieses elende Hin und Her. Freundlich. Abweisend. Freundlich. Abweisend. Fällt dir eigentlich auf, wie du mich behandelst? Was du mit mir machst? Und als wäre das nicht genug, knutschst du vor meinen Augen eine andere!«

Er richtete sich auf. »Das hatte nichts zu bedeuten. Skyler wusste nichts von dir und ... von uns.«

»Hast du es denn richtiggestellt?«

»Das werde ich noch.«

»Und was willst du ihr sagen?« Das wollte ich jetzt wirklich gerne wissen. Wie stand er zu mir? Was empfand er? Was waren wir überhaupt? Freunde mit Vorzügen – aber nur, wenn magische Tinte in der Nähe war? Keine Freunde? Partner? Bettgesellen? Was?

Er bohrte mit einem Finger in einem Loch in seinem Shirt herum. Vorhin war das noch nicht dagewesen. Überhaupt sah er ziemlich lädiert aus. Noch immer trug er dieselben Klamotten, sie waren schmutzig, Blätter hingen in seinen Haaren, auf seinen Armen hatte er einen langen Kratzer mit getrocknetem Blut. Er hatte gekämpft. Mal wieder.

»Was ist passiert?«, fragte ich ruhiger.

»Wir mussten uns mit ein paar Dämonen herumschlagen, aber wir haben alle hergebracht. Sie beziehen gerade die Gästehäuser.«

»Gibt es Neuigkeiten von Anna?«

»Sie, Will und Derek sind noch in London, kommen aber bald her. Derek kann dann dein Amulett reparieren.«

»Das wäre praktisch.« Ich wusste nicht, wie lange Joshuas Zauber hielt, und das letzte, was wir brauchten, war, dass Coco auf der Matte stand.

Die, mit denen du kämpfst, stehen nicht auf deiner Seite. Du bist zu Großem erschaffen. Du bist das Licht, das Leben, die Freiheit. Wecke dein Potenzial ...

Ich wusste einfach nicht, was sie damit meinte. *Du bist das Licht, das Leben, die Freiheit* ... Vielleicht sollte ich mit Keira darüber sprechen. Oder Jaydee.

»Aiden und Kendra bringen Logan in den Tempel der Wiedergeburt«, redete Jaydee weiter.

Ich schloss die Augen. Logan. Es war einfach unglaublich, dass es ihn ebenfalls erwischt hatte.

»Jess.«

Ich sah auf. Plötzlich war er ganz nah bei mir. Ich erkannte die feinen Falten um seine Augen, die kleinen dunklen Punkte, die auf seiner grauen

Iris gesprenkelt waren. Sein eigener Geruch drang mir in die Nase, selbst durch den Gestank des Kampfes hindurch bemerkte ich ihn. So wohltuend und sanft wie ein Spaziergang über eine taufrische Wiese. Ich lehnte mich ein Stück nach vorne, und da war sie endlich wieder: die herrliche Glocke, die sich um uns breitmachte, uns einhüllte, als wären wir die zwei einzigen Menschen auf dieser Erde.

»Können wir bitte drinnen weiterreden?«, fragte er leise.

Ich machte ihm Platz. Er hob etwas vom Boden auf und trat ein.

»Mein Rucksack.« Es war der, den ich in New York bekommen hatte und in dem die Kugel von Ashriel lag. Zuletzt hatte ich die Sachen in Bens Dorf gelassen.

»Ich dachte, die Sachen könnten wichtig für dich sein. Oder für uns, keine Ahnung. Die Tätowierpistole ist auch drin. Nur noch immer ohne genügend Tinte.«

»Danke. Leg ihn da drüben ab.«

Er deponierte ihn auf einen Stuhl vor einem Kosmetiktisch. Statt sich wieder zu mir umzudrehen, stemmte er die Hände auf die Lehne und spannte die Muskeln.

Ich blieb in der Mitte des Zimmers stehen. »Ist noch was?«

»Ja.«

»Und was?«

Statt zu antworten, verharrte er regungslos.

Ich kaute auf meinen Fingernägeln und wartete.

Und wartete.

Und wartete.

Und ... »Jaydee, das geht so nicht. Du musst mit mir sprechen!«

»Ich werde Keira nach mehr Tinte fragen. Falls nicht, vielleicht kann Will die vorhandene verlängern.«

»Würde es irgendetwas ändern?«

»Ich könnte dich anfassen.«

»Du benimmst dich nicht so, als würdest du das wollen.«

»Seit ich dich in diesem Supermarkt wiedergesehen habe, möchte ich nichts anderes.«

»Schön, dass du mir das auch zeigst.«

Er griff in den Rucksack, holte einen länglichen Gegenstand heraus, der in ein Stück Stoff gewickelt war, und drehte sich zu mir um. Das Licht der untergehenden Sonne zeichnete sich auf seinem Gesicht ab. Es ließ ihn weicher wirken, verletzbar. Er warf den Gegenstand auf mein Bett. Von der Größe her könnte es ein Dolch sein.

Ich öffnete die Lederschnüre und befreite ihn von dem Stoff. »Mein Messer.« Auch das hatte einiges mitgemacht. Die Klinge war sauber poliert, doch die Kratzer, die Jaydee ihr zugefügt hatte, als er Staub heruntergeschliffen hatte, waren noch sichtbar.

»Nimm ihn.«

Etwas in seiner Stimme ließ mich aufhorchen. Er wirkte angespannt, nervös. Ich kannte diesen Unterton, ich hatte ihn oft genug gehört, kurz bevor sich der Jäger losriss. Meine Finger glitten um den Griff, er fühlte sich so vertraut an, bot mir Sicherheit.

Jaydee schluckte, starrte auf das Messer und machte einen Schritt auf mich zu.

Mein Herz schlug schneller, meine Hände wurden feucht. Da stimmte etwas nicht. Mit ihm stimmte etwas nicht. Waren die Erlebnisse zu viel für ihn geworden? Hatte er Angst, er würde den Kampf gegen den Jäger verlieren, und wenn ja: Warum war er dann hier bei mir? Bei der Person, die ihn am schnellsten in Rage brachte?

»Jaydee ...«

»Still. Bitte. Sei einfach ... gib mir einen Moment.«

»Okay.«

Er wagte einen weiteren Schritt. »Als Will dich entführt hat ...«

»Ralf.«

»Ich war ... du warst auf einmal weg und ich ...«

Noch ein Schritt. Er räusperte sich. Seine Hände waren angespannt, gruben sich in seine Hose, als brauchte er dringend Beschäftigung.

»Es ging alles so schnell«, sagte ich.

»Ich konnte nur noch daran denken, dich zurückzuholen. Ich bin fast wahnsinnig aus Sorge geworden und habe alle verrückt gemacht. Ich habe mich mit dem Rat angelegt. Mit Soraja und Derek und ... ich ...« Er lachte gepresst, strich sich durch die Haare. »Ich muss sogar in die Isolation deshalb, aber ich konnte mich nicht beherrschen. Ich musste dich finden, und niemand konnte oder wollte mir helfen.«

Tränen stiegen mir in die Augen. Sie kamen einfach so. Rasch wischte ich sie fort, aber es machten sich schon die nächsten auf den Weg.

»Du hast absolut keine Ahnung, wie das für mich war. Was das in mir angerichtet hat.«

»Aber das war nicht meine Absicht.« Ich schniefte, wollte den Dolch weglegen, damit ich mir die Nase putzen konnte.

»Behalt ihn!«, blaffte Jaydee auf einmal. »Du musst ... Versprich mir, dass du ihn festhältst, egal, was gleich passieren wird.«

Ich hielt in der Bewegung inne. »Du machst mir Angst, Jaydee.«

Noch ein Lachen. Gequälter diesmal. Ich zog die Augenbrauen zusammen. So hatte ich ihn noch nie erlebt. Er wirkte ... hilflos. Oder überfordert. Die Selbstsicherheit und Arroganz, die er normalerweise ausstrahlte, war wie weggefegt. Zum Vorschein kam ein junger Mann, der unglaublich verwundbar war. Seine Gesichtszüge hatten etwas Gequältes, Hoffnungsloses. Es war neu für mich, ihn so zu sehen. Und erst da wurde mir klar, dass er mir Einblick auf eine andere Seite von sich gewährte. Er zeigte mir seine Verletzlichkeit, seine Angst, seine Schwäche.

Die Luft zwischen uns lud sich auf, sie fühlte sich wärmer an, als würden wir beide unseren eigenen Raum schaffen. Nur für uns. Nur er und ich. Fast schon spürte ich seine Nähe körperlich, obwohl wir noch zwei Meter voneinander entfernt standen. Eine Gänsehaut legte sich um mich, nicht aus Kälte, sondern weil Jaydee etwas tief in meiner Seele berührte und sie zum Schwingen brachte. Es war beinahe intimer als unser erster Kuss oder als er mich halbnackt betrachtet hatte. Ich wagte nicht zu atmen oder mich zu bewegen, denn ich hatte keine Ahnung, wie ich damit umgehen sollte.

»Als ich dich im Supermarkt mit dem Dämon gesehen habe, hat es mir fast den Boden unter den Füßen weggezogen. Wenn ich zu spät gekommen wäre oder wir dich nicht gefunden hätten ...«

»Aber das hast du.«

»... ich wäre durchgedreht, wenn dir etwas zugestoßen wäre.«

Langsam überbrückte er die Distanz zwischen uns, bis er nur noch eine Armlänge entfernt stand. »In dem Moment ist mir so vieles klar geworden.«

»Was denn?«

»Versprich mir, dass du den Dolch festhältst.«

»Warum ist das so wichtig?«

»Tu es!«

Er hob die Hand, seine Finger verharrten ganz dicht über meiner Wange, ich müsste nur den Kopf ein wenig drehen, dann könnte ich sie berühren.

»Der Dolch! Ich muss es hören, Jess. Versprich mir, dass du den Dolch festhältst.«

»O-okay. Ich verspreche es.«

Er ließ die Luft aus den Lungen, machte noch einen Schritt. »Gut. Eine Minute. Vielleicht zwei.«

Bevor ich erneut fragen konnte, lagen seine Lippen plötzlich auf meinen.

Mir blieb die Luft weg, für eine Sekunde begriff ich gar nicht, was gerade geschah.

Erst sperrte er sich gegen den Kuss, obwohl er es war, der die Initiative ergriffen hatte. Seine Hände umklammerten meinen Kopf. Fast schon schmerzhaft. Er keuchte dumpf. Meine Finger lockerten sich vom Griff des Dolches, ich wollte Jaydee ebenfalls anfassen, ihn festhalten, an mich ziehen, doch ich erinnerte mich an mein Versprechen und umklammerte meine Waffe fester.

Er merkte es, wurde selbstsicherer, schob mich nach hinten, bis ich die Wand im Rücken spürte. Er ließ keine Sekunde von mir ab. Küsste mich intensiv. Verzweifelt. Hart. Seine Zähne schabten über meine Lippen. Ein leises Knurren wich aus seiner Kehle, und ich wusste, dass er mit dem Jäger kämpfte. Dass es ihn sämtliche Beherrschung kostete, mir so nahe zu sein.

»Jaydee«, keuchte ich. Meine Hände zitterten. Er strich mit den Fingern in meinen Nacken, umschloss ihn, zog an meinen Haaren. Seine Berührung war an der Grenze des Schmerzhaften. Er bog meinen Kopf zurück, damit ich ihn ansehen musste.

Silber.

Da war es.

Dieses stechende Silber, das mir eine Heidenangst einjagte. Das uns voneinander fernhielt, dafür sorgte, dass wir litten.

Er rieb seine Nase an meiner, nahm meine Oberlippe zwischen die Zähne und biss hinein.

Autsch! Ich wollte ihn von mir schieben. Das war zu viel. Zu heftig. Aber er drückte sich weiter an mich, ließ mir keine Möglichkeit, mich abzuwenden. Sein Körper war gespannt, als wäre er aus Drahtseilen. Ich presste die freie Hand gegen seine Schulter, er glühte fiebrig. Der Kampf in ihm brodelte. Er würde jede Sekunde ausbrechen. Wieder küsste er mich. Gieriger dieses Mal. Ich war mir nicht sicher, ob ich es wollte. Das war nicht er. Nicht ganz zumindest.

Jaydees Berührungen verschwammen zwischen liebevoll und grob. Es ging hin und her. Dieser Mann war voller Zärtlichkeit und voller Brutalität. Ich kannte seine Gegensätze, ich hatte sie so oft am eigenen Leib erlebt, und er führte sie mir stetig vor Augen. Jaydee kesselte mich zwischen sich und der Wand ein, bis mir die Luft wegblieb. Mit einer Hand hielt er meinen Nacken, die andere strich hinab zu meiner Kehle. Seine Küsse raubten mir den Verstand. Sie schmeckten nach ihm, nach Blut, nach Verzweiflung, nach allem, was er zurückhalten musste, wenn er in meiner Nähe war, und ich wünschte, ich könnte es ihm leichter machen.

»Jaydee ...«, stammelte ich erneut. Wir mussten aufhören. Jetzt sofort. Mein Verstand wusste es, mein Herz wollte nicht. *Noch nicht.* Nur noch ein paar Sekunden mehr. Noch einen Kuss. Sein Daumen presste sich auf meinen Adamsapfel. Ich röchelte, versuchte, den Kopf von ihm wegzudrehen, doch er ließ mich nicht. Er brummte tief, schlug auf einmal mit der geballten Faust gegen die Wand hinter mir, ohne von meinem Hals abzulassen.

In dem Moment wusste ich, dass ich ihn aufhalten musste, dass es an mir lag, den Jäger zu stoppen. Widerwillig hob ich den Dolch und setzte ihn an seinem Hals an. Er stockte. Blickte auf das Metall, ritzte sich dabei an der Spitze auf. Ein Blutstropfen rann auf seiner Haut hinab. Er keuchte, presste seine Stirn gegen meine. Der Griff um meine Kehle lockerte sich. Ich atmete tief ein. Noch eine Träne kullerte meine Wange hinab.

»Warum muss das so zwischen uns sein?«, fragte ich. Meine Stimme klang dünn und kratzig. Die Hand mit dem Dolch fing an zu zittern. Ich könnte einfach zustechen, ihn aufhalten. Ich hatte die Macht über ihn, und er hatte sie mir gegeben. Langsam senkte ich die Waffe, doch Jaydee packte die Klinge und schloss seine Finger darum. So fest, dass das Blut zwischen seinen Fingern hindurchrann.

»Ich will das nicht, Jaydee. Ich will mich nicht von dir fernhalten.«

»Ich weiß.« Er küsste meine Träne weg, kostete meine Haut. »Ich will es auch nicht.«

Ich sog zitternd die Luft ein.

Er und ich.

So richtig und so falsch.

»Jess, ich ...« Er biss sich auf die Lippe, sein warmer Atem strich mir übers Gesicht. Seine Augen glitten über meine Haut, ich fühlte seinen Blick auf mir, wie er sich von meiner Nase nach unten bewegte und auf meinem Mund hängenblieb.

»Ich bin in ... ich habe mich ...«

»Was?«

Er stockte wieder. Da war ein Unterton in seiner Stimme, den ich zuletzt im Stall gehört hatte, als er mich zum ersten Mal mit meinem vollen Namen angesprochen hatte. Damals war etwas zwischen uns entstanden, eine Art Brücke, die für wenige Augenblicke eine Verbindung zwischen uns hergestellt hatte.

Seine Finger schlossen sich fester um die Klinge, bis er vor Schmerz zischte und die Augen schloss.

»Hör auf damit«, stammelte ich und wollte den Dolch wegziehen, aber er ließ mich nicht. »Was willst du mir sagen?« Und warum hatte ich das Gefühl, dass es wichtig war?

Plötzlich ließ er mich los, drehte herum und rannte zur Terrassentür hinaus.

Warte! Wollte ich brüllen! Aber es ging nicht. Jetzt, da er nicht mehr vor mir stand, fiel ich. In ein unendliches schwarzes Loch voller Ungewissheit und Leere. Für einen Moment war ich vollkommen orientierungslos, wusste nicht, wo oben oder unten war.

Jaydee war bereits auf der Terrasse. Ich schickte all meine Kraft in meine Füße: *Bewegt euch!*

Und schließlich gehorchten sie mir.

Ich eilte Jaydee hinterher. Taumelte. Stolperte. Verlor den Dolch. Mir war schwindelig, meine Beine knickten weg, dennoch gelangte ich nach draußen. Er stand auf der Balustrade, seine Silhouette hob sich dunkel und bedrohlich von dem glutroten Abendhimmel ab. Die letzten Sonnenstrahlen umschlossen ihn, wie ein Ring aus Licht. Eine Böe strich über seinen Körper, er blickte über seine Schulter zurück zu mir. Die Augen noch immer erfüllt von dem stechenden Silber des Jägers und einer Sehnsucht, die mir das Herz zusammenschnürte.

Wir fixierten uns, ein sanftes Lächeln umspielte seine Lippen. Es sagte alles aus, was er nicht in Worte fassen konnte. Bedauern. Zuneigung. Zorn. Gier und ... ich wusste es nicht. Da war mehr, ich fühlte es in jeder einzelnen Zelle, aber ich brauchte Gewissheit.

»Jaydee, was willst du mir sagen?«

Er machte einen Schritt nach vorne und sprang in die Tiefe.

Ich hechtete an das Geländer, er kam drei Meter weiter unten an, fing sich mit einer Rolle ab – und verschwand in den Schatten.

Meine Finger bohrten sich in den Stein.
Was wollte er mir sagen?

24. Kapitel

Keira tigerte in ihrem Zimmer auf und ab. Zum hundertsten Mal überlegte sie, was sie tun sollte.

Sie hatte Jess versprochen, ihr die Wahrheit zu sagen, und sie wollte es ja. Die Kleine hatte ein Recht darauf zu erfahren, wer sie war und warum jeder so ein Tamtam um sie machte. Doch etwas in Keira hatte sich verändert. Seit sie die Magie Sophias gespürt hatte, fühlte sie sich anders.

Sie zog ihre weiße Haarsträhne durch die Finger. Jedes Farbpigment war entzogen worden. Ein krasser Kontrast zu Keiras schwarzen Haaren.

Ich habe Gott berührt ...

Von Joshua wusste sie, dass Sophia damals ihre Engelsmacht aufgeben musste, nachdem sie Lilija gebannt hatte, aber ein Teil dieser Macht ruhte in dem Kranich. Sie konnte nur geweckt werden, wenn sie Futter bekam: Lebensenergie von einem Mitglied des Sapierbundes. Ein hoher Preis, aber in der Sekunde, als Keira den Kranich berührt hatte, war es ihr klar geworden: Sie besaß die Fähigkeit, eine Macht anzurufen, die so unendlich stark war, dass es ihre eigene Vorstellungskraft sprengte.

Eine Macht, die sogar Coco in die Flucht schlagen konnte.

Endlich hatte sie eine Waffe gegen ihre Feindin.

Keira zwirbelte die Haarsträhne in den Fingern und atmete tief durch. Die Begegnung mit Coco hallte noch immer in ihren Eingeweiden nach. Erst jetzt, da sie Zeit hatte darüber nachzudenken, spürte sie, wie stark der Hass noch immer war. Wie er ihr Herz auffraß und ihre Seele mit einem dunklen Schleier belegte.

Coco muss sterben!

So war es gewesen, und so würde es bleiben. Alles andere würde Keira nicht ertragen, egal, was sie geschworen hatte.

Sie lief zur Balkontür und blickte hinaus auf den Horizont.

Für einen Moment glaubte sie, etwas in den Schatten huschen zu sehen. Sie sah in die Richtung, spitzte die Ohren, doch da war nichts.

Sie starrte etliche Minuten an den Fleck, ohne dass es erneut raschelte. Langsam bekam sie Paranoia. Die Kämpfe waren anstrengend gewesen, vor allen Dingen ohne ihre Tattoos. Keira schob die Hand unter ihr Shirt und strich über die Stelle an ihrem Bauch, in die Jaydee die Waffe gerammt hatte. Sie ziepte ein klein wenig, aber der Schmerz war weg. Sophia hatte ihn ihr genommen.

Unfassbar. Das ist alles so unfassbar ...

Und Keira hatte keine Ahnung, wie es weitergehen sollte. Sie wollte ja auf Jess aufpassen, und sie bereute nicht, mit ihr gekämpft zu haben, aber was wurde nun von ihr erwartet? Musste sie Jess für den Rest ihres Lebens hinterherdackeln und als Schutzschild fungieren? Konnte sie das überhaupt? Keira hatte schließlich ein eigenes Leben, eine Wohnung, einen Job – den sie eigentlich nicht mehr brauchte, wenn sie Coco nicht mehr suchen durfte ...

»Du hättest es mir erklären müssen«, sagte sie gen Himmel, als könnte sie so Kontakt zu Joshua aufnehmen. »Und du hättest mich nicht alleinlassen sollen.« Das war nicht Teil der Abmachung. Ihre Mitgliedschaft im Sapierbund hatte sie sich definitiv anders vorgestellt.

Keira seufzte. Vielleicht musste sie einen Schritt nach dem anderen gehen, so wie immer, wenn sie arbeitete. Der erste war, Jess einzuweihen. Unwissenheit schützte nicht. Jess musste wissen, in welcher Gefahr sie schwebte und was es bedeutete, wenn Coco sie in die Finger bekam. Die Blicke, die die beiden in dem Haus ausgetauscht hatten, waren Keira nicht entgangen. Bedauerlicherweise hatte sie nicht verstanden, was Coco zu Jess gesagt hatte, aber es war sicherlich nichts Gutes gewesen. Von Coco kam nie etwas Gutes.

Sie stieß sich von der Balkontür ab und ging zurück in ihr Zimmer, um ihre Sachen zu packen. Keira würde in die Hütte reisen und nach den Büchern suchen. Sie mussten noch dort sein. Als Keira draußen gestanden hatte, um nachzudenken, hatte Joshua sie weggeräumt. So viel Zeit war ihm nicht dafür geblieben, dann waren sie schon in die Antarktis aufgebrochen. Außerdem musste sie Benson holen. Vielleicht konnte er bei den Indianern unterkommen, Keira selbst konnte definitiv keinen Hund brauchen, egal, wie drollig er war.

Wenn sie zurückkehrte, würde sie Jess beiseitenehmen und ihr alles zeigen. Die Frage war noch, was Keira wegen Jaydee machen sollte. Es war klar, dass er Lilijas Experiment gewesen war, dass sie es schaffte, die vier Elemente in seinem Körper zu vereinen. Aber was hatte es zu bedeuten? Das vorhergesehene Chaos war nicht eingetreten. Bis jetzt zumindest nicht.

Sollte sie es ihm sagen oder lieber für sich behalten, bis sie mehr wusste? Anthony hatte Jaydee bei ihrer letzten Begegnung Blut abgenommen. Es wäre interessant zu wissen, was er damit angestellt hatte. Vielleicht sollte Keira noch abwarten und mehr Informationen sammeln. Obendrein traute Jaydee ihr sowieso nicht.

Sie zog ihre Stiefel an und band sich den Waffengürtel um. Bis auf ein Messer war nichts mehr von ihrer Ausstattung übrig, die sie bei Joshua mitgenommen hatte. Vielleicht sollte sie Colin fragen, ob er ihr aushelfen konnte. Wenigstens für ihre Reise in die Hütte, falls sie erneut auf Dämonen stoßen sollte. Wenn alles mit Jess geklärt war, würde sie zu Schritt zwei übergehen, und der war ganz klar: Keira brauchte ein neues Kästchen mit der Macht des Kranichs. Das alte war zu Staub zerfallen, aber sie war sich sicher, dass es mehr als eines gab. Alles andere machte keinen Sinn, denn Ariadne musste ebenfalls eines gehabt haben, um auf Jess aufzupassen.

Es sei denn, Joshua hatte es an sich genommen, nachdem sie gestorben war.

So oder so: Keira musste mehr herausfinden. Sie würde sich in Jess' Haus umsehen. Solange alle in der Karibik verweilten, konnte sie das in Ruhe tun, und wenn das zu nichts führte, blieb ja noch die mysteriöse Tür auf dem Foto, die in die Archive des Sapierbundes führte. Joshua hatte das Bild verbrannt, aber Keira hatte es sich gut genug eingeprägt. Sie könnte ein paar Leute fragen, Anthony womöglich. Vorausgesetzt, sie würde ihn finden.

Eins nach dem anderen.

Keira spürte die erste Euphorie in sich aufwallen. Sie liebte es, eine Aufgabe zu haben, das gab ihr Antrieb und Feuer. Dann war sie am besten. Sie schnappte sich einen Stift und einen Zettel von einer Kommode und schrieb eine Nachricht an Jess. Die würde sie bei ihr unter der Tür durchschieben.

Bis zum Morgengrauen wäre sie zurück.

Keira zog ihre Jacke an, steckte die Nachricht ein und machte sich auf den Weg. Die Nacht war angebrochen, doch sie wusste, wohin sie musste. Während alle damit beschäftigt waren anzukommen und die Indianer aus Riverside zu holen, hatte sie sich umgesehen. Sie zog die Jacke zu, auch wenn es angenehm warm war, und begab sich auf den Weg zum Haupthaus, um Colin zu suchen. Sie würde ihm sagen, dass sie noch etwas erledigen musste, und ihn fragen, ob er ihr einen Parsumi zur Verfügung stellte. Keira beschleunigte ihre Schritte. Obwohl sie selbst nicht viel Schlaf bekommen hatte, war sie hellwach.

Sie freute sich auf das nächste Abenteuer.

25. Kapitel

Frei!

Endlich war er frei!

Er hatte die menschliche Hülle der Fylgja absorbiert und seine wahre Gestalt angenommen. Er fühlte sich mächtig, stark und unbesiegbar, obwohl die Nahrung, die ihm sein Diener gegeben hatte, ungenügend gewesen war.

Er brauchte mehr.

Viel mehr.

Sein Innerstes dürstete nach den Energien der Menschen und denen seiner Kinder. Er würde die lebenden und die toten Seelen in sich aufnehmen und danach die ganze Erde unterwerfen.

Allein die Macht dieser Gedanken flutete ihn mit Euphorie. Er war das mächtigste Wesen auf dem Planeten. Er war der Tod. Er war die Hölle. Er war der Herrscher.

Doch zuerst musste er aus der Krypta heraus. Er richtete sich zu seiner vollen Größe auf und stapfte auf die Treppen zu. Auf einmal stieß er gegen einen Widerstand. Er war noch immer eingesperrt.

»Öffne!«, brüllte er.

»Natürlich, Herr«, antwortete sein Diener sofort. Er kam die Treppen heruntergelaufen und sah sich in der Krypta um. Vielleicht suchte er nach den Überresten seiner Dämonin, die er ihm zum Fraß vorgeworfen hatte. Er würde sie nicht finden.

»Bitte verzeiht, doch die Sicherheitsmaßnahme war notwendig.« Sein Diener berührte ein Symbol an der Wand, es zischte, und die Barriere löste sich auf.

Zufrieden stieg der Emuxor die Treppen nach oben. Am liebsten hätte er seinen Diener zwischen seinen Pranken zermalmt, aber dazu war später noch genügend Zeit. Der Weg führte ihn durch einen langen schmalen Gang zu einer weiteren Treppe und dann ins Kirchenschiff.

Es hatte sich vieles verändert, seit er zuletzt oben gewesen war. Sein Diener hatte die Symbole erweitert. Die Kreise zogen sich über den vorderen Bereich, wo einst der Altar gestanden hatte, selbst an den Wänden waren verschiedene Male aufgezeichnet. Zehn seiner Kinder standen im Kreis um das Symbol in der Mitte und hielten Wache.

Ah, dieser Ort. Seine Geburtsstätte, sein Sarg, seine Wiederauferstehung. Er würde diesen Platz für sich alleine beanspruchen und zu seinem Refugium machen. Bald stünde hier ein Thron, erbaut aus den Knochen der Menschen, die ihn jahrhundertelang weggesperrt hatten. Der Emuxor lief zu einem der Dämonen, die im Kreis standen. Er beugte sich zu ihm hinunter. Es war ein junges Exemplar, doch erstaunlich stark. Er starrte den Emuxor aus großen Augen an.

»Hast du Angst, mein Kind?«

Der Dämon schüttelte den Kopf.

»Das ist bedauerlich.«

Angst war die beste Energie, sie würde den Emuxor lange nähren.

»Verzeiht, Herr«, mischte sich sein Diener ein. »Diese Dämonen gehorchen mir, ich habe sie sorgsam ausgewählt, gerade weil sie so schnell so stark wurden.«

»Du willst mir sagen, dass ich diese verschonen soll.«

»Wenn es Euch nichts ausmacht, wäre ich Euch sehr verbunden, ja.«

Der Einwand verärgerte den Emuxor. Er würde sich nicht vorschreiben lassen, wen er verspeisen durfte und wen nicht. Er war der Meister. Er allein bestimmte, wer leben durfte und wer nicht. Der Emuxor blickte zu seinem Diener. Vielleicht sollte er doch nicht mehr warten, ehe er ihn zerstörte. Er stapfte auf ihn zu, wollte ihn packen, doch auf einmal schossen Flammen aus den Symbolen am Boden und bissen ihm in die Haut.

Es schmerzte!

Er spürte Schmerz!

Unmöglich ... Der Emuxor wich einen Schritt zurück, starrte auf die Hand, die von den Flammen verbrannt worden war.

»Eine kleine Sicherheitsmaßnahme«, sagte sein Diener. »Ich rufe doch keinen Urdämon, ohne mich vor ihm zu schützen.«

Der Emuxor ließ die Hand sinken. »Dann habe ich einen würdigen Diener.« *Der nicht mehr lange leben wird. Auch ich habe meine Wege ...*

»Benötigst du weitere Dämonen, um deinen Hunger zu stillen, oder willst du lieber Menschenseelen?«

»Erst der Tod, dann das Leben.« Der Emuxor benötigte zu Beginn von beidem etwas. Sobald er gefestigter war, würde er sich nur noch an Menschen laben, und wenn diese ausgerottet waren, kehrte er zurück zum Tod. »Hast du Sorge um deine Wachen?«

»Es ist sehr mühsam, sie zu guten Gefolgsleuten zu erziehen. Die meisten von den Neugeborenen sind dumm.«

»Vielleicht hättest du deine Handlangerin nicht an mich verfüttern sollen. Sie war die Beste.«

»Joanne war ein Hindernis, hat sie denn geschmeckt?«

Der Emuxor lächelte, das musste als Antwort genügen. »Ich werde die verschonen, die du auswählst.«

»So sei es, Herr. Folgt mir.«

Sein Diener führte den Emuxor zum Haupttor hinaus. Langsam trat er ins Freie. Nahm den ersten Atemzug frischer Luft in seinen neuen Körper auf.

Leben. So herrlich.

Draußen warteten weitere Dämonen. Zwanzig, dreißig, vierzig. Er zählte sie nicht, freute sich nur über die Nahrung, die ihm zur Verfügung stand.

Sein Diener neigte sich zu ihm. »Sie gehören alle euch. Viel Spaß.« Er wich zurück in die Kirche und zog die Türen hinter sich zu.

Die Dämonen blickten zum Emuxor auf. In ihren Gesichtern las er Furcht und Ehrerbietung. Sie waren ihm treu ergeben, selbst in der Stunde ihres Todes.

So sollte es sein.

Er hob die Arme und zog seine Kinder an sich ...

26. Kapitel

Jaydee

»Verfluchte Scheiße!«

Ich kickte eine Kokosnuss weg, die mir im Weg lag, und stapfte hinunter zum Strand.

Was zum Teufel geschah mit mir? Was ging in mir vor? Was richtete Jess mit mir an?

Fällt dir eigentlich auf, wie du mich behandelst? Was du mit mir machst?

Nein. Es war genau umgekehrt. Sie machte etwas mit mir. Ich war in ihrer Gegenwart völlig wehrlos. Völlig überfordert und unzurechnungsfähig.

Meine Hand brannte, genau wie die Stelle an meinem Hals, an der sie mich mit ihrem Dolch geritzt hatte. Von nun an musste sie ihn immer bei sich tragen. Der Dolch hielt den Jäger im Zaum, er beherrschte sich, wenn er wusste, dass sie ihn parat hatte. Und es war bitternötig, dass ich mich beherrschte. Was hatte ich mir nur dabei gedacht, sie zu küssen?

Nichts, so viel war klar.

Ich blieb stehen und nahm einen tiefen Atemzug. Die Sonne war am Horizont verschwunden, das Meer lag dunkel vor mir. So endlos und still und weise. Wenn ich mir nur eine Scheibe von diesem Frieden abschneiden könnte, wenn ich diese Ruhe fände. Stattdessen packte mich eine bleierne Sehnsucht. Ich wollte zurück zu ihr, sie weiter küssen, ihren Duft einatmen, ihr nahe sein, Zeit mit ihr verbringen. Aber wie sollte das alles gehen, wenn ich mich so dermaßen nach ihr verzehrte, dass ich es kaum aushielt? Ich konnte sie nicht berühren. Nicht ohne Hilfsmittel.

Dieses elende Hin und Her. Freundlich. Abweisend. Freundlich. Abweisend.

Es war nicht richtig, aber ich wusste nicht, wie ich mit ihr umgehen sollte. Als ich sie im Supermarkt gesehen hatte, wie sie von dem Dämon bedroht wurde ... in dem Moment wurde mir klar, dass ich sie fast schon wieder verloren hätte, wenn wir nur eine halbe Minute später gekommen wären.

Was hätte ich darum gegeben, sie da schon in die Arme reißen zu können, aber mir war bewusst geworden, dass es nicht ging. Dass der Jäger zu stark war. Niemand hätte mich aufhalten können. Keira nicht. Ben nicht. Jess nicht. Der Jäger hätte sie zerfleischt. So einfach war das.

Freundlich. Abweisend. Ja.

Ich musste sie schützen. Nicht nur vor den Gefahren da draußen, sondern vor mir. Gerade vor mir! Ich fuhr mit dem Daumen über meine Lippen, an denen noch immer ihr Geschmack klebte. Selbst meine Haare, meine Kleidung, meine Haut vibrierten mit ihrer Energie. Es war gut und schmerzhaft und ich wollte viel mehr davon. Jetzt und für immer.

»Du hast dich Hals über Kopf in sie verliebt.«

Bens Worte an mich. Er hatte es schon länger erkannt, vermutlich war es ihm klar gewesen, seit er uns das erste Mal miteinander gesehen hatte.

Ich drehte die Handfläche nach oben, fuhr mit dem Finger über den Schnitt, den ich mir selbst an ihrem Dolch zugezogen hatte. Der Schmerz war gut gewesen, stärker als ihre Anziehungskraft auf mich.

Du hast dich in sie verliebt.

Verdammte Scheiße.

Es stimmte.

»Ich liebe dich.«

Da waren sie.

Die Worte, die ich ihr gegenüber nicht herausbrachte, obwohl es ganz simpel war. Ich ließ sie in der Luft hängen, drehte sie in meinem Kopf, kostete ihren Geschmack. Sie fühlten sich bei weitem nicht so Furcht einflößend an, wie ich glaubte. Wenn ich sie oft genug für mich wiederholte, vielleicht schaffte ich es dann, sie ihr ins Gesicht zu sagen?

»Ich liebe dich.« So verflucht leicht ... »Ich liebe dich ...«

Plötzlich zischte es neben mir, ich drehte herum, ein Lichtblitz flackerte, und in der nächsten Sekunde lag Skyler bäuchlings im Sand.

»Oh, verdammt noch mal!« Sie trug Pyjamahosen und ein Tanktop mit einem Schmetterling vorne drauf. Außerdem hatte sie eine Zahnbürste in der Hand.

»Ist alles okay?« Ich half ihr auf.

Sie klopfte sich den Sand von den Hosen. »Ja. Nein. Ach! Das ist ein riesengroßer Scheißdreck!«, brüllte sie in die Nacht.

Ich gab ihr einen Moment, bis sie sich beruhigt hatte.

»Eigentlich wollte ich mich bettfertig machen.«

»Das kann ich sehen.«

»Und dann bin ich teleportiert! Einfach so!«

Ich bedeckte meine Lippen mit den Fingern, damit sie nicht sah, wie ich grinste.

»Lachst du mich etwa aus?«

»Wie käme ich dazu?«

Sie pfefferte ihre Zahnbürste nach mir. »Du hast ja keine Ahnung! Das passiert mir ständig! Neulich trat ich aus der Dusche und landete, nur mit einem Handtuch bekleidet, bei Raphael auf der Veranda. Kannst du dir vorstellen, was da los war?«

»Ja.«

»Hör auf zu lachen, verdammt!«

»Es tut mir leid.« Das war gelogen. Es war genau das, was ich brauchte. Ablenkung.

»Gott, ich hasse diesen Mist ...«

»Tust du nicht.« Ich wusste, dass Skyler ihr Leben als Seelenwächterin liebte. Wie bei so vielen Menschen war der Schritt in unsere Welt ein Ausweg gewesen. Skyler hatte sich damals auf der Überholspur in den Abgrund befunden. Sie wäre heute nicht mehr am Leben, wenn ich sie nicht gefunden hätte.

Sie verschränkte die Arme vor der Brust und sah aufs Meer. Die Dunkelheit verschluckte die blaue Farbe ihrer Augen, aber ich erkannte trotzdem das Funkeln darin. »Okay, ich hasse es nicht, aber sag mir bitte, wann das aufhört. Vor einer Woche hab ich einen ganzen Tag lang Stimmen gehört. Colin meinte, das sind die Gedanken der Leute um mich herum, aber ich will nicht mal ansatzweise wissen, was die denken. Ich meine, hallo? Raphael und tiefschürfende Erkenntnisse? Eher nicht. Er ist ein drolliger Kerl und ich liebe ihn wie einen großen Teddybär, aber ich will nicht in seinem Kopf sein.«

»Es wird sich regulieren.«

»Ach, und woher weißt du das, Superman? Du bist mit all dem Mist geboren worden, es kam nicht plötzlich so.«

»Doch, das tat es. Als ich sieben wurde, brach die Empathie über mich herein. Zack. Von einem Moment auf den anderen war sie da. Mit zwölf hab ich versehentlich eine Rose in eine fleischfressende Pflanze verwandelt, weil meine magische Seite erwachte – die seither meistens schweigt. Bei einer meiner letzten Trainingseinheiten entzog ich Akil plötzlich seine Fähigkeiten. Jeden Tag kann etwas Neues über mich kommen, und ich habe keine Ahnung, was es sein wird.«

»Aber du bist noch nie teleportiert, während du eine Intimrasur durchführtest?«

»Gott bewahre, nein.«

»Gut. Dann bin eindeutig ich diejenige, die mehr Mitleid verdient.« Sie schmunzelte. Genauso kannte ich Skyler. Jung. Lebhaft. Lebensfroh. Wir hatten uns in New York auf einer Party kennengelernt und waren ziemlich schnell zur Sache gekommen. Damals war sie noch ein Mensch. Es war so viel passiert in der Zwischenzeit.

»Na schön, wenn ich dir schon mal sprichwörtlich vor die Füße falle, könnten wir doch da anknüpfen, wo wir vorhin aufgehört haben ...« Sie verhakte ihren Zeigefinger in meinem Hosenbund und zog mich an sich.

Ich wich sofort zurück. »Nein. Warte. Das ... das geht nicht, Sky.«

»Bei unserer letzten Begegnung warst du nicht so schüchtern.«

»Da war auch noch vieles anders, hör auf, meine Hose aufzuknöpfen.«

Sie lachte und machte weiter.

Ich riss ihre Hände von mir und fixierte sie. »Genug.«

Sie kniff ihre Augen zusammen. »Das meinst du wirklich ernst.«

»Todernst.«

»Aber der Kuss vorhin hat dir gefallen, ich habe es gespürt, dein Körper hat auf mich reagiert.«

Gottverdammt, ja, und ich hätte ihn dafür verfluchen können. »Reflex. Schwer zu beeinflussen.«

Sie straffte die Schultern, ließ ihre Hände sinken. »Es ist wegen der Kleinen, oder? Jess.«

Ich antwortete nicht, sollte ich wohl, aber verflucht, solche Gespräche konnte ich einfach nicht führen.

»Warte, warte!« Sie legte den Kopf schräg und betrachtete mich. »Du bist volle Kanne verliebt.«

»Ich ...«

Sie gab mir einen Klaps auf die Brust. »Mensch, Jaydee. Warum hast du nichts gesagt? Ich wäre nie im Leben so über dich hergefallen.«

»Ich hatte keine Gelegenheit, den Mund aufzumachen.« Zumindest nicht zum Sprechen.

»Ist ja der Wahnsinn. Das freut mich übrigens für dich, nur damit du es weißt.« Sie stemmte die Hände in die Hüften und betrachtete mich, als hätte ich eine Meisterleistung vollbracht. »Wobei es wirklich schade ist, dass du vom Markt bist ... das bist du doch, oder? Ihr beide seid ...«

»Ich weiß nicht. Wir können nicht ... es ist kompliziert.«

»Du bist verliebt, was sollte daran kompliziert sein?«

Wenn du wüsstest ... »Ich hab eigentlich keine Lust, mit dir darüber zu reden, außerdem sollte ich los.« Bestimmt waren Anna und Will zurück. Wir mussten einiges klären und überlegen, wie es weitergehen sollte.

»Feigling.«

Ich schmunzelte. »Ja, so wird es sein. Schlaf gut, Skyler. Und am besten bleibst du ab heute immer angezogen.«

»Pft.«

Ich wollte los, aber sie packte mich am Arm. »Warte. Eine Sache noch.«

Aus ihrem Gesicht wich der Schalk. Ihre Gefühle veränderten sich von freudig in Sorge. »So wie Colin dich angiftet, weiß er nicht Bescheid, oder?«

»So ist es.«

»Sag ihm die Wahrheit. Du musst nicht für meine Fehler geradestehen.«

»Du lebst aber ruhiger, wenn er es nicht weiß. Außerdem ist es mir scheißegal, was er über mich denkt, also lassen wir es dabei.«

Skyler seufzte. »Das solltest du nicht tun.«

»Ich werde nicht mit dir darüber diskutieren.«

Ihre Finger wanderten über meine Hand. Sie hauchte einen zarten Kuss darauf, ließ es sich nicht nehmen, mit ihrem Zungenpiercing über meine Haut zu gleiten und alte Erinnerungen zu wecken. »Du weißt ja, dass ich offen für vieles bin, wenn du und Jess also mal Lust habt ...«

Ihre Zunge hinterließ eine prickelnde Spur auf meiner Hand. Skyler trug ihre Emotionen offen zur Schau, so war sie bei unserer ersten Begegnung gewesen, und obwohl wir viel Spaß miteinander gehabt hatten, konnte ich es mir nicht mehr vorstellen. Es gab nur noch eine, die ich wollte ...

Skyler lachte leise und ließ meine Hand los. »Oh, Mann, dich hat es ja echt voll erwischt.«

»Tja, was soll ich sagen ...«

Auf einmal trug der Wind ein Geräusch zu mir. Ich spitzte die Ohren. Es klang, als würde jemand Radio hören oder Fernsehen schauen. Skyler drehte sich ebenfalls um. »Das kommt von da drüben.«

Wir folgten den Lauten, zurück zur Mitte der Insel.

»... traten gegen Nachmittag seismische Aktivitäten rund um die Stadt Riverside auf. Wie unser Reporter vor Ort berichtet, liegt über der gesamten Stadt ein säureartiger roter Dunst, der schwerste Verätzungen hervorruft.

Die örtlichen Krankenhäuser sind mit Verbrennungsopfern überlaufen. Die Polizei bittet die Anwohner, ihre Häuser nicht zu verlassen und die Fenster geschlossen zu halten ...«

Ben stand mit seinem Handy unter einer Palme. Der helle Bildschirm beleuchtete sein Gesicht. Er starrte völlig entsetzt auf das kleine Display, hörte nicht mal, wie wir uns ihm näherten.

»Hey«, sagte ich leise. Sky und ich blieben in zwei Metern Entfernung stehen, damit wir das Handy nicht störten.

»In Riverside ist die Hölle ausgebrochen. Sprichwörtlich.« Seine Stimme klang dünn, seine Finger zitterten. »Jaydee ... das ist ... ich bin ... ich habe hier Netz und ich wollte nur ... ich wollte nachsehen, was es Neues gibt. Die Nachrichten berichten von unserer Stadt. Es ist das pure Chaos.«

»Haben sie den Emuxor schon gezeigt? Wurde er erweckt?«

»Der Emuxor?«, fragte Skyler.

»Ich erkläre es dir gleich«, antwortete ich.

»Es gab Erdbeben und einen Säurenebel, der über der Stadt hängt. Ich ...« Ben blickte mich an, seine Augen leer und gläsern vor Entsetzen. »Viele verlassen Riverside. Ich muss ...«

»... unterbrechen kurz für eine Eilmeldung«, sagte der Sprecher aus Bens Handy. Sofort starrte er wieder auf seinen Bildschirm. »... haben soeben etwa zwanzig Schwerverletzte im Stadtpark gefunden. Allem Anschein nach wurden sie vergiftet. Ihre Haut ist eingefallen, ihr Puls schwach. Unser Reporter meldet sich live aus der Notaufnahme. Wir möchten Sie darauf hinweisen, dass die nachfolgenden Bilder für manche verstörend sein könnten ...«

»Heiliger Ikandu«, stammelte Ben. Ich trat hinter ihn, versuchte über seine Schulter zu spicken, aber ich erkannte nicht viel.

»Sie zeigen die Verwundeten oder eher die Toten ...«

»Sie wurden ausgesaugt.«

»Ja. Die Ärzte versuchen, sie wiederzubeleben. Ich ...«, Ben drückte den Ausknopf auf dem Handy und steckte es in die Tasche, »... kann das nicht länger mitansehen.«

Ich legte eine Hand auf seine Schulter und zischte leise, als mich seine Gefühle trafen. So viel Kummer, so viel Sorge. Ben litt mit den Bewohnern aus Riverside. Ich zog meine Schutzmauern hoch. Wieder einmal wurde mir bewusst, wie leicht es mir bei anderen fiel. Wenn es bei Jess und mir doch auch so wäre ...

»Wenn die Nachrichten darüber berichten, heißt das doch, dass Nuri und Samiya tot sind?«

»Oder sie haben nicht genügend Kraft, weiter in den Köpfen der Anwohner zu bleiben.«

Ben drehte sich zu mir um. »Die anderen sind übrigens zurück. Anna und Will beziehen ein Gästehaus und Derek redet mit Großvater wegen des Emuxors. Ich vermute, er wird ihm erzählen müssen, wie er aufzuhalten ist.«

Wir mussten Mikael zurückholen.

Es war logisch und unser einziger Ausweg. Aber nur, weil etwas Sinn ergab, musste es sich noch lange nicht gut anfühlen.

»Lass uns zu ihnen gehen.«

Wir liefen zum Haupthaus. Ich erklärte Skyler auf dem Weg, was wir bisher erlebt hatten und wie es dazu gekommen war. Es wunderte mich, dass noch nicht alle Details zu den Seelenwächtern durchgesickert waren, wobei Colin hier recht abgeschottet lebte. Je mehr ich berichtete und wir uns dem Haus näherten, umso mehr fühlte sich mein Herz wie ein massiger Klumpen an, der unfähig war, weiter Blut durch meine Adern zu pumpen. Bald würde ich mich dem Unausweichlichen stellen müssen: Wir brauchten Mikael. Egal, wie ich deshalb empfand.

Schließlich erreichten wir die Eingangshalle. Es war ein großer runder Raum mit einer Glaswand am anderen Ende. Sie zeigte auf einen Wasserfall, der in einem Becken mündete. Die Schiebetüren waren offen, so dass der Wind durchziehen konnte. Die Halle sah aus wie ein Ballsaal, in dem üblicherweise rauschende Feste gefeiert wurden. Es gab kein Mobiliar, der Boden war aus hellem polierten Marmor mit einem Abbild von Poseidon als zentralem Element.

Colin, Derek und Abe standen in der Mitte und unterhielten sich angeregt. Na ja, Colin und Derek redeten, Abe hörte nur zu.

Colin sah mich und winkte mich zu sich heran. Es war eine herrische Geste, die mir zeigen sollte, welchen Platz ich in diesen Räumen hatte.

»Wir werden den Pfarrer zurückholen«, sagte Colin.

»Der *Pfarrer* hat einen Namen«, sagte ich. Wobei es mich vermutlich noch mehr ärgern würde, ihn aus Colins Mund zu hören.

Er rollte die Augen. »Wir haben sowieso noch ein Problem. Oder eher mehrere.«

»Einen Geist aus dem Totenreich zu rufen, erfordert viel Energie«, sagte

Abe. »Wir müssen dazu auf unserem Land sein. Die Höhle wird genügen. Sie ist ein guter Platz.«

Also zurück nach Riverside.

»Dort müssen wir einen Kreis aus Fünf bilden. Zwei Frauen, drei Männer. Nur so können wir die Geister unserer Urahnen heraufbeschwören.«

»Gut, ihr seid ja fünf«, sagte ich. »Du, Rowan, Tate, Leoti und Flo.«

»Flo ist noch zu jung. Die Urahnen werden sie nicht akzeptieren.«

»Frag Anna, ob sie einspringen kann.«

»Oder mich«, sagte Skyler.

»Es muss ein Mensch sein.«

»Dann nimm Keira, sie ist ...«

»... nicht mehr da«, sagte Colin. »Sie ist vorhin aufgebrochen, weil sie noch einige Sachen erledigen muss.«

Großartig. Vermutlich würde sie nie wieder zurückkommen.

»Jess muss es machen«, sagte Colin.

»Nein«, antwortete ich. Sie sollte gefälligst auf ihrem Zimmer bleiben. Eingeschlossen. Sicher. Für immer, wenn es sein musste. »Sie wird sich da raushalten.«

»Es ist niemand anderes da. Und wir haben keine Zeit mehr, einen geeigneten Menschen zu suchen, ihn über alles einzuweihen und dann das Ritual auszuführen. Außerdem sollte sie das selbst entscheiden dürfen.«

Ich stemmte meine Hände in die Hüften und lief ein paar Meter, um meine Emotionen zu ersticken. Bewegen. Das half immer. Einen Fuß vor den anderen setzen. »Du sagtest, dass es mehrere Probleme gibt.«

»Einer von uns muss für die Anrufung an den Ort, an dem Mikael gestorben ist«, sagte Abe gelassen. »Er muss die Urahnen an den richtigen Platz führen, anders findet die Seele nicht ihren Weg. Diese Aufgabe wird Ben zufallen.«

Ich schnaubte. »Das ist nicht dein Ernst. Davon hast du vorher nie etwas gesagt!«

»Du bist aus der Höhle gestürmt, bevor ich es erwähnen konnte.«

»Du verdammter ...«

»Whoa, Jaydee ...«, mischte sich Ben ein. »Du wirst sofort jede Beleidigung herunterschlucken, die dir auf der Zunge liegt. Das ist mein Großvater.«

Ich knurrte leise, drehte um und atmete mit jedem Schritt durch. Abe hatte uns die Bilder der Vergangenheit gezeigt, wie Pater Armstrong den

Emuxor zurück in die Hölle verbannte. Über Einzelheiten hatten wir tatsächlich nicht gesprochen, da ich alles abgeblockt hatte, sobald er Mikaels Namen erwähnt hatte. Und danach war ich mit der Suche nach Jess beschäftigt gewesen.

»Wir halten uns an Abes Vorschlag«, sagte Derek. »Jess wird euch begleiten, und wir müssen Ben irgendwie in die Stadt schleusen.«

»Äh, genau«, sagte Ben. »Da hätte ich ebenfalls einen Einwand: Ich finde, Rowan sollte in die Kirche und die Urahnen leiten, nicht ich. Er ist viel gläubiger als ...«

Abe legte eine Hand auf Bens Schulter. »Rowan muss bei uns sein. Wir benötigen seine Energie. Außerdem ist dein Platz in der Kirche. Hab Vertrauen zu deinen Kräften. Sie werden dir helfen.«

»Die erste Anrufung war eine Katastrophe, falls du dich erinnerst! Die Urahnen wollten nicht mit mir sprechen.«

»Es waren nicht die Ahnen, die sich weigerten.«

»Mir wäre es lieber, wenn Rowan das übernimmt. Hier steht zu viel auf dem Spiel.«

»Wir machen es, wie dein Großvater es wünscht«, sagte Derek. »Allerdings muss ich euch noch etwas erzählen.« Und dann redete er von den Seelenwächtern, die ohne Erlaubnis in die Stadt eingedrungen waren und als Trophäen an der Stadtgrenze saßen.

Als Derek fertig war, konnte keiner ein Wort sagen.

Es gab rund dreihundert Seelenwächter auf dieser Erde. Erschreckend wenige, wenn man bedachte, welcher Überzahl an Feinden wir gegenüberstanden. Jeder Verlust schnitt eine tiefe Wunde in die Gemeinschaft, und auch wenn ich kein richtiger Teil dieser Gemeinschaft war, fühlte ich mich ihnen verbunden.

Es war Ben, der als Erster seine Sprache wiederfand. »Gibt es eine Möglichkeit, unser Kommen mit einem Zauber zu verschleiern?«

»Das haben die anderen ebenfalls probiert«, sagte Derek. »Ralf hat sie trotzdem gespürt.«

»Ja, aber Viktor war noch recht unerfahren in der Magie«, sagte Colin. »Womöglich war sein Zauber nicht stark genug, oder er hat ihn zu sehr gestreut, wir bräuchten eine Begrenzung um uns herum.«

»Was ist mit den Höhlen?«, fragte ich und sah zu Abe. »Du sagtest, es gibt Tunnel, die bis in die Stadt reichen.«

»Das ist richtig. Wie erwähnt, sind die Gänge zum Großteil eingestürzt. Manche sogar geflutet. Wir nutzen sie seit Jahrzehnten nicht mehr.«

»Kannst du sie uns trotzdem zeigen?«, fragte Derek. »Vielleicht können wir sie freiräumen.«

»Natürlich.«

»Das ist sehr gut. Ich werde sie mir mit Colin ansehen.«

»Wir könnten einen Schleierzauber auf das Gestein legen«, sagte Colin. »Es würde zusätzlich dämmen und unser Eindringen verhüllen.«

Die Zwei redeten weiter über mögliche Zauber, sie waren voll in ihrem Element.

»Was ist mit Will?«, fragte ich. »Er kennt seinen Bruder und kann ...«

»William wird uns gewiss nicht begleiten«, sagte Derek. »Er hat zwei Ratsmitglieder dem Feind ans Messer geliefert, ich werde ihn nicht mit auf so eine Mission nehmen. Wer weiß, ob er sich nicht erneut gegen uns wendet und uns in den Rücken fällt.«

»Abgesehen davon geht es ihm nicht gut«, sagte Colin. »Raphael versucht ihn zu heilen, aber ich schätze, das Problem ist eher geistiger Natur. Vermutlich hat er den Verstand verloren. Das würde ich auch, wenn ich mit dir unter einem Dach leben müsste.«

Ich bohrte meine Nägel in die Handinnenseite und schluckte die Erwiderung hinunter. Colin wollte mich reizen.

Auf einmal zischte es neben uns und eine Windböe materialisierte sich in der Mitte des Saales. Wir drehten uns alle fast gleichzeitig um. Jemand funkte uns an. Ein Luftwächter. Die Böe sah aus wie ein Minitornado, saugte Blätter und Äste an, die sich zu einer Gestalt formten. Lange Haare, zierliche Gestalt. Einer der Drillinge. In der Erscheinung waren sie noch schwerer auseinanderzuhalten.

»Derek? Bist du da?«

»Ja. Samiya!«

»Hier ist die Hölle los! Wir ...« Sie zuckte zusammen und starrte nach links. »Der Emuxor ist wach! Hört ihr? Er ist auferstanden! Alle Dämonen in Riverside sind zur alten Kirche gegangen. Sie sind wie an Fäden gezogen an uns vorbeimarschiert, als wären sie hypnotisiert.«

Ich blickte zu Ben, der mit jedem Wort blasser wurde.

»Selbst das Wetter verändert sich«, sprach Samiya weiter. »Wolken ziehen sich zusammen und tröpfeln diesen Regen. Er verätzt die Haut wie Säure.«

»Das haben wir in den Nachrichten gehört«, sagte ich.

»Ist Nuri noch bei dir?«, fragte Derek.

Sie blickte zu Boden. »Sie ist gestorben, als die Dämonen durch die Barriere brachen. Und Paul meldet sich seit einer Weile nicht mehr. Ich fürchte, es hat ihn auch erwischt.«

»Kannst du die Menschen in Schach halten? Die Presse hat Wind von allem bekommen.«

»Ich weiß es nicht. Ich tue, was möglich ist, aber ...« Sie zuckte zusammen. Dieses Mal blickte sie nach oben. »Bei allen heiligen Göttern ...«

»Was ist?«

»Ich ... die alte Kirche ... über ihr am Himmel zieht sich eine gigantische Wolke zusammen. Die Erde bebt, die Luft wird ...« Samiya wurde von einem Hustenanfall unterbrochen. »Sie ist nicht mehr zu atmen. Ich fühle ... ein Sog ...« Sie griff sich an ihr Herz. »Es ist wie bei ...« Auf einmal sank sie in die Knie und schrie.

»Samiya!«, brüllte Derek. Er trat näher, streckte seine Hand aus, aber er konnte nichts für sie tun. Natürlich nicht.

Samiya röchelte, griff sich an die Kehle. »Meine Seele ... es entzieht mir die Seele ... ich ...« Dann kippte sie nach vorne über, und die Verbindung brach zusammen.

Nur ein Haufen Blätter blieb an der Stelle zurück.

Wir hatten schon wieder einen Seelenwächter verloren ...

Sky keuchte und schlug eine Hand vor den Mund. Ben fing an zu zittern. Ich legte meine Finger auf seine Schulter, versuchte ihm Ruhe zu schicken, obwohl ich selbst keine übrig hatte.

Ralf löschte einen nach dem anderen aus.

27. Kapitel

Jessamine

Meine Hände hörten nicht mehr auf zu zittern. Ich klemmte sie zwischen die Beine, verkrampfte meine Muskeln, machte mich steif – aber es half nichts. Nicht mal ein Wasserglas könnte ich halten, ohne etwas zu verschütten. Ich lauschte Dereks Worten, verstand alles, was er sagte, und begriff es dennoch nicht.

Ben saß wie versteinert neben mir. Würde ich ihn nicht kennen, hielte ich ihn für gefühllos, denn er verzog keine Miene. Mir war klar, dass er in seinen Profimodus umgeschaltet hatte, dass er mit der Gelassenheit eines Polizisten an die Sache herangehen wollte, um nicht zusammenzuklappen. Er griff nach meinen Händen und drückte sie sachte. Seine Haut fühlte sich eiskalt an.

Jaydee lehnte an einem Pfeiler an der gegenüberliegenden Wand und behielt mich im Blick. Ich konnte ihn nicht ansehen, da ich fürchtete, erneut in Tränen auszubrechen. Sie wollten Mikael zurückholen!

Das war das erste Mal, dass ich davon hörte. Als Ralf mich entführt hatte, waren Ben und Jaydee mit Abe losgezogen, um ihm die Dechiffrierung aus der Bibel zu zeigen. Wer hätte gedacht, dass sie zu Mikael führen würde. Zu dem Mann, mit dem alles angefangen hatte. Ohne ihn wäre ich nie in die Kirche gegangen und hätte nie das Ritual durchgeführt. Es hatte natürlich nicht funktioniert, was mich nicht wunderte, wenn ich hörte, was für ein Aufwand es war, einen Toten zurückzuholen.

»... wir müssen also die Anrufung Mikaels in der Kirche ausführen«, erklärte Derek. »Dank Abe wissen wir, dass unterirdische Gänge in die Stadt führen. Colin und ich werden einen Tunnel freilegen, der nicht unter Wasser steht ...«

Das musste die Hölle für Jaydee sein. Nicht nur, dass wir die Ruhe seines Vaters störten, wir riskierten mit dieser Anrufung, dass er zum Schattendämon wurde, denn jeder Tote verwandelte sich im Moment rasend schnell. Was würde mit Mikael geschehen, sobald er seinen Job erledigt hatte?

»... Wir werden exakt festlegen, wer was bei der Anrufung zu tun hat. Das spielen wir solange durch, bis es sitzt. Sobald Mikael den Emuxor zurückgeschickt hat, werden wir ihn erlösen.«

Jaydee stieß sich von dem Pfeiler ab, drehte sich um und blickte zu den geöffneten Türen hinaus auf den Wasserfall. Er war kurz vorm Platzen. Ich sah es ihm an. Ben verstärkte den Druck auf meine Finger. Ich war dankbar für seine Nähe, aber noch lieber wäre ich bei Jaydee und würde ihn im Arm halten.

»Tate, Leoti, Rowan und Jess, ihr besprecht das Ritual, um Mikael zu rufen«, sagte Derek. »Abe: Du könntest uns auf einer Karte die Tunnel zeigen.«

Abe nickte.

Ich hörte Schritte hinter mir, kurz darauf folgte der Duft nach Erde und Moos. Akil! Ich drehte mich herum, wollte schon nach ihm rufen, doch es war Raphael. Er setzte sich neben mich und legte eine Hand auf meine Schulter. Sofort rann seine Energie in mich, als warmer Schauer, wohltuend und sanft. Sie sickerte in meinen Körper nach unten bis zu meinen Zehenspitzen, schien sogar darüber hinaus in den Boden zu fließen. Ich zitterte nicht mehr, mein Brustkorb fühlte sich freier an. Ich nahm einen tiefen Atemzug und hauchte ein leises Danke an Raphael. Er nickte, zog seine Hand zurück und setzte sich neben mich.

»Gut, wenn wir fertig sind, treffen wir uns alle hier und besprechen, wie wir in die Stadt kommen können«, sagte Derek. »Wer bis dahin nichts zu tun hat, sollte sich ausruhen.«

»Was ist mit anderen Seelenwächtern?«, fragte ich Raphael leise. »Werden uns noch welche helfen?«

»Nein«, antwortete Colin. »Die anderen sind ziemlich beschäftigt damit, die Population der Schattendämonen in Schach zu halten. Sie bemühen sich um Schadensbegrenzung.«

»Hat jeder verstanden, was er zu tun hat?«, fragte Derek.

»Nein«, sagte Jaydee und drehte sich zurück zur Versammlung.

Derek blickte ihn an. »Du wirst natürlich hierbleiben. Du bist emotional zu stark involviert.«

»Einen Dreck werde ich.«

»Wenn du während der Anrufung ausflippst, weil du es nicht erträgst, dass dein Vater zurückkehrt, ...«

Colin zog Derek zu sich und flüsterte ihm etwas ins Ohr.

»Hab wenigstens genug Eier in der Hose und sag es mir ins Gesicht«, blaffte Jaydee.

Colin straffte die Schultern. »Ich schlug vor, dass wir dich an den Felsen ketten können, wenn du nicht gehorchst. Denn Derek hat vollkommen recht! Du wirst alles gefährden.«

»Wenn ihr Mikael zurückholt, wer garantiert euch, dass er weiß, was zu tun ist? Oder dass er euch glauben wird? Ihr seid ein Pack Fremder für ihn, die ihn in seiner Ruhe stören. Was, wenn er nicht kooperieren wird?«

»Wir werden ihm keine Wahl lassen«, sagte Derek.

»Und wie zum Henker wollt ihr ihn dazu zwingen? Er ist euch nichts schuldig!«

»Den Menschen in Riverside aber schon.«

»Schön, während ihr eure Zeit verplempert, sein Vertrauen zu erlangen und ihm alles zu erklären, jagt Ralf Dämonen oder den Emuxor in die Kirche. Habt ihr überlegt, was ihr dagegen tun wollt? Wie ihr euch schützen werdet?«

»Genug!«, sagte Derek. »Du wirst es nicht wagen, mich zu belehren. Ich kann auch sofort die Strafe ausführen, die Logan über dich verhängt hat, dann wanderst du umgehend in die Isolation.«

Jaydees Oberlippe zuckte. Er blickte über Dereks Schulter zu mir. Ich schüttelte den Kopf. Wünschte mir, dass er sich benahm. Wenn sie ihn fortschickten, würde ich das nicht überleben.

»Du wirst hierbleiben. Ob freiwillig oder nicht, ist egal.«

»Nein, das wird er nicht«, sagte Abe. »Der Junge hat vollkommen recht. Mikael wird verwirrt sein, es ist gut, wenn er ein vertrautes Gesicht sieht.«

Derek sah Abe an, öffnete den Mund, um etwas zu erwidern, doch Abe entwaffnete ihn mit seinem Blick. Mir war nicht klar, dass ein Mensch derart viel sprechen konnte, ohne etwas zu sagen. In Abes Miene war deutlich zu sehen, was er dachte: Ich dulde keine Widerrede.

»Derek ...«, setzte Colin an, aber Derek hob die Hand.

»Na schön. Du kannst mitkommen.«

»Wie überaus gnädig von dir.« Jaydee verneigte sich, es war jedoch klar, dass er das aus Verachtung statt aus Respekt tat. Er drehte sich um und ging durch die geöffneten Türen Richtung Wasserfall.

Hoffentlich würde er die Begegnung mit Mikael verkraften.

28. Kapitel

Jaydee

Ich muss dringend mit Chief Hutchinson sprechen ... ja, verdammt noch mal! ... Benjamin Walker, Detective im zweiten Revier. Dienstnummer: 25711 ... doch, natürlich weiß ich, was in der Stadt ... Es ist wichtig!«

Ben stapfte vor der großen Halle hin und her und schrie in sein Handy. Nach der Versammlung hatte er sofort im Rathaus von Riverside angerufen. Jetzt, da die Barriere offen war und die Drillinge nicht mehr lebten, konnte Ben Kontakt zu den Menschen in der Stadt aufnehmen.

»Natürlich bin ich noch dran. Was soll das heißen, er hat keine Zeit! Ich muss ... Er muss sofort die Stadt evakuieren lassen! Die Wolke ist aus einem Giftgas, das ... die Vorsichtsmaßnahmen werden nicht helfen! ... Hallo?!« Er nahm das Handy vom Ohr und starrte ungläubig darauf. »Verdammte Scheiße!« Er schleuderte sein Telefon an die nächste Palme. Das Display splitterte.

»Das war unklug. Du hast doch sicher noch andere, die du anrufen kannst. Was ist mit deiner Partnerin?«

»Kate habe ich vorher probiert, ihr Handy ist aus. Ich weiß nicht, ob sie ... ob überhaupt jemand von meinen Kollegen noch am Leben ist.« Er presste die Hand an die Schläfen. »Ich kann absolut nichts tun, Jaydee. Nichts! Erst sind mir die Hände gebunden, weil der Rat die Barriere errichtet, nun will mir niemand glauben, aber ich muss doch die Menschen ... meine Leute ... ich muss sie schützen. Das ist mein Job, verstehst du?«

»Ja.«

»Ich hätte früher in die Stadt gesollt. Hätte sie früher warnen müssen.«

»Du wärst keinen Meter weit gekommen.«

»Ich hätte einfach durch die Barriere marschieren können. Die Seelenwächter haben keine Macht über mich. Ich bin immun.«

»Schön. Selbst wenn du es in die Stadt geschafft hättest, wie hast du dir das vorgestellt? Du wärst zu Dämonenfutter geworden. Du hast eine reine Seele, Ben. Alle aus deinem Volk haben sie.«

»Vielleicht war genau das unser Fehler. Die Drillinge hätten doch genauso gut den Bürgermeister beeinflussen können, damit er die Stadt räumt. Statt dafür zu sorgen, dass alle friedlich bleiben, während sie ausgesaugt werden.«

»Das hätten sie, aber die Seelenwächter denken nicht so, oder eher: Der

Rat denkt nicht so. Sie halten lieber alles unter Verschluss, statt die Menschen in Panik davonstürmen zu lassen. So waren sie schon immer. Hauptsache, alles bleibt im Verborgenen.«

»Vielleicht solltet ihr euch offenbaren, wäre das wirklich so schlimm?«

Ich zuckte mit den Schultern. »Vorhersagen kann man es natürlich nicht, aber Dinge, die die Menschen nicht verstehen, ängstigen sie. Du weißt ja selbst, wie das ist. Wie oft hast du dir gewünscht, dass du mir nie begegnet wärst und nie Kontakt zu dieser Welt bekommen hättest?«

»So ungefähr eintausend Mal in den letzten Wochen.«

»Denkst du, die Regierung würde uns in der Weltgeschichte herumlaufen lassen und zusehen, wie wir Dämonen abschlachten?«

»Sie würden euch einbuchten und erforschen und dann würden sie versuchen, eure Fähigkeiten fürs Militär einzusetzen.« Ben atmete tief ein und aus. »Du hast ja recht. Ich bin nur ...«

»Verzweifelt. Das kann ich verstehen.«

Er nickte traurig, massierte sich den Nacken. »Was ist mit dir? Wirst du es schaffen, Mikael gegenüberzutreten?«

»Das wird sich zeigen.« Aber auch ich hatte keine Wahl. Ich musste mich zusammenreißen. Wir alle mussten das.

Ich hörte Schritte näherkommen, und sofort schlug mein Herz schneller. *Jess.* Vermutlich wollte sie mit mir sprechen. Noch hatte ich die Chance, abzuhauen ...

Ben bemerkte meine Unruhe und kam näher. »Was ist?«

»Jess ist im Anmarsch.«

»Oh. Ist denn alles klar bei euch? Sie litt ziemlich unter deiner Distanz heute Mittag, und das Geknutsche mit Skyler fand sie sicher auch nicht prickelnd.«

Ich war gespannt, wie oft ich das noch aufs Butterbrot geschmiert bekam. »Wir haben es geklärt.«

Ben sah mich skeptisch an, Jess räusperte sich beim Näherkommen, um auf sich aufmerksam zu machen.

»Ich habe dich schon vor einer Minute gehört«, sagte ich.

»Dachte ich mir, ich wollte nur höflich sein. Hast du kurz Zeit für mich?«

»Abe und ich wollten sowieso das Ritual durchsprechen«, sagte Ben. »Jaydee, du musst uns noch zeigen, wo wir es in der Kirche durchführen können.«

»Ja. Ich denke darüber nach.«

Ben verabschiedete sich und lief zurück nach drinnen. Ich blieb mit dem Rücken zu Jess stehen. »Trägst du deinen Dolch?«

»Ja. Ich wollte ihn nicht auf dem Zimmer liegen lassen.«

»Gut.«

Sie blieb zwei Meter hinter mir stehen. Ich fühlte sie so deutlich und klar, als würde ich sie ansehen. Jess‘ Seele rief nach mir, und ich wollte ihr so gerne folgen.

»Ich weiß nicht recht, was ich sagen soll«, murmelte sie. »Das mit Mikael ist so schrecklich.«

»Ich hatte es dir erklären wollen. Als Abe Ben und mich informierte, war ich erst durch den Wald gerannt und dann wollte ich zu dir. Aber du warst nicht mehr da.« Entführt von Ralf. Dieses Gefühl würde ich nie mehr vergessen. Mein Gehirn speicherte alles ab, was ich erlebte, vieles musste ich in die hinteren Ecken schieben, um nicht verrückt zu werden. Aber der Moment, als Ben und ich in Jess' leerem Haus standen und nach Spuren suchten, stach prägnant zwischen all den anderen Erlebnissen heraus. Selbst jetzt fühlte ich mich hilflos, obwohl sie gesund und munter hinter mir stand. »Es ist schwer, auf dich aufzupassen.«

»Irgendwie schlittere ich ständig in diese Situationen. So geht das doch schon, seit wir uns kennen: Joanne hatte mir die Polizei auf den Hals gehetzt und mich zur Mordverdächtigen gemacht, Ariadne konnte ich nicht retten oder Violet ...« Sie strich sich durch die Haare. »Weißt du, dass Will und ich sie fast erreicht hatten, kurz bevor Ralf ihr die Maske aufgesetzt hat?«

»Nein. Ich war gerade mit dem Jäger beschäftigt.«

Sie schnaubte. »Will und ich sind durch die Gänge gehetzt, wir haben Violet in der Krypta gesehen und wie Ralf hinter ihr stand und ihr dieses Widderding auf das Gesicht legte. Ich dachte, er wäre nur in einem anderen Raum, aber die Wand war ein Portal gewesen. Er löste es auf und Violet war weg. Einfach so. Wären er und ich schneller gewesen, wäre nichts von all dem passiert. Ilai wäre noch da und Logan ... Ich komme entweder einen Tick zu spät oder bin zur falschen Zeit am falschen Ort, und ich weiß absolut nicht, wie ich es abstellen kann.«

Weil es dir vorherbestimmt ist, zu leiden. Es war genau, wie Ashriel gesagt hatte. Jess zog diese Katastrophen an, sie musste ständig auf den Prüfstand und sich selbst beweisen. Es machte mich wahnsinnig, dass ich sie nicht beschützen konnte, dabei zählte ich genauso zu einer dieser Gefahren. »Ich wünschte, ich könnte dir einen Rat geben, wie du deinen Weg beeinflussen kannst, aber manchmal bürdet uns das Leben Prüfungen auf, denen wir nicht entgehen können.«

Zum Beispiel zuzusehen, wie ein geliebter Mensch erst stirbt und dann als Geist zurückkehrt, um sich in einen Schattendämon zu verwandeln und wieder getötet zu werden.

»Du hast recht. Ich rede hier von mir und du machst die Hölle durch. Kann ich denn etwas für dich tun? Wegen Mikael?«

»Nein.«

Sie setzte zum Sprechen an, ich hörte es an ihrem Atem, dann stockte sie und ließ eine halbe Minute verstreichen.

»Denkst du ... Ich weiß, es ist unpassend, aber könnten wir nicht ...? Wenn Mikael sowieso zurückkehrt ...«

»Ihn wegen deiner Mutter fragen.«

»Ja«, hauchte sie. »Er weiß etwas über sie, ich bin mir sicher.«

Ich drehte mich zu ihr um. Wenn wir Jess‘ Mutter fanden, konnten wir den Zauber auflösen, der Jess und mich trennte. Wir könnten zusammen sein. »Wir können es versuchen.«

Jess presste die Lippen aufeinander, strich sich die Haare hinters Ohr. »Ich würde dich so gerne umarmen.«

»Ich weiß.« Und ich erst. Ihr Geruch stieg mir schon wieder in die Nase, machte mich benommen und schwindelig. Rasch blickte ich hinaus aufs Meer. Der Mond war tiefer gewandert, zog eine silbern glitzernde Spur quer über das Wasser.

»Entschuldige«, sagte sie. »Es macht es nicht besser, wenn ich es ständig erwähne. Ich sollte mich zusammenreißen.«

Ich presste die Zähne zusammen, biss auf meine Zunge. Doch selbst über den Kupfergeschmack meines eigenen Blutes hinweg konnte ich sie noch riechen. Süß und verführerisch. Der Jäger grummelte leise in meinem Bauch. Er wollte lieber ihr Blut schmecken.

»Darf ich dich etwas fragen?«

Bestimmt wegen vorhin. Sie wollte sicher erfahren, was mir auf der Zunge gelegen hatte.

»Es geht um Violet und den Emuxor.«

Ich atmete erleichtert aus. *Die Fylgja.* »Du willst wissen, ob sie gerettet werden kann?«

»Ja.«

»So einen Fall gab es noch nie, insofern kann ich dir dazu nichts sagen.« Ich bezweifelte, dass viel von der Fylgja übrig war. Nur weil sie nicht sterben konnte, hieß das nicht, dass es ihr gut ging oder dass ihr Körper keinen Schaden von der Prozedur genommen hatte. Aber das wollte Jess nicht hören. »Wenn es eine Möglichkeit gibt, deiner Fylgja zu helfen, werden wir sie finden.«

Ich sah zurück zu ihr, sie lächelte dankbar und wusste bestimmt, dass ich das nur gesagt hatte, weil sie es gerade brauchte.

»Jaydee, ich ...« Jetzt kam sie auch noch näher. »Was wolltest du vorhin zu mir sagen?«

Dass ich dich mit meinem Herz und meiner Seele liebe und nie mehr von deiner Seite weichen werde, dass ich Tag und Nacht mit dir verbringen will, mit dir abends einschlafen und morgens aufwachen möchte, obwohl ich noch nie in meinem Leben neben einer anderen Person geschlafen habe ... Ich hielt die Luft an. Sie war so unfassbar schön. Ihre braunen Augen wirkten dunkel und tief, das Licht der Halle hinter ihr zauberte einen zarten Schimmer auf ihre Haare. Wieder meldete sich ein bekanntes Grummeln in meinem Bauch. Der Jäger wollte heraus. *Wenn du sie erledigst, kann ihr nichts mehr passieren. Nur im Tod ist sie sicher.*

Ich setzte zum Sprechen an, aber mein Gehirn war wie leergefegt. Die Worte, die vorhin so leicht über meine Lippen gekommen waren, stellten sich quer. Sie war so nah. So verdammt nah. Ich fühlte ihre Körperwärme, würde sie so gerne auf meiner Haut spüren, meine Nase in ihren Haaren vergraben und mich selbst in ihr vergessen.

»Bitte, sprich mit mir«, flüsterte sie.

»Ich ...«

»Jess!«, rief Derek auf einmal. Noch nie war ich so erleichtert, ihn zu hören. »Kommst du bitte?!«

Sie zuckte zusammen und sah in seine Richtung. »Ja, gleich.«

Ich nutzte meine Chance, während sie mir den Rücken zuwandte, und schlich davon.

Bis sie sich zurückdrehte, war ich längst weg.

Mit jedem Meter, den ich mich von ihr entfernte, sehnte ich mich stärker zu ihr zurück. Es war, als läge ein Gummiband um meine Beine, das stetig mehr Spannung aufnahm. Ich kämpfte gegen den Drang an umzukehren und legte einen Zahn zu. Im Moment gab es nichts für uns zu bereden. Wir hatten eine Aufgabe. Wir mussten uns konzentrieren.

Außerdem hatte mich Jess auf eine Idee gebracht. Will konnte uns vielleicht helfen. Doch dazu musste ich ihn erst wachrütteln.

Ich bog nach links ab, zur Ostseite des Anwesens, dorthin, wo die anderen Gästehäuser standen. Als wir alle herbrachten, sagte Colin, dass er und Anna hier einziehen sollten. Ich kam auf einen weiteren Sandweg, auf der einen Seite war das Meer, auf der anderen reihten sich die Häuser eins nach dem anderen auf. In keinem brannte Licht. Also folgte ich meiner Nase.

Wills Spur war leicht zu finden. Feuer und Kohle.

Schließlich stand ich vor dem Gästehaus. Ich klopfte leise an und trat ein, ohne eine Antwort abzuwarten. Wills Geruch überlagerte alles in dem Raum. Er saß mit dem Rücken zu mir auf einem Sofa im Dunkeln. Seine Arme ruhten auf der Lehne. Die Terrassentür stand weit offen, das Meer rauschte leise.

»Will.«

Keine Reaktion. Ich lief zu ihm. Er zuckte, als er mich kommen hörte. Die Ärmel seines Hemdes waren nach oben gekrempelt, die Adern, die vorher seine Haut geziert hatten, waren verschwunden. Körperlich war er also auf der Höhe. Ich blieb vor ihm stehen. Sein Gesicht war vollkommen ausdruckslos. Er starrte auf das Meer, die Augen bewegten sich kaum, sein Atem kam ruhig und gleichmäßig.

»Hey«, sagte ich und kniete mich vor ihn. Sein Herzschlag erhöhte sich, also nahm er mich wahr. »Wir bereiten uns darauf vor, in die Stadt zu gehen, wir werden Mikael anrufen und den Emuxor zurückschicken.«

Wills Auge zuckte. Ich gab ihm Zeit, bis meine Worte zu ihm durchgedrungen waren, sollte er gar nicht reagieren, musste ich wohl doch schwere Geschütze auffahren.

»Wir werden gegen Ralf kämpfen, das ist deine Chance auf Rache.«

Nichts.

»Du kennst deinen Bruder am besten. Du könntest ihn bluten lassen.«

Ein leises Schnauben, mehr schenkte er mir nicht.

Ich rieb über mein Kinn. »Na gut. Ich würde dir wirklich gerne mehr Zeit geben, damit du dich in Ruhe mit dir selbst auseinandersetzen kannst, aber die haben wir nicht.« Ich beugte mich nach vorne, packte Will am Kragen und zerrte ihn in die Höhe.

»Wir brauchen dich, Will. *Ich* brauche dich.«

29. Kapitel

Ah!

Gut!

So stark! So rein!

Der Emuxor breitete die Arme aus und lachte laut. Die Wolke – seine Macht – hatte ihn eingehüllt. Sie labte ihn mit allen Seelen in der Umgebung, versorgte ihn mit der reinsten Energie auf dieser Erde: mit der Angst der Menschen.

Sie war stark und sättigend und unglaublich köstlich. Er öffnete den Rachen, saugte die Seelenenergie auf, die in der Luft hing. Von Minute zu Minute wurde er kräftiger. Wurde getränkt mit dem Tod und dem Leben. Vereinte alles in sich, was er für seine Existenz benötigte. Die vier Elemente brodelten in ihm. Luft. Wasser. Feuer. Erde. Sie waren zu seinen Dienern geworden.

Die Wolke verdünnte sich und löste sich schließlich auf, bis nichts mehr davon übrig war. Vereinzelt drangen noch die Schreie der Menschen zu ihm, die dieses Mal entkommen waren. *Rennt nur, ihr Narren. Fürs Erste bin ich gesättigt.*

»Seid ihr zufrieden, Herr?«, fragte sein Diener und trat neben ihn.

»Mehr als das. Unter den Seelen war eine besonders schmackhafte. Sie war rein und hell und stärker als alle anderen. Ich sah das Gesicht eines androgynen Wesens mit langen weißen Haaren und elfenbeinfarbener Haut.«

»Einer der Seelenwächter, die an der Stadtgrenze Stellung bezogen hatten. Ihre Seelen sind ungemein köstlich.«

»Ich will mehr davon.«

»Das sollt ihr haben. Ganz bestimmt sind andere auf dem Weg hierher. Je mehr Unheil und Chaos wir stiften, desto schneller werden sie handeln müssen. Jedoch gibt es nicht mehr viele von ihnen auf dieser Erde. Wenn ihr den Genuss verlängern wollt, werdet ihr sie euch einteilen müssen.«

Der Emuxor neigte den Kopf und betrachtete seinen Diener. Noch immer war er von den Feuerdrachen umgeben und immun gegen ihn. Es störte den Emuxor. Er duldete keine Widersacher, dabei hatte er ihn selbst dazu erzogen. Als sein Diener ihn damals erweckt hatte, war er zur Hälfte verbrannt gewesen. Der Emuxor hatte einen Teil seiner Macht auf ihn übertragen und ihn geheilt. Jetzt war sein Diener zu einem neuen Geschöpf geworden. Kein Schattendämon und kein Mensch, sondern etwas, das auf beiden Seiten wandelte. Vielleicht hätte er es nicht tun sollen, aber der Emuxor hatte diesen Mann gebraucht, um aufzuerstehen. Daher schuldete er ihm einen Gefallen. »Du hast dich meiner würdig erwiesen. Du hast mich erweckt, mich gefüttert, mir alles gegeben, was ich benötige. Was erhoffst du dir von mir?«

»Macht«, sagte sein Diener sofort. »Ich will die Macht über alles Leben auf dieser Erde besitzen.

»Wenn ich fertig bin, wird es kein Leben mehr auf diesem Planeten geben.«

»Lasst mich herrschen, und ich verspreche, dass es das wird. Ich werde dafür sorgen, dass ausreichend Menschenseelen für Euch zur Verfügung stehen. Sie können sich fortpflanzen, neue Seelen zeugen. Jemand muss sie nur einteilen. Genau das kann ich. Gebt mir eine Armee aus Schattendämonen, und wir unterjochen die Menschheit, um sie Euch zu Füßen zu legen. Es wird Euch nie an Nahrung mangeln. Nutzt diesen Ort als eure neue Heimat und mich als Verwalter.«

Der Emuxor blickte sich um. Er mochte die Erde. Sie war gut. Voller Angst und voller Hass. Die Menschen hatten diese Kräfte gut genährt über die letzten Jahrtausende. »Kannst du dafür sorgen, dass sie weiterhin Angst haben?«

»Aber ja, Herr. Nichts leichter als das.«

»Zeig mir die Stadt. Ich will mehr davon sehen.«

»Natürlich, Herr. Dort entlang.«

Sein Diener zeigte auf einen Durchgang an der Mauer. Der Emuxor folgte ihm, er erinnerte sich an diesen Park. Er war schon mal dort spazieren gegangen, als sein Körper noch schwach und unbrauchbar gewesen war. Heute erlebte er alles neu. Die Farben, die Gerüche, die feste Erde unter seinen Füßen. Das alles gehörte nun ihm.

Seine Herrschaft begann. Endlich.

30. Kapitel

Jaydee

Es war soweit. Wir brachen auf.

Ich stand vor Amir und zurrte einen Gurt nach. Dieses Mal hatte ich ihn gesattelt, weil ich so mehr Waffen mitnehmen konnte. Und die würde ich ganz sicher brauchen.

Colin und Derek waren vor einer halben Stunde aus Riverside zurückgekehrt. Sie hatten einen Tunnel freiräumen können. Er endete im Park in der Nähe des trockengelegten Teiches. Von dort aus waren es knapp dreihundert Meter bis in die Kirche. Nicht sehr weit, aber wir wussten nicht, was uns erwartete. Es konnte genauso gut zu einem Höllentrip werden. Abe hatte mir vorhin noch die anderen Tunnel auf einer Karte gezeigt. Es gab einen, der unter dem See bis zur Kirche führte und in der alten Zisterne endete. Laut Abe war er geflutet. Für uns wäre das noch gegangen, wir konnten schließlich nicht ertrinken, aber für Ben hätten wir den gesamten See abpumpen müssen.

Ich blickte zum Meer. Die Sonne schob den ersten hellrosa Streifen am Horizont entlang. Nicht mehr lange bis zum Morgen. Wieder und wieder kaute ich das Kommende durch. Es fühlte sich völlig irreal an, dass ich Mikael bald gegenüberstehen sollte. Mein Geist drehte sich nur noch darum. Wie würde er aussehen? Würde er mich erkennen? Wäre er glücklich, mich zu sehen, oder sauer, weil wir ihn zurückgeholt hatten? Ich konnte es nicht einschätzen, und das beunruhigte mich mehr als alles andere. Wenn Mikael mich dafür hassen würde, könnte ich das nicht ertragen.

Tja, und dann war da Jess. Sie ging mit uns in die Höhle des Löwen, und mir schmeckte das überhaupt nicht. Wieder in Gefahr. Wieder mitten im Kampf. Mir war klar, dass ich sie nicht für immer davon fernhalten konnte. Unsere Welt war so, und wenn sie ein Teil davon bleiben wollte, musste sie lernen zu überleben. Sie musste lernen zu kämpfen.

Ich drehte mich nach ihr um. Sie saß auf Mirabell und erwiderte meinen Blick. Ein Lächeln huschte über ihre Lippen. Sie wollte mir Mut schicken, mir sagen, dass wir es schaffen würden.

Abwarten.

»Jay!«, rief Anna auf einmal. Sie kam mit Bee den Strand heruntergelaufen. Seit sie zurückgekommen war, hatte ich sie nicht ein Mal gesehen. Anna ließ die Zügel los, rannte zu mir und warf sich mir in die Arme. Aus dem Augenwinkel bemerkte ich, wie Jess sich wegdrehte, als könnte sie nicht mit ansehen, wie ich Anna umarmte. Konnte ich es ihr verübeln? Zwischen Anna und mir lief nichts, aber sie konnte mich immer und in jeder Situation anfassen. Ich drückte Anna an mich und nahm eine Nase ihres wundervollen Mandarinengeruchs auf. Sie war dünner geworden, kein gutes Zeichen.

Langsam löste ich mich von ihr, zog ihre Hände aus meinem Nacken und betrachtete ihre Unterarme. So schlimm war es schon lange nicht mehr gewesen. Annas Finger zitterten, ihre Nägel waren blutig gekaut, die Krusten zum Teil schorfig.

»Ich kann nicht anders«, flüsterte sie, als müsse sie sich dafür entschuldigen, wie sie sich zurichtete.

»Herrje, Anna.« Ich zog sie an mich und drückte einen Kuss auf ihre Haare, aber ich fühlte, dass es nicht genügte. Sie brauchte Ruhe. Wie wir alle.

»Warst du bei Will?«, fragte sie. »Ich hatte mich vorhin hingelegt, ich musste mich ausruhen. Das Teleportieren und die Sache mit Logan ...«

»Ich habe mit ihm gesprochen, aber ich weiß nicht, wie es ihm geht.« Noch nicht. Es würde sich zeigen, ob meine *Behandlung* anschlug oder nicht. Die letzten Stunden waren ziemlich anstrengend für mich gewesen.

»Was habt ihr denn ge...?«

»Okay«, unterbrach sie Derek. »Also noch einmal für alle: Skyler, Raphael, Anna: Ihr begleitet Abe und seine Leute in die Höhlen oben in den Wäldern. Ihr werdet vor dem Eingang Stellung beziehen. Abe sagte, dass kein Dämon den Ort betreten kann, trotzdem werdet ihr Wache halten.«

»Natürlich«, sagte Sky mit einem leicht genervten Unterton. Vermutlich hatte Derek seine Anweisungen schon dreimal wiederholt. Sie saß auf einem lackschwarzen Parsumi, der einen starken Kontrast zu ihren roten Haaren bildete. Außerdem hatte sie sich knallenge schwarze Lederhosen und ein dazu passendes Oberteil angezogen. Ihre Tattoos stachen so noch mehr von ihrer blassen Haut ab. Sie sah aus wie eine Amazone.

Raphael kaute Kaugummi und saß mit einem Bein über den Sattel geschlagen auf seinem Pferd. Es war gut, dass er bei der menschlichen Gruppe war. Falls sie doch angegriffen wurden, bevor sie die Höhle betreten konnten, wäre er in der Lage, sie zu heilen.

»Colin und ich werden Jaydee und Ben begleiten. Der Eingang zu unserem

Tunnel liegt knapp fünf Kilometer von Riverside entfernt. Wenn wir dort sind, werden wir ...«

Er faselte weiter von den Schutzzaubern, die er und Colin errichtet hatten, wie schwer es war, sie aufrechtzuhalten und bla, bla, bla. Wir hatten das alles schon genug durchgekaut und waren keine Einfaltspinsel. Außerdem hatte die Erfahrung gezeigt, dass man sich noch so akribisch vorbereiten konnte – am Ende kam sowieso alles anders.

Ich kontrollierte ein letztes Mal meinen Sattel und stieg auf. Ben ritt zu mir. »Bist du bereit?«

»So bereit man eben sein kann, wenn man kurz davor ist, seinen toten Vater wiederzusehen.«

Er klopfte mir auf die Schulter. »Wir schaffen das.«

»Ja. Motivationsspruch Nummer fünfundzwanzig für angehende Polizisten.« Jess hatte ihn schon mal damit aufgezogen, als wir in der Bibliothek saßen und überlegten, wie wir die Bibel entschlüsseln konnten.

»Der lautet: *Zusammen sind wir stark*, aber das trifft genauso zu. Es gibt niemanden, mit dem ich lieber in den Hexenkessel steigen würde als mit dir.«

Ich sah ihn an und nickte. »Ist Keira eigentlich zurückgekehrt?«

»Nein. Falls sie kommt, ist Flo noch da. Sie kann ihr sagen, wo wir alle sind.«

Ja, *falls* sie kommt. Ich zweifelte nach wie vor daran. Keira kochte ihr eigenes Süppchen, ich würde nicht den Fehler machen, ihr ein zweites Mal zu vertrauen.

»Es geht los«, rief Derek und wendete.

Wir folgten ihm. Ich lenkte Amir auf den Sandstrand, lehnte mich nach vorne und tippte ihm in die Flanken. Für die wenigen Minuten des Ritts würde ich meine Kräfte sammeln, meine Gedanken sortieren, die Freiheit genießen.

Bald würde ich Mikael sehen.

Vorausgesetzt, wir schafften es bis zur Kirche und wurden nicht vorher leergesaugt.

So oder so: Dieser Einsatz würde eine Menge Veränderungen mit sich bringen. Vielleicht sollte es mich mehr beunruhigen, aber das war unser Leben. Wir zogen jeden Tag los, stellten uns jeden Tag einem weiteren Kampf. Wenn wir zu viel über die Gefahren nachdachten, wären wir irgendwann unfähig zu agieren.

Das Licht vor mir wurde heller, ich schloss die Augen und ließ mich von ihm verschlucken.

Einen Wimpernschlag später traten wir aus der Karibik in die kanadische Wildnis ein. Ich bremste Amir abrupt ab, weil wir mitten im dichtbewachsenen Wald ankamen und es stockfinster war. Die Karambolage mit einem Baum fehlte mir noch. Neben mir traten Colin und Derek aus dem Portal und stoppten ebenfalls. Ben war hinter mir. Wortlos ritten wir nach rechts zu einem Felsen weiter.

»Der Eingang liegt links davon«, sagte Colin.

Wir steuerten die Stelle an, stiegen ab und suchten unsere Waffen aus den Satteltaschen zusammen. Ich hatte mich für einen zweiten Dolch und ein Kurzschwert entschieden. Ich mochte Kämpfe auf Nähe, ich brauchte den Kontakt zu meiner Beute, so war der Genuss größer.

Die anderen rüsteten sich ebenfalls aus. Colin verstaute zwei Flaschen Heilsirup in seiner Jackentasche. Raphael hatte sie in flache Alubehälter umgefüllt, damit sie beim Kämpfen nicht kaputtgingen.

Ich blickte in den Wald. Jess war dort oben irgendwo und stieg vermutlich gerade von Mirabell. Ein Uhu rief im Dunkeln, als wolle er mir mitteilen, dass sie sicher angekommen war. Humbug, klar.

»Wir gehen lange bergab. Am Ende des Tunnels führen Eisenstufen nach oben. Wir haben sie überprüft, sie halten. Sobald wir im Freien sind, können wir geortet werden. Ab da muss es schnell gehen.«

»Das hast du vorhin schon gesagt, Derek. Wir sind keine Amateure.«

Derek rümpfte die Nase und stieg als Erster in den Tunnel hinunter.

Ich folgte ihm, Ben kam hinter mir und zum Schluss Colin. Nach dem Eingang ging es steil nach unten. Die Luft war drückend und feucht. Aufgeladen von dem vielen Regen in den letzten Tagen und den Ereignissen in der Stadt. Die Wände strahlten Wärme ab, als befänden wir uns in einem Backofen. Derek und Colin hatten einige Steine in unregelmäßigen Abständen zum Leuchten gebracht, so wurde der Tunnel in ein diffuses Dämmerlicht getaucht. Zum Teil wurde der Durchgang eng und wir mussten in gebückter Haltung weitermarschieren, aber es ging erstaunlich gut voran.

»Hätte nicht gedacht, dass ihr sie so gut hinbekommt«, sagte Ben.

»Sie waren nur zum Teil verschüttet«, antwortete Colin. »Ein Abschnitt war eingestürzt, aber das Geröll war leicht aus dem Weg zu schaffen. Deine Vorfahren haben großartige Arbeit an diesen Tunneln geleistet.«

Ben nickte und sah sich interessiert um. Vor Tausenden von Jahren schritten seine Ahnen hier durch. Es war sicherlich ein erhabenes Gefühl, den gleichen Weg zu gehen.

Mit den Fingern strich ich über die Wände und suchte nach den Energien im Gestein.

»Das sind übrigens meine Handschuhe, die du da trägst«, sagte Colin von hinten.

»Ja? Sind sehr bequem.« Fingerlos, aus weichem Büffelleder. Ich hatte sie in der Waffenkammer gefunden und mir *geliehen*.

Colin schloss zu mir auf und ging eine Weile schweigend neben mir her. Ich wartete, ob er etwas sagen oder mich nur im Auge behalten wollte.

»Ich kann dich nicht leiden, Jaydee.«

»Ist mir gar nicht aufgefallen.«

»Du bist arrogant, selbstgefällig und neigst zu Wutausbrüchen.«

»Soll das eigentlich ein vernünftiges Gespräch werden? Denn wenn ja, musst du noch mal dringend üben.«

Er schmunzelte. Es war ein echtes Lächeln, das erste, das ich an ihm sah. »Viele Seelenwächter haben Angst vor dir, und deshalb behandeln sie dich so abweisend. Du bist etwas, das sie nie sein können. Du vereinst viele unserer Fähigkeiten in dir. Du bist wie wir und dennoch ganz anders, das verunsichert sie.«

Das konnte ich sogar verstehen. Die meisten Seelenwächter traten mir mit Abneigung entgegen. Es gab wenige Ausnahmen wie Logan oder Ilai. Skyler zählte ich nicht dazu, denn sie hatte ich kennengelernt, als sie noch ein Mensch war. Und Raphael? Der nahm die Dinge wohl, wie sie kamen. Typisch Erdwächter eben. »Die meisten Probleme machen eigentlich die Feuerwächter.« Und Soraja, aber sie war sowieso eine Nummer für sich gewesen.

»Weil du uns so ähnlich bist. Wir sind genauso impulsiv und aufbrausend, wir lassen uns nicht gerne sagen, wo es langgeht, sondern wollen selbst bestimmen. Wir sind die geborenen Anführer, das Feuer in dir reagiert auf unseres, und gemeinsam erzeugen wir eine Stichflamme.«

»Und was wirst du mit dieser Erkenntnis anfangen?«

»Ich wollte dir nur sagen, dass egal, was heute passiert, du auf mich zählen kannst. Ich kämpfe mit dir. Du wirst auf mich vertrauen können. Und wenn alles vorbei ist und wir beide noch leben, können wir uns weiter gegenseitig anfeinden.«

Ich nickte. »Abgemacht.«

Er klopfte mir auf die Schulter. »Die Handschuhe will ich trotzdem zurück.«

Das würden wir dann sehen.

»Ihr trödelt!«, rief Derek. Er war schon zwanzig Meter voraus.

Colin ließ sich wieder nach hinten fallen und bildete die Nachhut. Ich konzentrierte mich weiter auf den Weg. Die Hitze im Gestein nahm mit jedem Meter zu. Wir bewegten uns auf eine Wärmequelle zu.

»War es vorhin auch schon so warm?«

»Ist mir nicht aufgefallen«, sagte Colin.

Klar. Feuerwächter schwitzten nicht mal bei sechzig Grad im Schatten.

Ich horchte auf jedes Geräusch, achtete auf jeden Luftzug auf meiner Haut. Wenn ich mich nicht täuschte, mussten wir auf der südlichen Zugangsstraße sein. In der Höhe von Mable's Bar. Mikael hatte sich dort jeden Freitagabend mit Freunden zum Skatspiel getroffen. Je näher wir der Stadt kamen, umso mehr fühlte ich mich, als befände ich mich auf dem Weg in meine Vergangenheit. Das war das dritte Mal binnen kurzer Zeit, dass ich zurückkehrte.

Wir holen Mikael zurück. Ich werde mit ihm sprechen können.

Es zischte über meinem Kopf. Ich hielt sofort an und blickte in die Richtung.

»Was?«, fragte Ben.

»Ich habe etwas gehört.«

Er stoppte neben mir, wir verharrten regungslos. Ich schloss die Augen, konzentrierte mich voll und ganz auf mein Gehör. Bens Herzschläge wummerten laut. Ich blendete sie aus, drang tiefer in das Gestein um uns herum. Es krachte im Inneren, als liefen tausend Ameisen umher. Die Natur arbeitete. Colin näherte sich. Er blieb bei mir stehen, aber er sprach mich nicht an. Sein Herzschlag vermischte sich mit dem von Ben.

»Wo ist Derek?«, fragte ich und öffnete die Augen wieder. Ich hörte ihn nicht mehr.

»Eben war er noch da«, sagte Ben. »Er ist da vorne an der Ecke gewesen …«

Wir sahen uns an und zückten gleichzeitig unsere Waffen. Ben kam in die Mitte, Colin und ich an seine Flanken. Ben war die Hauptperson in diesem Stück. Wenn er es nicht bis zur Kirche schaffte, war alles umsonst.

Da!

Ich hatte das Zischen erneut gehört. Dieses Mal klang es wie das Knistern von Holz, das zerbrochen wird.

Langsam schritten wir weiter. Weder Ben noch Colin machten ein Geräusch beim Gehen. Wir gelangten an die Ecke, um die Derek verschwunden war. Ich drehte den Dolch, machte mich bereit zuzustechen. Mit einem Wink zeigte ich Ben, dass ich vorausgehen würde. Er nickte, auch wenn es ihm sicher nicht gefiel. Ich hielt die Luft an, linste um die Ecke und ...

»Wo bleibt ihr denn?«, fragte Derek. »Wir sind gleich am Ausgang.«

»Jaydee hat ein Geräusch gehört«, sagte Colin.

»Ein Zischen. Zweimal.«

Eigentlich hatte ich erwartet, dass Derek mich nicht ernst nehmen würde, doch er blickte nach oben und lauschte. »Wir müssen auf der Hut sein. Der Tunnel endet, unser Schleierzauber wird schwächer.«

Wenigstens war es kühler geworden. Die Temperaturen hatten in der Mitte des Tunnels ihren Höhepunkt erreicht und waren seither stetig gefallen. Es war noch warm, aber nicht mehr so brütend heiß wie vorhin.

»Weiter«, sagte Derek.

Wir gelangten in eine Sackgasse. Am Ende waren Eisenstufen in die Wand geschlagen, die nach oben führten. Derek stieg voraus, Ben folgte. Ich wartete kurz, dann kletterte ich hinterher, und am Schluss kam Colin. Es ging circa dreißig Meter nach oben. Unglaublich, wie Abes Volk diese Tunnel früher gebaut hatte. Es hatte sicher Jahre gedauert, das alles freizulegen.

Derek war draußen, Ben stieg durch die Öffnung über uns. Ich blickte nach oben in einen rötlich schimmernden Himmel. War das diese Giftwolke, von der die Nachrichten sprachen? Ben hustete, stieg zu Derek auf, und dann war ich ebenfalls im Freien. Die Luft drückte mich fast nach unten. Es war brechend schwül. Die Feuchtigkeit brannte auf der Haut wie ein feiner Dunst aus Säure. Eine Nebelfront hatte sich über den Park gelegt, ich konnte höchstens fünf Meter weit sehen. Der eigentlich grüne Rasen war braun und welk, die Bäume ließen die Äste hängen, viele der Blätter hatten sämtliches Leben verloren, genau wie die Blumen, die ausgedorrt und trocken am Wegesrand vegetierten.

Der Emuxor hat sich alles einverleibt, was lebte.

War das die Zukunft? Würde es bald überall so aussehen, wenn wir ihn nicht aufhalten konnten? Ich trat zur Seite, so dass Colin aus dem Loch klettern konnte, und sah mich um. Mein Park. Meine Heimat. Meine Kindheit

... Das alles wirkte so befremdlich, als wären wir in eine andere Dimension gereist. Meine Augen tränten von der Luft, ich musste ebenfalls husten.

Ben kam neben mich. Er presste sich ein Taschentuch vor die Nase und den Mund. »Das ist furchtbar.«

»Können wir los?«, fragte Derek und unterdrückte den Hustenreiz.

Ich schüttelte mich und konzentrierte mich, so gut es ging, auf den Weg. »Wir müssen dort entlang.« Ich zeigte nach links. Zum Glück kannte ich diese Gegend wie meine Westentasche. Selbst blind würde ich die Kirche finden. Wir nahmen Ben in die Mitte und liefen los. Der Boden fühlte sich unnatürlich weich an. Meine Stiefel schmatzten bei jedem Schritt, als liefe ich über Morast. Die Feuchtigkeit trieb mir den Schweiß in den Nacken. Nach wenigen Metern pappte mein Shirt am Rücken fest. Das letzte Mal, als ich diesen Weg genommen hatte, war es mir ähnlich ergangen. Ich war auf der Jagd nach Joanne gewesen. Akil hatte mich begleitet. Ob sie auch da war? Ralf hatte sie ganz sicher befreit.

Es war grotesk.

Hier hatte alles angefangen, hier nahm es ein Ende. Hätte ich Joanne nicht auf der Jagd entkommen lassen, hätte ich Jess nie kennengelernt. Ralf wäre womöglich nie in den Besitz von Wills Bibel gekommen und hätte den Emuxor erst gar nicht auferstehen lassen können ... Es knackte neben mir. Ich umklammerte meinen Dolch fester und spähte in die Nebelbank. Es war ein beunruhigendes Gefühl, durch diesen Dunst zu laufen. Meine Sinne waren überreizt, jedes Geräusch eine potenzielle Gefahr.

»Wie lange noch?«, flüsterte Derek.

»Noch etwa einhundert Meter. Es geht gleich bergauf.« Um die Kirche herum verlief eine Mauer, die Akil und ich das letzte Mal umrundet hatten, weil der Haupteingang zugebaut worden war. »Sobald wir oben sind, müssen wir uns scharf links halten. Der Weg wird sehr schmal, er führt uns auf die Rückseite des ...«

Da war es schon wieder! Das Zischen ... Ich blieb stehen und blickte mich um.

»Okay, ich habe es gehört...«, sagte Colin.

Kaum hatte er das gesagt, ertönte ein tiefes Grollen wie von einem Tier. Es wurde heller um uns, ich drehte mich herum. Mit einem Schlag stieg die Hitze. »Scheiße.«

»Was ist das?«, fragte Derek.

»Die Drachen!«

»Was für Drachen?«

Die Frage beantwortete sich von selbst. Eine Feuerwand bewegte sich auf uns zu. Sie baute sich links von uns auf, die Flammen verformten sich zu Klauen und Zähnen, einer Schnauze und schließlich zu einem Kopf. Der Drache riss sein Maul auf und blickte zu uns.

»Heiliger Ikandu!«, stammelte Ben.

»Lauft!«, schrie ich.

Derek und Colin konnten die Dinger vermutlich nicht viel anhaben, ich würde heilen. Und Ben?

Wir schossen die Anhöhe nach oben. Der Drache folgte uns, und er war schnell. Viel *zu* schnell. Das konnten wir nicht schaffen.

»Gibt es eine Möglichkeit, einen Schutzwall zu errichten?«, rief ich Derek zu. »Eine Mauer, die sie aufhält?«

»Dazu brauche ich ein paar Minuten.«

Ich blickte über meine Schulter zurück. Der Drache war dicht hinter uns, ich bezweifelte, dass wir ein paar Minuten hatten. Er riss sein Maul auf, schoss einen Feuerball auf uns. Ich zerrte Ben zur Seite, bekam dafür das Feuer am Arm ab. Meine Haut schlug Brandblasen, heilte jedoch sofort.

Derek hielt an, drehte herum und schoss eine Feuerkugel zurück. Der Drache brüllte, doch es hielt ihn nicht auf. Ich hatte schon mal gegen die Biester gekämpft. Wir hatten keine Chance gegen sie. Zumindest nicht ohne Hilfsmittel.

»Weiter«, rief ich Ben zu.

Wir erreichten die Spitze der Anhöhe. Die Mauer der Kirche löste sich aus der Nebelbank. Ich stoppte. An der Vorderseite klaffte ein riesiges Loch. Ralf hatte ein Stück herausgeschlagen und einen direkten Durchgang zur Kirche geschaffen. Wir mussten über die Bruchstücke klettern, aber es war ein kürzerer Weg als außen herum.

»Was, wenn der Drache uns nach drinnen verfolgt?«, fragte Ben.

»Du hältst dich an den Plan«, antwortete ich. »Falls wir getrennt werden, rennst du weiter zum Wohnhaus.« Wir waren heute Nacht den Weg etliche Male durchgegangen. Ben musste an einen Ort in der Kirche, an dem er erstens genügend Ruhe hatte und zweitens Mikaels Energie stark war. Abe und ich hatten lange darüber gesprochen und das Schlafzimmer ausgewählt. Mikael war in der Kirche gestorben, aber im Wohnhaus war er am liebsten gewesen. Vor allen Dingen oben in seinem Zimmer, wo er im Schaukelstuhl gesessen und viel gelesen hatte.

Neben uns krachte es. Der Drache hatte einen Feuerball auf die Mauer abgefeuert. Das Gestein zeigte Risse. Ben kletterte unbeirrt weiter, ich war hinter ihm, schützte ihn so hoffentlich gegen den nächsten Feuerball.

»Beim heiligen ...«, weiter kam Ben nicht. Er verharrte stocksteif, als würde er dem Teufel persönlich gegenüberstehen. Ich spähte über seine Schulter.

»Verflucht ...«

Ich war kein gläubiger Mensch, aber auf einmal hatte ich das Bedürfnis, mich zu bekreuzigen. Auf dem Vorplatz der Kirche lagen Leichen. Sorgfältig zu einem kleinen Turm gestapelt, wie ein verfluchtes Denkmal zu Ehren des Emuxors. Alle waren ausgesaugt worden. Die meisten der Körper waren noch am Leben, das hieß, ihre Zellen waren es. Ich hörte die Herzen schlagen. Verzweifelt und panisch versuchten sie, das Blut durch die Adern der seelenlosen Körper zu pumpen. Manche von ihnen atmeten, andere starrten blind vor sich hin. Ben griff sich an den Magen, mir wurde ebenfalls flau. Ich hatte schon viele Körper gesehen, die ausgesaugt worden waren, es war kein neuer Anblick für mich. Aber noch nie hatte sich jemand die Mühe gemacht und sie so drapiert.

Ralf hatte keinen Respekt vor dem Tod, er trat ihn mit Füßen, er trat uns mit Füßen, und er tanzte auf den Gräbern seiner Feinde.

Ich bohrte meine Fingernägel in meine Handinnenflächen. Ein Rums von links forderte meine Aufmerksamkeit.

»Scheiße!«, brüllte ich, packte Ben am Ärmel, aber ich war zu spät. Neben uns löste sich eine mannsgroße Steinplatte aus der Mauer. Sie stürzte direkt auf uns zu. Es gelang mir, Ben einen halben Meter aus der Schusslinie zu bekommen, dann begrub die Platte seine Beine unter sich. Ben schrie vor Schmerz, ich hörte Knochen krachen, vergaß für einige Sekunden zu atmen.

Sofort kniete ich mich neben ihn, krallte mich in die Platte und versuchte, sie anzuheben. Sie rührte sich keinen Millimeter. Ich war stark, stärker als ein Mensch, aber ich war kein Seelenwächter. Ich war nicht Akil.

»Verflucht!«, brüllte ich und probierte es ein weiteres Mal.

Ohne Erfolg.

Ben keuchte, wurde von Sekunde zu Sekunde blasser. Ich roch Blut – viel Blut – und blickte mich um. Der Boden unter der Platte färbte sich rot. Selbst wenn ich sie anheben konnte, würde er nicht mehr laufen können. Ich schrie nach Colin und Derek, gleichzeitig stemmte ich mich weiter mit aller Kraft gegen die Platte.

Sie rührte sich! Einen Millimeter vielleicht!

Ben schrie vor Schmerz. Sein Herz flatterte. »Hör auf! Bitte nicht!«

»Ich lasse dich nicht hier liegen.«

»Das wirst du müssen.«

Ich ging in die Hocke, um mehr mit den Beinen drücken zu können. Meine Arme zitterten vor Anstrengung, ich fühlte meine Finger nicht mehr, rutschte von dem glatten Stein ab, fasste nach, schaffte einen weiteren Millimeter, aber es reichte nicht.

»Beim Ikandu, Jaydee. Bitte lass es«, keuchte Ben. »Jedes Mal, wenn sich das Ding bewegt ...« Er hustete trocken. Sein Herzschlag wurde leiser.

Oh nein. Nein, nein. So ging das nicht. Ich kniete mich neben ihn. »Wehe, du machst schlapp, Bulle!«

Er keuchte und lächelte gequält. Seine Haut wurde blasser, er schluckte hart, hatte Mühe, die Augen offen zu halten.

»Hey«, rief Colin auf einmal neben mir.

»Hilf mir, den Stein anzuheben!«

»Rutsch zur Seite.« Colin kniete sich neben mich und schob die Hände unter die Platte. »Auf drei.«

»Eins ...«

Es zischte erneut. Hinter der Mauer flackerte der Himmel glutrot. Die Hitze nahm zu. Die Drachen kamen ...

»Zwei ...«

Es zischte lauter hinter uns. Ich blickte kurz zurück. Der Drache schob sich durch den Bruch in der Mauer, legte den Kopf schräg und fletschte die Zähne.

»Drei!«

Ich presste mich gegen den Stein, brüllte vor Anstrengung, stemmte mich mit meiner gesamten Kraft dagegen. Sie rutschte ein Stück, Ben schrie.

»Du musst deine Beine herausziehen!«

Der Geruch nach Blut wurde stärker, Bens Schreie verstummten. Colin und ich hielten die Platte oben, doch wir konnten sie nicht auf die Seite wuchten.

Der Drache kam langsam auf uns zu, seine Krallen kratzten über die Mauer, hinterließen Furchen.

»Kannst du Ben herausziehen?«, fragte Colin. »Ich hebe die Platte.«

»Versuchen wir es.«

Ich ließ los, kroch an Bens Kopf und packte seine Schultern.

»Schneller!«, keuchte Colin.

Ich zog Ben ein Stück nach hinten. Er schnappte nach Luft, verzog das Gesicht. Mir tropfte der Schweiß von der Schläfe. Die Hitze war kaum noch auszuhalten. Meine Arme zitterten.

»Jaydee ...«, stammelte Colin.

Alles um mich leuchtete rot. Die Hitze schmorte meine Kleidung, meine Haare, meine Haut.

Ich blickte hoch. Der Drache war neben uns. Er erhob sich, riss sein Maul auf und warf sich auf uns. Ich beugte mich über Ben, um ihn gegen das Feuer zu schützen.

Sein Schrei hallte laut in meinen Ohren.

31. Kapitel

William riss die Augen auf und fuhr hoch.

Wo bin ich?

Er blickte sich um. Er befand sich in einem abgeschlossenen Raum. Alles lichterloh erhellt. Flammen züngelten um seinen Körper, über seine Kleidung. Für eine Sekunde erschrak er. Die Drachen waren zurück! Sie wollten ihn holen! Er schlug nach den Flammen, aber dieses Mal verletzten sie ihn nicht. Im Gegenteil. Sie schmeichelten, glitten über seine Haut, gaben ihm Kraft und Stärke.

Feuer.

Ich bin im Feuer.

Er streckte die Arme aus, sah den Flammen zu, wie sie sich um ihn wanden, unter sein Hemd krochen und ihn wärmten.

Ich kann nicht verbrennen.

Aber er war verbrannt. Er hatte es gespürt. Das letzte Feuer, das in ihm gewesen war, war zerstörerisch und wütend gewesen. Es hatte ihn von innen her aufgefressen, ihn zermürbt, geängstigt.

Es war nicht das echte Feuer. Es war die Kehrseite der Medaille. Es war der Schatten.

Die Elementrückstände.

Die Drachen.

Williams Erinnerungen lagen im Nebel. Die Drachen waren in ihm drinnen gewesen, er hatte nichts dagegen tun können. Ganz anders, als das Feuer jetzt. Es hieß ihn willkommen, bettete seinen Sohn in eine wohlig warme Umarmung. William ließ es zu, nahm dankbar die Kraft und Stärke seines Elements auf. Das hier war das echte Feuer. Es fühlte sich gut und harmonisch und friedvoll an. Die Drachen hingegen waren Abfall gewesen. Düstere Energie, die übrig blieb, wenn Gutes gewirkt wurde.

Und sie haben Logan getötet ...

William hätte sich so gerne dagegen gewehrt, er hatte den Drachen aufhalten wollen, ihn bannen, ihn daran hindern loszubrechen, aber es war unmöglich gewesen. Niemand konnte die Elementrückstände beherrschen. Niemand, außer seinem Bruder.

William seufzte. Mit jedem Atemzug vertrieb das Feuer den Dunst in seinem Kopf und er fühlte sich klarer. Die letzten Stunden waren so wirr gewesen. Die anderen hatten mit ihm gesprochen. Anna vor allen Dingen. Sie hatte ihn angefleht, auf sie zu reagieren, doch William konnte nicht. Sein Geist war verschlossen gewesen. Erfüllt von all diesen grausigen Gedanken und Gefühlen.

Gefühlen.

Jaydee.

Er war auch bei ihm gewesen und er hatte etwas mit ihm gemacht. Daran konnte William sich dunkel erinnern. Jaydee hatte ihn gepackt, seine Hände aufgelegt, und auf einmal war das Chaos in William abgeebbt. Auf einmal ruhte der Sturm.

Jaydee hatte ihm die Schuld entzogen.

Er hatte die Gefühle aus ihm gezogen und sie für sich selbst behalten.

William blickte an die Decke. Der Stein glühte vor Hitze. Das war ein Kraftplatz.

Er erinnerte sich.

Sie waren auf Colins Anwesen auf der Insel. Jaydee hatte William hergebracht, mitten hinein in die Flammen. Er war der einzige, der alle Kraftplätze betreten konnte, weil er von keinem Element verstoßen wurde. Dennoch musste es schmerzhaft für Jaydee gewesen sein. Das Feuer kannte kein Erbarmen für andere. Es verletzte jeden, der nicht zu ihm gehörte.

William schloss die Augen und gab sich der Stärke der Flammen hin. Jaydee hatte noch etwas zu ihm gesagt, bevor er gegangen war.

»Ich lege unter den großen Stein draußen einen Zettel für dich. Wir sehen uns später. Erhol dich.«

Er sollte nachsehen gehen. Sofort! Aber es war so gut, hier zu sein. William sah auf seine Hände. Die Flammen hatten sich komplett um seine Haut gelegt. Wie ein Schutzschild umhüllten sie ihn. Ein herrliches Gefühl, als würde er im Schoße des Herren gewogen werden und seine immerwährende Liebe genießen. Langsam legte er sich nach hinten ab, genoss es, wie das Feuer sich über seinen gesamten Körper ausbreitete. William könnte für immer hierbleiben. Bei seinem Element. In seinem Zuhause. Hier gab es keine Kämpfe, keinen Hass, keine Angst. Hier fing alles an und hörte alles auf. Er schenkte sich noch einige Minuten, bis seine Glieder sich angenehm warm und gestärkt anfühlten. Dann erhob er sich mit einem leichten Bedauern und verließ den Kraftplatz.

Als er ins Freie trat, schlug ihm die frische Luft entgegen, die sich eisig kalt anfühlte, es aber sicherlich nicht war. Immerhin lag die Insel in der Karibik. Die Sonne ging auf und tauchte den Himmel in ein wunderschönes helles Türkis und Rosa. William blickte sich um und fand den Stein. Er bückte sich und grub in dem Sand darunter herum. Es dauerte nicht lange, bis er den Zettel fand. Jaydees Handschrift war unverkennbar:

»Will,

gratuliere, dass du wieder unter uns bist. Wir sind nach Riverside aufgebrochen, um Mikael zurückzuholen und den Emuxor zu stoppen. Colin und Derek haben eine genaue Vorstellung davon, wie alles ablaufen soll. Wir werden sehen, ob es funktioniert, falls nicht, wäre ein Plan B von Vorteil ...«

William las weiter. Jaydee erklärte ihm alles bis ins Detail. Wer wo wann zu sein hatte, wie sie in die Stadt gelangen wollten, welchen Tunnel sie verwendeten.

»... Abe hat mir einiges über die Tunnel erzählt. Einer von ihnen führt unter dem See hindurch und endet in der alten Zisterne der Kirche. Er ist komplett geflutet. Ich weiß, du magst kein Wasser, aber vielleicht kannst du über deinen Schatten springen. Auf dem zweiten Zettel findest du eine genaue Wegbeschreibung. Ich hätte außerdem noch eine Bitte: Wenn wir es schaffen sollten, Mikael zurückzuholen, möchte ich, dass du derjenige bist, der ihn hinterher erlöst. Derek will es tun, aber ich werde nicht zulassen, dass er Hand an ihn legt.«

William stockte. Es war eine ungewöhnliche Bitte, denn wenn er Mikael tötete, würde Jaydee ihn dafür hassen.

Aber vielleicht musste das so zwischen den beiden sein. Ihre Beziehung schwankte ständig. Ein Auf und Ab zwischen Freundschaft und Feindschaft. Jaydee holte William aus seinem Wahn zurück und forderte dafür eine Gegenleistung. Sie sorgten dafür, dass ihre Waagschalen ausgeglichen blieben. Quid pro quo.

»Benson!«, rief auf einmal eine Frau.

William steckte den Zettel ein und blickte in die Richtung. Der Kraftplatz lag abseits von den Häusern, nur ein schmaler Sandpfad führte dorthin. Rechts und links war alles mit Palmen und anderen exotischen Pflanzen zugewachsen. William lief der Stimme entgegen, er war noch nicht weit gekommen, da rannte eine schwarzhaarige Frau in ihn hinein.

»Oh, verdammt«, rief sie. Ihre Tasche fiel zu Boden, zwei Bücher plumpsten heraus.

William bückte sich, um ihr die Sachen aufzuheben.

»Entschuldige, ich dachte, ich hätte Benson eben hier entlangflitzen sehen. Der arme Kerl ist total durcheinander vom Ritt zwischen den Welten, ...«

»Du bist dann wohl Keira«, sagte William und reichte ihr die Tasche.

»Ja. Hi.«

Er hob das zweite Buch auf, klopfte den Sand ab und hätte es beinahe wieder fallen lassen, als er den Einband sah. Ein Kranich war auf dem Leder eingestanzt. Den Vogel kannte er ... »Woher hast du dieses Buch?«

»Danke«, sagte Keira rasch und nahm es an sich. »Es ist ein Geschenk von einem Freund und sehr wertvoll für mich.«

Nie im Leben! William kannte das Symbol. Ilai hatte ihn damals gebeten, dafür zu sorgen, dass es aus den Büchern in der Bibliothek verschwand. Jaydee und Anna waren auf den Kranich aufmerksam geworden und wollten recherchieren. Es war Ilai sehr wichtig gewesen, dass niemand etwas darüber herausfand, und nach allem, was William mittlerweile über Jaydees Vergangenheit erfahren hatte, konnte er es verstehen. »Dürfte ich es mir ausleihen? Ich interessiere mich sehr für antike Bücher.«

»Nein. Tut mir leid, aber ich hänge sehr daran.«

Auch das war gelogen. William fühlte es. Die Seelenwächter hatten gute Sinne, nicht alle gleich stark, aber er spürte, wenn Menschen schwindelten. Vermutlich wusste Keira ganz genau, was es mit dem Kranich auf sich hatte. William hatte nicht vergessen, was Ilai ihm im Tempel der Wiedergeburt gezeigt hatte, was Jaydee war und wie gefährlich es werden könnte, wenn er es auf die falsche Weise erfuhr.

»Und jetzt muss ich mich entschuldigen. Ich habe noch einiges mit Jess zu bereden.«

»Das wird nicht gehen. Sie und die anderen haben die Insel heute Nacht verlassen.«

»Bitte, was? Jess kann nicht einfach abhauen!«

»Es war erforderlich, und sie ist nicht abgehauen.«

»Aber das ist doch ...« Keira stieß einen Fluch aus. »Da draußen ist es gefährlich!«

William zog die Augenbrauen zusammen und betrachtete sie interessiert. »Warum regt dich das so auf?«

»Weil sie ... sie kann nicht ... ich muss auf sie aufpassen! Wo sind sie hin?«

»Du kannst nicht hinterher.«

»Warum nicht? Weil ihr mir nicht vertraut?«

Ja, genau, Keira. Weil wir dir nicht vertrauen. William war damals nicht dabei gewesen, als sie Jaydee an Joanne verraten hatte, er war selbst zu dem Zeitpunkt Opfer seines Bruders geworden, aber er kannte natürlich die Fakten.

»Wie hieß dein Freund noch, der dir das Buch gegeben hat?«

Keira kniff die Augen zusammen und fixierte ihn. Sie beide hüteten ihre Geheimnisse, und er würde ihr gewiss nicht verraten, wo Jess war. Im Gegenteil: Er musste dafür sorgen, dass Keira ruhig gestellt blieb und nicht dazwischenfunkte, und dann musste er die Bücher an sich nehmen.

»Ich gehe mal den Hund suchen«, sagte Keira.

William nickte.

»Wenn du Jess siehst, sag ihr, dass ich sie sprechen muss.«

»Mach ich.«

Keira drückte den Beutel an sich und drehte um. William erkannte an ihrem Körper, dass sie ihn genau im Blick behielt und bereit war, sich zu verteidigen, sollte er einen Angriff wagen. Er ballte die Hand zur Faust und formte einen kleinen Feuerball.

Er wollte sie nicht verletzen, aber er konnte sie auch nicht gehen lassen ...

32. Kapitel

Jaydee

Ich lag auf dem Rücken und hustete. Meine Arme zitterten noch immer, meine Haut fühlte sich an, als hätte sie jemand mit einem glühenden Messer von meinen Muskeln gelöst. Es kribbelte und juckte überall auf meinem Körper. In der Luft hing der Geruch nach verbranntem Gummi, Schwefel und Verwesung.

Ich öffnete die Augen und wusste sofort, wo ich war. Genauso gut hätte mir jemand ein Album mit Erinnerungsfotos vor die Nase halten können. Der Geruch, der Raum, das Gefühl ... Wir waren in der Kirche.

In der Krypta, genauer gesagt.

Ich blickte an mir hinab. Meine Waffen waren weg. Natürlich.

Hustend richtete ich mich auf. Neben mir lag Colin. Seine Hose und die Jacke waren zerrissen und mit Brandlöchern übersät.

»Hey«, keuchte ich und spuckte Dreck aus. Langsam kroch ich zu ihm hinüber.

Ich packte seinen Arm und fühlte seinen Puls. Er atmete flach, seine Haut war eiskalt. Ich griff in seine Jacke, durchsuchte seine Taschen. Leer. Natürlich. Ich stemmte mich zum Sitzen nach oben und blickte mich um.

»Ben!« Er lag neben dem alten Altar an der anderen Wand. Ich stand auf, taumelte zu ihm und ließ mich neben ihm nieder. Erstaunlicherweise hatte er keine Verbrennungen. Nur seine Klamotten waren lädiert, aber seine Haut schien imprägniert gegen das Feuer zu sein. Ich strich über seinen Arm. »Wie ist das möglich?« Als wäre er resistent gegen das Feuer der Drachen gewesen ...

Ben stöhnte leise. Sein Hosenbein war mit Blut getränkt. Durch die zerfetzte Jeans lag ein Teil seiner Haut frei. Sie war rot und gelb geschwollen. Auch er benötigte dringend Heilsirup.

»Großartig.« Ich lehnte mich gegen die Wand neben ihn und atmete tief durch. Ralf hatte uns dermaßen auflaufen lassen. Oder war es gar nicht Ralf gewesen? Immerhin war er nicht hier. Womöglich hatte er die Drachen als Wachen an der Kirche gelassen. Aber wer hatte uns dann die Waffen abgenommen und hergebracht. Und wo war der Drache jetzt?

»Jaydee ...«, keuchte Ben.

Sofort war ich wieder bei ihm. »Ich bin hier. Wir sind in der Krypta. Die Drachen haben uns angegriffen. Du wurdest unter einer Steinplatte begraben. Versuche, nicht zu viel zu sprechen.«

Er hustete trocken. Seine Lunge pfiff bei jedem Atemzug. Ich war kein Mediziner, aber das war kein gutes Zeichen. »Ich werde Heilsirup für dich suchen.« Unsere Sachen mussten irgendwo sein, und Derek war auch noch da draußen. Hoffte ich ...

»Sei vorsichtig.«

Ich stand auf und sah mich um. Die Krypta lag unter dem Kirchenschiff. Man konnte sie von oben über eine Wendeltreppe betreten, die erst in einen schmalen Gang und dann in diesen Raum führte. Hier wurden früher die Leichen auf dem Altar präpariert und dann in eine der angrenzenden Kammern zur ewigen Ruhe gebettet. Als Kind war ich öfter runtergeschlichen und hatte darauf gewartet, einen Geist zu sehen, aber es kam nie einer. Nach Mikaels Tod wurden alle heiligen Knochen abgeholt und in eine andere Kirche gebracht.

Ich fuhr mit den Fingern über die Wand. War hier das Portal verborgen gewesen, von dem Jess gesprochen hatte? Und wenn ja, konnten wir es nutzen? Vielleicht weitere Seelenwächter über diesen Weg in die Kirche bringen ...

Auf einmal hörte ich etwas.

Einen dritten Herzschlag.

Er klang gedämpft, als befände die Person sich in einem Behälter. Wo kam das her? Ich schlich weiter, lauschte dem Geräusch ... es kam von einer der Grabkammern. War das vielleicht Derek? Ich folgte dem Herzschlag bis zur dritten Kammer. Sie waren nur mit rostigen Eisentüren verschlossen und gerade so groß, dass ein Sarg hineinpasste. An der Seite war noch die Plakette angebracht: *Hier ruht Pius Jakobus Franziskus III. Möge er ewigen Frieden im Schoße des Herren finden.*

Der Deckel des Sarkophags war geschlossen. Seit Mikaels Tod war ich natürlich nicht mehr hier gewesen, insofern wusste ich nicht, ob alle verschlossen worden waren, nachdem sie die Knochen umgebettet hatten. Ich drückte mich in die Kammer, legte meine Finger zwischen den Deckel und hob die Platte an.

»Was zum Teufel ...« Da lag jemand. Eine Frau. Erst erkannte ich nur ihre blonden Haare, aber dann war mir klar, wer es war: *Joanne.*

Ich schob den Deckel ein Stück herunter. Joanne hatte die Augen geschlossen. Schlief sie etwa? Und warum sah sie so aus. So ... gut. Erholt. Fit. Stark. Ihre Wunden waren geheilt, das Auge, das ich ihr ausgestochen hatte, war nachgewachsen. Einzig ihre Kleidung war noch die alte. Die Blutflecke, die Risse, der Schmutz ... mein Werk. Was zum Henker machte sie ... auf einmal riss sie die Augen auf, ihre Hand schoss nach vorne und legte sich um meine Kehle. Ich packte ihr Gelenk, wollte sie von meinem Hals zerren, aber es gelang mir nicht. Sie sah nicht nur gut aus, sie war auch im Besitz ihrer vollen Kräfte. Mehr noch: Sie war stärker als je zuvor. Ohne ihren Griff zu lockern, sprang sie aus dem Sarg, lachte und warf mich nach hinten. Ich landete auf dem Rücken. Sie war sofort auf mir. Eine Hand legte sich auf meine Stirn, die andere suchte nach meinem Brustkorb.

Ich packte sie, trat ihr gleichzeitig ins Kreuz. Sie schlug zurück, mit einer Kraft, die ich ihr nie im Leben zugetraut hätte.

»Hallo, Süßer. Das ist ja eine nette Überraschung.« Sie beugte sich über mich, legte ihre Finger erneut auf meine Stirn. Ich drehte den Kopf, wich ihr aus, zog beide Beine an und trat ihr mit den Stiefelspitzen gegen den Schädel. Sie fiel nach vorne, lachte dabei. Ich gab ihr einen weiteren Tritt, und endlich war sie von mir runter. Sofort sprang ich hoch.

»War das schon alles?«, fragte Joanne. »Können wir nicht ein wenig schmusen?«

Ich drehte auf einem Bein herum, nutzte meinen Schwung, um sie im Gesicht zu erwischen. Sie duckte sich und bewegte sich mit einer Geschwindigkeit, der ich kaum folgen konnte. Was auch immer Joanne zu sich genommen hatte: Es war gut gewesen und hatte sie stärker gemacht als zuvor. Ohne meine Waffen würde es schwierig werden, gegen sie zu gewinnen.

»Ah, fast hätte ich es vergessen«, säuselte sie weiter. »Du stehst nicht so aufs Vorspiel, willst lieber gleich zur Sache kommen.«

Ich wich zurück in den Hauptraum. Waffen! Was könnte ich als Waffe verwenden? Mein Blick huschte umher. An der Wand steckten die alten eisernen Fackelhalter, aber die waren so fest im Stein verankert, dass es dauern würde, bis ich sie herausgezerrt hatte.

Joanne grinste und richtete sich auf. »Brauchst du eine Bedenkzeit? Sollen wir kurz Pause machen? Solange kann ich mich ja um deinen Bullenfreund kümmern – oder lieber um den anderen Seelenwächter?« Sie betrat ebenfalls den Raum und zeigte auf Ben. Er musste mitbekommen, was vor sich ging, seine Finger verspannten sich, er wollte sich auf die Seite drehen und aufstehen. Joanne lief zu ihm. Ich hechtete nach vorne, riss sie mit Schwung von den Beinen. Wir verkeilten uns ineinander, rollten über die Erde, bis ich auf ihr zum Sitzen kam. Sofort legte ich meine Hände um ihre Kehle und drückte zu. Der Jäger muckte auf, ich ließ ihn. Er durfte seine Beute haben, er durfte sie zerfleischen, sie in Stücke reißen, mit ihr tun, was er wollte.

Meine Finger bohrten sich in ihre Haut. Joannes Puls pochte stark unter ihnen, ihre Emotionen sickerten zu mir durch. Sie hatte Spaß. Mächtig viel Spaß. Und sie verbarg etwas.

Ich hob ihren Kopf an, donnerte ihn gegen den Steinboden. Sie keuchte, doch ihre Emotionen änderten sich nicht dabei. Ganz im Gegenteil.

Zeig ihr, dass es kein Spiel ist!

Ich presste den Daumennagel fester auf, ritzte in ihre Haut. Schwarzes Blut quoll heraus. Erstaunlicherweise stank es nicht nach Verwesung. Joanne kicherte, ihre Stimmbänder vibrierten gegen meine Handinnenflächen. Ich kam nicht weiter. Es war, als würde ich auf Beton drücken.

»Weiter rechts juckt es. Da könntest du kratzen«, sagte sie.

Meine Hand quetschte zu. Ich legte so viel Kraft hinein, wie ich konnte, doch es gelang mir nicht, ihre Kehle zu zerquetschen. Der Jäger tobte, Wut quoll in mir auf. Ich donnerte ihre Schädel ein weiteres Mal auf den Boden, aber es schien sie nicht einmal zu schmerzen.

Sie fixierte mich, ihre Augen leuchteten vor Freude. »Okay, dann kratz ich mich eben selbst.« Sie holte aus und donnerte ihre Faust gegen meinen Schädel. Auf einmal stand die Welt still. Es war, als hätte mich ein Schnellzug in voller Fahrt erwischt. Ein zweiter Schlag folgte, ich stürzte, spürte den Boden unter mir und die Galle in meiner Speiseröhre. Meine Selbstheilungskräfte sprangen sofort an, doch Joanne legte nach, trat mir in den Bauch. Ich rutschte einmal quer durch die Krypta bis an die andere Seite der Wand.

Gottverdammtes Drecksluder!

Ich löste die Fesseln des Jägers, ließ seine Macht und seine Stärke in mir hochkochen und fuhr herum. Joanne attackierte mich, wir prallten aufeinander, so heftig, dass alles in mir aufschrie. Sie packte mich am Kragen, warf mich über den Altar, ich stürzte auf der anderen Seite herunter, rappelte mich auf, hob einen Stein und schleuderte ihn ihr an den Kopf. Er prallte genauso nutzlos an ihr ab wie meine Hände vorhin. Joanne war wie von Beton ummantelt. Keiner meiner Schläge drang zu ihr durch. Nichts zeigte Wirkung. Es war wie mit Keira, wenn sie ihre Tattoos trug. Nicht mal der Jäger hatte eine Chance gegen sie gehabt. Mir schwante, dass es heute ähnlich sein könnte.

Sie umrundete den Altar, ich lief in die andere Richtung.

Ich stand einem Schattendämon gegenüber, der kräftiger war als alles, was ich bisher bekämpft hatte. Ich hatte keine Waffen, Ben und Colin waren bewusstlos, es gab keine Chance, dem Ganzen zu entkommen. Früher oder später würden meine Kräfte schwinden. Sie würde mich aussaugen und es genießen. Bis zum letzten Zug.

Meine Oberlippe zuckte. Soweit würde ich es nicht kommen lassen. Ich musste sie besiegen. Irgendwie.

Joanne sprang auf den Altar, machte einen Satz nach vorne und warf sich auf mich. Ich wich zur Seite aus, sie erwischte mich am Ärmel und zerrte mich zu Boden. Unser Kampf ging weiter. Wir droschen und schlugen aufeinander ein. Ich stürzte gegen Wände, mein Hinterkopf krachte gegen die Ecke des Altars, Steine gruben sich in meine Haut.

Keine Ahnung, wie lange unser Kampf andauerte, irgendwann fühlte ich nur noch Schmerzen und Heilung, und über all diesen Dingen tönte Joannes dreckiges Lachen.

Ein weiteres Mal landete ich auf dem Rücken. Sie setzte sich auf mich, pinnte mich nieder. Bevor ich reagieren konnte, lagen ihre Hände auf meiner Stirn und meiner Brust.

Joanne lachte. »Endlich!«

Und dann begann der Sog.

Ich krampfte, in mir bäumte sich alles auf. Sie goss flüssiges Feuer in mich, es füllte meinen Brustkorb aus, meine Zellen, ließ mein Blut kochen. Mit letzter Kraft zog ich meine Hände frei, packte sie am Arm. Joanne nahm einen weiteren Zug aus meiner Seele. Ich keuchte, fing an zu zittern. Den Klauen eines Schattendämons zu entkommen, war fast ein Ding der Unmöglichkeit. Einmal im Kreislauf gefangen, verlor der Körper zu schnell Kraft.

Vielleicht war es das wirklich. Ich würde hier sterben, in meinem ehemaligen Zuhause, dort wo Mikael sein Leben ausgehaucht hatte, wo Jess ihren Weg in die Seelenwächterwelt und in mein Herz gefunden hatte ...

Ich liebe dich.

Schade, dass ich es ihr nicht gesagt hatte ...

Auf einmal hörte der Sog auf und Joanne sprang von mir herunter.

»Genug«, sagte sie, erhob sich und packte mich am Kragen. Mir war kotzübel, alles drehte sich, meine Muskeln fühlten sich an, als wären sie aus Wachs. Joanne schubste mich zum Altar. Ich krallte meine Hände in den Stein, meine Haut war ledern und verschrumpelt, als hätte ich sie zu lange in Wasser gehalten. Die ersten Anzeichen des Todes. Ich atmete tief durch, wartete, bis meine Selbstheilung ansprang. Es würde dauern. Seelenenergie zu regenerieren brauchte viel Kraft.

Joanne trat neben mich, legte eine Hand auf meinen Rücken. »Geht es wieder, Schatz?«

Ich schlug sie weg, mein Hieb war kraftlos und matt.

»Sei doch nicht sauer, ein wenig Rache musste sein.«

Blanker Hass stieg in mir auf. Ich wollte ihr so gerne das Maul stopfen.

»Außerdem musste ich dir zeigen, wer ich bin und was ich kann. Da die Grenzen nun abgesteckt sind, können wir reden.«

»Wie sagtest du beim letzten Mal so schön zu mir? Leck mich!«

Sie lachte, zog sich auf den Altar und ließ die Beine baumeln. »Du bist wütend, das kann ich verstehen. Das war ich auch. Sehr sogar.« Joanne lehnte sich nach hinten, bis sie halb auf dem Stein lag und mir ins Gesicht sehen konnte. »Ich habe dir die Pest an den Hals gewünscht. Ich wollte, dass du blutest und leidest, dass du weißt, welche Schmerzen ich durch dich ertragen musste.«

Noch ein Stück näher, und ich könnte ihr eine Kopfnuss verpassen. Wobei es mir vermutlich mehr wehtun würde als ihr.

Joanne drehte sich auf den Bauch, rutschte näher an mich heran. Ich schloss die Augen, konzentrierte mich auf meinen Atem, horchte in meinen Körper, der noch damit beschäftigt war, meine Energien aufzufüllen. Joanne betrachtete mich interessiert dabei, als würde sie darauf warten, bis ich die richtige Frage stellte.

»Was? Was willst du von mir?« Denn mich zu töten war es offensichtlich nicht.

»Ich brauche deine Hilfe.«

Ich blinzelte. Ich hatte mich verhört. Ganz sicher sogar. Nie und nimmer würde sie mir so etwas sagen.

Wieder bedachte sie mich mit diesem elenden Grinsen, das ich ihr am liebsten aus der Visage poliert hätte. Sie streckte einen Finger aus, malte kleine Kreise auf den Altar. »Ich will den Meister erledigen.«

Ich lachte auf. Was zum Teufel war in sie gefahren?

Sie verarscht dich! Lass dich nicht darauf ein!

»Ich verstehe deine Skepsis, aber ich meine es ernst.« Etwas an ihrer Stimme klang anders. Sie hatte sich verändert. Nicht nur ihre Kräfte waren gewachsen, da war mehr. In ihr brodelte der Hass. Ich erkannte diesen Unterton in ihrer Stimme. Bei mir selbst hatte ich ihn oft genug gehört.

»Es gibt einen Weg, ihn zu erledigen, aber ich schaffe es nicht alleine«, fuhr sie fort. »Um die Krypta ist eine Barriere aufgebaut. Er hat sie errichtet. Ich kann sie nicht durchdringen.«

Ich blickte zur Treppe. Eine Barriere?

»Sieh nach, wenn du mir nicht glaubst.«

Genau das tat ich. Ich torkelte zu dem Durchgang mit der Treppe und tippte in die Luft. Meine Finger berührten eine glatte Fläche. Hart wie Beton und durchsichtig wie Glas. Ich strich an ihr auf und nieder, hämmerte dagegen, um ihre Stärke zu testen.

»Tja, so wie es aussieht, komme ich da genauso wenig durch. Du hast dir den falschen Helfer gesucht.« Ich tippte noch mal gegen die Barriere. »Warum bist du nicht geflohen, als wir reingebracht wurden?«

»Weil ich nicht konnte. Ich lag nicht zum Spaß in dem Sarg herum. Ich musste mich erholen und verstecken, bis ich stark genug war. Glücklicherweise hast du dich als Testobjekt zur Verfügung gestellt.«

»Gern geschehen.« Dennoch saßen wir fest.

»Was ist mit deinen Freunden? Der Seelenwächter da. Zu welchem Element gehört er?«

»Feuer.«

»Also beherrscht er die Magie. Ganz sicher kann er die Barriere öffnen.«

»Wie du siehst, ist er nicht in der Verfassung dazu.«

»Das kann ich ändern. Ich könnte ihn heilen.«

Ich drehte mich zu ihr um. Sie grinste. »Lächerlich.« Schattendämonen heilten keine Menschen, sie fraßen sie auf.

Sie lachte. »Ich habe das Menschlein auch geheilt. Hat sie dir das nie erzählt?«

Nein.

»Als ich in ihr Haus einbrach und ihr Trommelfell wegen des Pfeifzaubers platzte. Ich habe ihr Energie zurückgegeben und ihr so geholfen.«

An den Pfeifzauber konnte ich mich noch gut erinnern. Joanne hätte uns fast zum Wahnsinn getrieben, bis wir ein Gegenmittel gefunden hatten.

Konnte Joanne das wirklich? Bisher hatte ich noch nie von einem Fall gehört, in dem Schattendämonen einen Menschen heilten, warum auch?

»Stell dich nicht so an und lass es mich beweisen!«

»Was soll das? Warum willst du das tun? Was hast du auf einmal gegen deinen Loverboy?«

Ihre Miene wurde ernst. Das selbstgefällige Lächeln verschwand. »Er hat mich verarscht. Er hat gesagt, dass er mich ...« Sie verzog das Gesicht voller Ekel. »Er hat mir etwas vorgemacht, mit mir gespielt, nach allem, was wir miteinander erlebt hatten, und er wird dafür bezahlen.«

Unterschätze nie die Rache einer verschmähten Frau ... »Mein Herz blutet für dich.«

»Dabei hatte ich mich bei ihm entschuldigt. Ich wäre zu Kreuze gekrochen, hätte alles für ihn getan, um meine Loyalität zu beweisen. Nur weil ich ein paar krumme Gedanken hatte, ein wenig zweifelte, heißt das doch nicht, dass wir nicht mehr zusammenhalten sollten! Er wollte mich sogar an seinen Dämon verfüttern. Kannst du dir das vorstellen? Aber der Emuxor hat mich verschont. Er hat mir ins Auge gesehen und etwas in mir erkannt. Seine Kräfte haben mich besser, schneller, tödlicher gemacht, als ich es je zuvor war. Er hat mir die Chance gegeben, mich am Meister zu rächen, und genau das werde ich tun. Ich will, dass er leidet, dass er weiß, wie es ist, wenn man verraten wird, dass er Schmerzen ertragen muss und von seiner eigenen Kreatur zerfleischt wird.«

»Und sobald du deinen *Meister* erledigt hast, wirst du uns erledigen.«

Sie betrachtete ihre Nägel, kratzte Dreck darunter hervor. »Wir könnten einen Waffenstillstand schließen.«

Nein, können wir nicht.

»Ihr lasst mich in Frieden und ich euch. Alles was ich will, ist meine Ruhe. Ich will frei sein, ich will leben, ich will ...« Sie blickte weg von mir. »... glücklich sein.« Die letzten Worte sagte sie ganz leise. Vielleicht, damit ich sie nicht hörte.

»Du bist eine verfluchte Schattendämonin, du hast dein Recht auf Glück verwirkt, als du dich dafür entschieden hast, nicht ins Licht zu gehen.«

»Ich sagte dir schon, dass es eine dumme Wahl gewesen war.«

»Dann lebe mit den Konsequenzen.«

Sie schlug mit der flachen Hand auf den Stein. »Ich kann dich auf der Stelle aussaugen und deinem erbärmlichen Leben ein Ende bereiten.«

»Dann tu es.«

Wir starrten uns gegenseitig an. Ihre blauen Augen gegen meine grauen. Keiner von uns wollte blinzeln, keiner zuerst wegsehen. Joanne war meine Beute gewesen, die sich zu einem ebenbürtigen Gegner gemausert hatte, und in diesem Moment war sie mir überlegen. Dennoch würde ich nicht vor ihr kuschen. Und ich würde ihr nicht zugestehen, dass sie ein Leben in Frieden verbringen konnte. Ich würde diese Frau jagen, bis ans Ende der Welt, wenn es sein musste, und sobald ich die Möglichkeit hatte, würde ich sie auseinanderreißen, bis verflucht noch mal nichts mehr von ihr übrig war, das heilen konnte.

Sie grinste. »Noch nicht. Erst hilfst du mir, den Meister zu vernichten. Ich weiß, dass wir es gemeinsam schaffen können. Wir müssen ihn nur von seinen Drachen trennen. Solange er sie kontrolliert, ist er unbesiegbar.«

»Wie?«

»Wir müssen seine Magie stören. Er hat die Drachen mit Hilfe der Zeichen gerufen, die oben in der Kirche aufgemalt sind. Ich war damals dabei, als er angefangen hat. Er lässt die Symbole ganz sicher von seinen neuen Kämpfern bewachen. Um die könnte ich mich kümmern.«

»Wir brauchen dich nicht, um Dämonen zu töten.«

»Du hast keine Ahnung, wie stark sie sind. Ich rede nicht von den Neugeborenen, die sind lächerlich leicht zu besiegen, ich rede von denen, die er persönlich auserwählt hat. Du hast seine ersten Soldaten in Schottland getötet, daraufhin hat er sich neue erschaffen. Bessere. Stärkere. Er schart sie um sich, sie schützen seine Magie, sie sind so gut wie ich, und ihr wärt nicht die ersten Seelenwächter, die sie töten.«

Dereks Bericht kam mir in den Sinn. Was Ralf mit Viktor und den anderen getan hatte und wie sie vermutlich immer noch an der Stadtgrenze saßen und vor sich hinstarrten. Vielleicht wäre es ganz praktisch, wenn Joanne die Drecksarbeit machte.

»Ich halte euch den Rücken frei, und ihr zerstört die Magie des Meisters. Und dann reißen wir ihm das Herz heraus.« Ein wildes Glühen lag in ihrem Blick. Sie verabscheute diesen Kerl abgrundtief.

Ich sah zu Colin und Ben. Sie waren nach wie vor weggetreten. Warum war Bens Haut heil geblieben? Die Feuerdrachen waren Rückstände der vier Elemente ... sie waren die negativen Energien, der Gegenpol zu allem Guten, das die Seelenwächter wirkten. Ben war immun gegen die Kraft der Seelenwächter. Hieß das, er war immun gegen die Drachen?

Joanne setzte sich auf.

»Wie gesagt, ich könnte sie heilen.«

Kein Mensch hätte das Feuer der Drachen überleben können. Ich hatte es am eigenen Leib gespürt, meine Haut war verbrannt, ich hatte die Schmerzen gespürt. Ich blickte zur Treppe. Baute die Barriere auf der gleichen Kraft auf? »Woher bezieht Ralf seine Magie?«

»Als er damals das Ritual im Tempel der Wiedergeburt durchführte, konnte er sich nur zur Hälfte verwandeln, die andere Hälfte blieb tot. Er hat lange in diesem Stadium verbringen müssen, bis der Emuxor ihn schließlich heilte. Der Meister wurde danach stärker, seine Magie ausgereifter.«

»Das heißt, seine gesamte Magie basiert auf der Macht der Seelenwächter?«

»So ist es.«

Eine Macht, gegen die Ben immun war ... Es wäre gut möglich, dass er die Barriere durchschreiten könnte. »Was ist mit den Seelen der Ratsmitglieder geschehen? Nutzt Ralf sie noch?«

»Er hat sie an den Emuxor verfüttert. Ich war live dabei gewesen. Ein farbenfrohes Spektakel.«

Ihre Worte stachen tief in mein Herz. *Er hat sie verfüttert* ... Wie sollten wir Ilai oder Logan jetzt noch helfen können? »Und die Fylgja?«

»Keine Ahnung. Ihre Haut hat sich von ihm abgelöst.«

Hatte sie das getötet? Oder war sie noch in seinem Körper vorhanden? Eine Fylgja konnte nicht sterben. Es war ein Naturgesetz. Nicht zu brechen. Ich drehte mich von Joanne weg, versuchte, das alles zu verarbeiten.

»Also?«, fragte sie. »Soll ich sie heilen? Als Nahrung taugen sie zumindest nicht mehr viel, da würde ich mich eher an dich halten.«

Ich blickte zu ihr. Da stand sie und grinste mich selbstgefällig an. Meine Feindin. Meine Gegnerin. Meine Bezwingerin.

»Wir sind schon ein feines Pärchen«, säuselte sie.

»Okay.«

»Es erfordert allerdings viel Energie. Ich werde nicht beide auf einmal versorgen können, du wirst dich entscheiden müssen: der Polizist oder der Seelenwächter.«

Wenn sie Colin half, konnte er womöglich die Barriere mit einem Zauber stören, aber wir brauchten Ben. Falls meine Theorie stimmte, würde er sie sowieso passieren könnten. »Ben.«

Joanne nickte, lief um mich herum und kniete sich neben ihn.

»Hey, Bulle, jetzt wird es lustig.« Sie legte eine Hand auf seine Stirn. Er stöhnte vor Schmerz. Sein Herz pochte. Ein Arm zuckte, er wollte sie von sich schieben, aber er hatte keine Kraft.

Ich betrachtete Joanne genau und achtete auf jede ihrer Bewegungen. Würde es funktionieren? Oder war Ben gegen ihre Fähigkeiten genauso immun?

»So eine schöne Seele«, plapperte Joanne. »Der erste Mensch, der es schaffte, sich gegen mich zu wehren. Als ich ihn in seinem Büro aussaugen wollte, hatte er meine Kehle gepackt und mich aufgehalten.«

Wenn sie ihn aussaugen konnte, hieß es umgekehrt, dass sie ihn heilen konnte? Die Seelenwächter und die Schattendämonen entsprangen nicht aus derselben Quelle. Die Seelenwächter kamen aus den vier Elementen, die Schattendämonen aus dem Tod.

»Ich unterbreche ihr Nun'ja. Die Energie, die sie am Leben hält.«

Das sagte Rowan zu mir. Wenn er ihre Energie brechen konnte, konnte Joanne umgekehrt Energie schenken?

Ich hatte verflucht noch mal keine Ahnung.

Ben keuchte. Er schlug mit den Händen auf den Boden. Das Rasseln in seiner Lunge wurde leiser. Ich blickte zu seinem Bein. Er spannte die Muskeln, bewegte es. Joanne stöhnte, ihr Arm begann zu zittern, ihre Finger krampften auf Bens Stirn. Er blinzelte, drehte den Kopf, sah Joanne über sich. Er schlug nach ihr, sie stürzte auf die Seite und blieb liegen.

»Verdammt!«, schrie er und richtete sich auf.

»Ruhig«, sagte ich und lief zu ihm. »Es ist alles okay.«

Er rutschte zurück an die Wand, griff sich an die Brust, als müsste er testen, ob seine Seele noch da war. »Sie wollte mich aussaugen!«

»Sie hat dich geheilt.« Teufel auch, sie hatte es tatsächlich getan. Ich hatte einem Schattendämon vertraut. Meiner Feindin. Und sie hatte Wort gehalten.

Ben betrachtete sich selbst, tastete an sein Bein, zuckte vor Schmerz, als er die Wunde berührte. »Ich verstehe es nicht ...«

»Wie fühlst du dich?«

Er griff meine Hand und ließ sich von mir in die Höhe ziehen. Seine Finger krallten sich in meine Schulter. Vorsichtig belastete er das Bein, das eben noch geblutet hatte.

»Gut.« Er blickte an sich hinab, betastete seine Brust, atmete tief ein. »Ich fühle mich sogar ziemlich gut.«

»Hab ich doch gesagt.«

»Sie hat mich wirklich geheilt.«

»Ja«, sagte ich und konnte es selbst nicht glauben. »Joanne will uns helfen, Ralf zu stoppen.«

Bens Mund klappte auf. Wieder zu. »Okay, ich muss noch etwas verwirrt sein, denn ich habe verstanden, dass Joanne uns helfen will.«

»So ist es. Wir sind in der Krypta eingesperrt, an der Tür ist eine Barriere. Vielleicht kannst du sie durchschreiten.«

Ben strich sein Hemd glatt und runzelte die Stirn. »Und wenn ja?«

»Musst du das Symbol an der Tür berühren«, sagte Joanne.

Ben sah zu mir. Ich zuckte mit den Schultern. »Einen Versuch ist es wohl wert.«

Er blickte mich skeptisch an, lief aber dennoch los und blieb vor der Treppe stehen. Langsam hob er die Hand ...

Ich hielt die Luft an, Joanne ebenfalls ...

... und dann machte Ben einen Schritt nach vorne und trat durch die Barriere.

»Unglaublich«, flüsterte Joanne. »Er kann es wirklich.«

Ja ....

»Habt ihr so damals den Pfeifzauber überwunden? Als ich Ilai und die anderen in der Bibliothek zurückgelassen hatte?«

Ich antwortete ihr nicht. Nur weil wir aufeinander angewiesen waren, mussten wir nicht plaudern. Stattdessen lief ich bis vor die Barriere und tippte mit dem Finger darauf. Für mich war sie noch immer intakt.

»Was nun?«, fragte Ben von draußen. »Muss ich etwas beachten?«

»Das Symbol da an der Wand, das hat er berührt.«

Ben legte seine Finger auf das Zeichen. Es geschah nichts.

»Brich es heraus«, sagte Joanne. »Zerstöre es, was auch immer!«

»Ich habe keine Waffe einstecken.« Ben blickte sich um, lief ein paar Schritte die Treppe hoch und spähte nach oben. Die Krypta lag unterhalb des Kirchenschiffes. Die Treppe führte in einen schmalen Gang, der an einer Wendeltreppe endete, die nach oben führte. Ben verschwand aus meinem Blickfeld. Joanne trat hinter mich. Ihr Körper war warm. Ihr Herz schlug ruhig. Schon erstaunlich, wenn man bedachte, dass sie eigentlich tot war.

»Er wird doch nicht abhauen«, sagte sie.

»Nein.« Wenn ich eins wusste, dann das.

Nur wenige Minuten später kam Ben zurück. Er hielt einen verrosteten langen Nagel in der Hand. »Das ist das Beste, was ich finden konnte.«

»Hast du jemanden gesehen oder gehört?«

»Nein, aber ich war nicht oben.«

Ben drehte den Nagel mit der spitzen Seite nach unten und machte sich daran, das Symbol von der Wand zu kratzen. Das Gestein war spröde und morsch. Es dauerte nicht lange, bis der erste Brocken fiel.

Auf einmal zischte es vor uns, als ob eine Sprudelflasche mit zu viel Druck geöffnet wurde.

Joanne und ich wichen einen Schritt zurück. Ben zuckte ebenfalls. »Ich glaube, ich habe es geschafft.«

Er hatte das Symbol zur Hälfte abgekratzt.

Ich streckte die Hand aus und griff ins Leere. »Verdammt noch mal, es hat funktioniert.«

»Sehr gut! Ich räume den Weg frei«, sagte Joanne, schob sich an mir vorbei und verschwand auf der Treppe nach oben.

Ich blickte Ben an und runzelte die Stirn. »Wir halten uns an den Plan. Joanne wird uns töten, sobald sie hat, was sie will.«

»Vermutlich.«

»Um ins Wohnhaus zu kommen, musst du durch die Kirche. Nach der Wendeltreppe hältst du dich rechts und nimmst die Holztür. Du kommst in den Verbindungstunnel zwischen Haus und Kirche. Ab da weißt du ja den Weg.«

»Und was machst du?«

»Ich helfe Joanne beim Dämonentöten und warte auf die Verstärkung.«

»Verstärkung?«

»Wenn alles geklappt hat, sollte Will hier auftauchen.«

»Ich verstehe nicht ganz ...«

»Ich habe ihm geholfen, wieder zu sich zu finden und ihm eine Nachricht hinterlassen. Er wird den Tunnel unter dem See nehmen.« Ich lief einige Schritte die Treppe hoch und spähte nach oben. »Wenn er da ist, kann er uns helfen, seinen Bruder in Schach zu halten.« Und wenn nicht, mussten wir weiter improvisieren. »Geh, Ben. Ich komme nach, sobald ich kann.«

»Tu das. Mikael wird dich brauchen.«

»Ich weiß.«

Dabei wäre mir kämpfen tausendmal lieber.

33. Kapitel

Jessamine

Ich hatte Angst.

Schon wieder. Oder immer noch.

Manchmal kam es mir vor, als ob dies mein Aggregatszustand sei, seit ich in das Leben der Seelenwächter gestolpert war. Die Angst war zu meinem ständigen Begleiter geworden. An manchen Tagen hielt sie sich dezent im Hintergrund auf, an anderen – so wie heute – lief sie mit geschwellter Brust neben mir her, prustete und trommelte und zwang mich, sie wahrzunehmen.

Ich verabscheute dieses Monster zutiefst.

Ich wollte mich nicht fürchten. Ich wollte mutig sein wie Anna, selbstlos wie Will, stark wie Akil und vielleicht manchmal ein wenig verrückt wie Jaydee.

Sie waren für dieses Leben gemacht. Sie stellten sich den Gefahren, rannten von einem Abenteuer ins nächste. Ich hingegen war unkonzentriert und fahrig. Meine Gedanken kreisten um Jaydee und Ben. Wo sie waren, was sie taten, ob sie es in die Kirche geschafft hatten und alles vorbereiteten.

Anna ritt vor mir her, während Skyler und Raphael hinter uns blieben. Abe war zu meiner Linken, Rowan zu meiner Rechten, Leoti und Tate folgten. Ich war eingekreist von so vielen wundervollen Geschöpfen, ich sollte mich sicher fühlen. Aber ich konnte es nicht. Was, wenn ich nicht gut genug beim Ritual war? Wenn ich nicht schaffte, was sie von mir verlangten? Wenn alles wegen mir den Bach runterging?

»Angst zu haben ist nicht das Problem«, sagte Abe, als hätte er meine Gedanken erraten.

»Das sagte Ben schon. Er meinte, dass man seine Schwächen kennen und akzeptieren müsse. Nur klingt das einfacher, als es ist. Ich kann nicht aufhören, an die anderen zu denken oder an das, was uns bevorsteht, wenn wir scheitern.«

Abe nickte. »Verständlich. Doch du hilfst weder dir noch deinen Freunden. Gestatte deinem Geist, in der Gegenwart zu ruhen. Das Monster, welches du Angst nennst, nährt sich von deinen Gedanken, die in der Vergangenheit oder der Zukunft hängen. Alles was du tun musst, ist, ihm diesen Nährstoff zu entziehen. Bleibe im Hier und Jetzt. Mehr gibt es nicht zu tun.«

»Ich habe keine Ahnung, wie ich das machen soll.«

»Was tust du gerade?«

»Ich werde mit euch gleich ein Ritual durchführen, damit wir den Emuxor aufhalten können.«

»Das ist nachher. Ich meine diesen Moment. Was tust du?«

»Ich halte mit euch den Emuxor auf.« Was meinte er denn?

»Atmest du nicht die frische Waldluft, die nach Morgen duftet? Hörst du nicht die Vögel, die aus ihrem Schlaf erwachen und sich für den Tag rüsten? Siehst du nicht den Himmel, der einen leichten Grauton annimmt, weil die Sonne ihn weckt? Und dein Körper: Balanciert er dich nicht aus, damit du sicher auf dem Rücken deines Pferdes sitzt?«

»Ich ... doch, natürlich mache ich das, aber das ist doch ... unwichtig.«

Abe lächelte. »Ist es das?«

»Ich kann nicht über die Schönheit des Morgens nachdenken, während in Riverside die Menschen von einem Dämon gefressen werden.«

»Und wird der Dämon aufhören, sie zu fressen, wenn du über sie nachdenkst? Hilft es den Menschen, wenn dein Kopf voller Sorge ist?«

»Natürlich nicht, aber ich ... ich bin nicht so ... gefühlskalt. Ich kann das nicht ausblenden.«

»Darum geht es nicht«, sagte Abe und deutete nach vorne. Ich drehte den Kopf und bekam einen Ast voll ins Gesicht. Die Blätter zerkratzten mir die Haut und verfingen sich in meinen Haaren. Ich schimpfte, riss den Arm hoch und zerrte das Ding von mir weg.

»Es geht darum, fokussiert zu bleiben. Wenn du zu sehr nachdenkst, verlierst du den Blick auf dich selbst.«

»Achte auf deine Umgebung ...«, wiederholte ich Jaydees Lieblingsspruch.

Abe nickte zufrieden.

Ich dachte eine Weile über seine Worte nach, blickte mich um, versuchte, die Landschaft auf mich wirken zu lassen, aber es gelang mir nicht. Alles was ich fühlte, war noch immer die verteufelte Angst und Unruhe. Ich wäre viel lieber mit Jaydee gegangen, hätte ihm beigestanden, ihm geholfen, wäre an seiner Seite gewesen, wenn Mikael erschien.

»Hast du gar keine Angst? Auch nicht um Ben?«

»Ich liebe Ben mit der Kraft meiner Seele. Er ist mein Blut, er trägt ein Stück von mir in sich.« Abe griff sich ans Herz. »Er ist hier drinnen. Für immer und ewig. Und weil ich ihn liebe, werde ich mich nicht von dem Monster

Angst ablenken lassen. Weil ich ihn liebe, bleibe ich in der Gegenwart und richte meinen Geist auf mich selbst. Ich laufe nicht einen Schritt vor und keinen Schritt hinter mir. Ich bin hier. In diesem Wald. Auf diesem Pferd, das mich sicher und aufmerksam trägt, weil es sich dazu entschlossen hat. Ich atme die Luft, die dafür geschaffen wurde, mich am Leben zu halten, ich tanke die Sonne, die meinen Zellen die Kraft geben wird, die sie brauchen. Ich bin hier. Mit meinem Geist und meinem Körper. Ich leite meine Energie auf eine Sache, statt sie auf viele Kleinigkeiten zu zerstreuen.«

Ich blickte geradeaus, nahm einen tiefen Atemzug. War es wirklich so einfach? Atmen. Sehen. Fühlen. Fokussieren. Ich konzentrierte mich auf meine Hüften, meinen Hintern, meine Beine, die sachte an Mirabells Bauch ruhten und jede Bewegung ausglichen. Das weiche Leder der Zügel schmiegte sich angenehm in meine Hände, die Luft war kühl, frisch und roch nach Ahorn.

Ich war umgeben von Ruhe und Harmonie.

Und es war gut so.

»Wir sind da«, rief Anna auf einmal.

Ich blickte auf. Mein Innerstes war erstaunlich gesetzt. Die Angst schwieg. Für den Moment zumindest. Ob es mir dauerhaft gelingen würde, sie zu zähmen, würde sich zeigen.

Wir stiegen ab, suchten unsere Sachen aus den Satteltaschen zusammen und überließen die Parsumi sich selbst. Mittlerweile hatte ich begriffen, dass sie wenig Betreuung benötigten.

Abe und Tate übernahmen die Führung, Anna kam zu mir und hakte sich bei mir unter. »Alles gut?«

»Ja.«

»Wir werden uns während des Rituals vor der Höhle aufhalten. So stören wir nicht die Energien, aber wir sind in der Nähe. Wenn etwas ist, müsst ihr nur rufen.«

Ich nickte und blickte alle noch mal an. Raphael und Skyler stiegen ebenfalls ab. Skyler nestelte an ihrem Sattel herum, als müsste sie sich dringend beschäftigt halten. Sie kam mir unsicherer vor. So als wüsste sie nicht, wie sie mit mir umgehen sollte. Raphael zwinkerte mir zu und steckte sich einen Kaugummi in den Mund. Ich drehte mich zu Anna, umarmte sie noch mal kräftig und verabschiedete mich.

Abe und Tate gingen voraus in die Höhle, Leoti und ich folgten, und am Schluss kam Rowan. Abe zündete in regelmäßigen Abständen Kerzen an. Im

Inneren roch es nach Suppe und Kräutern, vermutlich noch von vorhin, als die Dowanhowee Zuflucht hier drinnen gefunden hatten. Leoti summte leise. Ihre Stimme hallte von den Wänden zurück und erfüllte die Höhle mit einem wohligen Klang. Ein Kribbeln breitete sich in meinem Bauch aus. Warm und sanft und angenehm. Mir wurde ein wenig schwindelig, vielleicht war der Luftdruck hier drinnen anders oder es waren Nachwirkungen von dem Ritt zwischen den Welten, wobei ich bisher noch nie Schwindelgefühle danach gehabt hatte.

Niemand sprach ein Wort. Vermutlich konzentrierten sich alle darauf, wie ihre Füße den Boden berührten ...

Nach einem kurzen Marsch gelangten wir in einen größeren runden Raum. In der Mitte war eine Feuerstelle, Rowan nahm eine der Fackeln von der Wand, sammelte Holz zusammen, das an einer Wand lag, und schichtete es in der Mitte auf. Tate und Abe liefen weiter. Jeder von ihnen nahm einen Platz rund um die Mitte ein, Leoti deutete auf eine Stelle für mich, und ich setzte mich brav hin.

Rowan entfachte das Feuer und warf noch eine Handvoll Kräuter in die Flammen. Sie zischten, als sie verbrannten. Die Höhle füllte sich mit einem süßlichen Duft, der bis tief in meine Lungen zog.

»Eia niakajahijaa, eia niakajahijaa, eia niakajahijaa ...«, fing Leoti an. Sie setzte sich in den Schneidersitz und reichte mir ihre Hand. Ich ergriff sie. Rowan kam auf meine andere Seite, fasste mich ebenfalls an.

»Eia niakajahijaa, eia niakajahijaa, eia niakajahijaa ...«, stimmte er mit in den Singsang von Leoti ein. Er sah mich erwartungsvoll an und ich nickte.

Wir hatten das genau durchgesprochen. Ich musste mich daran beteiligen, die Wörter hatte ich wieder und wieder durchgekaut, bis ich sie auswendig konnte. Auch wenn ich nicht wusste, was sie bedeuteten, fing ich im gleichen Rhythmus wie die anderen an.

»Eia niakajahijaa, eia niakajahijaa, eia niakajahijaa ...«

Sie kamen erstaunlich leicht über meine Lippen. Bei mir klangen sie nicht so melodisch wie bei den anderen, was vermutlich daran lag, dass ich nicht mehr singen konnte, aber Tate hatte mir versichert, dass es nichts machte. Ich sollte mich nur konzentrieren, und genau das tat ich.

Ich betrachtete die Flammen, die vor mir züngelten, meine Augen tränten, aber es störte mich nicht. Ich atmete tief den Geruch des Räucherwerks ein, nahm ihn in meinem Körper auf, ließ ihn wirken. Ich fühlte die Hände von

Leoti und Rowan, die eine Verbindung zu mir und zu den anderen herstellten, und ich lauschte unserem ebenmäßigen Singsang.

Das war genau das, was Abe meinte: *Sei im Moment. Sei im Hier und Jetzt.*

Während ich die Worte vorsagte, verschwanden die letzten Zweifel aus meinem Herzen, und eine nie gekannte Ruhe legte sich über mich, als hätte ich noch nie etwas anderes in meinem Leben getan.

Wer hätte gedacht, dass ich für so etwas ein Talent hatte ...

34. Kapitel

Jaydee

Joanne erreichte das Kirchenschiff. Ich hörte den Kampfeslärm, noch bevor ich am Ende des Ganges war. Sie teilte ordentlich aus.

Ich eilte die Wendeltreppe hinauf, kannte jede Stufe, weil ich sie früher so oft hoch- und runtergerannt war. Als ich zuletzt da oben gewesen war, hatte ich meinen Jadestein gesucht, der nun an meinem Hals ruhte. Ich griff danach, suchte nach seiner Stärke und wartete immer noch darauf, dass er mir helfen würde, so wie es Ariadne prophezeit hatte. Noch spürte ich nichts davon. Im Gegenteil: Er fühlte sich schwer und bleiern an, wie ein Anker, der mich mit diesem Ort verkettete. Vielleicht sollte ich ihn hierlassen.

»Ah, du bist da«, rief Joanne. »Dachte, ich muss alles alleine machen.«

Joanne hatte ganze Arbeit geleistet. Fünf Dämonen waren erledigt, zwei hatte sie in der Mangel, und eine Frau rannte quer durch die Kirche und war auf dem Weg nach draußen.

Und nun wusste ich auch, wo Derek war ... er lag in der Mitte der Kirche mit ausgebreiteten Armen auf dem Rücken und starrte an die Decke. Seine Haut war eingefallen, aber nicht ganz so extrem, als wenn er komplett ausgesaugt worden wäre. Die Dämonen hatten ihn am Rand des Sterbens gehalten. Ich hatte keine Ahnung, ob er heilen konnte oder nicht.

»Halt die Schlampe auf!«, schrie Joanne und riss einem Dämon den Kopf ab, bevor sie sich den nächsten schnappte. »Sie wird den Meister rufen!«

»Er hat uns doch sowieso schon bemerkt.« Bestimmt wusste er durch seine Drachen Bescheid.

»Hat er nicht, sonst wäre er längst hier. Die Dämonen haben euch in die Krypta gesperrt. Geh!«

Ich riss mich von Dereks Anblick los, drehte herum und nahm die Verfolgung auf. Sie trug eine Polizeiuniform. Ihr Pferdeschwanz wippte bei jeder Bewegung. Und sie war verdammt schnell. Fast hatte sie das Haupttor erreicht. Ich sprintete los, holte rasch auf.

Etwa in der Mitte der Kirche sprang mich ein Kerl in Feuerwehrmontur von der Seite an, erwischte mich an der Schulter und brachte mich zu Fall. Ich trat ihm ins Gesicht, so fest ich konnte. Er schrie, ließ mich jedoch nicht los. Ein zweiter Dämon kam ihm zu Hilfe. Ebenfalls ein Feuerwehrmann.

Er zog eine Axt von seinem Gürtel und ließ sie auf mich niedersausen. Ich drehte mich zur Seite, er streifte meinen Oberarm. Es brannte, mein Körper war noch nicht ganz fit, nachdem Joanne mir Seelenenergie entzogen hatte. Der erste Dämon rammte mich zu Boden, hielt mich unten, während sein Kumpel ein zweites Mal ausholte. Ich zog die Beine an, erwischte den Knöchel des Axtschwingers. Er kam aus dem Gleichgewicht, stürzte nach hinten, sein Kumpel donnerte mir den Ellbogen ins Gesicht. Mitten auf die Nase. Es fühlte sich an, als würde er mir den Schädel zertrümmern.

Der Dämon packte an meine Kehle, drückte zu, die andere Hand legte er auf meine Stirn. Ich trat nach ihm, doch er ließ es von sich abprallen. Mein Sichtfeld engte sich ein. Ich spannte die Finger und stach sie ihm in die Augen. *Das* spürte er. Sein Griff lockerte sich, ich schob mich unter ihm heraus, schnappte die Axt, die sein Kumpel hatte fallen lassen, und schlug auf seinen Nacken. Es reichte nicht, den Kopf abzutrennen. Die Waffe war eben nicht aus Titanium.

Auf einmal stand Joanne über mir, packte sich einen der Jungs und riss ihm den Brustkorb auf. Ich sprang auf die Füße. Hinter Joanne sah ich einen Schatten huschen. Es war Ben, der seine Chance nutzte und genau das tat, was ich ihm vorhin erklärt hatte. Ich überließ Joanne die beiden Jungs, drehte herum und verfolgte die Polizistin. Sie riss das Tor auf und floh in den Park.

Scheiße!

Hinter mir hörte ich Kampfgewusel. Kurz blickte ich über meine Schulter. Joanne war – ich musste es zugeben – fantastisch. Sie kämpfte wie eine Besessene, riss einen Dämon nach dem anderen nieder und trennte ihnen die Köpfe ab. Ihr Gesicht und ihr Körper waren mit Blut besprenkelt, ihre Lippen zu einem fiesen Grinsen verzogen. Sie war wie ich, wenn ich den Jäger entfesselte. Sie war hemmungslos und brutal.

Endlich erreichte ich das Tor, ich stürmte hinaus und stockte.

Verflucht.

Die Polizistin war weg.

Dafür war der Drache noch da ...

35. Kapitel

Jessamine

»Eia niakajahijaa, eia niakajahijaa, eia niakajahijaa ...«

Wir waren verloren in Trance.

Noch nie im Leben hatte ich mich so leicht, so schwerelos und so voller Frieden gefühlt. Außer uns existierte nichts mehr. Wir waren verbunden. Im Hier. Im Jetzt. In der Magie des Augenblicks.

Das Feuer prasselte und knisterte, die Wärme hatte sich in der Höhle und in unseren Herzen ausgebreitet. Meine Lippen funktionierten automatisch, wiederholten die Worte, die aus den Mündern der anderen so viel schöner klangen als aus meinem. Aber auch das war okay. Ich war okay. Wir hatten alle unseren Platz gefunden, und meiner war genau hier. Es hatte etwas unglaublich Befreiendes, sich aller Sorgen und Ängste zu entledigen. Die Seele zu lösen und ihr zu gestatten, für einige Zeit zu ruhen. Ich fühlte neue Energie in meine Zellen wandern, fühlte alles um mich herum. Die Pflanzen, die Tiere, das Leben und den Tod.

Vielleicht war das genau dieser Moment, wenn Menschen beteten, wenn sie die Kraft Gottes spürten und seine Liebe sie durchdrang.

»Sie sind da«, sagte Rowan auf einmal. »Die Urahnen sind bereit, mit uns zu sprechen.«

Ich öffnete die Augen, wobei ich gar nicht bemerkt hatte, dass sie geschlossen gewesen waren, und zuckte vor Schreck. Über dem Feuer schwebten eine Frau und ein Mann. Ihre Körper schimmerten durchsichtig, so dass ich Abe und Tate auf der anderen Seite erkennen konnte. Beide ähnelten sich im Aussehen. Sie hatten lange schwarze Haare und den typisch dunkleren Hautton der Dowanhowee. Beide trugen lange Roben aus beigefarbenem Stoff.

»Ahnen«, sagte Abe. »Wir haben euch gerufen, weil wir die Seele von Mikael Bartholomäus Stevens benötigen.«

Die Frau nickte und beugte sich zu dem Mann hinüber. Es sah aus, als würden die beiden tuscheln, aber ihre Münder bewegten sich nicht dabei.

»Er ist im Totenreich«, sagte sie schließlich.

»Erweist uns die Ehre, ihn in unsere Mitte zu holen.«

Die Frau wendete sich an Abe. »Ihr kennt den Preis dafür.«

»Natürlich.«

Preis? Was für ein Preis? Davon hatte Abe nichts gesagt.

Abe ließ Tate und Rowan los und stand auf. Als er die Verbindung mit uns anderen brach, wurde mir eiskalt. Was hatte er vor?

Die Ahnen streckten ihm ihre Hände entgegen. Abe ergriff sie, ließ sich von ihnen in das Feuer ziehen.

»Was tut er da?«, fragte ich, aber niemand gab mir eine Antwort.

»Eine Seele kommt, eine Seele geht«, sagte die Frau. »Es ist ein Tausch.«

Was? Nein.

Nein!

NEIN!

Das konnte er doch nicht machen!

Abe wollte sich opfern!

Für Mikael. Für alle anderen.

Ich wollte aufspringen, aber Leoti und Rowan hielten mich fest. Rowan schüttelte den Kopf. Mein Herz hämmerte so laut, dass ich nichts anderes mehr hörte.

»Es ist der Weg des Lebens«, sagte Rowan.

»Aber ...« Das ging nicht! Davon hatte niemand etwas gesagt! Keiner hatte davon gesprochen, dass einer sich dafür opfern musste!

Meine Finger krampften, meine Muskeln wurden steif. Ich musste Abe helfen. Irgendwie. Irgendwer musste etwas tun!

Abe lächelte voller Güte. »Wir alle haben unsere Aufgaben.«

Nun wurde mir klar, warum er Ben nicht hier dabeihaben wollte. Er hätte es niemals zugelassen, dass sein Großvater sich opferte. Er hätte das Ritual gestört, hätte Abe aufgehalten, hätte alles zunichtegemacht.

»Es muss sein«, sagte Rowan. »Wir brauchen Mikael.«

»Rowan ... ich ...«

»Atmen, Jess. Abe hat gewählt. Es ist seine Entscheidung.«

Er hätte uns fragen können.

Nein, hätte er nicht, denn es wäre nicht besser geworden. Es hätte nichts geändert.

Alles um mich verschwamm, der Frieden, den ich eben noch gespürt hatte, verdampfte.

Noch mehr Opfer. Immer mehr Opfer.

Ich verlor mich in Schwärze und Kummer. Leotis und Rowans Finger hielten mich, sie waren warm, aber nicht mehr tröstend. Nicht einmal das Feuer drang noch zu mir durch.

Eine Windböe streifte mein Gesicht, ich hielt die Augen geschlossen. Ich wollte nicht mehr hinsehen, wollte nicht mitbekommen, wie Abe ging.

»Du kannst ihn retten«, sagte die Frau auf einmal ganz dicht bei mir.

»Was?«

Ich riss die Augen auf, aber ich sah sie nicht. Niemand war mehr da. Abe, der Mann, die Frau. Sie waren verschwunden. Unser Kreis hatte sich auf vier verkleinert.

»Die Tür ist noch offen«, wiederholte sie. »Die Seele Mikaels ist an dein Blut gebunden, hilf ihm, es zu sehen. Rette sie beide.«

Ich riss mich von Leoti und Rowan los und sprang auf. »Was meinst du damit?«, schrie ich in den Raum hinein.

Das Feuer flackerte, als hätte jemand Öl hineingegossen. Ich drehte mich weg, um mein Gesicht zu schützen. Es knallte, eine Stichflamme schoss empor – und dann erlosch es, urplötzlich. Vor meinen Augen flackerten nur noch grelle Punkte.

Dann waren die Urahnen weg.

»Was hat das zu bedeuten?«, fragte ich in die Runde. Doch ich erntete nur stille Gesichter. »Rowan! Sag es mir! Wen meinte sie? Ich kann beide retten. Wen beide? Abe und Mikael? Wie?«

»Die Worte waren für dich bestimmt, nicht für uns.«

»Aber ihr müsst mir helfen! Wenn ich Mikael oder Abe retten ... ihr könnt doch nicht herumhocken und nichts tun!«

Tja, leider taten sie genau das. Ich ging reihum, packte ihre Arme, wollte sie hochziehen, doch sie ließen es nicht zu.

»Leoti, Tate! Ihr seid die letzten Überlebenden eures Volkes. Ihr müsst mir helfen! Verdammt noch mal!«

Ich blickte einen nach dem anderen an. Tränen der Verzweiflung rannen über meine Wangen.

»*Bitte, helft mir doch.*«

36. Kapitel

Ben rannte durch den Verbindungstunnel Richtung Wohnhaus. Zum Glück drang unter den Schlitzen der Türen Licht hindurch, so konnte er genug erkennen. Sein Bein schmerzte, aber es war auszuhalten. Nie im Leben hätte er sich träumen lassen, von einer Schattendämonin geheilt zu werden. Schon gar nicht von ihr. Jaydee hatte vollkommen recht mit seiner Annahme, dass sie die beiden töten würde, sobald sie die Gelegenheit dazu bekam. Sie war, was sie war. Im Moment überlagerte dies der Zorn auf Ralf, aber das würde verrauchen, sobald er tot war.

Er gelangte an eine hölzerne Tür mit einem eisernen Griff. Vorsichtig öffnete er sie. Die Scharniere waren alt und rostig, aber immerhin funktionierten sie noch. Ben spitzelte durch den Türspalt, um zu sehen, ob Dämonen dahinter lauerten, doch es war ruhig.

Langsam schob er sich durch die Tür, blickte nach links, nach rechts. Nichts. Er stand in einem weiteren Gang. Eine alte Garderobe hing an der Wand gegenüber, im Schirmständer lag sogar noch ein Stock, ein hellerer Fleck deutete darauf hin, dass dort einst ein Spiegel oder ein Bild gehangen hatte. Es roch modrig und alt. Rechts war eine Tür mit Milchglas. Draußen schien die Sonne. Ben drehte sich um und schlich den Flur entlang zur nächsten Treppe.

Hoffentlich würde er es schaffen, die Urahnen zu rufen. Ben hegte nach wie vor Zweifel, dass er dazu in der Lage war. Er war zu bodenständig für diese Dinge, zu besonnen, zu geerdet.

In Arizona hast du es gekonnt ...

Warum also nicht auch jetzt? Dennoch verstand er nicht, warum gerade ihm diese Aufgabe zugeteilt geworden war.

Weil es deine Bestimmung ist, Benjamin Walker ...

Die Frauenstimme war Ben in Erinnerung geblieben. Sie hatte ihn damals zur Bibliothek geführt, in der Ilai, Akil und Anna lagen und dem Pfeifzauber ausgesetzt waren.

Weil es deine Bestimmung ist ...

Jeder hatte seinen Platz in dieser Geschichte. Bens Platz war offensichtlich hier, egal, ob es ihm schmeckte.

Er war fast bei der Treppe angekommen, als eine Tür aufging und jemand heraustrat. Aus Reflex wollte Ben an seine Waffe greifen, bis seine Finger ins

Leere glitten. Verdammt. Er ballte die Fäuste, machte sich bereit zuzuschlagen, doch es war nicht nötig.

»Will! Du hast es geschafft!«

»Sieht so aus.« Will zog sich Spinnenweben von der Schulter, die auf seinem nassen Hemd klebten. Er war bis an die Zähne bewaffnet, trug eine Armbrust, zwei Schwerter und fünf Wurfmesser an seinem Gürtel. »Ich war seit Jahren nicht mehr schwimmen.« Er zog einen Stiefel vom Fuß, um das Wasser auszukippen. »Ekelhaft. Wo ist Jaydee?«

»Er kämpft in der Kirche. Mit ... ähm. Joanne.«

Will ließ fast den Stiefel fallen. »Braucht er Hilfe?«

»Nein, er kämpft nicht gegen sie, er kämpft tatsächlich mit ihr. Sie hilft uns.« Das klang genauso komisch, wie es sich anfühlte. Ben erklärte Will, was passiert war. »Ich habe übrigens Derek gesehen. Er liegt in der Kirche und sieht nicht gut aus.«

Will bekreuzigte sich. »Unfassbar.«

»Ja. Ich muss weiter und in Mikaels Schlafzimmer, um die Anrufung zu starten.«

Will blickte den Flur hinunter und nickte. »Ich werde dich begleiten, falls sich hier Dämonen herumtreiben. Sobald du im Zimmer bist, baue ich einen Schutzwall im Gang. Er wird nicht lange halten, aber besser als gar nichts.«

»Einverstanden. Dort entlang.«

Sie setzten sich in Bewegung, die alten Holzdielen knarrten bei jedem ihrer Schritte. Während sie gingen, musterte Ben Will. War er wirklich wieder er selbst? Oder hatte Ralf noch ein Ass im Ärmel und wartete nur darauf, es zu zücken?

»Ist es das?«, fragte Will und deutete auf die Tür vor ihnen.

»Ja.« Ben trat in das Schlafzimmer ein und sah sich um. Der Raum war leer und staubig. Die Fenster waren mit Brettern zugenagelt, eins war herausgebrochen und ließ ein bisschen Licht durch. An der Wand waren Graffitis aufgemalt: »*Er wird euch alle holen!*« oder »*Der Teufel haust in diesen Wänden!*«

»Vor Jahren hatte hier mal ein Penner übernachtet«, erklärte Ben. »Er ist am nächsten Tag über die Straßen gerannt und hat behauptet, der Geist von Mikael hätte ihn nachts aus der Kirche getrieben. Wir haben ihn aufgelesen und in Gewahrsam genommen. Soweit ich weiß, sitzt er immer noch in der Geschlossenen.«

»Mh ... vielleicht war es nicht der Geist Mikaels, den er gespürt hat, sondern der Emuxor.«

Möglich wäre es. Immerhin ruhte der Dämon seit sehr langen Zeiten unter der Kirche. Wenn das alles vorüber war und sie noch lebten, würde Ben dem Penner einen Besuch abstatten und die Ärzte darauf hinweisen. Vielleicht half es, ihn zu therapieren.

»Was musst du tun?«

»Ich setze mich und konzentriere mich.« So hatte Abe es ihm erklärt. Es wäre ganz leicht. Den Geist zur Ruhe bringen und an die Urahnen denken. Ha! Ein Kinderspiel.

»Okay. Nimm das.« Will reichte ihm ein Kurzschwert von seinem Gürtel und zog eine Armbrust von seinem Rücken. »Wirst du klarkommen?«

»Ja.« Musste er wohl oder übel.

»Ich versiegle den Flur, so gut es geht. Die Dämonen haben uns sicherlich schon gewittert. Unsere Seelen werden schmackhaft für sie sein. Lass dich nicht ablenken, egal, was draußen passiert.«

Ein Klacks. Ben würde das schaffen. Wirklich lässig, cool. So eine Anrufung schüttelte er aus dem Ärmel ...

»Viel Glück«, sagte Will und schloss die Tür hinter sich. Auch auf die Rückseite der Tür waren Graffitis gesprüht. Passenderweise in roter Farbe. »*Das Böse schlummert in diesen Wänden!*«

Ein eiskalter Schauer lief Ben über den Rücken, als er die Worte las. Das Böse schlummerte schon lange nicht mehr, und auf seinen Schultern lastete nun die gesamte Verantwortung. Ben atmete tief durch und lauschte in die Stille. Von dem Kampf, der in der Kirche tobte, war nichts zu hören. Das Wohnhaus lag weit genug entfernt. Mit einem Mal fühlte er sich so allein, als wäre er der letzte Mensch auf Erden.

»Also los, Walker. Nicht kneifen. Du bist Detective. Du machst diesen Job seit fast zwölf Jahren. Du bist gut. Du bist routiniert, du hast zig Leute verhaftet. Was ist schon eine läppische Anrufung der Urahnen dagegen?«

Er rieb die Hände aneinander und setzte sich im Schneidersitz in die Mitte des Raumes. Der Boden war schmutzig und mit einer dicken Staubschicht bedeckt. Ben musste niesen, als ihn der Dreck kitzelte. Er strich sich über die Nase und schloss die Augen.

Und nun?

An nichts denken.

Wie dachte man an nichts?

Wie konnte man überhaupt nichts denken? Das Gehirn dachte immer etwas ...

Meine Nase kitzelt.

Sht.

Atmen.

Entspannen.

Den Geist leeren.

Er legte die Hände auf die Knie, versuchte alles, um sich zu ignorieren.

Was war das gewesen? Kam da jemand die Treppen hoch? Hörte er Kampfgewusel?

Er öffnete die Augen und sah zur Tür.

»*Das Böse schlummert in diesen Wänden.*«

Ben lauschte angestrengt, doch er konnte nichts mehr hören. Vielleicht war es Will gewesen, der nach unten gegangen war. Vielleicht auch nicht. Wenn Dämonen gleich das Zimmer stürmen würden, hätte er sowieso kaum eine Chance.

Ben kreiste den Nacken, lockerte die Muskeln, schloss die Augen, atmete durch.

Ruhe.

Er war ganz allein in diesem Haus. Er war entspannt. Er war fokussiert. Er konnte das.

»Hatschi!«

Zum Ikandu! Dieser Staub war schrecklich.

Mit dem Ärmel wischte er über seine Nase, bis sie aufhörte zu jucken, dann kehrte er zurück in seine Konzentration.

Entspannen, Benjamin Walker. Entspannen!

Was hatte er in Arizona getan? In diesem einen Moment, als er die Stimme der Frau gehört hatte und sein Gefühl ihn in die Bibliothek lotste. Was war da anders gewesen?

Es war um Leben und Tod gegangen.

Genau wie heute.

Er hatte darüber nachgedacht, wie ihm abstrakte Energien den Weg weisen sollten. Das verstand er immer noch nicht. Sie waren nicht zu greifen, nicht zu sehen, nicht zu spüren. Ben *konnte* nicht glauben, dass sie existierten.

Aber es war so.

Joanne hatte ihn geheilt. Ben war mit einem Parsumi um die Welt geritten, er hatte so viele Dinge gesehen, so viel erlebt. Er wusste, dass diese Welt existierte.

Er!wusste!es!

Lass los. Öffne deinen Geist.

Etwas kitzelte an seiner Nase. Ben rümpfte sie, biss sich auf die Zunge, ignorierte das Kribbeln.

Öffne deinen Geist.

Dafür schlief ihm der rechte Fuß ein.

Er stieß einen frustrierten Schrei aus und raufte sich die Haare.

»Okay, Ben. Du kannst das!«

Er schüttelte seine Arme, legte sie auf die Beine und schloss die Augen.

Jetzt.

Ich bin entspannt.

Ich bin ruhig.

Ich fühle meine Urahnen.

»Hatschi!«

37. Kapitel

William rannte den selben Weg zurück, den er gekommen war. Seine Klamotten pappten klamm am Körper. Seine eigene Wärme würde sie trocknen, doch bis es soweit war, musste er mit dem Element Wasser auf seiner Haut leben. Natürlich kam er damit klar. William musste schließlich duschen, aber er hielt sich stets so kurz wie möglich mit Wasser auf. Wasser beherrschte Feuer. Feuer beherrschte Luft. Luft beherrschte Erde und Erde beherrschte Wasser. Das war der Kreislauf der vier Elemente. Unzerstörbar. Ungebrochen.

Er gelangte zurück in den Gang, der zum Kirchenschiff führte, und spitzte die Ohren. Kämpfe hörte er keine mehr, dennoch drosselte er sein Tempo, behielt eine Hand am Schwertknauf und öffnete mit der anderen die kleine Holztür, die zur Kirche führte. Joanne köpfte den letzten Dämon und blickte sich um. William blinzelte. Ben hatte ihn vorbereitet, trotzdem konnte er kaum begreifen, was er da sah: Ein Schattendämon tötete einen anderen.

»Komm rein, Seelenwächter. Ich beiße nicht«, sagte sie.

William trat näher. Er zählte neun Leichen, entweder geköpft oder in der Mitte aufgerissen. Derek lag im vorderen Bereich auf dem Rücken, er zuckte und keuchte leise. William eilte zu ihm und ließ sich neben ihm nieder.

»Er ist leicht ausgenuggelt, aber sie haben nicht seine gesamte Seele genommen«, sagte Joanne, rieb sich die Hände an ihrer Hose sauber und kam zu William. »Kann allerdings gut sein, dass er einen Dachschaden hat. Wenn er zu viel von seiner Seele verloren hat, ist das nicht gesund für den Verstand.«

William ignorierte sie, zog eine Flasche Heilsirup aus seiner Tasche und flößte Derek den Inhalt ein. Einige Tropfen gingen daneben, weil er nicht schlucken konnte. Hoffentlich käme er wieder zu sich.

»Euer zweiter Kumpel liegt übrigens in der Krypta. Der sah ziemlich lädiert aus.«

»Colin.«

»Kann sein.« Joanne trat neben ihn. »Hast du Feuer?«

»Ich bin ein Feuerwächter, also ja.«

»Gut. Du musst die Dämonenüberreste verbrennen. Sie werden sonst wiederauferstehen.«

William sah zu ihr auf. »So kann man sie also töten? In dem man sie verbrennt?«

»Jaaa, du Schlaumeier, und wenn du glaubst, du könntest das gegen mich einsetzen, hast du dich geirrt.« Sie streckte ihm eine Hand hin. »Probiere es, bin dir nicht böse.«

William stand auf und betrachtete sie skeptisch. Joanne war anders. Sie wirkte stärker, kraftvoller, skrupelloser. Es wäre eine Leichtigkeit für sie, ihn anzugreifen, doch sie tat es nicht. Stattdessen rollte sie die Augen. »Muss man euch eigentlich alles zweimal anbieten?«

William schnippte mit dem Finger und ließ einen Feuerball entstehen, er holte aus und warf ihn Joanne ins Gesicht. Sie lachte herzhaft und schüttelte sich, als hätte er sie mit einem Eimer Wasser statt Feuer bombardiert. »Ach, großartig.«

»Wie hast du das gemacht?« William betrachtete seine Handfläche, auf der die Überreste des Feuerballs verglühten.

»Dämon aus der Hölle sieht kleinen Dämon von der Erde und denkt sich: *Mh .... die ist zu schade, um sie sterben zu lassen, ich verleihe ihr lieber Superkräfte.* Ta-da! Hier bin ich.«

Das könnte zu einem Problem werden ...

»Dennoch kann ich kein Feuer erzeugen, es wäre also nett, wenn du deiner Aufgabe nachkommst, sonst muss ich die alle gleich noch mal töten.«

William schüttelte den Kopf und lief zögernd zu der ersten Leiche. Er behielt Joanne im Auge, die zu Derek ging, ihn am Arm packte und zur Seite zerrte.

»Hey!«, rief William.

»Keine Bange, ich will ihn nur aus dem Weg schaffen, oder glaubst du etwa, dass der noch schmeckt? Du isst doch auch nichts, was von einem anderen schon vorgekaut wurde.«

William blieben die Worte im Hals stecken. Joannes Verhalten war so dermaßen atypisch, dass er es nicht begriff. Sie war eine Dämonin. Dämonen töteten Menschen. Seelenwächter töteten Dämonen. So war es seit Urzeiten, und sie stellte alles auf den Kopf.

»Beeil dich lieber mit dem Verbrennen.«

William legte seine Hände über die erste Leiche. Normalerweise war es nicht nötig, sie verkohlen zu lassen, denn sie zerfielen zu Staub, sobald sie tot waren. Es kostete William einige Mühe, bis er den Körper zum Brennen brachte, doch es funktionierte.

William erhob sich und ging zum zweiten, während Joanne einen der eisernen Kerzenhalter aus der Wand brach und zurück in die Mitte kehrte.

»Was hast du vor?«

»Die Zeichen zerstören. Der Meister kontrolliert die Drachen dam...«

Auf einmal flog das rechte Tor auf und Jaydee stürmte herein. Seine Haare und seine Kleidung waren angesengt, seine Haut verkohlt, doch sie setzte sich bereits zusammen. Jaydee knallte das Tor hinter sich zu und blickte hustend zu William. »Du hast es geschafft!«

William stand auf und lief ihm entgegen. »Dank deiner Hilfe.«

Jaydee stemmte die Hände auf die Knie und atmete durch. »Da draußen ist ein ...«

Das Tor flog ein weiteres Mal auf und ein Drache aus Feuer schob sich herein. William stockte der Atem. Er hatte nicht mehr viele Erinnerungen an die Zeit, als er besessen gewesen war, aber er konnte sich an das Gefühl erinnern. Als würde er innerlich verglühen.

Der Feuerdrache öffnete das Maul und spie seine Flammen nach ihnen aus. Dabei verbrannte er zwei weitere Leichen, die nahe am Ausgang lagen. William und Jaydee wichen gleichzeitig zur Seite. Die Flammen streiften Williams Ärmel. Die Hitze arbeitete sich bis auf seine Haut vor.

»Wir müssen die Zeichen zerstören«, rief Joanne. »Die Drachen sind daran gebunden.«

»Geh«, sagte Jaydee. »Hilf ihr!«

»Und du?«

»Ich muss zu Ben. Wenn er Mikael holt, wird er mich brauchen.«

»Okay. Du haust ab, sobald du die Chance hast. Wir kümmern uns um den Drachen.«

»Achtung!«

Jaydee schob William zur Seite, als die zweite Flammenkugel anflog. Sie sprangen in zwei Richtungen davon und irritierten den Drachen, der nicht wusste, wohin er zuerst sollte. Dann sank er in sich zusammen, teilte sich auf und formte einen zweiten Drachen.

Na großartig ... William war zurück bei Joanne, die fieberhaft versuchte, die Zeichen vom Boden zu schaben. »Lass mich das versuchen.« Er kniete sich hin und hielt eine Handfläche über die Symbole. Man musste erst die Magie begreifen, bevor man sie stören konnte, falls das überhaupt der Fall sein würde. Viele Zaubersprüche ließen sich nur von ihrem Erschaffer umkehren.

Ralf war klug genug, um sein Werk zu schützen. William bezweifelte, dass er es einfach zerstören konnte. »Erkläre mir mehr über die Zeichen.«

Der nächste Feuerball rauschte heran. William warf sich zur Seite und blickte sich um. Jaydee rannte an der länglichen Wand entlang. Der Drache folgte ihm, spuckte immer wieder Feuer aus.

»Was genau musst du denn wissen?«

»Wo ist der Ursprung? Wie hat er angefangen? Ralf muss eine Grundlage verwendet haben, etwas, worauf er den Zauber aufbaute.«

Der Drache kam näher, er riss sein Maul auf, William fuhr herum und schleuderte ihm einen Feuerball entgegen. Bedauerlicherweise hielt es den Drachen nicht auf.

»Ich zeige es dir. Komm.«

Joanne packte ihn am Ärmel und zerrte ihn in die Höhe.

»Warte! Was ist mit Derek? Wir können ihn nicht hierlassen.«

»Wenn du dich mit Ballast aufhalten willst: bitteschön. Erkläre das dem Drachen.«

William zögerte und blickte zu Derek. Er war nach wie vor weggetreten, es wäre müßig, ihn mitzunehmen. Der Drache kam näher, öffnete seinen Rachen. Würde er Derek in Frieden lassen und die Verfolgung der beiden aufnehmen? Was, wenn er in seinen Körper drang und ihn genauso missbrauchte wie William? *Das werde ich niemandem zumuten ...*

»Wir haben nicht mehr viel Zeit, Seelenwächter.«

William rannte zu Derek und lud ihn auf seine Schultern. Der Drache erwischte ihn voll im Kreuz. Die Hitze brannte sich durch seine Kleidung bis auf seine Haut. Es schmerzte. *Feuer schmerzte.* Nie hätte William das für möglich gehalten. Der Drache schob einen weiteren Feuerball nach. William wich ihm aus. Erst da fiel ihm auf, dass der Angriff des Drachen sich lediglich auf ihn beschränkte. Er ließ Joanne in Frieden. Vermutlich glaubte er, sie stünde noch auf seiner Seite.

»Komm endlich!«, blaffte Joanne. William hielt seine sperrige Last fest und folgte ihr. Gemeinsam rannten sie zu einer Wendeltreppe, die nach unten führte.

»Wo ist Jaydee?«, fragte Joanne und blieb stehen.

»Hinten raus«, rief William. »Ich glaube, er versucht, den anderen Drachen abzuhängen.«

Joanne blickte zurück und sah sich nach ihm um. »Idiot.« Dann folgte sie William nach unten. Sie rannten einen schmalen Gang entlang, am Ende führten weitere Treppen nach hinab. Vor dem Durchgang hielt Joanne an. »Kannst du so ein Symbol erzeugen?«, fragte sie und zeigte auf ein Zeichen an der Wand. »Hier ist der Rest.« Sie hob ein Bruchstück auf und hielt es für William an das andere. Sein Atem rasselte, seine Beine zitterten. Er war es nicht gewohnt, Körper mit sich herumzuschleppen. Er musste mehr trainieren.

»Das ist ein Verriegelungszauber. Unsere Barriere um die Stadt basierte darauf.«

»Heißt das also Ja?«

»Genau.«

»Und warum sagst du das nicht?«

Sie schubste ihn in die Krypta und folgte ihm. »Verriegle sie.«

»Es ist nicht leicht, diese Zauber ...«

»Mach es!«

William legte Derek behutsam ab. Es brachte nichts, Joanne die Grundlagen der Magie erklären zu wollen. Für einen Verriegelungszauber musste man vorher die vier Himmelsrichtungen weihen, damit sie den Kreis des Schutzes zur Verfügung stellten. Erst dann konnte man das Symbol anbringen und die Tür schließen. Der Drache brüllte laut. Der Gang oben flackerte rotglühend auf. Er war gleich hier.

»Wir haben keine Zeit zu trödeln, Seelenwächter.«

»Na gut.« Dann tat er ihr eben den Gefallen. Sie würde es ihm glauben, wenn es nicht funktionierte. William zog einen Dolch aus seinem Gürtel und ritzte das Symbol für die Verriegelung auf die Wand, dann presste er seine Handfläche auf und murmelte die Worte, die erforderlich waren. Das Zischen des Drachen wurde lauter. Auf einmal brannte die Treppe lichterloh.

»Geht es schneller?«, fragte Joanne.

Nicht, wenn du mich störst ...

William machte weiter. Der Drache schob sich nach unten, spuckte Feuer in seine Richtung. Es braute sich zu einem großen Ball zusammen, eingekesselt durch die engen Wände der Treppe. William riss die Arme hoch, wollte sich schützen, doch die Flammen prallten auf eine unsichtbare Wand vor ihm.

Die Barriere stand.

»Heiliger Jesus ...«

»Sehr gut!«

»Ich verstehe das nicht. Dieser Zauber ...«

»Der Meister hatte die Krypta präpariert. Ich war hier eingesperrt. Zusammen mit deinen Kumpels. Einer von ihnen liegt übrigens da drüben.«

»Was?« William fuhr herum und ging ein paar Meter. Tatsächlich. Da waren ein paar Schuhe hinter dem Altar und Beine und ... »Colin!«

Sofort war William bei ihm und fühlte seinen Puls. Er nahm eine weitere Flasche Heilsirup – seine letzte – und setzte sie an Colins Lippen.

Joanne lief zur linken Wand der Krypta und tastete sie ab. Colin hustete, rollte sich zur Seite und kam langsam zu sich.

»Ganz ruhig«, sagte William. Der Drache zischte vor der Barriere. Er stieß etliche Male mit dem Kopf dagegen, doch sie hielt. »Warum kann er nicht durch? Wir hatten die Barriere um die Stadt errichtet, und die Drachen haben sie verlassen können. Was hält ihn auf?«

»Die Drachen sind keine eigenständigen Wesen«, sagte Joanne. »Sie brauchen eine Energie, an der sie andocken können. Entweder die Zeichen oben in der Kirche oder das Adernetzwerk, das zu euren Grundstücken geführt hat, oder ...«

»Ralf selbst.«

»So ist es. Die Drachen haben sich unterirdisch fortbewegt und sind über die Adern zu euren Grundstücken gelangt. Die Explosion hat ihnen den Weg gezeigt. Der Meister kann die Drachen um sich herum erzeugen. Allerdings kann er sie nicht ewig halten, er muss sie regelmäßig austauschen und zurück an die Zeichen da oben übergeben. So tanken sie ihre Energie. Oder sie schnappen sich einen Seelenwächter und laben sich an ihm.«

William sah zu dem Drachen. Er selbst war ein Gefäß für dieses Wesen gewesen. Es hatte so lange in ihm gewartet, bis er auf Logans Grundstück gewesen war. »Sie nähren sich von unserer Verbindung mit den Elementen.« Das ergab Sinn. Die Drachen waren die Rückstände aus der Magie der Seelenwächter. Sie waren Abfall, den sich Ralf zunutze machte.

»Ihr seid eben Leckerbissen. Ah, hier ist es ja«, sagte Joanne und bückte sich. Sie drückte auf einen Vorsprung an der Wand. Das Gestein vibrierte, bröckelte und wurde schließlich durchsichtig. Auf der anderen Seite war ein Tunnelsystem zu sehen. Eins, das William sehr gut kannte.

»Das ist das Portal nach Schottland.«

»Bingo, Seelenwächter. Hast ja doch was in der Birne.«

Allerdings waren die Tunnel zum Teil eingestürzt, als hätte jemand von außen gegen die Mauer gedrückt.

»Dort gibt es eine Kammer, in der der Meister stets herumtüftelte und seine Zauber entwickelte. Bestimmt auch den für die Drachen. Aber wie du siehst, ist ein Großteil der Wände zusammengebrochen. Das kommt ebenfalls von den Adern. Von dort aus sind sie gestartet und haben sich unter der Erde bis zu euren Anwesen durchgegraben, um sich mit ihnen zu vernetzen.«

Colin hustete und richtete sich auf. »Was ist hier los?« Er stützte sich am Altar ab und kam langsam zum Stehen. Erst fiel sein Blick auf Derek, der nach wie vor weggetreten war, dann auf den Drachen, der sich vor der Barriere niedergelassen hatte, und dann auf Joanne, die ihn grinsend anschaute. Colins Hand fuhr aus Reflex an seinen Gürtel, doch er trug keine Waffen mehr.

»Keine Sorge«, sagte William. »Sie hilft uns.« Es klang wirklich abstrus, aber Joanne hatte mehr als genug Gelegenheiten besessen, ihn anzugreifen.

Colin starrte sie mit offenem Mund an. »Sie ist ...«

»Eine Dämonin, die eigentlich Menschen frisst und dafür gesorgt hat, dass Williams großer Bruder euren wundervollen Rat zerstört hat. Genau. Ich bin ebenfalls eure Chance, es ihm heimzuzahlen.«

»Ich versteh das nicht.«

»Ich auch nicht«, sagte William. »Aber es ist wohl so.«

»Genau, frag den ...« Joanne blickte sich in der Krypta um. »Wo ist eigentlich der Bulle?«

Jetzt Aufpassen. »Draußen«, sagte William rasch. »Er ist mir entgegengekommen und war auf dem Weg zum Revier, um nach seinen Freunden zu sehen.«

Joanne kniff die Augen zusammen. War die Lüge gut gewesen? Hatte sich sein Geruch oder sein Herzschlag verändert? Es war nicht leicht, andere Wesen zu täuschen, die gute Sinne hatten. William musste es darauf ankommen lassen, außerdem stimmte ja ein Teil davon. »Was ist mit dem Portal? Solange die Barriere aktiv ist, können wir nicht durch.«

»Ich führe dich in die Kammer des Meisters, da kannst du dich in Ruhe umsehen. Wenn er Aufzeichnungen über seine Magie hinterlassen hat, dann findest du sie dort.«

»Der Drache wird uns folgen.« Und auf der anderen Seite des Portals eine Barriere zu errichten, dauerte zu lange. Sie wären an einem anderen Ort, der wiederum erst vorbereitet werden musste. Jemand musste hierbleiben, die Barriere kurz öffnen und dann wieder schließen.

William blickte zu Colin.

»Ich weiß, dass ihr mich eigentlich nicht dabei haben wolltet, aber ich kenne meinen Bruder besser als jeder von euch. Wir müssen die Zeichen oben in der Kirche zerstören, und das können wir nur, wenn wir die Grundlage des Zaubers kennen. Ich kann Ralfs Arbeit besser analysieren. Ich sollte gehen.«

Colin seufzte. Er war unsicher, das spürte William, und er konnte es ihm nicht verübeln. Colin war noch nicht lange Oberhaupt einer Familie, er war sogar jünger als William, aber er war auch klug und besonnen. »Derek würde das nicht gutheißen.«

»Ich weiß. Ich hätte an seiner Stelle genauso entschieden. In mir ist nichts mehr von meinem Bruder.« Das hoffte er zumindest. »Bitte, lass mich gehen.«

Colin nickte, blickte zum Drachen, zu Derek, wieder zurück. »Ich muss dir wohl vertrauen.« Er deutete mit einem Kopfnicken zu Joanne. »Genau wie ihr. Notgedrungen.«

»Wie überaus gnädig.«

Colin drehte herum und lief zum Treppenaufgang. Der Drache hob den Kopf, als er ihn kommen sah. »Zwei Sekunden. Länger werde ich die Barriere nicht herunternehmen.«

»Das reicht«, sagte William. Er stellte sich mit Joanne ganz nah an die Wand und lehnte sich nach vorne.

»Bereit?«

»Ja.«

»Dann los.«

Die Wand zischte, William spürte den Windzug auf seinem Gesicht. Er und Joanne traten gleichzeitig nach vorne, hinter ihnen brüllte der Drache, dann bekam William einen Schlag ins Kreuz und wurde auf der anderen Seite des Portals ausgespuckt. Er und Joanne stürzten nach vorne, er landete auf seinen Knien, fing sich geradeso mit den Händen ab. Sofort drehte er sich herum und sah durch das Portal zurück in die Krypta. Colin hatte es geschafft. Der Drache war zu langsam gewesen. Der Schlag, den William abbekommen hatte, war die sich aufbauende Barriere gewesen, die ihn durch das Portal schubste. Colin und er nickten sich zu. Joanne stand ebenfalls auf und klopfte sich den Dreck aus den Hosen.

»Dort entlang.«

William folgte ihr.
Einer Schattendämonin, der sie all den Schlamassel zu verdanken hatten.

38. Kapitel

Jaydee

Ich verließ das Kirchenschiff und rannte so schnell ich konnte. Als Erstes musste ich den Drachen abhängen. Ich eilte den Gang hinunter, stürmte durchs Büro, riss die hintere Tür auf und durchquerte dann den Raum ein zweites Mal. Die kleine Holztür zur Kirche flog auf. Genau in der gleichen Sekunde öffnete ich den Vorratsraum gegenüber und stürzte hinein. Der Gang loderte rotglühend auf, als der Drache hindurchkam. Er zischte, die Temperaturen stiegen an. Ich verhielt mich ruhig, hoffte, dass er auf mein Ablenkungsmanöver hereinfallen würde, sonst hätte ich wirklich ein Problem.

Die Flammen züngelten unter dem Türschlitz, flackerten auf, hielten inne. Er suchte mich.

Komm schon, du dämliches Vieh!

Ein weiteres Zischen, dann entfernten sich die Flammen Richtung Büro. Ich wartete noch einige Sekunden, er konnte jederzeit zurückkommen, wenn er merkte, dass ich nicht draußen war und die anderen Räume durchsuchte.

Leise öffnete ich die Tür und spähte hinaus. Der Drache war im Büro und spähte zum Hinterausgang hinaus. Er stützte sich am Rahmen ab, streckte den Kopf nach draußen.

Auf Zehenspitzen schlich ich hinaus, rannte so lautlos wie möglich zur nächsten Tür, die zum Glück noch offen stand, und verschwand im Wohnhaus.

Der Drache folgte mir nicht.

Es war erstaunlich, wie gut sich meine Füße an alles erinnerten. Als hätte es die letzten neun Jahre Abwesenheit nie gegeben. Und das, obwohl diese Wände nichts mehr von meinem Zuhause hatten. Sie waren staubig, kahl und tot. Der Putz war an vielen Stellen abgebröckelt, der Holzboden morsch, Spinnweben zierten die Ecken.

Ich erreichte den oberen Flur und sah durch die Schlitze der vergitterten Fenster hinaus. Der Drache war im Garten, hatte seine Patrouille draußen wieder aufgenommen. Offenbar waren sie nicht mit übermäßiger Intelligenz gesegnet. Auch gut.

Langsam ging ich auf Mikaels ehemaliges Schlafzimmer zu und lauschte.

»Hatschi!«

Das war Ben gewesen. Ich blieb stehen. Wartete. Sollte ich reingehen? Oder würde ihn das in seiner Konzentration stören?

»Hatschi! Verdammt noch mal!«

Das klang nicht gut. Vielleicht sollte ich doch zu ihm und ihm helfen, sich zu konzentrieren ... Ich ging zu dem Zimmer und griff nach der Klinke, aber ich schaffte es nicht, sie zu drehen.

War es die Furcht davor, was mich darin erwartete?

Was, wenn Mikael schon da war? Oder ich beim Anblick seines Zimmers die Geister der Vergangenheit weckte?

So verharrte ich einige Augenblicke regungslos und überlegte, was ich tun sollte.

Das Gebälk knarzte, eine sanfte Windböe strich durch die Holzlatten an den Fenstern. Je länger ich ausharrte, umso stiller wurde es um mich herum. Ich lehnte mich gegen die Schlafzimmertür, presste mein Ohr dagegen. Bens Atem ging langsam und gleichmäßig, sein Herzschlag ebenso. Er hatte Ruhe gefunden.

Ich schloss die Augen, lauschte auf jede Regung.

Mein Blut rauschte in meinem Kopf. Alles an mir kribbelte und juckte, als würde sich mein Körper an jedes Detail erinnern, was ich hier erlebt hatte.

So lange her ...

Und dennoch war es so, als wäre ich gestern erst von hier verschwunden. Nach dem Brand damals war ich nicht mehr oben gewesen. Erst war ich von den Ärzten festgehalten worden, weil sie mich untersuchen wollten, und dann waren da auf einmal die Seelenwächter gewesen. Akil und Will. Erstaunlicherweise konnte ich mich nicht mehr genau an die Stunden nach dem Brand entsinnen. Ich wusste nicht, ob Anna meine Gedanken an das Erlebnis beeinflusst hatte oder ob es ein Selbstschutz meiner Seele gewesen war. Ich hatte sie nie danach gefragt, weil ich diesen Tag für immer bannen wollte. Das Erste, was ich bewusst erlebte, war Ilai, der an meinem Bett stand und sich mir vorstellte. Er hatte mir erklärt, wer sie waren und dass sie auf einem Einsatz gewesen waren und dabei das Feuer bemerkt hatten. Danach war ich im Nebel verschwunden, und ein Teil von mir war noch immer nicht daraus aufgetaucht.

Auf einmal hörte ich Stimmengemurmel. Ich öffnete die Augen, starrte auf die Tür und wich langsam vor ihr zurück, als käme gleich ein Monster aus der Hölle dahinter hervor.

»Heiliger Ikandu«, stammelte Ben.

Seine Worte trafen mich wie Peitschenhiebe. Ich erkannte die Bedeutung dahinter, wusste, was da drinnen geschah. Wie in Trance ging ich zurück zur Tür, drückte die Klinke nach unten und öffnete.

Und dann stand meine Welt still.

Einfach so.

Ben saß im Schneidersitz in der Mitte des Zimmers. Er erhob sich langsam, den Blick fest auf den Mann gerichtet, der vor ihm stand.

Sein Körper schimmerte leicht durchsichtig. Er war nackt, seine Haut leuchtete, als wäre sie mit Sonnenlicht überzogen. Die braunen Haare waren gewellt und reichten ihm bis knapp unters Kinn. Er sah genauso aus, wie ich ihn in Erinnerung hatte.

Er sah sich um. Verwirrt. Verloren. Traurig.

Sein Blick fand meinen – und er erstarrte.

Für eine Ewigkeit geschah nichts. Wir sahen uns an, einer gefangen in der Seele des anderen.

Mein Herz hämmerte so heftig, dass es schmerzte. Ich erinnerte mich an die Geschichte, die ich Jess im Stall erzählt hatte. Als Tobias auf mich schoss und die Kugel mein Herz zersplitterte.

Genau dieser Schmerz war wieder da.

Es war alles wieder da.

Die Leere nach Mikaels Tod.

Die Trauer. Die Rage. Die Wut. Die Einsamkeit. Die Verzweiflung.

»Jaydee ...«, sagte er leise.

Ich keuchte, als ich seine Stimme hörte. Er erinnerte sich an mich. Er wusste, wer ich war. Meine Füße trugen mich vorwärts. Ich konnte sie nicht stoppen, wollte es auch gar nicht. Vermutlich hatte ich aufgehört zu atmen, mir war schwindelig und übel.

Schritt für Schritt näherte ich mich ihm. Seine dunklen Augen ruhten in meinen. Sie bohrten sich in mein Gehirn, entzogen mir den Sauerstoff, nahmen mir den Raum zum Atmen. Meine Beine zitterten, genau wie mein Herz. Ich blieb vor ihm stehen, blähte die Nasenflügel.

Er roch nach nichts.

Noch nicht. Es würde nicht lange dauern, bis seine Seele sich verlor und in der Zwischenwelt zum Schattendämon wurde. Dann würde sein Körper feste Form annehmen, er konnte atmen, bekäme einen Herzschlag, würde die Wärme in diesem Gebäude spüren und er würde nach Verwesung stinken.

Wie der Tod, der auf ihn wartete, sobald wir fertig waren.

»Was ist mit mir geschehen?«, fragte er weiter.

Mein Mund klappte auf. Ich wollte ihm antworten, so gerne wollte ich ihm alles erklären, aber mal wieder brachte ich keinen Ton hervor.

»Wir haben dich aus dem Reich der Toten geholt«, sagte Ben für mich. »Wir benötigen deine Hilfe. Ein alter Dämon ist auferstanden. Er terrorisiert die Stadt, tötet Menschen. Wir können ihn nicht stoppen. Nur du kannst das.«

Mikael wandte sich zu ihm um. Selbst seine Bewegungen waren so geschmeidig und elegant wie früher.

»Ich? Wie sollte ich das können?«

»Wir benötigen dein Blut.«

»Aber ich bin tot. Ich bin ... ins Licht gegangen. Ich weiß es, denn Gott hat mich begrüßt.« Er streckte die Arme aus, betrachtete sich selbst. »Das ist nicht mein Körper. Ich kann nicht bluten.«

Ich sank in die Knie. Es war, als würde Mikael mit jedem seiner Worte ein Stück von mir herausschneiden. Das würde ich nicht aushalten. Nie im Leben konnte ich ertragen, was wir mit ihm vorhatten. Er hatte seinen Frieden gefunden. Er war dort gewesen, wo er hingehörte, und wir haben ihn herausgerissen, um ihn einem Dämon zum Fraß vorzuwerfen.

»Junge«, sagte er und kniete sich vor mich. »Was ist mit dir?«

»Ich ... ich kann nicht ...«

Mikael legte den Kopf schräg, betrachtete mich interessiert. »Du bist so erwachsen geworden.«

Ich lachte auf. Es war wie früher. Seine Stimme weich und verständnisvoll. Nicht tadelnd, nicht verurteilend. Nicht einmal dafür verurteilte er mich!

»Du wirst bald bluten können«, sagte Ben leise. »Deine Seele wird sich den Schatten zuwenden und sich verwandeln.«

»Ich verstehe es nicht. Was heißt das? Warum schickt ihr mich nicht zurück?«

Ich schloss die Augen, biss auf meine Zunge. *Nicht. Bitte uns nicht darum.*

»Jaydee, erkläre es mir.«

»Ich kann nicht.«

»Was hast du getan?«

»Ich war es nicht.« Zum Teufel, wie oft hatte ich das früher zu ihm gesagt? Ich war es nicht, der Tobias die Zähne ausgeschlagen hatte, ich war es nicht, der Auguste die Dampfnudeln gestohlen hatte, ich war es nicht, der die

Fenster zertrümmerte ... ich war es nicht. Dieses Mal stimmte es sogar. Für all das war allein Ralf verantwortlich. Er zwang uns dazu, weil er mit Mächten spielte, die nicht hierhergehörten.

»Jaydee.«

Auf einmal war er ganz nah bei mir. Ich fühlte die Wärme seines Körpers, auch wenn ich das nicht sollte. Ich hörte das leise Schlagen seines Herzens. Die ersten Anzeichen der Verwandlung, die ersten Signale seiner neuen Existenz. Bald käme der Hunger, und wir waren nur noch Beute für ihn.

Vorsichtig berührte er meine Wange.

Ich zischte, zuckte zurück. »Fass mich nicht an!«

Doch Mikael dachte gar nicht daran zu tun, was ich von ihm verlangte. Er packte meinen Nacken und hielt mich fest. Meine Zellen erinnerten sich sofort an diese Berührung. An seine Finger auf meiner Haut, an die Liebe, die er mir aufzwängte, obwohl ich sie nicht verdient hatte.

Mikael hatte noch nie Angst vor mir gehabt, er war noch nie zurückgewichen, wenn das Böse in mir aufflammte, hatte nie die Hoffnung verloren, wenn ich mit blutigen Klamotten heimkam, weil ich mich mal wieder geprügelt hatte.

»Du bist tot«, keuchte ich. »Du bist verbrannt. Du bist gegangen, du bist ...« nicht mehr dagewesen. Mein Magen hob sich, ich schluckte die Galle nach unten. Ich war der Teenager, der danebenstand, während das Feuer tobte. Ich war hilflos, nutzlos, verängstigt. Ich konnte nichts für ihn tun, ich war gefangen in den Emotionen eines anderen.

»Du bist verbrannt.«

»Ich weiß. Ich habe den Tod gespürt und ihn willkommen geheißen.«

»Warum?« Es war nicht mehr der Mann, der aus mir sprach, sondern der Junge, der ich einst gewesen war. Der, der es nicht verstand, dass Mikael weg war, der sich verlassen und einsam gefühlt hatte, der nicht mehr wusste, was er mit sich in dieser Welt anfangen sollte.

»Weil es mein Weg war. Ich hätte nie zulassen können, dass jemand in den Flammen zurückbleibt. Ich habe mich dazu entschlossen, den anderen zu helfen, und dann ging ich, um Frieden zu finden.«

Das hätte er nicht tun dürfen. Wenn er geblieben wäre ... *dann wäre er damals schon zum Schattendämon geworden.* Er hätte weiterexistiert, er wäre vielleicht wie Joanne geworden. Intelligent, besonnen, sich seiner selbst bewusst.

»Sieh mich an«, sagte er, und ich gehorchte. In seinen Augen lag ein leichtes Funkeln. Die erste Gier nach Seelenenergie grub sich nach oben. Wenn er sich gleich auf mich stürzen würde, würde ich ihn nicht aufhalten. Mikael studierte genau mein Gesicht, als wolle er sich jedes Detail einprägen, als könne er so erkennen, was aus mir geworden war. »Du siehst gut aus. Ich bin stolz auf dich.«

Ich blinzelte, sah alles nur noch durch einen trüben Schleier. »Nicht.« *Sei nicht stolz auf mich.* An meinen Händen klebte so viel Blut. Nicht nur von Dämonen. Jess. Keira. Will. Alles Opfer meiner Raserei. Opfer des Jägers, der nur aufgehalten wurde, weil jemand anderes ihn gestoppt hatte.

Mikaels Griff um meinen Nacken verstärkte sich. Er bohrte seine Nägel in meine Haut. Sein Körper wurde wärmer, sein Herzschlag kräftiger. Er schluckte, seine Augen wanderten tiefer bis zu meinem Herzen.

»Was ... was geschieht mit mir?«

»Du verwandelst dich. In einen Schattendämon.«

Er hielt die Luft an. »Schattendämon ...«

»Du wirst Seelenenergie von Menschen brauchen, um zu überleben. Sie nährt dich. Je mehr du davon aufnimmst, desto stärker wirst du.«

»Werde ich sie dabei töten?«

»Ja.« Joanne war eine der Ausnahmen. Sie hatte gelernt, den Hunger zu kontrollieren, aber sie war Mikael um Welten überlegen. Er würde viele Opfer benötigen, bis er soweit war, und auf dem Weg dahin würde er sich verlieren.

Mikael biss sich auf den Kiefer. Ein leises Knurren entwich seiner Kehle, er riss die Augen auf, als wäre er selbst darüber erstaunt. »Ich will das nicht.«

Nein. Oh Gott, nein, ich wollte das auch nicht. »Es tut mir leid. Wir haben keine andere Wahl. Du bist der einzige, der uns helfen kann.«

»Wie?«

»Ich hatte es dir schon gesagt«, antwortete Ben, und ich war ihm dankbar, dass er mir das abnahm. »Wir benötigen dein Blut. Du musst Worte aufsagen, die wir vorbereitet haben, und die Tore für den Emuxor öffnen, damit er zurück in sein Gefängnis kann.« Ben reichte Mikael den Zettel, den Abe vorbereitet hatte. Er griff zögerlich danach.

»Und dann schickt ihr mich ebenfalls zurück?«

»Nein.« Das Wort fühlte sich an, als würde ich mir mit einer Rasierklinge die Lippen aufschneiden. »Wir werden deinem Dasein ein Ende bereiten. Deine Seele kann nicht mehr ins Licht. Sie wird ausgelöscht. Es gibt keinen Frieden. Es gibt keinen Gott. Auf dich wartet nur die Dunkelheit.«

Mikael ließ mich los. Sein Gesicht starr vor Entsetzen.

»Es tut mir leid«, wiederholte ich und fühlte mich dabei vollkommen taub.

»Das sagtest du.« Er stand auf, blickte an sich hinab. Noch immer war er nackt.

»Ich schau mal, ob ich eine Decke finde«, sagte Ben. Meine Knie waren wie festgeklebt am Boden. Ich würde hier sitzen bleiben und warten, bis es vorbei war.

Ben verließ den Raum, ließ aber die Tür offen. Bestimmt entfernte er sich nicht zu weit, um in Reichweite zu bleiben, falls Mikael durchdrehte.

»Wieso ich?«

»Weil du ein Nachfahre des ursprünglichen Pfarrers bist, der einst hier gelebt hat. Er hat den Dämon schon einmal bezwungen. Nur euer Blut kann es.«

Mikael keuchte, griff sich an den Magen und krümmte sich vor Schmerz. »Beim heiligen Vater ...«

Endlich gehorchten meine Beine wieder. Ich sprang auf und stützte ihn. »Das ist der Hunger. Du wirst bald Nahrung benötigen.«

Er packte meine Arme, zog mich an sich. Die Berührung war grob und unbeherrscht. Nichts, was ich von ihm kannte. Ich ließ mich gegen ihn fallen, atmete tief ein, ob ich einen Hauch seines früheren Duftes nach Weihrauch erhaschen konnte – aber da war nichts. Nur die leichte Unternote aus Verwesung, die langsam von ihm Besitz ergriff.

»Du musst mich loslassen, Mikael.« *Bitte. Lass mich gehen, denn ich werde dich nicht aufhalten.*

Mit seiner Verwandlung kamen die Gefühle. Noch hielten sie sich tief unter der Oberfläche. Noch waren sie eine undefinierbare Masse. Ich zog meine Schutzmauern hoch, denn mir war klar, dass er Angst haben würde und dass er vermutlich böse war. Böse auf mich. Auf uns. Auf das, was mit ihm geschah. Seine Wut war etwas, das ich kaum ertragen konnte.

Er knurrte ein weiteres Mal, seine Hand packte meine Haare, grub sich in meine Kopfhaut. Auf einmal stieß er mich weg, so überraschend, dass ich taumelte.

Ben kam zurück in den Raum, er hatte eine alte rote Decke aufgetrieben, die nach Motten und Dreck stank, aber es war besser als nichts. »Geht es einigermaßen?«

»Nein!«, brüllte Mikael. »Was.Habt.Ihr.Mit.Mir.Gemacht?«

Er sprang nach vorne auf Ben zu. Er ließ sofort die Decke fallen, zog eines der Messer, das Will ihm gegeben hatte, und wehrte Mikael ab. Sie gerieten in eine Rangelei. Ben war ein erfahrener Kämpfer, aber Mikael war getrieben vom Hunger und verzweifelt. Außerdem durfte Ben ihn nicht zu stark verletzen, weil wir ihn noch brauchten. Mikael versuchte, Ben zu packen, seine Hand auf seine Stirn zu legen, doch Ben wehrte ihn geschickt ab, trat ihm die Beine unter dem Körper weg und rollte ihn auf den Rücken.

Ich starrte die beiden fassungslos an. Das alles geschah nicht wirklich. Es war nicht real. Es konnte nicht real sein. Mikael war tot und begraben.

Tot und begraben.

Mikael wehrte sich aus Leibeskräften. Er kickte und schrie und biss nach Ben.

»Ich könnte etwas Hilfe brauchen«, rief er. »Wir müssen ihn fesseln.«

Ich sah den beiden zu, wie sie miteinander rangen. Ben bog Mikaels Arm nach hinten, hielt ihn am Boden mit der Routine eines Polizisten. »Jaydee!«

»Ja.«

»Wir bräuchten etwas, um ihn zu fesseln!«

Ich schüttelte mich aus meiner Starre, zog den Gürtel aus meiner Jeans und setzte mich an Mikaels Seite, um ihm die Handgelenke zusammenzubinden. Der Drang, mich zu entschuldigen, war übermächtig. Ich wollte, dass er wusste, wie leid es mir tat, dass es mir das Herz brach, dass mit seinem Tod endgültig etwas in mir sterben würde – doch ich schwieg. Es änderte nichts.

»Danke«, sagte Ben. »Ich werde dir auf die Füße helfen, Mikael. Ich weiß, es ist schwer, aber bitte: Versuche dich zu konzentrieren.«

Mikael schrie vor Zorn. Das klappte nie im Leben. Er konnte uns nicht helfen, nicht, wenn er so viel Hunger hatte.

»Vielleicht sollten wir ihm Seelenenergie füttern«, sagte Ben. »Nur ein wenig, damit er zu sich kommt.«

»Das wird nicht lange halten. Gerade die Neugeborenen benötigen viel.«

Mikael funkelte mich mit der Gier eines Schattendämons an. Dennoch erkannte ich hinter diesem Glimmen nach wie vor ihn selbst.

»Er besitzt einen starken Willen. Er kann es lange genug bekämpfen.« Ich sprach eigentlich zu Ben, aber ich sah Mikael dabei an. Er hatte mich fünfzehn Jahre lang großgezogen. Den fremden Jungen, der eines Tages vor seiner Tür gelegen hatte. Er hatte mit mir etliche Tiefen und nur wenige Höhen erlebt. Er war es gewohnt zu kämpfen. Er hatte sein verdammtes Leben für das Wohl von anderen gegeben.

»Wir bringen ihn nach draußen. Er muss sehen, was der Emuxor angerichtet hat. Dann wird er lange genug durchhalten, um die Worte zu sprechen und sie mit seinem Blut zu besiegeln.«

»Ich hoffe, es funktioniert.«

»Ich auch, denn wenn nicht, bekommt er meine Seelenenergie.« Und davon so viel, wie er brauchte. »Lass uns gehen.«

39. Kapitel

Joanne führte William tiefer in die Höhlen. Sie kamen an dem Gang vorbei, durch den er mit Jess geflohen war. »Dort drüben sind die Gefängniszellen.«

»Richtig. Da haben wir dich schmoren lassen.«

William schnaubte. Auch das würde er niemals vergessen. Sein Bruder hatte mit ihm gespielt, ihn ausbluten lassen – sprichwörtlich – und ihn dann an eine Wand gekettet, damit er vor sich hinsiechen konnte. Wäre Jess nicht gekommen, würde er vermutlich noch immer dort festhängen. Joanne stieg über Geröll, das von der Wand heruntergefallen war. Eine der Adern hatte sich durch das Gestein gepresst und es zum Einsturz gebracht. William folgte ihr und betrachtete die Ader. Sie war versteinert, als hätte sie sämtliche Energie verloren.

»Sie haben ihren Dienst getan«, sagte Joanne. »Sie brennen aus, wenn sie nicht mehr gebraucht werden.«

»Also kann Ralf sie kein zweites Mal gegen uns verwenden.«

»Nein, aber das ist ja auch nicht nötig.«

Die Anwesen waren zerstört, die Ratsmitglieder verloren ... »Er hat die Seelen des Rates an den Emuxor übergeben, oder?«

»Ja. Ich habe es Jaydee schon erzählt, ich habe alles mit angesehen. Es war wunderschön.«

William unterdrückte den Drang, ihr in den Rücken zu treten. Stattdessen zog er das Kreuz hervor, das er um den Hals trug, küsste es und sprach ein leises Gebet.

Joanne lachte. »Gott wird ihnen nicht helfen. Sie sind in der Hölle, glaub mir.«

William ließ sich nicht davon beirren und beendete seine Zwiesprache mit dem Herrn. Er würde ihn leiten und führen, so wie er es immer getan hatte.

Das Vorankommen wurde mit jedem Meter schwerer. Die Wände und die Decke waren zum Teil zusammengebrochen, die Tunnel wurden enger. William und Joanne mussten sich an manchen Stellen auf den Bauch legen und durch Öffnungen hindurchrobben.

»*Du musst in eine der unterirdischen Kammern*«, sagte Joanne auf einmal. »*Die Gänge sollten noch intakt sein, ich habe sie damals alle extra verstärkt.*«

»Wie bitte?«

»Das sagte der Meister zu mir. Als ich das letzte Mal hier gewesen war, war der Schaden noch nicht so groß. Da hatten wir allerdings erst eine Explosion ausgelöst. Offensichtlich haben sich die Adern mit jeder weiteren ausgedehnt.«

»Wie weit ist es noch?«

»Da drüben um die Ecke. Da sind unsere Schlafkammern gewesen. Wir haben die meiste Zeit unterirdisch verbracht. War ziemlich gemütlich.«

»Das interessiert mich ehrlich gesagt nicht.«

Sie lachte. »Natürlich nicht. Der Meister hat mir erzählt, wie prüde du bist und dass du eine Frau nur in der Dunkelheit und unter der Bettdecke berührst.«

Das stimmte nicht, aber er machte sich nicht die Mühe, sie zu korrigieren. William liebte es, mit einer Frau intim zu werden. Er mochte es nur nicht mit einer x-beliebigen tun. Für ihn gab es sowieso nur noch eine, und wenn Anna sich ihm niemals in der Hinsicht öffnete, würde William eben im Zölibat leben. Er brauchte keinen Sex, auch wenn es schön war. »Erzähl mir mehr von Ralf. Ich muss ihn besser begreifen. Weißt du, wie er damals in den Tempel der Wiedergeburt gekommen ist? Normalerweise kann niemand an dem Baum Itep vorbei.«

»Er meinte, jemand aus der Seelenwächterwelt hätte ihm dabei geholfen. Ich kann mich an ihren Namen nicht mehr genau erinnern, etwas mit A…«

»Ashriel?« Konnte das sein? Würde sie so etwas tun? Noch während er sich diese Frage stellte, konnte William sie sich bejahen. Wenn der Preis stimmte, würde Ashriel alles machen, auch einen Menschen, der eigentlich nicht auserwählt war, in den Tempel schleusen.

»Möglich. Ich habe nicht so genau aufgepasst. Das war zu Beginn unserer Beziehung, und da hatten wir andere Dinge im Kopf als zu reden.«

William schüttelte den Kopf. »Weiter. Wie hat er dich und die ersten Schattendämonen verändert?«

»Er hat ein Stück seines Herzens herausgeschnitten und in einem Ritual mit uns verbunden. Ich habe es natürlich bei mir selbst nicht mitbekommen, aber bei anderen gesehen. Der Meister hat Dämonen von der Straße gefangen, die ihm gefallen haben, dann hat er sie mit zu sich in die Höhlen genommen und das Ritual durchgeführt. Er hat uns alle befreit.«

»Und du kassierst dafür einen Tritt in den Hintern.«

»Ich hatte ein paar schlechte Gedanken über ihn, schätze, das hat er mir übel genommen. Wobei ich eigentlich dachte, unsere Beziehung wäre stärker als das.«

Er erwiderte nichts darauf. Joanne erwartete hoffentlich keine Empathie von seiner Seite.

»Oh, nein«, sagte sie und hielt an.

William trat neben sie. »Eine Sackgasse ...«

Ein großer Felsen versperrte den Weg, die Adern hatten sich durch das Gestein gearbeitet und füllten mit dem Schutt den gesamten Tunnel aus.

»Dahinter wäre dann die Kammer, in der der Meister seine Pläne schmiedete.«

William trat näher und legte eine Hand auf das Hindernis. Es war fest. Undurchdringlich.

»Kannst du es beiseiteräumen?«

William horchte in den Felsen hinein. Er dehnte seine Magie aus, suchte nach Hohlräumen, doch da war nichts. Alles, was er spürte, war massives Gestein. »Es ist verschüttet.«

»Unsere Kammern lagen unter dem Zentrum des Schlosses. Dort war die Explosion am heftigsten.«

»Mit sehr viel Zeit könnte ich vermutlich einen Weg für uns durchschlagen.« Ähnlich wie Colin und Derek es getan hatten. Die Tunnel der Indianer waren aber gewiss nicht so stark beschädigt gewesen wie dieser hier. »Es könnte Tage dauern ...« Und selbst dann war es nicht klar, ob Ralfs Aufzeichnungen noch vorhanden waren, ob sie überhaupt etwas finden würden. William lehnte die Stirn gegen den Felsen. Sie waren am Ende angelangt. Die Sackgasse war tatsächlich eine.

»Dann müssen wir ihn anders schlagen. Wir gehen zurück in die Kirche, und du wirst so lange an den Zeichen herumexperimentieren, bis du sie zerstören kannst.«

»Wie stellst du dir das vor? Die Drachen sind noch da. Ralf wird sicherlich zurückkommen ... wir können nicht ...«

Joannes Hand schoss nach vorne und legte sich um Williams Kehle. »Ich werde nicht hier herumstehen und jammern, während dieses Arschloch sich über mich lustig macht. Ich werde ihn töten! Ob mit deiner Hilfe oder ohne, ist mir egal.«

William röchelte. Das Blut staute sich in seinem Kopf. Er packte Joannes Handgelenk, rüttelte daran, doch er saß im Schraubstock.

Endlich ließ Joanne ihn los. Er plumpste zu Boden und hustete. Sie drehte herum und lief den gleichen Weg zurück, den sie gekommen waren. William gab sich einige Atemzüge, um Kräfte zu sammeln, dann stand er auf und folgte ihr.

Noch leicht benommen schloss er zu ihr auf. Joannes Energie war außergewöhnlich, William hatte keine Ahnung, wie sie die Dämonin je außer Gefecht setzen sollten.

Ein Problem nach dem anderen ... erst mein Bruder, dann seine Gefolgschaft.

Vielleicht schwand ihre Kraft mit dem Bannen des Emuxors. Er hatte Joanne verändert, es war seine Energie, die sie antrieb. Wenn sie gekappt war, wäre Joanne vielleicht wieder eine gewöhnliche Schattendämonin. Sie mussten es abwarten. Etwas anderes blieb sowieso nicht zu tun.

Sie kehrten zurück zum Ausgangspunkt und passierten den Trakt mit den Gefängniszellen. William sah den Gang hinunter, die Bilder der Vergangenheit blitzten in ihm hoch. Er sah sich selbst, wie er an der Wand hing, wie Jaydee auf einmal in der Tür stand und Jess angreifen wollte und wie sie ...

»Beim Herren.«

»Was?«, fragte Joanne und stoppte.

»Ich ...« Konnte das sein? Wäre das möglich? William rannte in den Gefängnistrakt bis zu seiner Zelle. Die Tür stand noch offen, am Rahmen waren Brandspuren von seinem Feuerball zu erkennen. William blickte sich in der Zelle um und lächelte. Joanne trat hinter ihn, spähte über seine Schulter in den Raum.

»Was ist?«

»Ich weiß, wie wir meinen Bruder aufhalten können.«

40. Kapitel

Ah, wie überaus befriedigend!

Der Emuxor wandelte durch die Stadt und genoss seine neue Herrschaft. Bedauerlicherweise waren nicht mehr viele Menschen unterwegs, aber er spürte ihre Seelen in den Häusern. Sie verbarrikadierten sich, suchten Schutz in den eigenen vier Wänden. Der Emuxor würde sie noch eine Weile in Frieden lassen, ihnen das Gefühl von Sicherheit vermitteln und dann zuschlagen.

Sein Diener begleitete ihn. Die Drachen züngelten um seinen Körper.

Nicht mehr lange.

Der Emuxor war sich sicher: Er hatte der Frau seines Dieners ins Auge geblickt und den Zorn darin gesehen. Das war der einzige Grund, weshalb er sie verschont hatte. Sie würde für ihn Rache nehmen und seinen Diener entsorgen. Der Emuxor kannte die Abgründe jeder Emotion, er wusste, was in den Wesen um ihn herum vorging. Joanne wäre ihm ein äußerst nützliches Werkzeug. Womöglich ließ er sie noch eine Weile am Leben. Vielleicht bis zum Schluss, wenn er alle Seelen verspeist hatte. Sie wäre dann das Dessert.

Ja. Ja, das gefiel ihm außerordentlich ...

Ab heute gehörte ihm dieser Planet. Er war der wahre Herrscher über das Leben. Jeder, der das anzweifelte, würde vernichtet werden.

»Meister!«, rief eine Frau. Der Emuxor und sein Diener drehten sich um. Sie war eine der Dämoninnen, die in der Kirche Wache gehalten hatten.

»Verzeiht die Störung.« Sie fiel vor den beiden auf die Knie. »Darf ich sprechen?«

»Natürlich. Was ist?«, fragte sein Diener, noch bevor der Emuxor Antwort geben konnte.

Das muss aufhören.

»Joanne ist ... sie ist nicht tot. Sie ist in der Kirche und hat alle anderen erledigt. Sie kämpft an der Seite der Seelenwächter. Ihr müsst sofort kommen, Meister.«

Sein Diener fuhr herum und starrte den Emuxor an. Er lächelte und neigte den Kopf.

»Viel Spaß«, sagte er, wandte sich von seiner Gefolgschaft ab und lief weiter durch die Straßen. Er hörte noch, wie sein Diener fluchte und der Dämonin zurück zur Kirche folgte.

Sehr gut ... sollen sie sich gegenseitig bekriegen. Am Ende würden sowieso alle sterben.

»Oh, mein Gott!«, schrie auf einmal eine junge Frau. Sie kam mit einem Mann die Straße heruntergelaufen.

Der Emuxor blickte die beiden an. Ihre Gesichter waren erfüllt von Furcht über seine Gestalt.

Sehr schön.

»Was ... was ist das?«, fragte die Frau.

»Los! Lauf!«

Und sie liefen.

Der Emuxor lachte leise, hob seine Hand und kratzte Hautschuppen mit seiner Klaue herunter. Er pustete sie in den Wind, sie holten die beiden rasch ein.

Der Emuxor schloss die Augen und genoss eine weitere Mahlzeit. Die Schreie seiner Opfer klangen wie Musik in seinen Ohren.

41. Kapitel

William und Joanne traten zurück vor das Portal. Die Barriere war nach wie vor intakt. Colin hatte Derek mittlerweile in eine bequemere Position auf den Altar gebettet und redete leise auf ihn ein. Noch immer war Derek weggetreten. Hoffentlich würde er sich erholen. Er war alles, was vom Rat übrig geblieben war. All das Wissen, die Geheimnisse, die Informationen aus Tausenden von Jahren lasteten auf ihm.

Colin blickte auf, als er die beiden sah. Er wusste sofort, was zu tun war, und lief an den Treppenaufgang. Der Drache hatte sich zurückgezogen. Vielleicht war er nach oben gekehrt, um sich bei den Zeichen aufzuhalten. Colin senkte die Barriere, William und Joanne traten durch das Portal und kamen binnen einer halben Sekunde auf der anderen Seite heraus.

»Habt ihr etwas gefunden?«

»Ja«, sagte William. »Allerdings nicht das, was ich erwartete.« Er erklärte Colin seinen Plan, so wie er ihn zuvor Joanne erläutert hatte.

Colin lauschte aufmerksam. »Das ist wagemutig.«

»Im Moment ist es unsere einzige Option.«

Colin blickte zu Joanne. Sie erwiderte seinen Blick mit Gelassenheit. Es war wichtig, dass sie sich gegenseitig vertrauten.

»Ich weiß nicht«, sagte Colin und strich sich durch die Haare. »Was, wenn du Ralf falsch einschätzt? Oder sie.« Er deutete auf Joanne.

»Ralf ist mein Bruder. Ich weiß, an welchen Stellen ich ihn packen muss. Was sie betrifft ... da werden wir wohl über unseren Schatten springen müssen.«

»Und der *Schatten*dämonin vertrauen«, sagte Joanne. »Wie überaus ulkig, findet ihr nicht?«

»Zum Totlachen«, sagte Colin.

Derek keuchte und krümmte sich zusammen. Colin und William drehten sich beide zu ihm.

»Es geht ihm nicht gut«, sagte Colin. »Der Heilsirup schlägt kaum an.«

»Er braucht sein Element.« William zog ihn zu sich. »Sobald der Drache abgelenkt ist, nimmst du das Portal nach Schottland und lässt dich und Derek dort von den Seelenwächtern abholen.«

»Auf keinen Fall. Ich bleibe, falls du Hilfe brauchst.«

»Wir dürfen nicht unser letztes Ratsmitglied verlieren. Er hätte erst gar nicht auf diesen Einsatz mitkommen dürfen.«

»Wir hätten ihn nicht davon abhalten können«, sagte Colin. »Außerdem hatte ich ihn gebraucht, um die Zauber in den Tunneln zu halten.«

William nickte. Derek kannte natürlich das Risiko wie jeder Seelenwächter. Dennoch war er wichtig für die Gemeinschaft. Er war der Rat. Wenn er starb, würde es ewig dauern, bis sie einen neuen gegründet hatten. »Bitte bring ihn heim, Colin.«

»Na gut. Ich komme so schnell wie möglich zurück. Joanne ist nicht zu trauen, wenn sie ...«

»Ich weiß. Wenn sie mich verrät, sind wir sowieso alle tot. Es ist unsere einzige und letzte Option. Wir stehen an der Wand.«

»Ich kann euch übrigens hören«, sagte Joanne. »Nur mal so zur Info. Ach so, und: Der Meister wird bald hier eintreffen. Wir sollten uns bereit machen.«

»Glaubst du wirklich, dass du an den Drachen vorbeikommst?«, fragte Colin.

»Wie euch vielleicht aufgefallen ist, greifen sie mich nicht an. Noch nicht. Sobald der Meister auftaucht und es ihnen befiehlt, werden sie es tun. Doch bis dahin können wir es ausnutzen.«

William zog einen Dolch aus der Halterung an seinem Bein und betrachtete die Klinge. Es war eine von Colins Waffen, eine fantastische Arbeit, noch besser als die, die sie bei Ilai hatten. Raphael arbeitete in der Schmiede, in der die Utensilien hergestellt wurden. So hatte jede Seelenwächterfamilie eine Aufgabe. William drehte den Griff nach vorne, so dass die Spitze auf ihn zeigte, und reichte ihn Joanne.

Das war das erste Mal in der Geschichte der Seelenwächter, dass ein Schattendämon eine Titaniumwaffe von einem Wächter freiwillig erhielt. Mit dieser Klinge konnte man nicht nur Dämonen töten, sondern auch die Wächter selbst. Ein Stich durchs Herz, und William wäre erledigt.

Joanne nahm den Dolch entgegen und schloss lächelnd die Hände um den Griff. »Dass ich das noch erleben darf.«

»Gib gut darauf Acht, Dämonin.«

William legte den Rest seiner Waffen ab. Die Wurfmesser, das Schwert, noch einen Dolch. Alles landete auf dem Boden, bis er sich leer und schutzlos fühlte. »Lass uns gehen.«

Joanne drehte das Messer, packte William am Arm und presste sich gegen seinen Rücken. Die Klinge setzte sie an seinem Hals an, als wollte sie ihm den Kopf abtrennen. »Die Show kann beginnen.«

Gemeinsam liefen sie zum Treppenaufgang. Der Drache war nicht zu sehen, doch es würde sicherlich nicht lange dauern, bis er auftauchte. Colin folgte ihnen, er löste die Barriere, und sie verließen die Krypta.

»Viel Glück«, sagte er, ließ sie passieren.

Joanne hielt ihn fest an sich gepresst, während sie nach oben gingen. Die Klinge an seinem Hals schnitt in die Haut. Er keuchte. Titaniumwunden schmerzten schlimmer als andere. Nur Sirup konnte sie heilen.

»Du fängst aber nicht an zu heulen, oder?«, fragte Joanne.

»Natürlich nicht.«

»Etwas Blut wirst du schon lassen müssen, damit es realistisch wirkt.«

»Das verstehe ich.«

»Gut.« Sie schubste ihn die letzte Stufe hoch, holte aus und rammte ihm den Dolch von hinten in den Oberschenkel. William schrie vor Schmerz. Er sackte zusammen, Joanne packte ihn an den Haaren, zerrte ihn in die Höhe und zog ihn weiter. William konnte kaum auftreten. Das Blut sickerte aus der Wunde seine Hose hinab, wärmte sein Bein, floss in seinen Stiefel. Ihm wurde kurz schwarz vor Augen, er musste sich gegen Joanne stützen, um bei Sinnen zu bleiben.

»Ist es so schlimm?«

»Es ist Gift für mich.«

»Tja, Pech gehabt. Hey, Drache!«, rief sie. »Ich habe Beute gemacht.«

Der Drache lag auf den Zeichen und hob den Kopf, als er Joanne hörte.

»Wird es ihm nicht auffallen, dass du mir vorher geholfen hast?«

»So klug sind sie nicht. Sie folgen ihren Befehlen. Mehr nicht.«

Jetzt streckte er seine Glieder und zischte. Joanne drängte William zur Mitte. Ins Zentrum der Symbole, das Zentrum von Ralfs Macht. Der Drache fletschte die Zähne, doch er griff nicht an, er beobachtete Joanne interessiert und ließ sie näherkommen.

»Wenn wir ...«, setzte William an, doch er wurde unterbrochen, als die Tür aufflog und Ralf hereinstürmte. Eine Dämonin folgte ihm dichtauf. Sie wirkte äußerst selbstzufrieden.

»Ich habe gehört, hier steigt ein Grillfest!«, rief Ralf und betrat die Kirche.

Joanne drehte mit William herum und wartete, bis er näherkam. »Hallo, Schatz«, rief sie. »Schön, dich wiederzusehen.«

»Joanne.« Ralf öffnete die Arme, als wolle er sie herzlich begrüßen. »Du lebst noch.«

»Enttäuscht?«

»Ganz im Gegenteil, ich bin hocherfreut! Wie ich sehe, hast du ein Geschenk für mich.«

»Er kam mir aus der Krypta in die Arme gelaufen. Dein feiner Bruder hat dein Portal genutzt und ist in unser Schloss nach Schottland gereist.«

»Wirklich? War sicherlich gemütlich dort.« Ralf blieb vor ihnen stehen. Das war das erste Mal, dass sie sich begegneten, seit er William in Schottland festgehalten hatte. Sein Bruder sah großartig aus. Die Brandnarben, die Ralfs Gesicht vorher verunstaltet hatten, waren verschwunden. Seine Haare waren nachgewachsen, er wirkte jünger, fideler, stärker als zu den Zeiten, wo sie beide über die Wiesen vor Rockshell tobten, ihrem ehemaligen Zuhause. Kleine Flammen züngelten um Ralfs Beine herum, sie verschwanden in seiner Kleidung, traten an anderer Stelle aus. Er wandte sich an Joanne. »Rosalyn erzählte mir, dass du auf der Seite der Seelenwächter gekämpft hast.«

Joanne zog William enger an sich und bohrte die Klinge tiefer in seinen Hals. Noch ein Stück, dann würde sie ihn aufschlitzen. »Da hat Rosalyn sich getäuscht. Ich habe lediglich deine Leute ausgeschaltet, ich wollte in die Freiheit, und sie standen mir im Weg.«

»Sie lügt«, sagte Rosalyn. »Sie hat einem zugerufen, dass er mich aufhalten soll, bevor du verständigt wirst.«

»Natürlich hab ich das! Denkst du, Schlampe, ich möchte erneut an einen Urdämon verfüttert werden?«

»Wie kannst du es ...!«

»Ruhe! Alle beide«, brüllte Ralf.

»Ich habe deinen Bruder gefangen genommen. Für dich! Er kam aus dem Portal und trug das hier bei sich.« Joanne griff in ihre Tasche und fischte das Amulett heraus, das sie und William zuvor aus der Gefängniszelle geholt hatten. Es war ein Taler mit Gravuren darauf. Ralf hatte sie William umgelegt, damit er keine Magie mehr wirken konnte. Erst als Jess den Taler von seinem Hals gerissen hatte, konnte er Jaydee aufhalten. Das Amulett hatte noch in der Gefängniszelle gelegen.

Ralf erstarrte, als er es sah. »Du wolltest meine Magie kappen.« Sein Gesicht wurde blass. William hatte richtig gelegen. Der Taler war eine Waffe gegen Ralf. Auf die Art könnten sie ihn von den Drachen trennen. Nun lag es an Joanne, den ersten Teil des Planes durchzuführen.

»Gib es mir«, sagte Ralf.

»Wenn ich ihn loslasse, wird er fliehen.«

Ralf schnalzte mit den Fingern. Sofort schossen aus den Zeichen Flammen nach oben und kesselten Joanne und William ein. Sie zischten und züngelten, manche formten sich zu Drachenköpfen, andere wurden zu Klauen.

Joanne warf die Titaniumklinge vor Williams Füße. Er keuchte, als das Metall endlich nicht mehr seine Haut verletzte. Die Wunde im Bein pochte dumpf. Ihm war schwindelig vom Blutverlust, doch er musste sich zusammenreißen. Nur noch ein kleines bisschen.

Joanne hielt das Amulett in einer Hand und trat vor Ralf. Wäre sie schnell genug, es ihm anzulegen? Sie hatte es William zugesichert, und nachdem sie sich so sehr verändert hatte, traute er es ihr zu. Sobald Ralf das Amulett trug, musste er den Dolch schnappen und zustechen. William beobachtete Joanne genau. Sie hob das Amulett in die Höhe von Ralfs Gesicht. Er starrte darauf, blinzelte, sah zu seinem Bruder.

»Wirklich klug, mein lieber William. Wirklich klug.«

Joanne blickte über ihre Schulter zurück zu ihm und zwinkerte. »Nur nicht klug genug.«

Sie ließ das Amulett in Ralfs ausgestreckte Hand fallen.

»Er hat darauf gehofft, dass ich es dir anlege.«

William traf fast der Schlag. Das war nicht Teil der Abmachung gewesen. »Was ...?«

Ralf nahm es entgegen, betrachtete den Taler und ließ ihn in seiner Jacke verschwinden. »Bruder, Bruder. Wolltest du wirklich einen Schattendämon gegen mich einsetzen? Weißt du denn nicht, dass ihnen nicht zu trauen ist?«

Doch! Aber Joanne war ... sie hatte an ihrer Seite gekämpft. Sie hatte Jaydee geholfen und Ben geheilt, warum sollte sie das tun? Sie hatten alles genau geplant ...

»Nimm es ihr nicht übel«, sagte Ralf. »Mich wollte sie auch hintergehen.«

»Aber ich habe es nicht getan.«

»Weil ich dir zuvorgekommen bin.«

»Und dafür habe ich gebüßt.«

»Das hast du, Baby. Das hast du.«

Er legte eine Hand um Joannes Hüfte, zog sie an sich und küsste sie. Sie schlang die Arme um seinen Körper und erwiderte seine Liebkosung. William rauschte das Blut im Kopf. Er blickte zu der Waffe zu seinen Füßen. *Sofort.* Er musste handeln, egal, was sie besprochen hatten. Joanne und Ralf waren in ihrer Umarmung verloren, Rosalyn stand weit genug entfernt. William bückte sich, hob das Messer auf und feuerte es auf Ralfs Kopf. Das alles geschah binnen eines Atemzuges. Binnen einer Sekunde. Joannes Hand schoss nach oben. Sie fing die Klinge aus der Luft, ohne den Kuss zu unterbrechen. Ralf öffnete ein Auge und blickte herüber. Ganz sachte schob er Joanne zur Seite und betrachtete den Dolch, den sie gefangen hatte. Dann warf er den Kopf in den Nacken und lachte schallend.

»Bruder! Das ist herzerweichend.«

William schluckte trocken. Ihm trat der Schweiß auf die Stirn, er konnte sich kaum noch konzentrieren vor Hitze und Schmerz. Es lief alles aus dem Ruder. Joanne küsste Ralf auf den Hals und gurrte leise. »Wie hab ich das vermisst.«

Ralf keuchte vor Lust. »Hör auf, mich so zu bearbeiten, oder ich muss dich sofort auf dem Kirchenboden vögeln.«

Joanne biss in seine Haut, zog daran, dann ließ sie von ihm ab. »Ist zwischen uns alles wieder klar?«

»Ich bin nicht nachtragend, Babe, aber ich musste dir eine Lektion erteilen.«

»Das habe ich begriffen. Ab heute wird uns nichts mehr trennen.«

Er fuhr mit den Fingern an ihr Kinn. »Nein.«

»Ich habe allerdings eine Bedingung.«

»Ich höre.«

Joanne packte die Klinge, die sie aufgefangen hatte, und schleuderte sie auf Rosalyn. Sie blieb in ihrem Herzen stecken. Die Dämonin starrte darauf und kippte nach hinten um.

»Ich möchte mit dir neue Gefolgsleute auswählen. Und ich werde keine Frauen darunter dulden.«

Ralfs Oberlippe zuckte. Er schaute auf Rosalyn, die auf dem Rücken lag. »Sie war gut gewesen.«

»Das ist mir egal.«

Ralf schnalzte mit der Zunge. »Also schön.« Dann hob er die Hand, einer der Feuerdrachen schoss nach vorne und stürzte sich auf die Dämonin. Ihr Körper verbrannte binnen Sekunden. Zurück blieb der Dolch, der klirrend auf dem Kirchenboden landete.

Joanne lächelte zufrieden. »Was wirst du mit deinem Bruder machen?«

»Ich weiß nicht, was schlägst du denn vor?«

»Du könntest ihn rösten.«

Er küsste sie auf die Stirn und trat näher an William heran. »Das wäre eine Alternative.«

Ralf kam langsam auf William zu. Er wollte nach hinten ausweichen, aber die Drachen formten eine dichte Wand, die er nicht durchschreiten konnte.

»Kannst du nur so kämpfen?«, fragte William. »Mit deinen Hilfsmitteln? Hast du Angst vor mir?«

»Angst? Ich stehe über der Angst. Ich habe die Angst verflucht noch mal bezwungen!«

Ralf durchschritt die Feuerwand, die er um William aufgebaut hatte. Die Drachen schlossen sich um die Brüder und kesselten sie in der Mitte ein.

William hielt so viel Abstand wie möglich zu Ralf, was nicht leicht auf dem beengten Raum war. Die Hitze der Drachen fühlte sich unnatürlich an, selbst für ihn, der in den Flammen zuhause war.

Ralf schüttelte den Kopf. »Was könnte ich nur mit dir machen?«

»Bring es hinter dich und hör auf, darüber zu reden.«

»Vater hatte so viele Hoffnungen in dich gesteckt, wusstest du das? Er hat ständig von dir gesprochen, wie stolz er auf dich ist, wie ehrbar und klug du sein wirst. Er überlegte sogar, dir Rockshell zu vererben, dabei hatte es mir zugestanden. Ich war der Ältere. Ich war sein Erbe.«

»Und dadurch hast du ein Trauma erlitten und bist wahnsinnig geworden. Das erklärt einiges.«

»Du verstehst wirklich gar nichts, Bruder. Vater wollte dich als seine rechte Hand. Er wollte, dass du in seine Fußstapfen trittst, aber ich habe ihm stets gesagt, dass du dazu ungeeignet bist. Dass dein Herz Gott gehört, dass du nie dem Pfad folgen wirst, den Vater für dich vorgesehen hat, doch er wollte es nicht hören. Er hat weitergemacht mit seinen Plänen, den Emuxor zu erwecken, er hat alles so akribisch vorbereitet. Vater hat darauf gebaut, dass der Emuxor ihn unsterblich machen würde, und wenn er erst soweit war, dann wollte er dich nachholen. Dich! Hast du gehört?! Nicht mich!«

»Vermutlich, weil er wusste, dass du jähzornig und cholerisch bist. So warst du schon immer.« Wettrennen, Spiele, Sport, egal, um was es ging: Ralf hatte nie ertragen können, wenn er verlor. »Du hättest dich gar nicht so sehr bemühen müssen, du warst älter als ich. Ich habe zu dir aufgeblickt.« William war so stolz gewesen, dass er einen großen Bruder hatte. Einen, der auf ihn aufpassen konnte, der ihm alles lehrte, was er wissen musste. Er wollte ihm so gerne folgen, aber dann hatten sie sich entzweit. Ralf war zu eigensinnig und starrköpfig und zu brutal. »Du hättest dich nur Gott zuwenden müssen, und er hätte dich ebenso erhört wie mich.«

»Ich scheiß auf Gott!«, brüllte Ralf. Er streckte die Arme aus, drehte sich um seine eigene Achse und sah an die Decke. »Hörst du! Ich.Scheiß.Auf. Dich! Ich werde dieses verdammte Gebäude niederbrennen! Stein für Stein werde ich es auseinandernehmen. Erst habe ich den Pfarrer getötet, jetzt sein Heim.«

»Was?« William musste sich verhört haben. »Du hast was getan?«

Ralf stoppte in seiner Drehung und sah William an. »Den verdammten Pfarrer. Ich habe dafür gesorgt, dass er stirbt. Ich habe das Feuer damals ausbrechen lassen. Da drüben hab ich gesessen.« Er deutete nach links. »In der ersten Reihe. War ziemlich schwer für mich, Magie zu wirken. Ich war noch so stümperhaft. So ungeduldig, aber schließlich schaffte ich es, die Krippe anzustecken, und dann ... Bämm!« Er wedelte mit seinen Händen herum. » ... ging das Feuerwerk los. Es war herrlich, wie sie alle gerannt sind und dabei geschrien haben. Mir ging dermaßen einer ab dabei, dass ich fast vergessen hätte, selbst zu fliehen.«

William strich sich durchs Gesicht. Ralf hatte Mikael getötet. Wenn Jaydee das erfuhr, würde er durchdrehen ... Oder es war ein weiterer Punkt auf der Liste der Dinge, die er ihm erst mal nicht erzählen durfte. Ein Drache zischte nahe an Williams Ohr. »Was willst du von mir, Ralf?«

»Dich ausbluten lassen, dein Herz herausreißen, deine Seele verspeisen. Such dir was aus. Auf alle Fälle wirst du büßen.«

»Aber für was, um Gottes Willen? Was habe ich dir getan? Ich bin gegangen, ich habe auf mein Erbe, auf die Liebe unseres Vaters, auf die Familie verzichtet! Was denn noch?«

»Ich wollte dein Glück haben. Du bist gegangen und hast sofort die nächste Familie gefunden. Es kostete dich nicht mal Anstrengung. Vivian war dir verfallen!«

Das stimmte. Als er Vivian getroffen hatte, war es ähnlich wie mit Anna gewesen. Sie hatten sofort gewusst, dass sie füreinander bestimmt waren. Ralf hatte ihr Glück erfolgreich zerstört.

»Also habe ich sie dir genommen, damit du merkst, wie es ist, alleine zu sein. Doch statt dich zu vergraben und zu versinken, bist du von Neuem aufgestanden und wurdest zum Seelenwächter. Schon wieder hat dich das Glück gerettet. Schon wieder warst du mir voraus.«

»Darum ging es die ganze Zeit, oder? Du hältst mich für den Sieger, und das kannst du nicht ertragen.« Endlich dämmerte es William. Statt sein Leben selbst in die Hand zu nehmen, hatte Ralf nur darauf geschaut, was William tat. Worin er sein Glück fand, was ihn zufrieden machte. Und dann wollte Ralf es ebenfalls. Wie ein verwöhntes Kind, das das Spielzeug eines anderen haben möchte.

»Selbst dein verfluchter Gott hat dich mehr geliebt als mich.«

»Gott liebt alle Menschen gleich. Er unterscheidet nicht.«

»Und warum hat er dann nie auf meine Gebete gehört? Warum musste ich um Vaters Aufmerksamkeit buhlen, während du sie geschenkt bekamst? Warum wurdest du zum Seelenwächter und nicht ich? Ich hätte es genauso verdient gehabt! Ich war der Ältere, der Bessere! Ich war zuerst da! Das alles hätte mir zugestanden, nicht dir!« Speichel troff von Ralfs Kinn. Er hatte sich in Rage geredet, genau wie an dem Tag, als er William ausbluten ließ.

»Du trägst selbst die Verantwortung für dein Leben. Nicht Gott. Nicht ich. Nicht Vater. Du allein, Ralf. Säe Liebe, und du wirst Liebe ernten, aber alles, was du kanntest, waren Missgunst und Neid.«

»Todsünden.« Ralf grinste. Durch das Flackerlicht der Drachen rings um sie herum wirkte sein Gesicht entstellt. Wie die Fratze des Teufels. »Ich liebe sie alle, und ich habe ihnen gefrönt und sie gefeiert. Sie sind so viel befriedigender als alles, was mir eine Familie je hätte geben können.«

»Du bist auf den falschen Pfad gelangt. Drehe um! Gott vergibt denen, die ihn darum bitten. Auch du kannst ...«

»Erlöst werden? Oh, ja. Der Emuxor bringt die Erlösung. Für alle.«

»Er ist das Böse.«

»Und das Böse wird siegen. Ich werde siegen!« Einer der Feuerdrachen stürzte sich auf William, biss ihm in die Schulter. William schrie, drehte sich herum, schoss einen Schockzauber auf das Biest. Es schüttelte sich kurz, aber das war schon alles.

Ralf verschränkte die Arme vor der Brust und sah ihm dabei zu. »Kuschelig meine Haustierchen, nicht?«

Der zweite Drache schoss nach vorne, er riss an Williams Arm, versenkte die Fänge in sein Fleisch. Es brannte wie das Fegefeuer. William wurde schwarz vor Augen, er hob die Hand, um den Drachen abzuschütteln, aber der nächste stürzte sich auf ihn und verbiss sich in seinem anderen Arm. William keuchte vor Schmerzen. Er hatte das schon mal gespürt. Er war schon mal Opfer dieser Flammen geworden, hatte schon mal das Gefühl gehabt zu verbrennen. Und er wollte es nie mehr durchmachen müssen. Er war ein Opfer seines Bruders gewesen. Ein Werkzeug, unfähig zu handeln oder sich zu wehren. William stieß einen Brüller aus, ballte die Fäuste und donnerte weitere Zauber gegen die Drachen. Sie ließen nur für einen Moment von ihm ab, teilten sich in je zwei Hälften, bis es doppelt so viele waren, und attackierten William ein weiteres Mal. Arme, Beine, Brustkorb. Sie verbissen sich überall. Einer legte seine Klauen um Williams Kopf, drang in seine Nase, seine Ohren ein.

»Ich glaube, es wäre ein schöner Tod, wenn sie dich von innen heraus auflösen, was meinst du? Feuer auf Feuer. Du wirst dahinschmelzen, glaub mir.«

William sank in die Knie. Die Schmerzen waren unerträglich. Der Boden kam näher, er kippte nach vorne, auf einen der Kreise, die er nicht zerstören konnte. Die Drachen gruben sich tiefer in seinen Körper. William fühlte etwas Warmes, Feuchtes unter sich. Er blutete. Er wusste nicht, wo. Was verletzt war, wo die Wunden waren. Er fühlte nur, wie das Leben aus ihm wich. Mit jedem Atemzug, mit jedem Herzschlag floss es aus ihm heraus.

Wenigstens bin ich in einem Gotteshaus. Möge er meiner Seele gnädig sein ...

Williams Sinne schwanden. Sein Sichtfeld verengte sich, er nahm kaum noch den Schmerz wahr. So war sterben wohl. Am Ende gab es nur noch Frieden. William käme in Gottes Schoß. Er wurde von Feuer getötet, das ihn so lange am Leben gehalten hatte ...

Auf einmal schoss etwas Silbernes auf ihn zu und landete vor seinen Fingern. Das Messer, das er auf Ralf gefeuert hatte. William blickte nach oben.

Joanne stand hinter Ralf, sie hatte das Amulett in der Hand, die Kette war geschlossen. Mit einer fließenden Handbewegung warf sie es über Ralfs Kopf. Er zuckte zusammen, er hatte sie nicht bemerkt, weil er zu sehr mit William beschäftigt gewesen war. Ralf wirbelte herum, starrte auf das Amulett und stockte. Die Flammen um William erstarben augenblicklich. Als hätte jemand das Gas abgedreht, das sie am Leben hielt. Ralf packte die Kette, um sie von seinem Hals zu ziehen. Zeitgleich schnappte William sich den Dolch, mobilisierte alles, was noch in ihm steckte, sprang auf die Füße – und rammte seinem Bruder das Messer ins Herz.

Er röchelte, zuckte.

William bohrte die Klinge tiefer hinein. Fast glaubte er zu spüren, wie über das Metall der letzte Herzschlag seines Bruders in seine Finger geleitet wurde.

Der Bruder tötete den Bruder.

Da sprach der Herr zu Kain: Wo ist dein Bruder, Abel? Er sprach: Ich weiß nicht; soll ich meines Bruders Hüter sein? Er aber sprach: Was hast du getan? Die Stimme des Blutes deines Bruders schreit zu mir von der Erde ...

Der Bruder, zu dem William früher aufgeblickt, den er vergöttert hatte, der seine Frau und seine Tochter getötet hatte, der ihn ausbluten ließ, der einen der schlimmsten Dämonen aus der Hölle entfesselte.

Ralf sackte zusammen, William fing ihn auf und glitt gemeinsam mit ihm zu Boden. Das Blut aus der Wunde tränkte Ralfs Hemd rot. Es breitete sich rasch aus, lief über Williams Finger.

»So bin ich nun ohne jegliche Macht und Kraft, mein Gott. In welche Zukunft ich gehen werde, weiß ich nicht. Doch ich lege mich ganz und gar in deine Arme; du wirst mich retten.« William küsste seinen Bruder auf die Stirn. »Ruhe in Frieden, Ralf.«

Noch während William sprach, zerfiel Ralfs Körper zu Staub. Übrig blieben nur das Amulett, das Joanne ihm um den Hals gelegt hatte, und der Dolch. Ralfs Seele war vernichtet. Für immer.

Auf einmal war es sehr still in dem alten Gemäuer. Joanne wartete ein paar Meter von ihm entfernt. Die Zeichen auf dem Boden lösten sich nacheinander auf. Der Zauber war gebrochen, die Magie verwirkt.

William blickte auf. »Ich danke dir, Dämonin.«

»Hast geglaubt, ich würde es nicht tun, oder?«

»Ja.«

»Er musste sich erst in Sicherheit fühlen. Sonst hätte er meine Attacke kommen sehen.« Ihre Stimme klang leise. William erkannte die Trauer darin. Ein Teil von ihr bedauerte, was sie getan hatte.

»Aber er hatte das Amulett doch eingesteckt.«

»Und ich habe es mir wieder geholt. War nicht schwer, während er abgelenkt war.« Sie zwinkerte ihm zu.

Der Kuss. Natürlich. Joanne hatte Ralf so geschickt am Wickel gehabt, dass er nicht mitbekam, wie sie sich das Amulett aus der Tasche fischte. Langsam hob William den Dolch auf. Was würde Joanne tun? Sich auf ihn stürzen und ihn aussaugen?

Sie sah die Geste und grinste. »Du hättest keine Chance.«

»Mag sein.«

Joanne legte den Kopf schräg und betrachtete ihn, als überlegte sie, wie sie am besten zuschlagen konnte. »Heute nicht, Seelenwächter. Für heute herrscht Frieden.« Sie drehte herum und rannte zu einer der Seitentüren. »Danke für die Rache.«

Und dann verschwand sie.

William blieb alleine zurück.

Mit den Überresten seines Bruders und einer tiefen Leere in seinem Herzen.

42. Kapitel

Jaydee

Ben und ich führten Mikael nach unten. Wir verließen über das Büro das Wohnhaus, durchquerten den Garten und liefen nach vorne, wo die Leichen gestapelt waren. Zum Glück kam der Drache nicht zurück, was eigentlich nur eines heißen konnte: Will war erfolgreich im Kampf gegen seinen Bruder gewesen. Hoffentlich hatte er ihn auch unbeschadet überstanden.

Ich blickte mich im Garten um. Vor einigen Wochen war ich mit Akil vor dem Tor da drüben gestanden und hatte hineingestarrt. Ich war unfähig gewesen, den Ort zu betreten, die Erinnerungen hatten sich um mein Herz gestülpt und ich war davongelaufen wie ein verfluchter Feigling.

Kurz danach war ich noch mal hier gewesen, ich hatte die Furcht bekämpft und das Gebäude betreten, um meinen Jadestein zu suchen. Damals war es mir schwergefallen, so weit zu gehen. Es hatte mich all meine Überwindung gekostet, dahin zurückzukehren, wo ich Mikael verloren hatte.

Heute würde ich sogar freiwillig in der Kirche einziehen. Ich würde jede Stunde, jede Minute dort verbringen, wenn mir dadurch erspart blieb, was wir gleich tun mussten.

Mikael keuchte bei jedem Schritt. Er kämpfte gegen den Hunger, der ganz sicher seine Eingeweide fraß. Ich ging voraus, versuchte seine Stimme, seinen Herzschlag auszublenden, ohne dass es mir gelang. Seine Nähe war mir bewusster als mein eigener Körper. Ich erfasste, in welchem Abstand er hinter mir ging, welchen Fuß er wann vor den anderen setzte, wie oft er in der Minute atmete. Es war der Gang nach Canossa. Für uns beide.

Ich achtete kaum noch auf den Weg, meine Füße wussten, wohin sie mich tragen mussten: um die Kirche herum, zu den Leichen vor der Mauer. Damit Mikael die Schrecken des Emuxors betrachten konnte, damit das Grauen seinen Hunger überwog, damit er uns half, diese Bestie zu bannen.

Und dann werden wir ihn töten.

Ich wusste, dass ich es nicht konnte. Ich wusste, dass ich ihn verteidigen würde, und ich hoffte, dass Will mir all das abnahm.

Wir kamen an einer der Seitentüren vorbei, die offen stand. Es roch verbrannt, aber vermutlich bildete ich es mir nur ein. Bestimmt waren es die

Geister der Vergangenheit, die meiner Nase einen Streich spielten und versuchten, die Schrecken wiederzubeleben.

»Riecht, als hätte es gebrannt«, sagte Ben.

Okay, doch keine Einbildung.

»Sollen wir nachsehen gehen? Vielleicht braucht Will Hilfe.«

»Geh mit Mikael weiter, ich komme gleich nach.«

Vielleicht half es mir, kurz Abstand zu ihm zu gewinnen. Ich ließ die beiden zurück und rannte zur Seitentür. Die Bewegung tat mir gut. Meine Muskeln fühlten sich sofort entspannter an. Bedauerlicherweise war der Weg nicht sehr lang, ich hätte noch ewig so weiterrennen können. Vorsichtig schob ich die Tür auf und spähte in das leere Kirchenschiff.

William saß in der Mitte, dort, wo einst der Altar gestanden hatte, und betrachtete einen Haufen Asche.

»Will«, rief ich.

Er blickte zu mir. Seine Augen hatten schon wieder diesen leeren Ausdruck.

»Ist alles in Ordnung?«

»Ich habe meinen Bruder getötet.«

Ich ging näher. Seine Hände zitterten, sie waren mit Blut und Dreck beschmiert.

»Er ist vernichtet. Endgültig.«

»Und Joanne?«

»Abgehauen.«

Natürlich war sie das. Das Miststück schaffte es doch immer wieder, den Kopf aus der Schlinge zu ziehen. Ich legte eine Hand auf Wills Schulter und ging neben ihm in die Hocke. Trauer und Erleichterung trafen mich. Gefühle im Widerspruch. William wollte sich nicht freuen, dass er seinen Bruder getötet hatte, aber er tat es. »Du hast völlig richtig gehandelt.«

»Ich weiß. Ralf hat kein Mitleid verdient, aber ich ... ich bin nicht so. Er war ein Sohn Gottes, er ist mit mir aufgewachsen, uns verbindet das selbe Blut. Ich habe ihn geliebt. Irgendwann einmal.«

Will wischte sich durchs Gesicht. »Was ist mit Mikael? Habt ihr es geschafft.«

»Ben führt ihn nach vorne. Er soll sich das Chaos ansehen, das der Emuxor hinterlassen hat.«

Will nickte. »Ich werde Anna verständigen.«

»Okay.« Ich stand auf und reichte William die Hand.

Er ächzte vor Schmerzen, als er ein Bein belastete. »Joanne hat mich geärgert.«

»Nichts anderes hätte ich von ihr erwartet.« Es war trotzdem unglaublich, dass sie uns geholfen hatte.

»Colin hat Derek in Sicherheit gebracht. Er musste. Derek ging es nicht gut.«

Ich hob das Messer auf, das noch auf dem Boden lag, und reichte es Will. Es war gut, dass die beiden anderen weg waren. Jetzt lag es wirklich an Will, Mikael zu erlösen.

Wir sahen uns an. Es war alles gesagt. Er wusste, was zu tun war, und er würde mich nicht enttäuschen. Ich drehte herum, rannte zur Kirche hinaus und bog nach links ab.

Ben und Mikael standen auf dem Vorplatz. Mikael starrte auf den Turm aus Leichen, der dort gebaut worden war.

»Heiliger Vater, was ist hier geschehen ...«

»Das ist das Werk des Dämons, den du aufhalten musst«, sagte ich leise und blieb hinter ihm stehen. Ich sollte nicht so dicht bei ihm sein, es kostete ihn sicherlich Überwindung, wenn er meine Seelenenergie spürte, aber ich wollte seine Wärme wahrnehmen.

»Es wird mehr davon geben«, sagte Ben. »Der Emuxor hält nicht inne, bis er alles Leben vernichtet hat.«

Mikaels Gesicht gefror vor Schrecken. Der Schock über die Leichen zeigte die gewünschte Wirkung. Er schien seinen Hunger zu vergessen, hatte nur noch Augen für die Menschen, die sich wie Abfall vor der Mauer türmten.

»So viele ...«

»Wie Ben sagte: Es ist erst der Anfang.«

Mikael fing an zu zittern. Seine Augen füllten sich mit Tränen, sein Herz klopfte schneller. Er wollte etwas sagen, aber er schaffte es nicht mehr. Ganz sicher wäre er zusammengeklappt, wenn Ben ihn nicht gehalten hätte.

»Was ... was muss ich tun.«

»Wir haben die Worte der Anrufung. Abe sagte, du musst sie wiederholen und dann mit deinem Blut besiegeln. Dazu werde ich dir die Hände aufknoten und sie vor deinem Körper fesseln.«

Mikael nickte. Ich beobachtete ihn genau. Das Flackern des Hungers war noch nicht aus seinem Blick verschwunden, er schluckte trocken, sein Puls raste. Ich stellte mich vor ihn. Er fixierte mich intensiv. »Ich weiß nicht, ob ich mich beherrschen kann, wenn ich frei bin. Ihr beide seid so ... ich höre eure Seelen. Sie rufen nach mir.«

»Du musst und wirst dich beherrschen.« Oh Mann, wie oft hatte er das zu mir gesagt? »Du bist stärker als der Hunger.«

Er blinzelte, es fiel ihm schwer, mir zuzuhören. Ich redete trotzdem weiter.

»Erinnerst du dich an den Tag, als wir Tobias ins Krankenhaus brachten?«

Mikael blinzelte. Am liebsten hätte ich ihn geschüttelt, damit er gedanklich bei mir blieb.

»Erinnerst du dich?«

»Du hattest ihm die Zähne eingeschlagen.«

»Und du hast mich zur Strafe mit in die Notaufnahme genommen, du hast mich all den Menschen dort ausgesetzt. Ihre Gefühle waren die Hölle für mich, und in dem Moment hätte ich dich am liebsten erwürgt.«

»Ich sagte zu dir, dass du dich beherrschen musst. Dass die Gefühle der anderen nicht die deinen sind.«

»Wieder und wieder hast du diesen Satz in mein Ohr gesprochen. Du hast eine Strafe über mich verhängt, und dann hast du mir geholfen, sie zu ertragen. Deine Stimme hat mich festgehalten. Ich habe mich an sie geklammert, weil ich wusste, dass ich so bei Verstand bleiben würde. Jetzt ist es an dir, dich zu beherrschen. Lass den Hunger nicht über dein Wesen bestimmen. Lass nicht zu, dass er dich lähmt. Du und ich. Wir sind beide hier. Ich bin damals nicht in der Notaufnahme durchgedreht, und das wirst du auch nicht. Du wirst der Versuchung widerstehen. Du wirst diese Worte aufsagen und dein Blut hineingeben, und du wirst diesen verfluchten Dämon dahin zurückschicken, wo er hingehört. Weil du der einzige bist, der es kann.« Ich packte ihn an den Schultern, auch wenn es mich viel Überwindung kostete. »Du bist Mikael Bartholomäus Stevens. Du hast mich großgezogen. Du hast mir alles beigebracht, was ich wissen musste, und du hast mich verlassen, um anderen das Leben zu retten. Du wirst es heute wieder tun.«

Er schloss die Augen, atmete tief ein, als könne er so meine Worte verinnerlichen.

»Fertig«, sagte Ben.

Ich blickte an Mikael hinab. Ben hatte ihm tatsächlich die Hände auf- und vor seinem Körper zusammengebunden, und Mikael hatte nichts davon mitbekommen.

»Kann es losgehen?«, fragte ich.

»Ja.«

»Erst musst du die Anrufung wiederholen«, sagte Ben. »Sie ist in meiner Sprache verfasst. Ich habe dir die Lautschrift danebengeschrieben.«

Er gab den Zettel Mikael, der ihn mit zitternden Händen ergriff. Mikael benötigte zwei Anläufe, bevor er es schaffte zu sprechen:

»*A'uw rai'a bo tonna'an svele e'ahuhs*
Huka A'uw. Aglo banos. Agloje!
Iho! Se' unai! moo olei! sei olei!
A'uw rai's aka nur«

Der Wind streifte mich. Ich drehte mich herum, aber es war nichts zu erkennen. Wenn ich mich nicht täuschte, war es kälter geworden. Ich ging ein paar Schritte, spähte durch das Loch, das die Dämonen in die Mauer geschlagen hatten, hinaus in den Park.

»Gut, weiter«, sagte Ben. »Dreh den Zettel.«

»Ich, Mikael Bartholomäus Stevens, Nachfahre von Thaddeus Jakob Armstrong, befehle den Mächten der Finsternis, ihr Kind zurück in ihren Schoß zu betten.«

Ein tiefes Grollen entstand unter der Erde. Der Wind nahm zu, der Himmel zog sich zusammen. Ich hörte einen lauten Schrei. So tief und bedrohlich, dass sich mir die Nackenhaare aufstellten.

»Ich glaube, es funktioniert«, sagte ich leise.

»Kommt ihr Kinder der Unterwelt! Kommt!«, rief Mikael. »Und holt zurück, was nicht in diese Welt gehört.«

Die Mauer wackelte, Steine brachen heraus. Ich blickte zurück zu Mikael und Ben. Er nickte, nahm das Titaniummesser und schnitt Mikael damit in die Handfläche, um sein Blut über das Papier zu träufeln.

»Ich, als rechtmäßiger Erbe dieses Landes, gebe mein Blut. Meine Seele. Mein Herz. Nehmt mein Geschenk und erfüllt meinen Wunsch.«

Mikaels Worte hingen schwer in der Luft. Sie fühlten sich lebendig an, echt. Die Erde brodelte ein weiteres Mal, ich hörte Schritte auf uns zueilen und drehte mich um. Es war Will, der aus der Kirche kam.

»Funktioniert es?«, fragte er.

»Sieht so aus.«

Es knallte laut. Die Erde hob sich unter mir. Noch ein Knall, wie gigantische Schritte, die auf uns zuwalzten. Die Bäume im Park wackelten, einige stürzten um.

»Ich fürchte, wir bekommen Besuch.«

»Er wird bestimmt von der Magie angezogen«, sagte Will.

Eine rote Wolke schob sich in unsere Richtung, jeder Busch, den sie streifte, verlor sofort seine Blätter, die Rosen welkten, Vögel fielen tot von den Ästen.

»Das ist er«, sagte Will. »Wenn wir in Berührung mit der Wolke kommen, sind wir erledigt.«

»Wir müssen zurück in die Kirche.«

»Geht«, sagte Mikael. »Ich beende es.«

Ich drehte mich zu ihm um. Er war umhüllt von einem bläulichen Licht. Es war ein ähnliches Bild wie das, welches uns Abe in der Höhle gezeigt hatte, als Armstrong den Emuxor bannte. Von Mikaels Handgelenken tropfte das schwarze Blut. Die Erde unter seinen Füßen war verfärbt, sie leuchtete ebenso hell. Energiestrahlen schossen nach oben, errichteten vor ihm eine schimmernde Wand.

»Das ist das Tor. Der Emuxor muss da durch«, sagte ich.

Ich sah zurück in den Park. Zwei Widderhörner und rotstechende Augen erschienen hinter einem Busch, und kurz darauf trat er hervor.

»Verflucht.« Das war mit Abstand das bizarrste Wesen, das ich je gesehen hatte. Es war über zwei Meter hoch, hatte lange dürre Arme und spitze Klauen. Aus seinem Maul floss der Geifer, es ratschte mit den Krallen über einen Baum und brachte ihn zu Fall, als wären seine Nägel Sägeblätter.

»Ihr wagt es!«, brüllte der Emuxor. Die rote Wolke verdichtete sich vor seinem Körper und schoss auf uns zu.

»Zurück!«, schrie Will und zerrte mich von der Mauer weg. Im gleichen Moment trat Mikael nach vorne. Sein Blick wurde starr, seine Bewegungen steif.

»Mikael?« Da stimmte etwas nicht. Er lief an mir vorbei auf den Emuxor zu. Als würde er von einer unsichtbaren Macht gerufen.

»Mikael!«, schrie ich erneut, doch er hörte mich nicht. »Stopp!«

»Ich reiße euch in Stücke!«, brüllte der Emuxor. »Und euren lächerlichen Pfarrer gleich mit!«

Die Wolke hatte uns fast erreicht. Ich fühlte ein Brennen auf meiner Haut, die Luft wurde beißender, verätzte meine Lunge.

»Mikaels dämonische Seite folgt dem Emuxor!«, rief Will. »Er zieht ihn in seinen Bann.«

Oh nein, das wird er ganz sicher nicht ... Ich hustete, zog mein Shirt über den Mund und taumelte Mikael hinterher. Er lief unbeirrt auf den Emuxor zu, der ihn mit einem Grinsen willkommen hieß. Ich legte meinen Arm um Mikaels Oberkörper und zerrte ihn zurück. Er wehrte sich gegen mich, doch mit den gefesselten Händen blieb ihm kaum Spielraum.

»Lass mich los!«, brüllte er.

»Nein! Du bist Mikael Stevens. Du bist ein Diener Gottes, nicht des Bösen.«

Der Emuxor lachte breiter, hob seine Hände und pustete mehr von dem Pulver in unsere Richtung. Die Luft schnitt in meine Lunge. Ich japste, mir wurde schwindelig, mein Brustkorb zog sich zusammen, als würde etwas aus mir herausgepresst. Ich klammerte mich fester an Mikael, zerrte ihn einen Schritt zurück. Er kickte nach mir, traf mit der Faust meine Schläfe und kam frei. Sofort schnappte ich ihn mir wieder, doch Mikael wandt sich wie ein Aal.

»Du kannst dich dagegen wehren, Mikael. Du bist ein guter Mensch! Du bist kein Dämon! Kämpfe. Für uns. Für die Menschen. Für mich. *Bitte.*« *Bitte, kämpfe.*

Der Emuxor blieb vor uns stehen, hob seine Pranke und schlug nach uns. Ich zog Mikael weg, wir stürzten nach hinten, eine Klaue erwischte mich am Bein und zog eine brennende Spur in meinen Muskel.

Will kam mir zur Hilfe, packte Mikael am anderen Arm und zog ihn in die Höhe. Mikael sah zu ihm, versuchte, auch ihn abzuwehren. Sein Blick fiel auf das Kreuz, das Will um den Hals trug und über seinem Shirt baumelte.

»Aufpassen«, schrie ich. Der Emuxor setzte zum zweiten Schlag an. Er erwischte mich am Fuß, während Will Mikael gleichzeitig zurückbrachte. Der Emuxor musste die Wand aus Licht passieren. Er musste zurück in die Hölle. Seine Klaue schloss sich um meinen Knöchel. Ich trat mit dem anderen Fuß dagegen, doch er ließ nicht ab. Also zog ich meinen Dolch aus dem Stiefel und stach zu. Es kümmerte ihn nicht. Der Emuxor holte mich zu sich, wie einen Fisch, den er am Haken hatte. Stück für Stück für Stück. Seine Nägel bohrten sich tief in mein Fleisch. Wenn es etwas wie das Höllenfeuer gab, dann musste es genauso intensiv brennen. Es fühlte sich an, als würde er durch meine Haut, Sehnen und Muskeln direkt auf meinen Knochen greifen.

»Ich bin Mikael Bartholomäus Stevens, Nachfahre von Thaddeus Jakob Armstrong ...«, keuchte Mikael auf einmal hinter mir. Ich drehte den Kopf, grub meine Nägel in die Erde, um irgendwo Halt zu finden. Mikael richtete sich auf, starrte mich an. Dann straffte er die Schultern, hob seine gefesselten Hände und rief laut und deutlich: »Ich schicke dich zurück in die Hölle, Dämon! Du kannst nicht entkommen!«

Der Emuxor schrie. Das Licht um Mikael breitete sich aus, umschloss auch mich wie ein Schutzschild. Der Emuxor zischte vor Schmerz, zog seine Pranke zurück. Selbst die Giftwolke prallte gegen das Licht und zerfiel in kleine Tropfen. Ich atmete erleichtert ein, endlich brannte die Luft nicht mehr. Der Emuxor schrie so laut, dass die Erde bebte. Er wollte noch einmal mit seiner Pranke nach mir schlagen. Sein Hieb prallte auf das Energiefeld, seine Nägel verhakten sich darin.

Er steckte fest.

»Bei den Kräften meiner Vorfahren beende ich deine Herrschaft auf dieser Erde!«

Der Dämon riss sein Maul auf, er wollte seine Hände zurückziehen, doch er bekam sie nicht frei. Die Energie umhüllte seine Arme, seine Schultern, seinen Oberkörper. Er blickte an sich hinunter, schüttelte den Kopf, versuchte sich zu wehren, aber er hatte keine Chance.

Die Energie drang in ihn ein, wurde heller und heller. Ich drehte den Kopf weg, schloss die Augen und sah dennoch das blaue Licht um mich herum.

Der Lärm war ohrenbetäubend. Alles um mich bebte, zitterte. Die Welt hielt den Atem an.

Es gab einen lauten Knall, ich hörte Schreie. Hunderte, Tausende, Millionen von Schreien. Es klang, als würden unzählige Seelen auf einen Schlag ausgelöscht. Sie schwappten über mich wie eine gigantische Welle, die sich am Strand brach. Ihr Rufen drang bis in meine Eingeweide.

Und dann, auf einmal, war es vorbei.

Stille.

Dunkelheit.

In meinen Ohren fiepste es, ähnlich wie bei dem Pfeifzauber damals. Ich blickte mich um. Ben kauerte an der Kirchenwand, die Hände auf die Ohren gepresst. Blut lief zwischen seinen Fingern hindurch. Will stand noch, er stützte sich keuchend an einem Stein auf, der aus der Mauer gebrochen war.

Und Mikael war auf die Knie gesunken.

Seine Fesseln waren aufgegangen, er hielt die Hände ausgestreckt, als würde er beten. Ich taumelte zu ihm. Mein Gleichgewichtssinn war vollkommen durcheinander. Die Erde drehte sich unter mir. Tiefe Risse waren im Boden entstanden, zogen sich unter der Mauer hindurch und hatten sie zum Teil gespalten.

Mikael griff sich an den Kopf und krümmte den Oberkörper.

»Du hast es geschafft«, sagte ich, stand auf und hockte mich vor Mikael. Ich wollte ihn berühren, doch in dem Moment knurrte er und warf sich auf mich.

Seine Hände lagen so schnell auf meiner Stirn und meinem Brustkorb, dass ich nicht einmal mehr Luft holen konnte.

43. Kapitel

Jessamine

»*Die Seele Mikaels ist an dein Blut gebunden. Rette sie beide.*«

Die Worte der Urahnin hämmerten in meinem Kopf. Ich stand völlig verloren an der Feuerstelle und wiederholte den Satz, als könnte ich so seine Bedeutung besser begreifen.

Keiner der anderen wollte mit mir sprechen.

Rowan war in einen leisen Singsang mit Leoti verfallen, und Tate starrte schweigend auf die abgebrannte Feuerstelle. Ich hatte sie nacheinander angebrüllt, sie geschüttelt, mit ihnen geschimpft, aber sie reagierten nicht. Sie machten mich so unfassbar wütend! Wie konnten sie herumhocken und nichts tun? Wenn wir Mikael und Abe helfen konnten, mussten sie das doch auch wollen!

Ich blickte sie noch mal an und erntete Stille.

Blanke Wut stieg in mir auf. Ich keifte einen nach dem anderen noch mal an, doch es half nichts. Wütend drehte ich um und rannte zur Höhle hinaus.

Ich musste zu Anna.

»Rette sie beide!«

Sie beide. Mikael. Abe. Oder sogar Jaydee?

Es gibt einen Weg.

Mikael war an mein Blut gebunden.

Die Tür ist noch offen.

»Anna«, brüllte ich auf dem Weg. Sie musste mir sagen, was ich tun sollte. Sie musste mir erklären, was es mit diesem Spruch auf sich hatte. Irgendjemand musste mir doch helfen können, verdammt! »Anna!«

Ich gelangte ins Freie und drehte mich um meine eigene Achse. Die anderen waren nicht mehr da. Oh nein, nein, das durfte doch nicht wahr sein! Wo waren die hin? Sie sagte doch, dass sie hier warten würden.

»Anna! Raphael!« Nein, nach Skyler würde ich gewiss nicht rufen. Ich rannte ein Stück in den Wald hinein. Die Sonne wanderte zum Horizont, wir waren tatsächlich den ganzen Tag in der Höhle gewesen.

»Anna!«

Meine Stimme verlor sich zwischen den Bäumen. Ich rannte weiter, entdeckte den ersten Parsumi. Bee knabberte von einem Baumstamm die Rinde ab. Also waren sie noch da! Sie konnten gar nicht weit weg sein.

»Raphael!«

Es kam mir vor, als würde ich ewig herumirren. Ich hatte die Orientierung verloren, wusste nicht einmal mehr, welchen Weg ich zurück zur Höhle nehmen musste.

»Hallo?!«

Bitte antwortet mir doch.

Ich biss auf meine Unterlippe, kämpfte die Panik nieder. Es war genauso wie an dem Tag, als ich Violet verlor. Als Ralf sie mir wegnahm und ich gemeinsam mit Will aus dem Schloss floh, während Jaydee in seiner Raserei gefangen war und Dämonen zerfleischte. Ich wischte die Tränen weg. Ich wollte nicht mehr schwach sein. Ich wollte nicht mehr hilflos sein. Ich hatte es mir doch geschworen.

»Anna ...« Meine Stimme klang brüchig. Mein Herz hämmerte, das Blut rauschte in meinen Ohren. »Wo seid ihr?«

»Jess?«

Ich drehte herum und hätte am liebsten vor Erleichterung aufgeschrien. Anna fegte zwischen den Bäumen hindurch, so leichtfüßig und schnell, als würde sie gar nicht den Boden berühren. Ihre hellen Haare wehten im Wind, ihr Kleid umschmeichelte ihren dünnen Körper. Es kostete sie nicht die geringste Mühe, sich fortzubewegen.

»Was ist? Ist etwas passiert?«

Ich nickte. Schluckte. Und legte los. »Abe ist ... er ist gegangen. Die Urahnen haben ihn im Tausch gegen Mikaels Seele genommen.«

»Ach du großer Gott.« Sie hob ihre Arme und zog mich an sich. Ich umschlang sie, sog ihren Duft auf und presste sie so fest an mich, dass ich Angst hatte, sie könne kaputt gehen.

»Sie hat mit mir gesprochen. Die Urahnin. Sie hat gesagt, ich könne sie retten. Sie beide. Ich wäre der Anker. Mikael ist an mein Blut gebunden: Rette sie beide. Es gibt einen Weg. Genau das sagte sie.«

Anna schob mich auf Armeslänge von sich und betrachtete mich mit gerunzelter Stirn.

»Was hat das zu bedeuten?«, fragte ich.

»Hey«, rief Raphael und blieb schweratmend neben Anna stehen. »Hol mich der Henker, bist du schnell.« Er blickte zu mir. »Was'n mit dir? Hat dir nich gut getan, 'nen Geist zu sehen, oder?«

Skyler kam dazu. Obwohl sie eine Luftwächterin war, hing sie Anna noch meilenweit hinterher, ob in ihren Bewegungen oder ihrer Eleganz.

»Was meinte sie damit, Anna?«

»Ich weiß es nicht. Mikael ist an dein Blut gebunden ...«

»Könnte es ... kann es etwas mit dem Ritual zu tun haben? Das, welches ich damals in der Kirche ausgeführt habe? Ich habe mein Blut verwendet und es in einen Kelch tropfen lassen, aber der Zauber hatte doch gar nicht funktioniert.« Mittlerweile war mir klar, warum Mikaels Geist nicht erschienen war. Mein Hokuspokus war völliger Mumpitz gewesen im Vergleich zu dem, was wir heute getan hatten.

»Das ist gut möglich.«

»Aber wie sollte das Mikael retten? Oder Abe?«

»Wir gehen in die Kirche und finden es heraus.«

»Was ist mit den Dämonen? Und Ralf?«

»Es ist vorbei, Jess. Deshalb waren wir nicht vor der Höhle eben. Schau.« Sie drehte mich herum und führte mich an einen Vorsprung. Von hier oben hatte man einen guten Weitblick über Riverside und die Nachbarstädte. Die ersten Lichter waren an, funkelten und glitzerten zwischen dem Dunkel des Waldes. Der Himmel über Riverside war mit einem gleißend blauen Licht erfüllt, das aus der Mitte der Stadt kam.

»Sie haben es geschafft.«

»Will hat mich angefunkt. Es ist ihm gelungen, seinen Bruder zu töten und Ben hat Mikael rufen können.«

Die Seele Mikaels ist an dein Blut gebunden, hilf ihm, es zu sehen. Rette sie beide.

»Wir müssen sofort zu ihnen.« Wenn sie den Emuxor erledigt hatten, hieß das, dass Mikael der nächste war.

Anna streckte mir ihre Hand hin. »Wir teleportieren.«

»Muss das sein? Wir können die Parsumi nehmen.«

»So sind wir schneller. Vertrau mir.«

Oh je ... ich hatte das mit Violet einmal gemacht und gehasst. Teleportiert zu werden war ungefähr so angenehm, als ob man sich in die Waschtrommel quetschen würde und den Schleudergang auf extrastark einstellte. Dazu kam das beklemmende Gefühl, dass sich Beine und Arme ablösten und später nicht mehr richtig zurück an Ort und Stelle setzten.

»Bist du soweit?«

»Auf keinen Fall.«

Sie umschloss meine Finger. Ihre Haut fühlte sich eisig kalt an. Es dauerte nur Sekunden, bis der Sog einsetzte.

»Halt die Luft an, dann ist es leichter.«

»Ha!« Genau das sagte Violet immer: *Halt die Luft an, lass die Augen zu, denk an was Schönes, es ist wie Fliegen* ... ja, genau! Es war wie Fliegen, nur dass man dabei Hunderte von Loopings drehte und am Ende mit voller Wucht auf den Boden prallte. Der Sog wanderte von meinen Beinen aufwärts, erreichte meine Taille, meinen Bauch, meinen Brustkorb. Er wrang mich zusammen, quetschte meine Eingeweide übereinander. *Angenehm. Toll. Könnte ich jeden Tag machen.*

»Es geht los«, sagte Anna noch, dann umschloss der Sog meine Hände, die Luft wurde aus mir herausgequetscht.

Ich schrie lauthals und verschwand.

Puff.

44. Kapitel

Jaydee

Mikael kauerte über mir. Sein Gesicht war so nah an meinem, dass ich jedes Detail erkennen konnte: die winzigen Lachfältchen um seine Augen, den leicht gelblichen Schimmer um seine Iris, das Grübchen in seiner rechten Wange, das sich nur zeigte, wenn er angestrengt über etwas nachdachte.

Oder jemand anderem die Seele aussaugte.

Ich lag regungslos unter ihm. Der Sog war intensiv, Mikaels Hunger brach in voller Stärke durch. Das flüssige Feuer ergoss sich in meine Brust, in meinen Kopf, in mein Herz.

Ich würde und könnte ihn nicht aufhalten. Zum zweiten Mal binnen weniger Stunden saugte mich ein Schattendämon aus. Zum ersten Mal störte es mich nicht. Ich lag da und ließ es über mich ergehen. Mikael hob meine Seele aus meinem Körper, ich erkannte die Qual in seinem Gesicht, den Widerwillen gegen das, was er tat, und das Unvermögen, damit aufzuhören. Es war seine Natur. Ab heute würde er genau davon leben.

»Jaydee!«, brüllte Will neben mir. Ich hörte Metall schaben, als er das Messer aus seiner Halterung zog. Er hielt sein Versprechen, er würde es Mikael durchs Herz treiben und ihn so zerstören. Und mich gleich mit. Ich blinzelte träge. Die Müdigkeit zerrte an mir, machte mich benommen. Erstaunlicherweise fühlte ich keinen Schmerz.

Hinter Mikael tauchte Will auf, die Klinge blitzte im Licht der untergehenden Sonne. Er starrte zu mir herunter, normalerweise würde er nicht zögern und dem Dämon den Kopf abschlagen. Stattdessen packte Will Mikael an der Schulter. »Ben, hilf mir.«

Mikaels Finger krallten sich fester auf meine Haut, er wollte nicht von mir ablassen. Seiner Beute. Seiner Nahrung. Seinem Sohn. Ben erschien auf der anderen Seite und zerrte Mikael gemeinsam mit Will weg von mir. Der Sog endete, ich schnappte nach Luft, rollte mich auf die Seite und krallte mich im Boden fest.

Der Schmerz fegte über mich hinweg wie ein Tornado. Jetzt, da Mikael von mir abgelassen hatte, schien sich mein Körper daran zu erinnern, dass es wehtat, wenn Seelenenergie entzogen wurde. Mein Blut kochte, mein Herz raste. Zu schnell. Viel zu schnell. Meine Muskeln, meine Sehnen, alles glühte vor Hitze, als hätte ich Feuer getrunken.

Ich grub meine Finger in die Erde, hustete und keuchte. Ich sog den Geruch des Rasens unter mir ein. *Erde. Natur. Kraft. Kindheit.* Mit Mühe hob ich den Kopf, blickte zur Kirche. Ich lag vor der Tür, vor der ich damals als Baby abgeliefert worden war. Mikael hatte nie ein Geheimnis daraus gemacht, dass er nicht mein leiblicher Vater war und mir die Stelle gezeigt, wo ich gelegen hatte. Ab dem Tag war ich stundenlang dort gesessen, hatte mit dem Jadestein um meinen Hals gespielt und die Steine angestarrt, in der Hoffnung, sie würden eine Erinnerung wecken. Jemand hatte mich dort zurückgelassen. Ich hatte denjenigen gesehen. Selbst wenn ich noch ein Baby gewesen war, aber meine Augen, mein Körper mussten sich doch daran erinnern! Ich vergaß nie etwas. Nichts! Doch egal, wie lange ich dort hockte, egal, wie sehr ich mich bemühte: Die Bilder kamen nie zurück.

Hinter mir hörte ich dumpfes Gekeuche. Sie fixierten Mikael. Ich stemmte mich auf die Knie, schraubte mich langsam zum Stehen nach oben. Alles drehte sich, mir war kotzübel, meine Muskeln zitterten. Ich war an meine Grenzen gekommen. Zweimal ausgesaugt zu werden, war für meinen Körper zu viel.

»Lasst mich los!«, brüllte Mikael.

»Fessel ihn!«, rief Will.

Ich lauschte den Geräuschen und wusste genau, was sie taten.

»Wir bringen ihn nach drinnen«, sagte Will.

Er wollte nicht, dass ich dabei war, wenn er ihn tötete.

»Jaydee ...«, keuchte Mikael. Ich schloss die Augen, blendete seine Stimme aus. Das war nicht mehr er. Er war gestorben. Hier in diesen Gemäuern. Vor neun Jahren. Er hatte Frieden gefunden und wir hatten ihn zerstört.

»Los«, sagte Will.

»Nein«, antwortete ich und drehte mich langsam um. Mikaels Hände waren wieder auf dem Rücken gefesselt, seine Augen leuchteten vor Gier nach Nahrung. Er spannte die Muskeln, fixierte mich, seine braunen Strähnen fielen ihm in die Stirn. Er litt. Er wusste, was er war und dass er nur überleben konnte, wenn er anderen schadete. Es war seiner so unwürdig, dass es mich schmerzte.

»Gib mir das Messer«, sagte ich.

»Du musst das nicht ...«

»Gib es mir!«, brüllte ich.

Will drehte es herum und reichte es mir Griff voran. Es war eine von Colins Waffen. Sie lag gut in der Hand, wie alle Seelenwächterklingen. Ich ließ sie durch die Luft summen und ging auf Mikael zu. Er starrte zu mir, auf das Messer, das gleich sein Leben nehmen würde.

Meine Finger begannen zu zittern. Mikael knurrte, versuchte, sich aus dem Griff von Ben und Will zu lösen, doch er hatte keine Chance.

»Bitte, verzeih mir«, sagte ich leise.

Seine Augen fanden meine. So fremd und so vertraut.

Ich peilte sein Herz an, holte aus und ...

... ein Knall ertönte neben mir. Ich fuhr herum. Jess und Anna tauchten wie aus dem Nichts auf. Jess blickte wirr umher, taumelte, griff sich ans Herz.

Und dann sah sie mich. Das Messer. Mikael.

»Stopp!«, schrie sie, machte einen Schritt nach vorne und stürzte, aber Anna packte sie rechtzeitig am Arm. »Du darfst ihn nicht töten!«

»Was?« Ich ließ das Messer sinken und starrte sie an.

»Sie kann ihn vielleicht zurückschicken«, sagte Anna.

»Ja«, keuchte Jess. Sie fasste sich an den Magen und kämpfte gegen die Übelkeit. »Oh Gott. Ich werde nie wieder teleportieren!«

»Was redet sie da?«, fragte ich Anna.

»Die Urahnen haben zu ihr gesprochen. Eine sagte, dass Mikael an Jess' Blut gebunden sei und dass sie seine Rettung wäre.«

Mikael ist an Jess gebunden?

Ich blickte sie an, sie hob mühevoll den Kopf, ihre Haare hatten sich zu kleinen Nestern verzwirbelt. »Das Ritual ...«, stammelte ich.

»Genau«, antwortete Jess. »Ich habe mein Blut damals verwendet und einen albernen Spruch aufgesagt. Ich dachte, es hätte nicht funktioniert – hat es ja auch nicht wirklich –, aber scheinbar war es nicht ohne Wirkung geblieben.« Sie richtete sich auf, schluckte einmal fest und lief auf uns zu. Ihre Nähe raubte mir den Atem. Ihre Seele leuchtete noch heller als üblich, sie blickte zu mir, die Augen tiefbraun und liebevoll. »Die Ahnin sagte, dass der Weg noch offen ist und die Seele Mikaels an mein Blut gebunden sei. Dass ich ihn retten könnte.« Jess blickte zu Ben. Ein trauriger Schatten huschte über ihr Gesicht, doch sie sagte nichts zu ihm. »Sie meinte, ich könnte ihn retten. Ich weiß nur nicht wie.«

Auf einmal versuchte Mikael, sich loszureißen und auf Jess zu springen.

Sie japste, wich zurück, Ben und Will zerrten ihn an sich. Will legte eine Hand auf Mikaels Kopf, schloss die Augen und murmelte Zauberworte. Mikaels Glieder wurden steif, sein Blick ausdruckslos.

»Ein Schockzauber«, sagte ich. Es war nicht leicht, diesen Zauber zu wirken. Er benötigte viel Konzentration, weshalb ihn die Seelenwächter im Kampf selten anwenden konnten. Bis der Gegner geschockt war, war man schon gegessen.

»Das wird nur einige Minuten halten«, sagte Will. »Okay, Jess. Erkläre mir ganz genau, was du bei dem Ritual getan hast.«

»Ich habe Kerzen angezündet, ein Pentagramm auf den Boden gemalt, mir in die Hand geritzt und gesagt: *Ich rufe die Geister dieser und der nächsten Welt. Nehmt mein Blut als Opfer und bringt mir Mikael Bartholomäus Stevens*. Das habe ich wiederholt, bis die Kerzen plötzlich ausgingen. Dann war es still, und es ist nichts mehr passiert.«

»Was hast du mit dem Kelch und dem Blut gemacht?«, fragte Will.

»Nichts. Kurz darauf kam Joanne, und ich bin bei euch gelandet.«

»Du hast den Geistern ein Blutopfer überbracht und es an ein Pentagramm gebunden«, sagte Will. »Blut ist eine der stärksten Zutaten für einen Zauber. Das Pentagramm ein uraltes Schutzsymbol. Du bist keine Magierin und kannst keine echten Zauber wirken, dennoch hast du an dem Abend bestimmte Energien freigesetzt.« Er blickte zurück zu Mikael, der nach wie vor unter dem Zauber stand.

»Normalerweise ist es so, dass eine Seele nach ihrem Ableben die Wahl hat, ob sie ins Licht gehen will oder hierbleiben mag«, fuhr Will fort. »Dieses Licht bleibt eine ganze Weile bestehen, es fragt die Seele immer wieder, ob sie kommen will, und nur, wenn sie sich dagegen entscheidet, verblasst es und die Tür fällt zu. In dem Moment wird die Seele zum Schattendämon. Dieser Prozess dauert einige Wochen. Der Emuxor sorgte dafür, dass es schneller ging. Seine Macht ist zwar zerstört, aber Mikael hängt noch immer fest.«

»Die Tür ist noch offen«, sagte Jess. »Das meinte die Urahnin! Wir müssen Mikael den Weg zeigen.«

Könnte das sein? Mein Mund wurde staubtrocken. Wenn das möglich war, wenn er Frieden fände ...

»Es ist ein Experiment«, sagte Will. »So einen Fall gab es bisher nie. Du hast das Ritual durchgeführt, als Mikaels Seele ihren Frieden gefunden hatte. Vielleicht hast du eine Art Brücke gebaut von dieser Welt an den Ort, an dem

Mikael sich befand. Die Ahnin sagte, dass seine Seele an dein Blut gebunden ist?«

»Ja, genau.«

»Gut. Du wirst ein zweites Mal das Pentagramm ziehen. An genau der Stelle, an der du es das erste Mal getan hast. Wir wiederholen dein Ritual, wenn es funktioniert, schicken wir Mikael zurück ins Licht.«

Und wenn nicht, mussten wir ihn immer noch töten ...

Jess sah mich an. Ich fing ihren Blick ein, hielt ihn fest, zog ihn an mich, weil es das einzige war, was ich tun konnte. Der einzige Weg, wie ich sie berühren durfte. Sie schauderte, schlang die Arme um sich.

»Was ... was ist mit dem Emuxor geschehen?«, fragte sie vorsichtig.

»Er ist zurück in seine Hölle gekehrt.«

Sie schluckte. Mir war klar, was sie wissen wollte. »Ich weiß nicht, was mit deiner Fylgja ist. Ich konnte noch nicht ...«

»Schon gut.« Sie hob die Hand. »Lass uns anfangen.«

45. Kapitel

Jessamine

Déjà^-Vu.

Ich hatte ein richtig fettes Déjà-Vu. Zusammen mit den anderen betrat ich die Kirche über die Seitentür, den Ort, an dem alles angefangen hatte.

Seit dem Ritual war ich nicht mehr hiergewesen.

Anna lief neben mir her und hielt meine Hand. Mir war noch immer schlecht vom Teleportieren.

Das Gebäude hatte sich verändert. Ralf hatte aufgeräumt, den Schutt weggebracht und saubergemacht. Die Abendsonne spitzelte durch die Löcher im Dach, genau wie der Mond es damals getan hatte.

Es war eine Nacht-und-Nebel-Aktion gewesen. Ich hatte mich von zuhause rausgeschlichen und sogar Violet betäubt. Was war ich besessen von dem Gedanken gewesen, mehr über Mum zu erfahren. Und noch immer wusste ich so gut wie nichts über sie. Ashriel hatte gesagt, dass sie nicht tot sei, aber nicht, wo sie sich aufhielt. Und sie sagte, dass Mum einen Zauber über mich gelegt hatte, der mich von Jaydee trennte.

Ich blickte über meine Schulter zu ihm. Er folgte in zehn Metern Abstand, hielt den Blick auf den Boden gesenkt und war in seine eigenen Gedanken abgetaucht. Er sah nicht gut aus. Blass, mit dunklen Ringen unter den Augen, seine Wangen waren eingefallen. Anna ließ meine Hand los und ging zu ihm. Sie redete leise auf ihn ein, schlang einen Arm um seine Taille, um ihn zu stützen. Ich sah sofort weg. Ich musste mir nicht mit ansehen, wie die beiden Vertraulichkeiten austauschten. Es war nicht wirklich Eifersucht, die ich bei dem Anblick empfand – also nicht im Sinne von: Anna wäre meine Konkurrenz. Es war Traurigkeit. Weil sie so mit ihm umgehen konnte und ich nicht.

Ben und Will liefen links von mir und schleiften Mikael mit sich. Er kickte und wehrte sich mit all seiner Kraft. Will hatte den Schockzauber lösen müssen. Mikael schien wie besessen davon, sich auf einen von uns zu stürzen. Er war nicht mehr Herr seiner Sinne, sah in uns vermutlich nur noch die Beute. *So wie sein Sohn, wenn er den Jäger entfesselte ...*

In diesem Zustand würde Mikael uns nie im Leben Auskunft über meine

Mutter geben können. Ich hatte mittlerweile genug mit Schattendämonen zu tun gehabt, ich wusste, dass sie sich nicht im Griff hatten, dass es nur noch Hunger für sie gab. Genauso wie bei Nioti.

»Hier war es gewesen«, sagte ich und deutete auf den Boden. »Aber ich habe keine Kreide dabei.«

»Das macht nichts«, sagte Will und zückte eins seiner Wurfmesser. »Du kannst es einritzen. Es geht mehr darum, die Energien zu bündeln.«

»Okay.« Ich nahm das Messer, kniete mich hin und schabte auf den Steinplatten herum. Ben hielt Mikael sicher im Griff, ich spürte seinen Blick auf mir und sah auf. Erkannte er mich als die Tochter von Cassandra? Wir sahen uns recht ähnlich, die dunklen Haare und die Augen hatte ich von ihr. Oder war er so erfüllt vom Hunger, dass er gar nicht mehr bei Verstand war?

Ich schluckte, unterdrückte das Zittern in meinen Händen und ritzte das Pentagramm fertig. »Was muss ich tun?«

»Gib dein Blut darauf und wiederhole den Spruch, den du damals aufgesagt hast. Aber du wirst ihn leicht abwandeln: *Ich rufe die Geister dieser und der nächsten Welt. Nehmt mein Blut als Opfer und führt Mikael Bartholomäus Stevens zurück ins Licht.* Verstanden?«

»Ja. Ach so: Wir haben keine Kerzen.«

Will griff in seine Tasche und zog kleine Äste heraus, die er anscheinend draußen eingesammelt hatte. Er berührte einen mit den Fingern und er fing Feuer. »Sag mir, wo sie standen.«

Ich lächelte und deutete auf die Stellen. Will zündete einen Ast nach dem anderen an und legte sie genau dort ab, wo ich die Kerzen aufgebaut hatte.

»Fertig«, sagte er und wich zurück.

Ich drehte den Dolch und hielt ihn über meine Handinnenfläche. Beim ersten Mal war es mir schwergefallen. Ich hatte Angst vor den Schmerzen, Angst vor einer Infektion, Angst vor dem, was kommen würde. Seither hatte ich mehr Schmerzen ertragen, als ich es mir je hätte vorstellen können, ich hatte gekämpft, gelitten, geblutet – und ich lebte noch immer.

Ben führte Mikael zu mir. Ich brachte es nicht fertig, einen der beiden anzusehen. Ben wusste noch nichts von seinem Großvater, und wenn ich in Mikaels Gesicht blickte, würde ich nur noch nervöser.

Rette sie beide ...

Wenn Mikael zurückkehrte, müsste Abe es doch auch, oder? Eine Seele nahm den Platz für die andere ein. Ich atmete tief durch, setzte die Klinge an und ratschte über meine Hand. Jaydee sog mit mir die Luft ein, als würde er den Schnitt selbst spüren.

Autsch!

Ich war definitiv noch nicht so abgehärtet gegen Schmerzen, wie ich es gerne gewesen wäre.

»Ich rufe die Geister dieser und der nächsten Welt ...« Ich sagte den Spruch genauso auf, wie Will es mir vorgegeben hatte. Mit der Intensität und der Überzeugung, wie ich sie damals gespürt hatte. Die Worte hallten von den Wänden wider. Sie vervielfältigten sich, vermischten sich, stülpten sich über meinen Körper. Ich verfiel in mein Mantra, gab alles hinein, was ich noch geben konnte: Hoffnung, Liebe, Vertrauen, Zuversicht.

Dann verstummte ich.

Ein Windhauch strich durch meine Haare, erfasste die brennenden Äste und pustete sie aus.

Mikael stöhnte leise. Er hatte Mühe, aufrecht zu stehen, als wäre der Körper, den er auf einmal besaß, zu schwer für ihn. Ben und Will ließen ihn nicht aus den Augen. Sie führten Mikael an die Spitze des Pentagramms, mir gegenüber.

»Ich hoffe, es funktioniert«, flüsterte ich.

Mikael sah auf. Er hatte wunderschöne tiefe und ehrliche Augen. Aber sie waren genauso voller Kummer und Schmerz. Ich fragte mich, ob es immer so gewesen war oder ob es an seinem momentanen Zustand lag.

»Du bist die Tochter von Cassandra Harris«, keuchte er.

Ich schnappte nach Luft, legte meine Hand auf mein Herz und nickte.

»Ich habe sie gut gekannt. Sie war eine gequälte ...« Mikael stockte, schnappte nach Luft, als könnte er auf einmal nicht mehr atmen. »Beim heiligen Vater ...«

»Was passiert mit ihm?«, fragte Jaydee. Er tippelte neben mir auf und ab. Seine Nervosität hing so schwer im Raum, dass sie wie ein Schraubstock auf meinen Brustkorb drückte.

Mikael krümmte sich zusammen und schrie vor Schmerzen.

»Will!«, sagte Jaydee durch zusammengepresste Zähne.

»Ich weiß es nicht. Wie gesagt, so einen Fall hatten wir noch nie. Wir können die Tür ins Licht für ihn öffnen, aber er muss sich dafür entscheiden zu gehen.«

Ich erhob mich langsam, während Mikael weiter in sich zusammensackte.

Es war so fürchterlich, als würde sein Körper sich selbst verletzen. Seine Haut wurde dünner, die Venen und Adern sichtbar, seine Wangenknochen stachen scharf hervor. Das sah nicht gut aus. Als würde Mikaels Körper zurückgezogen, aber seine Seele hielt an dieser Welt fest. Jaydee zischte, drehte herum, lief Richtung Ausgang, kam zurück. Wenn ich ihm nur helfen könnte! Ihn festhalten, trösten, egal was!

Ich sah ihm zu, versuchte, seinen Blick einzufangen und ihm mit der Macht meiner Gedanken meinen Beistand zu schicken.

Mikael sank auf die Knie, stützte sich vorne ab. Er röchelte, spukte eine Ladung schwarzen Blutes aus. Ich schlug die Hände vor den Mund, konnte es mir kaum mit ansehen. Jemand legte einen Arm um mich. Ben. Es war Ben. Er zog mich sachte an sich heran, bot mir den Halt, den ich mit jeder verstreichenden Minute mehr verlor.

Jaydee fluchte, hockte sich vor Mikael, packte ihn an den Schultern und richtete ihn auf. »Du musst ins Licht, Mikael.«

Er schüttelte den Kopf. »Ich kann nicht ... ich weiß nicht warum, ich ... es ist, als würde mich etwas hierhalten.«

»Sein Unterbewusstsein«, sagte Will. »Es will nicht, dass er geht. Es hat noch etwas zu erledigen. Genauso entstehen Schattendämonen ...«

Jaydee schüttelte Mikael kurz. »Du kannst nicht bleiben. Das ist nicht mehr deine Welt. Hörst du nicht, wie Gott dich ruft?«

»Doch ... aber ... ich kann ihm nicht folgen.«

»Er wird dich willkommen heißen und dir den Weg öffnen. Lass dich führen!«

»Die Kraft Gottes«, stammelte Mikael, legte den Kopf in den Nacken und keuchte gequält. »Vater im Himmel, geheiligt werde dein Name. Dein Reich komme. Dein Wille geschehe.«

»Wie im Himmel, so auf Erden«, sprach Jaydee weiter. »Geh, Mikael. Bitte.«

Mikael stöhnte, legte den Kopf in den Nacken und blinzelte. Sein Körper stand unter Hochspannung, seine Haut wurde immer blasser, fast war sie durchsichtig. »Und vergib uns unsere Schuld, wie auch wir vergeben unsern Schuldigern ... *Jaydee* ...« Mikael schnappte nach Luft und blickte ihm fest in die Augen.

Das war es!

Mikaels Schuld an Jaydee, weil er ihn verlassen hatte ... Seine Seele war noch nicht befreit davon.

Jaydee umklammerte Mikaels Gesicht, er zog ihn an sich heran. Er hatte es begriffen. Jaydee und Mikael mussten ihre Rechnung begleichen.

»Ich vergebe dir«, sagte Jaydee leise. »Hörst du? Ich vergebe dir.«

Mikael nickte.

»Du darfst gehen. In Frieden.«

Mikael atmete tief ein. Vermutlich war es Einbildung oder es lag daran, dass wir in einer Kirche waren, aber ich hätte schwören können, einen hellen Lichtschein um seinen Kopf zu erblicken. Für etliche Augenblicke sagte niemand etwas.

»Und führe uns nicht in Versuchung, sondern erlöse uns von dem Bösen«, sprach Mikael weiter.

»Amen«, sagte Jaydee. »Leb wohl, Mikael.«

Der gierige Ausdruck der Schattendämonen verließ Mikaels Augen und machte einer unendlichen Liebe Platz. So etwas hatte ich noch nie zuvor an einem Menschen gesehen. Mikael liebte Jaydee mehr als seine eigene Seele. Er hätte alles für ihn getan, nur damit er glücklich war.

Ich hielt mit aller Macht die Tränen zurück. Das hier war auf einmal so viel mehr. Ein albernes Ritual, das ich von einer Hexe in England erhalten hatte, verwandelte sich in die Rettung zweier Seelen oder vielleicht sogar von dreien. Mikael, Abe und Jaydee.

Mikaels Blick wanderte zu mir. Ich brachte keinen Ton mehr heraus. Das Licht wurde heller, umschloss seinen Körper. »Cassandra hat Tagebuch geführt. Frag Auguste.«

»Was?«, sagte ich.

Mikael lächelte ein letztes Mal, ein Grübchen blitzte in seiner Wange auf, dann umschloss ihn ein heller Lichtschein und er löste sich auf.

Die Zeit schien stillzustehen. Niemand wusste, was er sagen sollte, wir starrten alle auf den Fleck, auf dem Mikael eben noch gekniet hatte.

Jaydee blickte über seine Schulter zu mir. Und da war er wieder: der Mann, der so unschuldig und verloren wirkte.

Am liebsten hätte ich ihn an mich gezogen und getröstet.

»Danke«, hauchte er.

»Dafür nicht«, antwortete ich.

Er lächelte, seine Finger wanderten über den dreckigen Boden in meine Richtung. Ich kniete mich neben ihn, kam ihm mit meinen entgegen und stoppte, kurz bevor wir uns berührten. Nur so nahe, wie er es aushielt.

Auf einmal zerriss ein entsetzlicher Schrei die Stille.

Ich riss den Kopf herum. Mir gefror das Blut in den Adern. Wirklich und wahrhaftig. Mein Herz setzte einen Schlag aus und hämmerte dann mit aller Macht gegen meine Rippen.

Diese Stimme ...

Meine Zellen, mein Herz, meine Seele: Alles richtete sich nach ihr aus.

So hatte ich sie noch nie in meinem ganzen Leben gehört.

So verstört, so verloren, so schmerzerfüllt.

Ich wusste sofort, dass etwas nicht mit ihr stimmte.

»*Violet* ...«

46. Kapitel

Jessamine

Ich konnte mich nicht daran erinnern, wann ich zuletzt derart schnell gerannt war. Vielleicht auf der Flucht vor T.J., als er mir an die Wäsche wollte, oder als Will und ich durch die Gänge hetzten, um Violet vor Ralf zu retten.

Sie war noch da! Sie war noch da! Sie war noch da!

Ich rannte, ohne zu wissen wohin. Jaydee war dicht bei mir, wies mir den Weg.

»Pass auf die Stufen auf«, rief Jaydee. Ich fiel, wurde aufgefangen. Wer? Wer hatte mich eben gehalten? War es Jaydee? Wir durften uns nicht anfassen.

Es war Anna, sie griff mit ihren kühlen Fingern nach meinen, zog mich einen langen Flur entlang.

Wie weit? Wie weit noch? Wo war sie? Und warum hörte sie nicht auf zu schreien?

Wir rannten noch mehr Treppen hinunter, ich stolperte, flog, wieder fing mich Anna ab. Ich folgte ihr blindlings, verdrängte die grässlichen Bilder, die sich in meine Gedanken schoben. Violet war verletzt. Ich wusste es! Sie würde nicht so schreien, wenn es nicht so wäre. Sie musste aufhören! Sie musste doch nicht so weinen ...

Ich komme, Vi! Ich bin gleich bei dir!

Violet.

Meine Fylgja.

Mein Schutzengel.

Bei mir, seit ich ein Kind war, geschaffen, um auf mich aufzupassen und als Instrument für einen Dämon aus der Hölle missbraucht.

Sie schrie noch einmal.

Violet, nein! Bitte, bitte hör auf!

Sie hatte Todesangst. Ich fühlte es. Mein Körper bebte mit ihr. Mein Herz suchte nach ihrem. Wir waren verbunden.

Für immer.

»Großer Gott«, stammelte ich, als wir unten ankamen.

Jaydee bremste knapp hinter mir. »Lass mich durch.«

Ich wich zur Seite, agierte völlig mechanisch. In der Krypta stank es entsetzlich nach faulen Eiern und Blut. Die Wände waren besudelt, der Altar zerbröckelt, als hätte eine Bombe darin eingeschlagen. Wo war sie? Wo war Violet? Ich hörte sie wimmern. Ihre Schreie kamen nur noch erstickt.

»Jaydee ...«

»Atmen.«

Eine warme Hand schob sich in meine. Erst glaubte ich, es wäre Jaydee, aber dann roch ich das Feuer. Will. Er war hinter mir und bot mir seine Hilfe.

Und die hatte ich dringend nötig.

Wir liefen um den zerbrochenen Altar herum.

»Der Emuxor. Er hat ihn zerstört, als er zurück in seine Hölle kehrte«, sagte Will. »Vermutlich hat Mikaels Weggang die letzten Energien freigesetzt.«

War Violet deshalb zurück?

Wills Finger schlossen sich fester um meine, ich umrundete langsam die Bruchstücke, sah zuerst ihre blanken Füße. Ihre Zehen krampften, ihre Haut war schmutzig und mit Wunden übersät, als wäre sie über Glas gelaufen. Sie war nackt, hatte die Beine angezogen, umklammerte ihre Knie, grub ihre Nägel in die Haut, bis es blutete. Mein Magen hob sich, ich wusste nicht, wie ich weitergehen sollte, aber irgendwie ging es dann doch.

Violet hämmerte mit dem Hinterkopf gegen die Wand, hielt die Augen geschlossen und weinte. Ihre Haut war fahl und eingefallen, ihre Arme von tiefen Schnitten gezeichnet.

»Violet«, flüsterte ich, in der Hoffnung, zu ihr durchzudringen.

»Fylgja!«, sagte Jaydee und kniete sich neben sie. Er griff an ihre Hand. Sie schrie auf, als er sie berührte. Sofort ließ er sie los und wich zurück. »Sie hat zu viel Angst.«

Ich presste die Lippen aufeinander und ließ mich neben ihr nieder. »Vi?«

Sie hämmerte wie verrückt mit dem Kopf gegen die Wand. Ihre Augen waren blutunterlaufen. Tränen rannen über ihre Wangen. Sie wollte nicht aufhören zu weinen.

Ganz vorsichtig legte ich meine Finger auf ihre. Sie fühlte sich eisig kalt an, als würde gar kein Leben mehr durch sie fließen. »Vi ... bitte. Ich bin's, Jess. Wir sind hier. Es ist vorbei.«

Sie atmete tief ein, starrte mich an und verstummte.

»Rede weiter«, sagte Jaydee.

»Wir haben den Dämon besiegt. Er ist zurück in der Hölle. Du bist in Sicherheit. Hörst du?«

Sie atmete tief ein. »Jess ...?«, stammelte sie.

»Ja! Ja, ich bin hier.« Ich rückte näher an sie heran, strich über ihre Haut. Kalt. So furchtbar kalt. »Du bist in Sicherheit.«

»Es sind so viele. So viele Tote ... Ich ...« Sie drehte den Kopf, ihr Blick huschte durch die Krypta, aber ich hatte das Gefühl, dass sie gar nichts richtig erkannte. »Ich habe so viele Seelen ermordet ...«

»Nicht doch. Das warst nicht du, das war der Emuxor. Er hat deinen Körper benutzt, er hat dich dazu gezwungen.«

Sie schüttelte den Kopf, hämmerte erneut gegen die Wand. Ihre Finger krampften, alles in mir zog sich zusammen. Ich blickte zu Anna und Will. »Was soll ich tun?«

»Sie muss hier raus«, sagte Will. »Wir bringen sie zurück auf die Insel.«

Ich umklammerte Violets Handgelenk und wusste nicht, was ich sagen oder tun sollte. Jaydee versuchte ein weiteres Mal, Violet anzufassen, doch sobald er in Berührung mit ihr kam, schrie sie von Neuem.

»Anna, komm her.« Er machte ihr Platz. Violet und er waren noch nie gut miteinander ausgekommen. Sie hatte immer das Böse in ihm gesehen, sie wollte mich von Anfang an vor ihm beschützen.

»Ganz ruhig, Violet«, sagte Anna leise und schob die Arme unter ihren Körper.

»Teleportiere sie zu Colin«, sagte Jaydee. »Wir kommen so schnell wie möglich nach.«

»Okay.« Anna sah zu mir. »Dazu musst du sie loslassen, Jess. Drei Leute kann ich auf keinen Fall mitnehmen.«

Widerwillig gehorchte ich ihr.

Nur noch ein Mal ...

Das letzte Mal, dass ich sie gehen lassen musste.

Das sagte ich mir zumindest vor, während ich Anna und Violet beobachtete, wie sie sich langsam vor mir auflösten und verschwanden.

Das letzte Mal ...

47. Kapitel

Zwei Tage später …

William stand vor den Stallungen auf Colins Insel und blickte in die untergehende Sonne. Feuer. Sein Element. Sein Zuhause. Seine Seele. Er schloss die Augen und gab sich den letzten wärmenden Strahlen hin. Dort, wo er hinwollte, würde die Sonne schon bald aufgehen und einen neuen Tag begrüßen.

Jack gab ihm einen Stupser mit der Nase. William lachte und drehte sich zu seinem Parsumi. »Du willst los, was?« Er strich ihm über die Nase, dankbar, dass das Tier ihm wieder vertraute, nachdem Ralf es derart verwirrt hatte. »Ich muss nur noch kurz nach Anna sehen, dann können wir aufbrechen.«

Jack brummelte und trottete brav neben ihm, während sie einem der angelegten Sandwege zu den Gästehäusern folgten. Im Gehen kontrollierte William noch einmal die Satteltaschen. Ralfs Asche war sicher verstaut. Sie würde die Reise gut überstehen.

Noch diesen letzten Gang, dann sind alle Brücken endgültig hinter mir abgerissen und meine Vergangenheit besiegelt. Er legte die Hand auf das Leder. »Du kehrst zurück nach Hause, Bruder.«

William wollte dorthin, wo einst Rockshell gestanden hatte, und die Asche seines Bruders ins Meer schütten. Ralf hatte diese Geste nicht verdient, aber William konnte nicht anders. Sie beide waren Brüder. Er hätte nicht mit dem Gedanken leben können, das Ralfs Überreste von der örtlichen Müllabfuhr in Riverside entsorgt worden wären. Außer Anna wusste niemand, was er vorhatte. Vermutlich war das besser so. Dass Ralf die Kirche angezündet hatte und für den Tod von Mikael verantwortlich war, hatte er ebenfalls für sich behalten. William musste erst nachdenken. Über so vieles.

Er blieb vor Annas Haus stehen und läutete an der Glocke, die an der Tür hing. Es dauerte nur Sekunden, bis sie öffnete. Anna trat nach draußen. Das letzte Sonnenlicht verfing sich in ihren Haaren, der Wind spielte mit ihren Strähnen, trug ihren angenehmen Duft nach Mandarine in Williams Nase. Seit ihrem Erlebnis im Bett waren sie sich nicht mehr nähergekommen. William wollte sie nicht drängen und ließ es auf sich beruhen. Sie würde auf ihn zukommen, wenn sie soweit war.

»Bringst du deinen Bruder heim?«

»Ja.«

»Und ich soll wirklich nicht mitkommen?«

»Nein. Du wirst dich ausruhen, die letzten Tage waren anstrengend für dich.« Anna hatte viel teleportiert, und nun kam noch die Sache mit Keira dazu. »Wie geht es Keira?«

»Frag sie selbst. Keira! Kannst du kurz rauskommen?«, rief Anna nach drinnen, dann drehte sie sich zurück zu William. »Wirst du mir auch erklären, warum ich das tun sollte?«

»Ja. Irgendwann.« Wenn er selbst besser wusste, was er mit all den Informationen anfangen sollte. William hatte die Bücher studiert, die Keira dabeigehabt hatte. Er hatte alles über Lilija und ihre Experimente nachgelesen und die letzten Puzzleteile zu Ilais Geschichte erhalten. Es war viel zu verarbeiten, und noch schwerer würde es für Jaydee werden, wenn er davon erfuhr. Falls er davon erfuhr.

»Was ist?«, fragte Keira und erschien im Türrahmen. »Oh, hi, Will.« Sie trug schwarze Lederhosen, schwere Boots und ein hautenges schwarzes Oberteil. In ihrer Hand hielt sie ein Silbermesser, das sie mit einem Lappen polierte.

Er nickte. »Wie geht es dir?«

»Gut, warum fragst du?«

»Ich wollte mich von dir verabschieden. Ich werde für ein paar Tage unterwegs sein.«

»Okay. Das ist nett ...« Er spürte ihre Verunsicherung. Sie fragte sich bestimmt, warum er ihr das extra sagte, da sie bisher wenig Kontakt gehabt hatten.

»Was steht bei dir als Nächstes an?«, fragte er. »Hast du viel Arbeit?«

»Ganz bestimmt. Die Aufträge werden sich häufen, sag mal, hast du zu viel Sonne abbekommen? Warum willst du das wissen?«

»Nur interessehalber. Vielleicht brauchen wir ja mal deine Dienste.«

Sie nickte. »Wenn es so ist, ruft mich ... ach nein, das geht ja nicht. Kommt vorbei. Anna wird ja dann wissen, wo ich wohne.«

Sie würde Keira auf einem Parsumi zurückbegleiten und noch mal sichergehen, dass sie sich wirklich an nichts mehr erinnerte, was in den letzten Tagen geschehen war.

»Brauchst du sonst noch etwas? Ich würde gerne weiterpacken.«

»Nein. Danke. Ich wünsche dir eine gute Heimreise.«

Keira schüttelte den Kopf und verschwand im Inneren.

»Was hast du ihr denn eingesetzt, warum sie hier auf der Insel ist?«

»Ich habe ihr eine Ersatzerinnerung geschenkt. Sie glaubt, dass sie eine antike Kette für mich beschafft hat, mit der ich Jaydee im Zaum halten kann.«

»Nette Vorstellung.«

»Dass unser Anwesen in Arizona zerstört ist, habe ich ihr gelassen, die Erinnerung liegt sowieso schon zu weit zurück. Ich habe allerdings alles gelöscht, was mit dem Kranich und dem Sapierbund zu tun hat. Will ...« Sie trat näher an ihn heran. Sofort wurde ihm schwindelig von ihrem betörenden Duft. »... ich werde dich in dieser Sache nicht drängen, aber hat es etwas mit mir und Jess zu tun? Als ich damals in der Bibliothek nach dem Kranich recherchiert habe, bin ich in einen Flashback gefallen und habe Coco getroffen.«

Er blickte ihr in die Augen und verlor sich darin. Sie waren so kristallblau und tief wie der Ozean um die Insel. »Ja. Es hat mit dir zu tun und mit Jess und Jaydee und Ilai, aber bitte gib mir Zeit. Diese Informationen dürfen nicht in die falschen Hände geraten.«

»Okay.« Anna würde es dabei belassen. Sie mochte es selbst nicht, gedrängt zu werden, und zwang sich keinem anderen auf.

»Hat Jaydee nach Keira gefragt? Oder jemand anderes?« William war zu sehr mit seinen Dingen beschäftigt gewesen. Er hatte die Asche seines Bruders in der Kirche zusammengesammelt und dann die Bücher von Keira versteckt.

»Nein. Er weicht Jess nicht mehr von der Seite.«

»Gibt es schon etwas Neues? Wie geht es Violet?«

»Ihr Zustand ist unverändert.«

William hatte es befürchtet. Von der ersten Sekunde, als er sie gesehen hatte, wusste er, dass sie sich im Grauen verloren hatte. Vielleicht war ihm das so klar, weil er selbst Instrument des Bösen gewesen war und ihn die Schuldgefühle noch verfolgten.

»Im Moment hat Jay keinen Kopf für Keira, und die anderen sind zu sehr damit beschäftigt, die Ordnung in Riverside wiederherzustellen. Colin hilft Derek. Er erholt sich mit jeder Stunde, aber ich weiß nicht, ob er ganz der Alte wird. Er kann noch immer nicht gehen.«

Derek war nach einem Tag bei seinem Element aus dem komatösen Zustand aufgewacht. In den ersten Stunden war er noch immer verwirrt gewesen und unfähig, seine Beine zu bewegen. Der erste Seelenwächter, der im

Rollstuhl saß. Nicht mal Raphael konnte ihn heilen. Es würde sich zeigen, ob es von Dauer war.

»Sie berufen eine Sitzung nach der anderen ein und suchen die besten Luft- und Feuerwächter zusammen, damit sie sich um die Gedanken der Anwohner in Riverside kümmern.«

»Ich werde helfen, sobald ich alles erledigt habe«, sagte Will. »Gibt es schon eine offizielle Version?«

»Sie wollen es auf einen Chemieunfall in der Schule schieben. Ben sagte, dass es rund achthundert Todesopfer in Riverside gibt. Darunter viele Teenager, Polizisten, Feuerwehrmänner. Die Jüngeren haben sie überwiegend als Nahrung verwendet, und die Erfahreneren hat Ralf benutzt. Ben ist vor Ort im Krisenstab und kümmert sich um die Menschen.«

»Was ist mit seinem Großvater?«

»Nachdem Mikael zurückgekehrt war, tauchte er in der Höhle auf. Die Urahnen haben ihn zurückgeschickt. Er ist putzmunter, als wäre nie etwas geschehen. Er will mit seinen restlichen Leuten das Dorf herrichten, ach: Und sie werden Benson bei sich aufnehmen. Flo wird von Skyler hingebracht.«

So taten alle das, was sie am besten konnten.

»Dank der anderen Seelenwächter ist eine Massenpanik weltweit ausgeblieben. Den meisten ist es gelungen, die Schattendämonen in Schach zu halten. Als der Emuxor zurück in die Hölle kehrte, starben mit ihm Tausende von Schattendämonen. Als hätte er seine Kinder mit in das Inferno gerissen. Die Schattendämonenpopulation ist um ungefähr ein Drittel gesunken. Kannst du dir das vorstellen? Ein Drittel!«

Wenn sie davon ausgingen, dass es Hunderttausende davon gegeben hatte, war das immens.

»In den kleinen Ortschaften hält sich der Schaden in Grenzen. Das Dorf, in dem Jess und Keira waren, hat nur wenige Verluste.«

»Werden sie das ebenfalls auf einen Chemieunfall schieben?«

Anna zuckte die Schultern. »Ich denke, sie werden dort eher die Köpfe der Menschen beeinflussen. Es wird noch eine ganze Weile dauern, bis dieses Chaos beseitigt ist.«

»Wissen wir schon, wie viele Seelenwächter es erwischt hat?«

»Siebenundzwanzig.«

William bekreuzigte sich. Noch weniger. Sie schrumpften, und sie mussten den Rat neu aufbauen. Aiden und Kendra hatten berichtet, dass Ilai, Kirian,

Soraja und Logan alle bei ihren Elementen waren, aber keiner zurückkehrte. Auch nicht, als der Emuxor ausgelöscht wurde. Sie waren weder tot noch lebendig. *Aber immerhin waren sie bei ihren Elementen. Zuhause.* Manche Seelenwächter blieben dort für Jahrzehnte, bevor sie sich dazu entschlossen, zurückzukehren. Was allerdings selten vorkam. William würde das Anwesen in Arizona von Ilai lösen müssen, damit es heilte und sie heimkommen konnten. Vom Alter her müsste Akil die Nachfolge antreten, doch da es von ihm noch keine Neuigkeiten gab, mussten sie abwarten.

Erst meinen Bruder beerdigen.

Anna trat noch einen Schritt an William heran. Er versteifte sich.

»Du wirkst jedes Mal wie ein verschreckter Hase, wenn ich dir näherkomme.«

»Ich will nur nichts Falsches machen.«

»Das wirst du nicht.« Sie griff nach seiner Hand und verwob ihre Finger mit seinen. Eine gefühlte Ewigkeit strich sie über seine Haut. Überall wo sie ihn berührte, wanderte ein leichtes Kribbeln in seinen Körper. »Ich fand es schön, mit dir gemeinsam im Bett zu liegen.«

»Das ging mir genauso.« William konnte kaum mehr atmen, so sehr schnürte sie ihm die Kehle zu. Die Sonne war untergangen, die blaue Stunde angebrochen. Annas Haare leuchteten in einem hellen Kupferton, ihre Haut wirkte rosiger als sonst, ihre Augen funkelten.

»Du bist so wunderschön«, sagte er leise.

Sie lächelte.

»Wow. Das ist das zweite.«

»Bitte?«

»Das zweite echte Lächeln, das du mir schenkst.«

»Ich habe dich doch schon öfter angelächelt.«

»Nicht so. So offen, frei und ohne Scheu. Normalerweise schenkst du das nur Jaydee. Bei mir ist es erst das zweite Mal.« In vierhundert Jahren.

Annas Wangen färbten sich rot, sie blickte zu Boden. »Sei bitte vorsichtig auf deiner Reise.«

»Das werde ich.«

Ihre Finger klammerten sich fester an ihn, sie zog ihn ein Stück zu sich. Er ließ es geschehen. Anna musste bestimmen, was sie wollte. Er würde ihr überall hin folgen. Sie standen so nahe, dass die Kühle ihres Körpers seine Hitze senkte. Feuer und Luft. So gegensätzlich und trotzdem Teil eines Ganzen. Sie blickte ihn wieder an, blinzelte, stellte sich auf die Zehenspitzen, und bevor er sich versah, drückte sie ihre Lippen auf seine.

William hielt die Luft an. Ein Kuss.

Scheu und keusch. Aber beim Herrn im Himmel, es war ein Kuss!

Sie küsste ihn!

Anna ließ von ihm ab, rieb ihre Nase an seiner und wich zurück. »Ich werde hier auf dich warten«, sagte sie, drückte noch mal seine Finger und drehte sich um.

Erst da gestattete sich William zu atmen.

Und zu lächeln.

Und zu fühlen.

Er legte seinen Daumen auf seine Lippen, versuchte noch, die letzte Wärme ihrer Haut auf seiner festzuhalten.

»Wahnsinn«, flüsterte er, drehte sich zu Jack und wollte sich in den Sattel ziehen. »Ach, Anna!«

Sie drehte sich an der Tür um. »Ja?«

»Auf meinem Nachttisch steht ein Päckchen für Jaydee. Würdest du ihm das bitte geben?«

»Natürlich. Was ist denn drin, wenn ich fragen darf.«

»Zaubertinte.«

Sie warf ihm einen verwunderten Blick zu.

»Er wird es verstehen.«

»Okay.«

»Sag ihm, dass ich sie nicht so verändern konnte, dass sie hält. Er wird damit leben müssen, dass sie ausbrennt.«

Sie runzelte die Stirn, doch sie fragte nicht nach. William wartete, bis sie die Tür geschlossen hatte, und stieg auf Jack, um hinunter zum Strand zu reiten.

Jaydee war, kurz nachdem sie von der Kirche zurückgekehrt waren, zu ihm gekommen. Er hatte ein Fässchen mit einem Rest Tinte dabei und fragte, ob es möglich sei, sie zu verlängern oder weitere herzustellen. Es hatte William fünf Stunden gekostet, die Magie in der Tinte zu begreifen. Noch immer konnte er sie nicht reproduzieren, lediglich das, was da war, verlängern. William hatte keine Ahnung, wofür Jaydee sie benötigte, und aus irgendeinem Grund hatte er keine Lust, danach zu fragen. Früher hätte er das. Oder er hätte ihm Vorträge über die Gefahren von fremder Magie gehalten.

»Heute nicht. Unser Konto ist wieder bei null. Wir rechnen von Neuem ab.«

Er erreichte den Strand und trieb Jack in einen Galopp.

Auf eine letzte Reise in die Vergangenheit.

48. Kapitel

Jessamine

Ich schreckte hoch, als etwas neben mir zu Boden fiel. Sofort war ich hellwach und blickte mich um. Es war fast dunkel geworden, die Sonne untergegangen.

Oh, Mist. Ich war tatsächlich im Sessel eingeschlafen. Zu meinen Füßen lag die Teetasse, der Inhalt hatte sich über den Boden ergossen. Ich hatte nicht mal mitbekommen, dass ich eingeschlafen war. Ich sah zu Violet. Sie lag in meinem Bett. Nach gestern Abend hatten wir ihre Arme festgebunden, weil sie nicht aufhören wollte, sich selbst zu verletzen. Sie schlief, doch selbst im Traum kam sie nicht zur Ruhe. Immer wieder drangen leise Wimmertöne über ihre Lippen, mal keuchte sie, dann wachte sie auf und schrie wie am Spieß. Raphael hatte ihr in den letzten Tagen stündlich Heilenergie gegeben. Ihre körperlichen Wunden waren kuriert. Sie hatte sogar etwas Farbe bekommen, und ihre Wangen waren nicht mehr eingefallen. Doch gegen ihren seelischen Kummer konnte er nichts ausrichten.

Genauso wenig wie Jaydee. Er hatte es versucht. Gestern Abend waren er und Anna hier gewesen, Jaydee hatte sich zu Violet aufs Bett gesetzt und mich angesehen.

»Ich kann dir nicht versprechen, dass es funktioniert«, sagte er. Ich nickte, hielt die Arme um mich geschlungen und starrte ihn durch einen Tränenschleier an.

»Okay.«

Anna legte ihren Arm um mich und zog mich an ihren kühlen Körper. Ich war so unendlich dankbar für ihre Nähe, gleichzeitig konnte ich sie kaum ertragen. Ich wollte Violet zurück. Meine Fylgja, meine beste Freundin. Ich hatte sie verloren und wiedergefunden, und nun war sie ein Schatten ihrer Selbst. Eine Fylgja konnte vielleicht nicht sterben, solange ihr Schützling lebte, aber sie konnte leiden.

Und Violet litt.

Jede Sekunde, egal ob sie schlief oder wach war.

Die Qualen waren ihr ins Gesicht geschrieben. Sie erkannte niemanden von uns, egal was wir taten. Ich hatte ihre Hand gehalten, auf sie eingeredet, mich zu ihr ins Bett gelegt und sie ganz fest an mich gedrückt, aber ich kam nicht zu ihr durch.

Jaydee atmete tief ein und aus und griff nach Violets Arm.

Ein Rucken ging durch seinen Körper, gefolgt von einem tiefen Stöhnen. Seine freie Hand verkrallte sich in der Bettdecke, er keuchte gepresst, seine Muskeln spannten sich gleichzeitig an. Violet riss die Augen auf. Ihre Finger krampften, sie hielt die Luft an, schluckte.

»Zum Teufel ...«, presste Jaydee hervor. Ein Zittern packte ihn. Ich klammerte mich an Anna, konnte die beiden kaum beobachten.

Violets Augen verdrehten sich nach hinten. Auf Jaydees Schläfen bildeten sich Schweißtropfen.

»Fylgja ...«

Sie keuchte, als würde er ihr die Luft aus den Lungen pressen.

Ich schlug eine Hand vor meinen Mund, Anna zog mich fester an sich. Das war das leibhaftige Grauen. Meine Freunde so zu sehen, mitzubekommen, wie sie litten, war mit Abstand das Schlimmste, was ich je ertragen musste. Ich hätte alles darum gegeben, ihren Schmerz zu lindern, ich hätte mich selbst dafür geopfert, hätte noch tausend Kämpfe ausgestanden, hätte alles, was ich besitze, verschenkt, wenn ich Violet nur einen Hauch ihres Leids hätte nehmen können.

Auf einmal schoss Violet herum, packte Jaydee am Nacken und zerrte ihn zu sich. Er konnte sich gerade noch auf dem Bett abstützen, um nicht auf sie zu fallen. Sie bohrte ihre Hände in seine Kopfhaut, die Augen weit aufgerissen, erfüllt mit einer Panik, wie ich sie noch nie zuvor gesehen hatte.

»Hilf mir!«, flehte sie ihn an.

»Violet!«, rief ich und machte mich von Anna los. Ich wollte zu den beiden ...

»Bleib weg! Nicht!«, schrie Jaydee.

Ich verharrte in der Bewegung. Er wollte mich nicht in seiner Nähe haben, nicht mit noch mehr Emotionen kämpfen. Vorsichtig legte er seine Finger um Violets Handgelenk und machte sie von seinem Nacken los. Ihre Fingernägel waren verschmiert mit seinem Blut, so fest hatte sie sich an ihn geklammert.

»Hilf mir ...«, wiederholte sie.

Er schloss ihre Hände zwischen seinen ein und sah ihr fest in die Augen. Sie zitterte am ganzen Körper, ihre Lippen bebten. Jaydee atmete tief ein, sie folgte ihm im gleichen Rhythmus.

»Ich versuche es …« Er keuchte. Ein Tropfen Blut löste sich aus seiner Nase, tropfte auf seine Oberlippe, sein Kinn, das Bett. Er schüttelte sich, als könnte er so die Emotionen von Violet abstreifen, doch ich sah ihm an, wie sehr er sich quälte. Nicht mehr lange, und der Jäger würde ausbrechen.

»Jaydee, mach langsam«, sagte Anna.

Er schloss die Augen, knurrte tief und bedrohlich, seine Arme bebten vor Anstrengung.

Das Gespräch zwischen Akil und mir fiel mir ein, als wir trainiert hatten und ich ihn fragte, was Jaydee mit all den Gefühlen machte, die er aufnahm:

»… Lösen diese Emotionen sich in ihm auf?«

»Nein. Er muss sie verarbeiten.«

»Das heißt, er läuft mit diesem ganzen emotionalen Ballast anderer Menschen herum? Wie hält er das nur aus, ohne durchzudrehen?«

»Schätzchen, wirkt er auf dich etwa so, als käme er gut mit all dem klar?«

Nein, das tat er nicht. Er kämpfte. Genau wie Violet. Jaydee wollte ihren Kummer, ihre Qualen nehmen, aber er würde selbst daran zerbrechen.

Und ich werde sie beide verlieren …

»Anna.« Meine Finger glitten zu dem Dolch, den ich an meinem Gürtel trug. Mein Messer. Die Waffe gegen den Jäger, die ich ab jetzt immer bei mir haben musste, wenn ich in Jaydees Nähe war. »Bitte, tu etwas …«

Anna legte ihre Finger auf meine, aber sie zog den Dolch nicht. »Es wird ohne gehen.« Dann löste sie sich von mir, ging zu Jaydee und berührte ihn an der Schulter. Er zuckte vor Schreck zusammen. »Hör auf«, sagte sie und beugte sich näher an sein Ohr. »Lass sie gehen, Jay.«

»Ich …« Er wischte sich die blutige Nase an seiner Schulter ab und sah zu mir. In seinen Augen lag ein Ausdruck tiefsten Bedauerns, gepaart mit der Gier des Jägers. Ein grotesker Widerspruch. Liebe und Hass und Verzweiflung.

Ich nickte, um ihm zu zeigen, dass es in Ordnung war, wenn er aufgab. »Es ist okay.«

»Ist es nicht, Blümchen.«

Dann ließ er Violet los und stürmte aus dem Zimmer …

Das war vor knapp vierundzwanzig Stunden gewesen. Seither hatte ich ihn nicht mehr gesehen und ich ließ ihn in Frieden. Jaydee brauchte Zeit für sich, um sich zu sortieren.

»Nein, nein, nein!«, schrie Violet.

Ich schreckte auf und sah zu ihr. Sie war wach geworden. Es ging wieder los.

»Hör auf!«, brüllte sie. »Bitte, bitte hör auf!«

Ihre Worte wirkten wie Messerstiche in meinem Herzen. Genauso hatte sie geklungen, als sie von Ralf für das Ritual missbraucht worden war. Genauso verzweifelt und leidend. Ich stand vom Sessel auf, knipste eine Lampe an und ließ mich neben ihr auf dem Bett nieder. Sie war klatschnass geschwitzt, zerrte an ihren Fesseln, warf ihren Kopf hin und her.

»Sht«, sagte ich und legte meine Hand auf ihre Stirn.

»Nein!«, schrie sie wieder und drehte den Kopf weg. »Bitte nicht!«

Ich zog meine Finger weg und knetete sie aneinander. Nicht einmal meine Berührung ertrug sie noch.

»Bitte, hör auf mich zu quälen! Bitte, bitte, bitte ...«

Ich presste die Lippen aufeinander, kämpfte mit Macht die Tränen zurück, die nicht mehr versiegen wollten. Noch nie hatte ich mich so leer und hilflos und hohl gefühlt. Ralf hatte mir meine Freundin entrissen und der Dunkelheit zum Fraß vorgeworfen.

Ich hatte sie verloren.

In dem Moment, als er ihr die Maske aufgesetzt hatte, hatte ich sie verloren.

Und das, obwohl eine Fylgja nicht sterben konnte.

Es gibt Dinge, die sind schlimmer als der Tod.

Violet ruckte an ihren Fesseln, bäumte ihren Oberkörper auf und schrie ein weiteres Mal. Ich drückte sie zurück in ihre Kissen, redete beruhigend auf sie ein, aber es wirkte eher so, als ob meine Worte es nur noch schlimmer machten.

»Vi, bitte. Komm zu dir. Du bist in Sicherheit, es ist alles vorbei. Ich bin hier, hörst du?«

Sie verzog das Gesicht. Tränen rannen über ihre Wangen.

»Du bist frei.«

Sie schüttelte den Kopf, biss sich auf die Lippe, bis sie blutete.

»Hör auf. Bitte«, sagte ich und wiederholte absurderweise die Worte, die sie vorhin herausgeschrien hatte. Ich packte ihr Gesicht, drehte es zu mir, zwang sie, mich anzusehen. »Violet! Ich bin hier. Komm zurück!«

Sie blinzelte, ihre Pupillen zogen sich zusammen. »Jess ...«

»Ja! Ja, oh Gott. Ja, ich bin hier.« Das war das erste Mal nach der Krypta, dass sie auf mich reagierte!

»Jess ...«

»Es ist alles in Ordnung. Du bist in Sicherheit! Verstehst du? In.Sicherheit.«

Sie schüttelte den Kopf. »Hilf mir!«

»Wie?«

»Die Seelen! Sie sterben! Noch immer sterben sie.«

»Nein, es ist vorbei.«

Ihr Blick wurde glasig und leer. Sie kehrte zurück an den dunklen Ort, an dem sie sich die ganze Zeit über befunden hatte.

Ich packte fester zu, als könnte ich sie so zwingen, bei mir zu bleiben. »Violet!«

»Hilf mir. Bitte, bitte hilf mir«, keuchte sie, dann verzog sie das Gesicht und schrie ein weiteres Mal ihre Schmerzen hinaus.

Ich musste sie loslassen. Nicht nur körperlich.

Sie musste gehen ...

Die Tür hinter mir öffnete sich. Jemand kam herein. Ich drehte mich nicht um, hatte nur Augen für Violet, die in ihren Schmerzen gefangen war.

»Jess.« *Jaydee.* Er war zurückgekommen. Er war hier bei mir.

»Ich kann sie nicht halten.«

Er kam näher, ich hörte seine Schritte auf dem Holzboden. »Nein.«

»Wie schlimm war es? Als du ihre Gefühle aufgenommen hast?«

»Das willst du nicht wissen.«

»Doch. Ich muss, Jaydee. Bitte sag es mir.«

Er atmete tief durch. »Sie lebt in der Hölle. Alles, was sie noch fühlt, ist nackte Angst. Ihr Geist ist gefangen in einer Endlosschleife. Ihre Emotionen sind nicht zu durchdringen. Sie fühlt die Schmerzen, die Furcht, die Panik der Opfer. Diese Gefühle leben in ihr fort, als hätte sie alles an schlechter Energie in sich aufgesogen.«

Ich senkte den Kopf, wischte die nächste Träne weg. »Sie wird nie mehr gesund, oder?«

Er antwortete nicht, also sah ich zu ihm hoch. Seine grauen Augen ruhten auf mir, so sanft und zärtlich, als könnte er mich damit liebkosen. *Nein, das wird sie nicht*, stand dort. Ich spürte es, ohne dass er die Worte sprach.

Ich blickte wieder zurück zu Violet. Ihre Lippe blutete, sie bibberte und bebte und weinte.

»Will hat etwas zu mir gesagt, als der Rat Violet von mir lösen wollte. Er meinte, dass der Schützling die Macht hat, eine Fylgja zu entbinden. Es müsse allerdings freiwillig geschehen.« Damals war ich der Überzeugung, dass ich das nicht einmal tun würde, wenn man mir ein Messer an die Brust hielt. Allein darüber nachzudenken war so abwegig gewesen, und nun schien es wie die letzte Hoffnung. »Was soll ich nur tun, Jaydee?«

»Auf dein Herz hören.«

»Ich kann sie nicht leiden lassen, und sie kann nicht von sich aus gehen, weil sie an mich gebunden ist.« Violet wäre für immer gefangen in dieser Hölle, weil ich so egoistisch war und nicht ohne sie leben wollte. »Aber sie ist doch meine Fylgja.«

Jaydee setzte sich hinter mich aufs Bett. Die Wärme seines Körpers hüllte mich ein, ich sog seinen angenehmen Duft ein. Ein Gemisch aus den vier Elementen und ihm selbst. Er erinnerte mich an Spaziergänge in lauen Sommernächten oder an Ausflüge mit dem Kanu auf dem See. Freiheit. Wildnis. Liebe. Geborgenheit. Es tat so gut, ihn in meiner Nähe zu wissen.

Auf einmal legte er einen Arm um mich und zog mich an seine Brust. Ich schnappte überrascht nach Luft, weil ich nicht damit gerechnet hatte.

»Still«, sagte er und beugte sich nach vorne. Seine Nase strich über meine Haare, verharrte dort für einen Moment und glitt weiter zu meinem Ohr. Ich lehnte mich gegen ihn, ignorierte den Fakt, dass er mich eigentlich nicht anfassen sollte, dass wir nicht dazu bestimmt waren, uns zu berühren.

Seine Hand wanderte höher, bis sie über meinem Herzen lag. »Was spürst du hier?«

Ich atmete tief ein und schloss die Augen. Violets Wimmern drang zu mir durch. Noch einschneidender als vorher. Ihre Stimme löste etwas in mir aus. Eine Erinnerung an vergangene Zeiten, als es uns gut ging und wir gemeinsam unsere Tage verbrachten. »Liebe.« Ja, da in meinem Herzen war eindeutig Liebe. Für sie. Für uns. Vielleicht sogar für Jaydee.

Er küsste mich auf die Ohrmuschel. Ganz zart.

»Dann folge diesem Gefühl.«

Ich schnappte nach Luft, legte meine Finger auf seine, presste sie fester auf. »Wie geht das? Warum kannst du mich so lange anfassen?«

»Will. Er hat die Überreste der Tinte verlängert, die ich noch hatte. Es hat für eine weitere Anwendung gereicht.«

Ich drehte mich herum und sah ihn an. »Was?«

Er zog sein Shirt ein Stück nach unten und entblößte seine Haut. Da waren sie: die schwarzen Tattoos, die er sich in New York gestochen hatte, damit wir uns anfassen konnten. Ich streckte den Finger aus und fuhr darüber. »Aber du ... mein Dolch. Ich habe ihn doch ...« Ich sah nach unten. Er war nicht mehr da.

»Anna hat ihn für mich geholt, als du geschlafen hast. Genau wie die Tätorwierpistole, die noch in deinem Rucksack war.«

Ich blinzelte, starrte auf die Zeichen auf seiner gebräunten Haut und kaute auf meiner Lippe. »Das ist ... ich kann jetzt aber nicht ...« Ihn küssen, mit ihm ins Bett gehen, seine Nähe genießen.

Er legte seine Finger unter mein Kinn, rieb mit dem Daumen über meine Lippen. »Du machst die schlimmste Zeit deines Lebens durch. Ich habe die Möglichkeit, bei dir zu sein, und genau das will ich. Du und ich, Jess. Es ist ganz simpel.«

Und da hielt ich es nicht mehr aus. Ich warf mich ihm an den Hals und ließ den Tränen freien Lauf. Er legte die Hand auf meinen Rücken, hielt mich fest, strich zärtlich über meine Haare und hauchte mir beruhigende Worte ins Ohr. Diese wundervolle Glocke erfasste uns beide. Stülpte sich über mich, meine Seele, mein Herz und erlaubte mir, für einige Sekunden durchzuatmen und die Sorgen um mich zu vergessen.

Er und ich.

Wir beide. Zusammen.

Ich grub meine Nase in seine Haut, genoss es, ihn einzuatmen, ihn zu spüren.

Es war ein Geschenk. Ein luxuriöses, edles Geschenk, wertvoller als die kostbarsten Diamanten.

Violet stöhnte ein weiteres Mal. Ich löste mich von ihm, rieb meine Augen trocken und blickte zu ihr. »Ich muss sie gehen lassen, oder?«

»Es wäre das Humanste für sie.«

»Wirst du bei mir bleiben?«

»Natürlich.«

Ich suchte nach seiner Hand, er kam mir entgegen, ergriff sie schützend.

»Ich weiß nicht genau, wie es geht«, sagte ich. »Will meinte nur, dass es freiwillig geschehen muss.«

»Dann konzentriere dich darauf.«

»Okay«, flüsterte ich, drehte mich zu Violet und strich ihr über die heiße Wange. »Vi, hörst du mich?«

Ein Schluchzen, kläglich und schmerzerfüllt.

Ich atmete einmal ein und sprach die Worte, die ich mir in meinen kühnsten Träumen nie hätte vorstellen können: »Ich befreie dich hiermit aus meinen Diensten, Violet. Du musst nicht länger meine Fylgja sein. Geh nach Hause und finde Frieden.«

Sie stöhnte. Ihr Brustkorb hob sich, ihre Augen flatterten.

Schon wieder kullerten mir die Tränen übers Gesicht.

»Geh. Geh in deine Dimension und heile.«

Ihre Finger zuckten. Die Hitze, die ihr Körper ausstrahlte, wurde angenehmer.

»Jess«, hauchte sie.

»Ich bin hier. Ich werde an dich denken. Jeden Tag.« Und ich werde dich vermissen. Jede Minute.

Jaydee rückte näher an mich heran, legte einen Arm um meinen Bauch.

»Oh, Jessamine ...«, sagte sie. Ein Leuchten erfasste ihren Körper. Ähnlich wie das Licht, das Mikael eingeschlossen hatte. Es fühlte sich warm und friedlich und unfassbar stark an. Die Fesseln um Violets Armgelenke lösten sich auf, ihr Gesicht entspannte sich, ihre Augen glänzten voller Liebe. Sie blickte zu mir. Mit der gleichen Intensität und Zärtlichkeit, wie sie mich ein Leben lang angesehen hatte.

»Ich liebe dich, Vi.«

Das Leuchten wurde stärker, Violet setzte sich aufrecht hin, getragen von unsichtbaren Armen. Sie hob eine Hand, strich eine der zahllosen Tränen weg. »Ich liebe dich auch, Jessamine. Für immer.«

Ich schmiegte mein Gesicht in ihre Handfläche. Unsere letzte Berührung. Sie musste bis zu meinem Lebensende halten.

»Und ich danke dir«, fügte sie an. »Ich danke dir von Herzen.«

»Wirst du Frieden finden?«

Doch die Frage konnte ich mir selbst beantworten. In diesem Leuchten gab es keinen Hass, keine Angst, keine Furcht. Nur noch Liebe. Unendliche, immerwährende Liebe. In diesem Moment wurde mir klar, was eine Fylgja opferte, wenn sie sich zu einem Schützling begab. Sie war nicht nur für das irdische Leben an diese Person gebunden, sie verließ einen Ort der Geborgenheit und des immerwährenden Glücks. Sie verließ ihr Zuhause. Ihre Heimat. Ihre eigene Familie.

»Danke«, hauchte sie und blickte zu Jaydee. Sie lächelte. Es war das erste Mal, dass sie ihn so ansah. Voller Güte und Freundschaft. »Es gab schon mal jemanden wie dich.«

»Was? Wie meinst du das?«, fragte er.

»Er ist gestorben. Vor sehr langer Zeit.« Plötzlich umschlang das Leuchten ihren Körper und nahm sie mit sich.

Zurück blieb ein leeres Bett als Spiegelbild meines Herzens.

Jaydee zog mich an seine Brust. Ich drückte mich an ihn und weinte, wie ich noch nie zuvor geweint hatte.

Er hielt mich, tröstete mich. Und ließ zu, dass ich mich in ihm verlor.

49. Kapitel

Jaydee

Es dauerte Stunden, bis Jess sich halbwegs beruhigt hatte. Erst fürchtete ich, dass ich nicht lange genug bei ihr bleiben konnte, weil die Tattoos zu schnell ausbrannten. Will hatte über Anna ausrichten lassen, dass er die Wirkung nicht hatte verstärken können, aber etwas war trotzdem anders. Oder hielten sie länger, weil wir uns nicht so nahekamen wie in New York?

Egal warum: Ich war dankbar für diese Chance und stellte sie nicht infrage.

Jess grub ihr Gesicht in meine Schulter und ließ sich fallen. Die Anspannung, die Schmerzen, der Stress der letzten Wochen und Monate: Alles schien auf einmal aus ihr herauszubrechen. Während der ganzen Zeit hielt ich sie fest, strich über ihren Rücken, flüsterte ihr beruhigende Worte zu. Mehr konnte ich nicht für sie tun. Sie musste da durch. Sie musste trauern, sie musste ihre Fylgja verabschieden, so wie ich es bei Mikael von Anfang an hätte tun sollen.

Irgendwann wurde sie schließlich ruhiger und ihr Atem kam gleichmäßiger. Sie brummelte noch etwas wie: *»Ich habe dein Shirt vollgeheult«*, und dann schlief sie vor Erschöpfung in meinen Armen ein. Es war ein erhabenes und gleichzeitig beklemmendes Gefühl. Ich wusste, dass es nicht so bleiben konnte, dass ich sie bald loslassen musste, dass die Tattoos ihre Wirkung verlieren würden. Alles was ich tun konnte, war den Moment zu genießen und keine Sekunde davon zu verpassen.

Ich hob sie hoch und trug sie aus dem Zimmer. Ich wollte nicht, dass sie in dem Bett aufwachte, in dem sie ihre Fylgja verloren hatte. Sie brauchte neue Erinnerungen, wenn sie zu sich kam. Mit dem Fuß schob ich die Tür auf und lief nach unten.

Es war ruhig in dem Haus. Das Meer rauschte, die Holzböden knackten. Erst überlegte ich, ob ich sie auf die Couch legen sollte, aber sie sollte es bequem haben, also trug ich sie rüber in das Gästehaus, in dem ich untergebracht war. Es waren nur zweihundert Meter, ich hätte Jess auch zwei Kilometer weit getragen.

Endlich durfte ich sie festhalten, ihren Duft einatmen, ihre Nähe genießen. Sie kam mir leichter vor als in New York, was kein Wunder war. Sie hatte zu viel gekämpft, zu viel gelitten. Hoffentlich kam sie bald zu Kräften.

Ich erreichte meine Unterkunft und drückte mit dem Ellbogen die Türklinke nach unten. Keines der Häuser war abgeschlossen, warum auch auf einer einsamen Insel in der Karibik? Vorsichtig betrat ich mit Jess den Flur und lief nach oben zu meinem Schlafzimmer. Als ich dort die Lampe anknipste, zuckte sie kurz im Schlaf. Ihre Finger krallten sich fester in meine Schulter, sofort kribbelte die Stelle, ansonsten drang nichts von ihr zu mir durch. Es war erstaunlich und wundervoll. Die Tattoos fungierten ein weiteres Mal als Mauer, und obwohl es schön war, dass sie ihre Emotionen vor mir abblockten, wünschte ich dennoch, ich könnte mehr von ihr fühlen. Nur so viel, wie ich aushalten konnte. Vielleicht würde es wahr werden, wenn wir ihre Mutter fanden ...

Mir war der Hinweis, den Mikael uns überlassen hatte, natürlich nicht entgangen. *Auguste.* Ein weiteres Kapitel meiner Vergangenheit, das ich begraben hatte.

Und dann waren da Violets letzte Worte:

Es gab schon mal jemanden wie dich ...

Was zum Teufel hatte sie damit gemeint? Sie hatte von Anfang an das Böse in mir gesehen und wollte Jess vor mir beschützen.

Er ist gestorben. Vor sehr langer Zeit.

Soweit ich wusste, durften Fylgjas nicht über ihre vorherigen Aufträge sprechen. Es war also unwahrscheinlich, dass Jess darüber Bescheid wusste, aber ich würde sie fragen, wenn sie sich halbwegs gefangen hatte.

Ich schlug die Decke zurück, bettete sie vorsichtig auf die Laken, dann streifte ich meine Schuhe ab und legte mich neben sie. Sie trug nur Shorts, ein Tanktop und war barfuß, weil sie den ganzen Tag über bei Violet gesessen hatte. Sofort rollte sie sich halb auf mich, als hätte sie Angst, dass ich gehen würde. Ich küsste ihre Haare, atmete sie ein und strich über ihre Schulter. Mir war klar, dass ich kein Auge zumachen konnte, dass ich die ganze Nacht so über sie wachen würde, um sicher zu sein, dass sie ihren Schlaf fand.

Ich liebe dich ... Ich sollte es ihr endlich sagen.

Jess stöhnte leise im Schlaf. Ihre Schultern und Beine waren eiskalt, obwohl es noch immer angenehm warm war. Ich fischte mit den Füßen die Decke, die am Bettende lag, nach oben und zog sie über ihren Körper. Langsam entspannte sie sich, schob ihre Finger unter mein Shirt und glitt ein weiteres Mal in das Reich der Träume. Ich strich mit der Nase über ihre Haare und lächelte. Es war der Wahnsinn. Sie ruhte in meinen Armen, ich fühlte ihre Haut auf meiner, ihr Atem kitzelte an meinem Hals. Was gäbe ich darum, diesen Moment einzufrieren. Aber für mich war es bald vorbei. Ich musste mich meiner Strafe stellen. Derek hatte mir eine Schonfrist gegeben, bis sie sich um die eiligsten Dinge gekümmert hatten, dann würden er oder Colin mich holen kommen und mich in die Isolation bannen. Ich würde ihm gewiss nicht den Gefallen tun und um Gnade winseln.

Drei verfluchte Monate.

Einsam. Allein. In einer kleinen Kammer.

Aber jetzt noch nicht. Jetzt war ich hier, mit ihr. Ich nahm alles von ihr in mich auf, lauschte ihren Atemzügen, ihrem Herzschlag, genoss ihre Wärme auf mir, bis schließlich die Sonne aufging und das Zimmer in ein sanftes Licht tauchte.

Vorsichtig löste ich ihre Arme um meine Brust und streckte meine Glieder. Ich zog mein Shirt ein Stück nach unten und betrachtete die Tattoos. Sie waren nach wie vor schwarz und intensiv. Erstaunlich, wie lange sie dieses Mal hielten. Ich fühlte nicht den Hauch ihres Schwindens. In New York hatte es sich angekündigt. Sie hatten gebrannt, sich in meine Haut gefressen, und dann waren Jess' Gefühle immer weiter durchgesickert.

Ich strich mit dem Finger darüber. Hatte William doch etwas an dem Zauber verändert? Aber das hätte er doch gesagt.

Jess brabbelte etwas Unverständliches vor sich hin und rollte sich auf den Bauch. Ich küsste ihre Schulter und ging ins Bad, um mich frisch zu machen.

So könnte es jeden Morgen sein.

Nur, dass wir nach einer gemeinsamen Nacht in einem Bett definitiv weniger anhaben würden ... Ich grinste, öffnete die Badezimmertür, zog mich aus und schnappte meine Zahnbürste. Damit stieg ich unter die Dusche. Wenigstens kurz, um meine Lebensgeister zu wecken. Die Nachwirkungen der beiden Attacken von Joanne und Mikael waren kaum noch zu spüren. Skyler hatte mir netterweise nach unserer Rückkehr Heilsirup gegeben, und Raphael hatte mich zusätzlich behandelt.

Vielleicht schafften es die anderen ja, während meiner Isolationszeit das Anwesen in Arizona in Schuss zu bringen. Es wäre schön, ins eigene Bett zurückzukehren. Noch schöner wäre es, wenn Jess darin auf mich warten würde. Ich ignorierte die Reaktionen meines Körpers auf diesen Gedanken, wusch mir rasch die Haare und stieg aus der Dusche. Um nichts in der Welt wollte ich eine Minute länger als nötig von ihr getrennt sein, während die Tattoos noch wirkten.

Als ich in meine Jeans schlüpfte, hörte ich das Knistern der Laken.

»Jaydee?«

»Ja. Moment.«

Rasch ließ ich ein Glas mit frischem Wasser volllaufen und ging zurück ins Zimmer. Sie saß aufrecht im Bett und gähnte herzhaft.

»Oh.« Und sie lief knallrot an, als sie die Tattoos auf meiner nackten Brust sah. »Sie sind noch da.«

»Offensichtlich.« Jetzt wurde sie nervös, sie plapperte immer unnötige Sachen, wenn sie sich unsicher fühlte. Ich ging zurück zu ihr und setzte mich auf die Bettkante. Ihre Haare waren herrlich zerzaust, ihre Augen geschwollen, aber sie wirkten klarer als gestern. Ich reichte ihr das Wasser, strich eine Strähne aus ihrem Gesicht. Erstaunlich, wie leicht mir diese Geste fiel, als würde ich es jeden Tag tun. *Ich wünschte, ich könnte es jeden Tag tun* ... »Wie hast du geschlafen?«

»Gut. Erstaunlich gut. Vielleicht *zu* gut.« Sie trank das Glas fast in einem Zug leer. »Ich meine, es sollte nicht so sein, oder? Ich dürfte nicht ruhig schlafen, während Violet ... wenn sie ...«

»Wenn sie zurück nach Hause kehrt? Du hast ihr Frieden geschenkt.«

»Ich habe sie verloren. Sie kann nie mehr an mich gebunden werden. Sie wird einen anderen Schützling finden, eine andere Jess, und auf sie aufpassen.«

Ich legte meine Hand um ihren Hinterkopf und zog sie an mich. Sachte drückte ich einen Kuss auf ihre Strubbelhaare. »Wenn ich eins in den letzten Wochen gelernt habe, dann, dass viele Dinge möglich sind, mit denen wir nicht rechnen. Violet ist wohlbehalten und sicher. Sie ist im Moment nicht bei dir, aber sie muss weder leiden noch Schmerzen ertragen. Sie ist nicht tot.«

»Sie ist nicht tot ...«, wiederholte Jess und atmete hörbar dabei aus.

»Und wer weiß, vielleicht gibt es ja eine Möglichkeit, sie doch wieder an dich zu binden.«

Ihr Körper entspannte sich, sie schmiegte sich enger an meinen Hals. Es war ungewohnt für mich, nicht zu fühlen, was in meinem Gegenüber vor sich ging. Als wäre mir ein Sinn geraubt worden.

»Das ist ziemlich gefühllos von mir«, sagte sie.

»Was denn?«

»Wegen Violet zu trauern, während du ein zweites Mal Mikael verloren hast.« Ihre Stimme kitzelte an meiner Haut.

»Dieses Mal hat es sich anders angefühlt.« Richtiger. Falls es ein Richtig oder ein Falsch bei solchen Dingen gab. Aber ein Teil meiner Seele war nun bereit, das alles loszulassen und nach vorne zu blicken. Vielleicht hatte ich ebenfalls Lebewohl gesagt. »Außerdem hast du vor ein paar Stunden deine beste Freundin verabschiedet. Es ist absolut verständlich, dass dich das mitnimmt.«

»Danke«, flüsterte sie.

»Wofür?«

»Dass du bei mir bist. Dass du mich gehalten hast. Dass du das da ...«, sie strich über die Tattoos, »dafür verschwendet hast«.

»Das war keine Verschwendung, Jess.« Was dachte sie denn von mir? Dass ich das nur machte, wenn ich sie in die Kiste bekam? Ich legte die Finger unter ihr Kinn, hob ihr Gesicht an. So *schön*. Ihre Haut strahlte in einem gesunden Teint, ihre Haare glänzten, ihre Augen leuchteten. Sie hatte gekämpft und sie hatte gesiegt. Ich war stolz auf sie.

»Ich weiß übrigens nicht, was Violet mit ihrer Aussage dir gegenüber meinte. Als wir damals Ariadnes Asche auf dem See verteilten, hatte sie erwähnt, dass sie etwas Ähnliches wie dich schon mal gesehen hätte. Mehr sagte sie leider nicht dazu.«

Wie ich erwartet hatte. Ich küsste sie auf die Nasenspitze. »Mach dir jetzt keinen Kopf darüber. Hast du Hunger?«

Statt mit Worten zu antworten, tat sie es mit ihrem Magen, der ein lautes Brummeln von sich gab.

Ich lächelte. »Dann lass uns frühstücken.«

Die nächsten Stunden waren die besten seit Langem. Wir hatten Omelett und frischen Kaffee gemacht, Saft gepresst, uns auf die Terrasse gesetzt und dem Meer gelauscht. Noch nie waren wir dermaßen unbeschwert miteinander umgegangen. Die gesamte Anspannung der letzten Wochen fiel von uns ab. Wir scherzten, wir lachten, wir redeten. *Viel.* Jess erzählte mir von ihrer Zeit mit Violet, wie es war, mit ihr aufzuwachsen, und ich berichtete von einigen Erlebnissen bei Mikael, wobei es mir schwerfiel, darüber zu sprechen. Ich wollte ihr lieber zuhören, ihre Stimme in mir wirken lassen und mich daran erfreuen, dass sie aufatmete. Ab und an beugte ich mich zu ihr, küsste ihre

Schulter oder ihren Hals. Aber nicht mehr. Sie ließ es mit einem entzückenden Gurren zu, suchte Körperkontakt zu mir und lag fast die ganze Zeit in meinen Armen.

Die Tattoos rührten sich nicht. Weder fühlte ich ein Kribbeln noch ein Ziehen noch sonst etwas. Ich verstand es nicht, und es kümmerte mich nicht. Wenn sie nicht ausbrannten, war es umso besser.

»Okay, ich muss es wissen«, sagte sie träge, nachdem wir unser Mittagessen verputzt hatten. Frischen Fisch mit Bratkartoffeln. »Was ist mit dir und Skyler.«

Ich stöhnte. »Ist das dein Ernst?«

»Ja. Wo habt ihr euch kennengelernt und was hast du zu ihr gesagt? Wegen uns, meine ich.«

»Wir haben uns in New York auf einer Party getroffen und ich habe ihr gesagt, dass ich ... dass ich nicht mehr zu haben bin.«

»Ach ja?«

Ich blickte zu ihr und hob eine Augenbraue. »Es sei denn, das ist nicht in deinem Sinne.«

Sie boxte mich in die Rippen. »Wenn sie dir noch einmal die Zunge in den Hals schiebt, werde ich sie ihr an der nächsten Palme festtackern.«

Ich lachte. »Da werde ich auf alle Fälle zusehen.«

»Und was läuft mit Colin und dir? So wie es aussieht, streitest du dich mit allen möglichen Leuten. Mit Tobias warst du auch nicht zimperlich.«

»Ich bin nicht sehr gesellschaftsfähig.«

»Das weiß ich, aber da steckt doch mehr dahinter, oder? So wie er dich mit Blicken vernichtet hat, könnte man meinen, du hast ihm die Frau ausgespan... Oh je. Ist es das? Habt ihr euch etwa wegen einer Frau gezofft? Aber nicht wegen Skyler, oder?«

»Es ging tatsächlich um Sky, aber anders, als du denkst.«

Sie kniff die Augen zusammen, schien ganz erpicht darauf zu hören, was ich zu sagen hatte.

Na gut. »Als Skyler noch ein Mensch war, hat sie sehr gerne Partys gefeiert und es oft übertrieben. Sie und ihre Schwester ließen rauschende Feste steigen, bei denen nicht nur Alkohol floss. Bei einem dieser Events fand ich sie in ihrem Bett. Mit einer Überdosis. Ihr Herz schlug kaum noch. Ein paar Minuten später, und sie wäre tot gewesen. Da Akil auch dabei war, hat er sie geheilt. Wir haben sie mit zu uns genommen, damit sie ein paar Tage Abstand zu allem gewinnen konnte. Zu der Zeit war Colin bei Ilai zu Gast. Er war dabei, seine neue Familie aufzubauen und hatte diese Insel erschaffen. Er sah Skyler und erkannte die Gabe in ihr, zur Seelenwächterin zu werden. Und er glaubte, dass ich für ihre Überdosis verantwortlich gewesen war.«

»Aber warum denn?«

»Weil ich mit ihr zusammen war, vielleicht. Keine Ahnung. Er hat sie mitgenommen, und ich habe sie seither nicht mehr gesehen.«

Sie richtete sich auf und sah mir in die Augen. »Warum hast du es nicht richtiggestellt?«

»Es ist mir gleich, was Colin von mir denkt. Außerdem würde er Skyler jeglichen Spaß verbieten.«

»Raphael verbietet er ja auch nichts.«

»Das ist etwas anderes. Raphael ist erst so, seit er ein Seelenwächter wurde. Er war als Mensch gefestigter gewesen, und das ist bei Skyler nicht der Fall. Du weißt ja, wie Anna mit ihrer Vergangenheit kämpft. Jeder trägt sein Päckchen. Skyler muss lernen, für sich selbst Verantwortung zu übernehmen und alleine zu sich finden. Colin würde sie nur beglucken, wenn er davon wüsste.«

Sie schüttelte den Kopf und legte ihn wieder auf meiner Brust ab. »Also hältst du die Füße still, damit sie selbst herausfindet, welches Maß an *Spaß* sie verträgt.«

»So ist es.«

»Das ist sehr ... nett von dir.« Sie sagte das zögernd, als wäre es etwas Absonderliches.

»Dazu bin ich durchaus in der Lage.«

»Ich weiß. Du zeigst es nur zu selten. Dabei mag ich diese Seite an dir.«

Ich fuhr mit dem Finger ihr Rückgrat auf und ab. Sie gähnte und rückte noch enger an mich heran. »Sehr sogar.«

Mir wurde heiß, meine Kopfhaut kribbelte.

»Was ist mit den Tattoos?«, fragte sie schlaftrunken.

»Alles gut.« *Sehr sogar* ... hieß das, dass sie mehr empfand? Ging es ihr genauso wie mir? Sie mochte mich, das spürte ich mehr als deutlich, aber war es genug? Ich hatte zweimal versucht, sie umzubringen, war mir nicht einmal sicher, ob ich es nicht wieder tun würde. Ich hatte unzählige Male auf ihr herumgehackt, benahm mich wie der letzte Vollidiot und konnte ihr absolut gar nichts bieten. In meiner Gegenwart musste sie immer in Habacht bleiben, immer um eine Berührung herumschiffen und immer ihren Dolch bei sich tragen, damit sie halbwegs sicher vor dem Jäger war.

War das erstrebenswert?

»Jess, ich ...«

Sie brummte tief, rieb ihre Nase an meinem Shirt. Keine halbe Minute später kam ihr Atem in ruhigen und gleichmäßigen Zügen.

Sie war eingeschlafen.

Ich küsste sie auf die Haare und umschlang sie mit meinen Armen.

»Ich liebe dich.«

50. Kapitel

Jaydee

Als ich aufwachte, war sie weg.

Ich fuhr sofort aus dem Liegestuhl hoch. Mir schoss das Blut in den Kopf, weil ich zu schnell aufgesprungen war.

War ich tatsächlich eingeschlafen? Der Sonne nach zu urteilen, war ich nicht lange weggewesen. Zwei Stunden, maximal. Und da ich noch immer Jess' Wärme auf mir spürte, konnte sie ebenfalls nicht weit sein. Ich drehte mich um meine Achse und lauschte. Da plätscherte Wasser.

Oben.

Jess war unter der Dusche ...

Ich rieb mir durchs Gesicht, vertrieb den letzten Schlaf und nahm das Tablett mit unserem schmutzigen Geschirr, das wir vorhin stehengelassen hatten. Mit den Sachen lief ich in die Küche, stellte alles in der Spüle ab und holte mir eine Flasche Wasser aus dem Kühlschrank. Noch immer wirkten die Tattoos. Es war unbegreiflich. Wenn Will zurück war, mussten wir darüber sprechen.

Ich lehnte mich gegen die Küchentheke und zog das Shirt an meine Nase. Es roch herrlich nach Jess. Am liebsten hätte ich es konserviert und mit in die Isolation genommen. Ich hatte noch keine Ahnung, wann Colin oder Derek mich holen würden. Es konnte jeden Moment so weit sein oder erst in zwei Tagen. Fragen würde ich ganz sicherlich nicht. Ich trank einen weiteren Schluck und wollte die Flasche zurück in den Kühlschrank stellen, als ich ihre Schritte auf der Treppe hörte. Sie war barfuß und bemühte sich, keinen Krach beim Gehen zu machen.

Ich ließ die Flasche auf der Küchentheke und ging ihr entgegen. Die Räume waren alle offen, einen Flur gab es nicht. Die Treppen nach oben endeten im Wohnzimmer, genau dort trafen wir uns.

Jess stockte, als sie mich sah, und erstarrte regelrecht zur Salzsäule.

Mir ging es nicht besser, denn sie war nur mit einem Handtuch bekleidet.

»Oh«, stammelte sie. »Du bist ja wach.«

Nein. Das war definitiv ein Traum. Ihre Haare hingen in nassen Strähnen auf ihren Schultern, sie roch nach Aprikose und Kokos und sie sah so verdammt betörend aus, dass es mir den Atem raubte. Jess drückte das Handtuch enger um sich.

»Schätze, ich habe ein Händchen für diese Situationen, aber dich wird es wohl nicht so umhauen wie Will.«

Es dauerte, bis ihre Worte bei mir ankamen. Mein Verstand war noch zu sehr damit beschäftigt, sich vorzustellen, wie ich sie am besten von dem Handtuch befreien konnte. »Moment, bitte was? Du bist Will so gegenübergetreten?«

»Ja, in London. Er wäre fast vor Scham im Erdboden versunken.«

Das konnte ich mir sehr gut vorstellen. Und es ärgerte mich. Niemand sollte sie so sehen. Außer mir. Ich ging langsam auf sie zu. »Interessant.« Mir war klar, dass meine Stimme einen leicht drohenden Unterton angenommen hatte, obwohl ich das gar nicht wollte.

»Es war ganz harmlos«, verteidigte sie sich. »Er wollte mich abholen, nach dem Kendra mich aus Schottland in Sicherheit gebracht hatte. Du warst noch ...«

»... mit dem Jäger beschäftigt. Du musst mich nicht daran erinnern.«

Jess bekam eine Gänsehaut, und auch mein Körper kribbelte vor Anspannung. Sie wanderte von meinem Nacken mein Rückgrat hinab bis in die Zehenspitzen.

»Du bist eifersüchtig.«

Da sie es als Fakt und nicht als Frage formulierte, sah ich mich nicht gezwungen, darauf zu antworten. »Wo willst du in dem Aufzug eigentlich hin?«

»Ich wollte rasch rüber und mir frische Sachen holen. Hätte ich tun sollen, bevor ich unter die Dusche stieg, aber ich hatte nicht dran gedacht.«

Ich blieb vor ihr stehen und atmete tief ihren Wahnsinnsgeruch ein. Er war eine Spur herber geworden. Die Situation turnte sie an.

»Was machen die Tattoos?«, fragte sie.

»Sind noch da.« Und dieses Handtuch gleich nicht mehr ... Unser Frühstück in New York fiel mir ein, als ich ihr sagte, was ich tun würde, wenn ich sie anfassen könnte: *»... dann werde ich jeden Zentimeter deines Körpers küssen, und zwar so lange, bis dir Hören und Sehen vergeht ...«*

Sie biss sich auf die Unterlippe, hielt meinem Blick stand, ohne die Hände von ihrem Handtuch zu nehmen. Ihr Herz schlug schneller. Ich konnte keine Gedanken lesen, doch ganz sicher ging ihr das Gleiche durch den Kopf.

Ich beugte mich nach vorne, langsam ...

Sie keuchte leise, drehte ihren Kopf und kam mir entgegen.

Ich liebe dich ...

Ich war noch eine halbe Armeslänge von ihr entfernt, da packte sie mich mit einer Hand im Nacken und zog mich auf ihre Lippen. Sofort öffnete sie den Mund für mich. Ich umschlang ihre Hüfte, drückte sie mit einem Stöhnen an mich. Sie schmeckte nach Pfefferminze, nach den Tränen der vergangenen Nacht, nach Kummer und einem Neuanfang.

Es war gut. Es war so verdammt gut und richtig.

Sie küsste mich voller Leidenschaft, presste ihren Körper gegen meinen, ihre noch nasse Haut durchweichte mein Shirt. Endlich ließ sie das Handtuch los, das trotzdem an Ort und Stelle blieb, und nutzte beide Hände, um mich an sie zu ziehen. Ich schob sie zur Couch. Sie nestelte an meinem Shirt herum, ich half ihr, es auszuziehen, während ich sie sanft auf die Kissen drückte und mich auf sie legte. Sofort schlang sie ein Bein um mich. Das andere ging nicht, weil das Handtuch im Weg war. Die Tattoos auf meiner Brust brannten. Sie mussten ihre Wirkung verstärken, würden bestimmt schneller ausbrennen. Ich wusste es, Jess ebenso. Ihre Hand glitt darüber, sie strich die Konturen nach, ohne von mir abzulassen. Wir küssten uns intensiv, versanken in unseren Berührungen. Ihr Herz hämmerte gegen meines, ich hörte ihr Blut durch die Adern rauschen. Jess umschlang mich mit allem, was sie mir anbieten konnte. Sie drückte mich enger an sich. Es ging hier nicht um Sex. Es ging nicht um Lustbefriedigung, sondern um uns. Um sie und mich und wie wir uns gegenseitig mit unserer Nähe heilen konnten. Meine Lippen glitten tiefer an ihrem Hals hinab. Ich nahm alles von ihr auf, ihren Geschmack, ihren Duft. Jess keuchte, als ich die Kuhle an ihrem Schlüsselbein erreichte. Sie schauderte, rieb ihre Hüfte gegen meine.

Gottverdammt, die Frau macht mich verrückt ...

Sofort lagen meine Lippen wieder auf ihren. Wir verloren uns in unserer Umarmung. Ich wollte sie nie mehr gehen lassen, nie mehr von ihr weichen und wusste gleichzeitig, dass es nicht ging.

Wir mussten aufhören. *Bald.* Jetzt noch nicht.

»Warte«, keuchte sie zwischen den Küssen und ich ließ von ihr ab. »Kannst du mir einen Gefallen tun?«

»Jeden, wenn es mir möglich ist.«

Sie strich über die Tattoos, die nach wie vor nichts von ihr durchließen. »Erstaunlich, oder?«

»Ja. Was soll ich machen?« Je eher sie mir das verriet, umso schneller konnte ich sie wieder küssen.

»Wenn sie gleich ausbrennen, geh bitte nicht. Ich werde dir nicht zu nahekommen, dich nicht noch mal berühren, aber bitte lass mich nicht alleine.«

Das würde schwer mit dem Jäger im Nacken, aber ich verstand ihren Wunsch. »Okay.«

Sie lächelte, zog mich an sich.

Unsere Lippen fanden sich, ich biss sie zärtlich, sie keuchte dumpf. Ihr Bein hielt mich fest an ihren Körper gepresst. Mit jedem Atemzug, jedem Kuss wollte ich mehr von ihr. Dieses Handtuch musste verschwinden.

»Jess ...« Ich grub die Nägel in die Couch, bemühte mich, meine Hände unter Kontrolle zu halten.

»Brennen die Tattoos aus?«

»Nein, aber ich ...« *will dir nicht zu nahetreten, du trägst nichts, außer einem Stück Frottee ...* Ich wusste nicht, was sie mir geben wollte oder konnte. Auf wie viel sie sich einlassen würde.

Jess kratzte über die Zeichen. »Wir sollten es ausnutzen.«

Allein ihre Worte machten mich benommen. Sie zog mich zurück auf ihre Lippen, drängte ihren Körper gegen meinen. Dieses Mal musste ich nicht aufpassen wie in New York. Jess' Wunden waren geheilt. Es gab keine Hürden zwischen uns, nichts, was uns aufhalten konnte. Nur dieses verdammte Handtuch.

Jess' Nägel glitten über meinen Rücken, ich küsste mich von ihren Lippen zu ihrer Wange, an ihr Kinn, wieder an ihren Hals. Sie krallte sich in meine Haut, stöhnte tief, als ich ihre Lieblingsstelle erreichte. Noch ein kleines bisschen intensiver, und ich würde platzen. Trotz der Tattoos war sie zu viel für mich. Auf eine betörende, berauschende Art, die meinen Körper willenlos machte. Ich fühlte mich zurückversetzt in meine Teenagerzeiten, in denen die bloße Berührung einer Frau ausreichte, um mich ins Nirwana zu befördern. Das würde ich so nicht lange aushalten.

Ich ließ von ihr ab und richtete mich auf, um sie anzusehen.

Sie blinzelte träge, ihre Augen schwer vor Lust, ihr Geruch so herb, dass ich kaum noch etwas anderes wahrnahm.

»Was?«, fragte sie. »Warum siehst du mich so merkwürdig an?«

»Weißt du, was ich dachte, als wir uns das erste Mal trafen?«

»Wo ist mein Messer?«

Sie machte Scherze darüber. Unfassbar. »Dass du mit Abstand das schönste Wesen bist, das mir je begegnet ist.«

Sie hielt die Luft an, stockte. Hitze schoss ihr in die Wangen.

»Und daran hat sich absolut nichts geändert.« Ganz im Gegenteil. »Du bist perfekt, Jess. Ich weiß nicht, womit ich dich verdient habe.«

Sie musterte mich intensiv, fuhr mit den Augen jeden Bereich meines Gesichts ab. Ich konnte nicht genau deuten, was in ihr vorging, ihr Blick war zu verklärt. Sie lächelte zaghaft und drehte den Kopf zur Seite. Eine Einladung, sie noch mal an der Stelle an ihrem Schlüsselbein zu küssen. Ich kam ihrer Bitte liebend gerne nach, berührte sie nur ganz sachte mit meinen Lippen und wartete auf ihre Reaktion. Sie blieb nicht lange aus. Jess stöhnte leise, drückte ihren Oberkörper gegen meinen. Mittlerweile verströmte sie so eine Hitze, dass der letzte Tropfen Wasser auf ihr verdunstet war. Ich brauchte mehr von ihr. Viel mehr. Ich griff unter ihren Oberschenkel, schob das Handtuch ein Stück nach oben und wartete, wie sie darauf reagieren würde, ob es okay war. Sie packte mich an der Schulter, zog mich enger an sich. Langsam küsste ich mich von ihrem Hals abwärts. An jeder Stelle reagierte sie anders. Entweder mit einem Keuchen oder dem Anheben ihres Brustkorbs oder indem sie ihre Nägel in meine Haut grub. Während des Küssens löste ich von oben das Handtuch und entblößte ihre Brüste. So weit waren wir schon gewesen, und Jess ließ sich mit jedem ihrer Atemzüge tiefer fallen. Diese Frau war unglaublich. Sie schenkte mir so viel Vertrauen, so viel Nähe, nach allem, was ich ihr angetan hatte.

»Wie machst du das nur?«, hauchte ich gegen ihren Bauchnabel.

»Ist nicht schwer. Ich liege nur herum und überlasse dir die Arbeit.«

Ich hob den Blick.

Sie legte den Kopf schräg und grinste. »Es ist schön mit dir, Jaydee.«

»Das klingt, als käme da ein *Aber* hinterher.«

»Ich warte jeden Moment darauf, dass du sagst, wir müssen aufhören. Dass die Zeichen nicht halten.«

»Ich glaube nicht, dass es soweit kommen wird.« Die Tattoos waren noch immer da. Seit eineinhalb Tagen. Stark und tief und schützend. »Sie verlieren überhaupt nichts von ihrer Wirkung.«

»Egal, wie weit wir gehen?«

»Wir könnten es darauf ankommen lassen.«

In New York hatte ich ihr gesagt, dass ich sie nicht drängen würde und wir uns Zeit lassen könnten. Natürlich wollte ich mehr von ihr, ihr noch näher sein, aber sie gab das Tempo vor, nicht ich.

Jess schluckte schwer, ihre Augen wirkten verhangen und so tiefbraun wie noch nie zuvor. Als öffnete sie ganz neue Wege in ihre Seele für mich.

»Ich weiß noch genau, an welcher Stelle wir aufgehört haben«, sagte sie.

Mit meiner Hand in ihren Shorts. »Geht mir genauso.«

Ihr Herzschlag erhöhte sich, sie kaute auf der Innenseite ihrer Wange herum. »Ich ... ich glaube, wir könnten da weitermachen. Fürs Erste.«

Ich rutschte zurück nach oben, glitt mit den Fingern ihren Oberschenkel entlang, bis ich den Punkt erreicht hatte, an dem meine Hand beim letzten Mal ruhte. Kurz vor ihrer Mitte. Ihre Haut fühlte sich weich und glatt und heiß an. Jess' Geruch wurde herber. Ich sog ihn tief in meine Lungen, genoss es, was ich in ihr auslöste. Wir küssten uns erneut. Sie reagierte auf mich. Intensiv und voller Erregung. Es war das erste Mal für sie, und sie ließ mich gewähren.

Weil sie dir vertraut.

Wie auch immer es soweit kommen konnte, wusste ich nicht. Vielleicht war es auch egal. Jetzt und hier waren nur noch sie und ich wichtig. Ich wanderte weiter mit meinen Fingern in Richtung Mitte. Sie keuchte, schob mir ihr Becken entgegen.

»Jaydee ...«, keuchte sie.

Ich richtete mich wieder auf. Wir hatten nichts zum Verhüten da. Die Seelenwächter konnten sich nicht vermehren, aber ich war kein vollständiger Seelenwächter. Außerdem musste ich ihr endlich sagen, was ich empfand. Einen besseren Zeitpunkt gab es nicht.

Sie musste es wissen.

»Was ist?«, fragte sie, weil ich sie noch immer anstarrte und nicht weiter küsste.

Komm schon!

Ich holte tief Luft. »Weißt du noch, dass ich dir etwas sagen wollte, als ich dich vorgestern geküsst habe?«

Sie nickte. Hielt den Atem an.

»Ich ...« Oh, Mann ... Ich schloss kurz die Augen, sammelte mich. »Ich wollte ... Ich wollte dir sagen, dass ich ... Ich liebe dich.«

Da! Es war gar nicht schwer gewesen.

Sie schluckte. Wieder hörte ich ihr Herz hämmern und wusste nicht, wie ich es deuten sollte. »Was ...«

»Ich liebe dich, Jess. Es ist so. Seit ich dich zum ersten Mal gesehen habe.

Mein Herz wusste es, mein Verstand weigerte sich, es zu sehen – und der Jäger erst recht.«

Sie atmete hörbar ein, ihre Lippen bebten. War das gut oder schlecht? Verdammt.

»Jaydee, ich ...«

Auf einmal schellte die Türglocke.

Nicht im Ernst.

»Ist das Colin? Wollen sie dich holen?«

»Ich weiß nicht.« Ich richtete mich auf, Jess ebenfalls. Sie schlang hastig ihr Handtuch um ihren Körper. Ich schaute ihr bedauernd dabei zu und lief zur Tür. Kurz bevor ich sie erreichte, flog sie auf.

»Ach du ...« Scheiße! Was machte der denn hier?

»Ich bin wieder da, Herzchen!«

»Oh, mein Gott«, rief Jess. »Akil!«

Und schon lag ich in seinen Armen. Er stank ganz entsetzlich nach Dung, Abfall und altem Schlamm. Ich schob ihn von mir weg, bevor ich in Ohnmacht fiel, außerdem hing mein Körper noch bei Jess. Er blickte über meine Schulter zu ihr. Das Lächeln auf seinem Gesicht gefror, als er erkannte, in was für eine Situation er eben geplatzt war.

»Ups.«

»Ja, ups ...«

Akil öffnete den Mund, zeigte auf Jess. Starrte sie an. Starrte mich an. Dann schob sich ein wissendes Grinsen auf seine Lippen. »Ich bin wohl ...«

»Akil!«, rief Jess und warf sich in seine Arme, ohne Rücksicht auf seine verschmutzten Sachen zu nehmen. Oder darauf, dass sie nur ein Handtuch trug.

Er umschlang sie, hob sie vom Boden an und wirbelte sie herum.

Sie machte sich von ihm los. »Wie geht es dir?«

Sein Blick huschte zu mir. Akil lächelte entschuldigend. Es war gut, ihn zu sehen, und ich hatte ihn wirklich vermisst, aber ein beschisseneres Timing hätte er sich nicht aussuchen können.

»Jay! Ey, Mann, das ist jetzt aber echt ...«

»Du sagst es.« Ich hob eine Augenbraue, schubste ihn nach draußen und knallte die Tür vor seiner Nase zu.

»Jaydee!«, schimpfte Jess. »Du kannst doch nicht ...«

Ich drehte mich zu ihr, legte meine Hände um ihr Gesicht und küsste sie wieder. Ihr Körper reagierte sofort auf mich. Ich drängte sie gegen die Wand. Sie erwiderte den Kuss. Intensiv. Gierig. Sie wollte genauso wenig aufhören wie ich, dennoch schob sie mich von sich. »Wir können ihn nicht draußen stehen lassen!«

»Er wird es verstehen.« Gerade er.

Ich beugte mich zu ihr, aber sie schlüpfte unter meinen Armen durch und ging zurück zur Tür. Ich legte meine Stirn auf die Wand, an der sie eben noch gestanden hatte. *Großartig.*

Jess öffnete erneut. Ich hörte Akil lachen. »Lasst euch bloß nicht von mir aufhalten. Die paar Minuten kann ich noch warten.«

Minuten. Scherzkeks.

»Du kommst sofort rein«, sagte Jess. »Und wie siehst du überhaupt aus?«

Ich stöhnte leise. Akil ließ sich von Jess ins Haus ziehen. »Tut mir wirklich leid, Mann.«

»Tut es nicht, aber egal.«

Er blieb in der Mitte des Raumes stehen und sah uns beide mit einem Lächeln an, als beobachtete er ein außergewöhnliches Naturspektakel. »Ihr habt es also geschafft, mh?«

»Eigentlich wollten wir es eben schaffen«, antwortete ich.

»Warum bist du tätowiert?«

»Das ist eine lange Geschichte.«

»Und warum sind deine Haare so kurz?«

Ich strich über meinen Kopf. »Hab mit dem Feuer gespielt.«

»Das kannst du doch noch später erzählen«, sagte Jess. »Erst Akil!«

»Das kann ich nicht in zwei Sätzen zusammenfassen, und außerdem musst du dir dazu etwas anziehen. Das hält man ja nicht aus.«

Wem sagst du das ...

»Okay. Mach ich. Aber du versprichst, dazubleiben.«

»Oder du kommst morgen wieder«, sagte ich, was mir einen mürrischen Blick von Jess einbrachte. Wir hatten vermutlich kein Morgen mehr, falls ich vorher abgeholt wurde.

Akil hob die Schultern, in einer Geste der Entschuldigung. Dieser Mistkerl. Aber Jess hatte recht. Es tat verdammt gut, ihn zu sehen, und ein klein wenig neugierig war ich ebenfalls.

»Also gut, ich erkläre euch alles, aber ihr setzt besser 'nen Kaffee auf. Ihr werdet nämlich nie glauben, was mir passiert ist ...«

Ende

Was Akil Spannendes zu erzählen hat, könnt Ihr demnächst in seinem eigenen Buch: »Die Archive der Seelenwächter 1 – Der Weg des Kriegers« nachlesen. Die Seelenwächter machen bis dahin Pause und kehren im Frühjahr 2016 mit der zweiten Staffel zurück.

Vorschau

Akil ist ein Seelenwächter.

Im ewigen Kampf gegen die Schattendämonen hilft er den Menschen und nutzt dazu die Kraft seines Elementes: der Erde. Doch nun hat ihn diese Kraft verlassen, und Akil möchte nur noch eines: darüber hinwegkommen. Wie? Am besten mit einer wilden Party.

Bei einem feuchtfröhlichen Abend in einer Bar lernt er einen Fremden kennen. Akil ahnt nicht, dass diese Begegnung schwerwiegende Folgen für ihn haben wird und er sich einem Menschen aus seiner Vergangenheit stellen muss, den er eigentlich vergessen wollte.

Nachwort

Es ist vollbracht: Die erste Staffel ist zu Ende. Was für eine unglaubliche Reise.

Ich hoffe, Ihr hattet genauso viel Spaß beim Lesen wie ich beim Schreiben.

Ich freue mich jetzt schon, Euch auf die neuen Abenteuer von Jess und Jaydee im Frühjahr 2016 mitzunehmen (Die dann wieder den üblichen Umfang und Preis von 2,49 Euro pro Band haben werden.), doch zuerst wollen wir uns Akil widmen. Die Vorbereitungen für den Spin-off laufen auf Hochtouren, aber ich will hier noch gar nicht so viel darüber erzählen, denn jetzt seid Ihr dran.

Dieses Nachwort widme ich Euch:
meinen Lesern!

Ich bin wirklich sprachlos über alles, was in diesem Jahr passiert ist. Ich danke Euch von Herzen für die Unterstützung, für die zahllosen Nachrichten, ob auf Facebook, per Mail oder via WhatsApp oder über meinen Blog. Danke für jede Rezension. Danke für den Zuspruch, Eure Begeisterung, Eure Leidenschaft, die ihr mit mir zusammen in dieses Projekt steckt. Ich kann gar nicht in Worte fassen, was ich empfinde. Nie im Leben hätte ich mir träumen lassen, dass die Seelenwächter Euch so faszinieren werden.

Im August 2014 gingen sie auf die Reise. Nach vier Jahren der Vorbereitung, der Planung, des Schreibens, wurde es endlich wahr: Ich durfte veröffentlichen. Damals hatte meine Seite auf Facebook knapp über hundert Likes. Ich weiß noch, wie ich das erste Gewinnspiel startete und betete, dass sich wenigstens fünf Leute melden würden. Und jetzt? Ich kann nur mit einem ungläubigen Lächeln vor dem Rechner sitzen und ein Danke nach dem anderen über den Äther schicken.

Ihr seid großartig!

Eure Unterstützung treibt mich an, spornt mich an, motiviert mich. Ihr habt genauso an den Seelenwächtern mitgearbeitet wie ich. Und ihr haltet mich mit Eurer Unterstützung über Wasser. Es gab Tage, da saß ich vor dem Rechner und war so müde und erschöpft. Sobald ich Eure Nachrichten gelesen habe, war auf einmal wieder die Energie da. Als würdet Ihr mich an der Hand nehmen und mit mir hier am Rechner sitzen. Es ist unfassbar.

Ich danke allen Teilnehmern meiner Leserunden für das unglaubliche Feedback. Viele waren von Beginn an dabei und haben mich treu begleitet. Ich freue mich auf weitere Runden.

Es liegt ein aufregender Weg hinter mir, und ich freue mich auf das, was kommen wird. Ich hoffe, ich darf Euch alle wieder begrüßen. Bis dahin: Bleibt gesund und genießt das Leben.

Alles Liebe
Nicole Böhm, Speyer, 9. Oktober 2015

Zwei neue Charaktere

Zum letzten Mal erwarten Euch an dieser Stelle zwei neue Charaktere. Heute sind es Skyler und Raphael.

Skyler

Skyler ist das jüngste Mitglied der Seelenwächtergemeinschaft. Sie wurde erst vor zwei Jahren als Luftwächterin wiedergeboren. Als sie noch ein Mensch war, lernte sie Akil und Jaydee auf einer Party kennen. Jaydee und sie sind sich sehr schnell nähergekommen, und sie hatten eine gute Zeit miteinander. Jahre später fand Jaydee sie nach einer Party mit einer Überdosis. Akil heilte sie. Die beiden brachten Skyler zu Ilai, damit sie sich erholen konnte. Zu der Zeit war auch Colin zu Gast im Haus. Er erkannte in Skyler die Gabe, eine Seelenwächterin zu werden, und weihte sie in alles ein.

Seither lebt sie in seiner Familie auf Malea-Island. Skyler hat noch Probleme, sich mit ihren neuen Fähigkeiten zurechtzufinden. Sie teleportiert oft ungewollt, was ihr den ein oder anderen peinlichen Moment beschert. Es wird Zeit brauchen, bis sie sich an alles gewöhnt hat.

Raphael

Raphael ist mit einem Wort zu beschreiben: Party.

Er nimmt sich selbst und das Leben nicht zu ernst und steht Akil in dieser Sache in nichts nach. Jedoch neigt Raphael dazu, es zu übertreiben. Da Seelenwächter weder high noch betrunken werden können, hat er seine eigene Methode entwickelt. Er arbeitet in der Schmiede, in der die Waffen für die Seelenwächter hergestellt werden. Bei der Produktion fällt auch Staub von den Klingen ab, diesen sammelt er ein und mischt ihn in seine Drogen. Das Titanium unterdrückt für eine gewisse Zeit seine körpereigenen Heilkräfte und lässt die Wirkung von Alkohol oder anderen Rauschmitteln zu. Raphael trägt immer Titaniumstaub bei sich – man weiß ja nie, wann eine Party winkt.

Trotz seiner jugendlichen und verrückten Art kann man auf ihn zählen, wenn man ihn braucht. Er urteilt nicht über andere und nimmt die Dinge, wie sie sind. Sicher braucht man Geduld, wenn man mit ihm zu tun hat, doch er ist wie ein großer Teddybär: einfach zum Knuddeln.

Das E-Book Cover

Die Chroniken der
Seelenwächter
Die Erlösung
Nicole Böhm

Glossar

Seelenwächter

Sind menschengleiche Wesen, die von einer Zauberin vor Jahrtausenden erschaffen wurden, um den Schattendämonen Herr zu werden. Die Seelenwächter werden erst als normale Menschen geboren und werden dann auserwählt, um ihr neues Leben als Seelenwächter anzutreten. Hierbei gehen sie in den Tempel der Wiedergeburt und lassen ihr menschliches Dasein hinter sich. Je nach Sternzeichen werden sie verschiedenen Elementen zugeordnet:

Feuer: Widder, Löwe und Schütze
Erde: Stier, Jungfrau, Steinbock
Wasser: Krebs, Skorpion, Fische
Luft: Zwillinge, Waage, Wassermann

Sie leben in Familien in der ganzen Welt verstreut. Meistens besteht eine Familie aus vier Mitgliedern und einem Ältesten (dem Oberhaupt), sobald sie alle Elemente zusammen haben, sind sie am stärksten. Die Seelenwächter leben wie ganz normale Menschen. Sie müssen essen, schlafen und regelmäßig ihre Fähigkeiten trainieren. Um neue Energien zu tanken, suchen sie spezielle Kraftplätze auf, die auf ihre Element abgestimmt sind.

Schattendämonen

Entstehen, wenn ein Mensch stirbt und die Seele nicht ins Licht geht, sondern in der Zwischenwelt hängenbleibt. Um weiter existieren zu können, muss sich die Seele von der Lebensenergie der Menschen ernähren. Zu Beginn ist sie noch schwach und unsichtbar, doch je mehr Lebensenergie die verlorene Seele aufnimmt, umso stärker wird sie. Sie nimmt wieder ihren alten Körper an und wird zum Schattendämon. Die Dämonen legen eine Hand auf die Stirn ihres Opfers, die andere auf den Brustkorb und ziehen so die Seele eines Menschen aus dem Körper. Zurück bleibt eine leere ausgetrocknete Hülle, die nach ein paar Tagen stirbt.

Tempel der Wiedergeburt

Geheimer Ort, an dem die Seelenwächter wiedergeboren werden.

Die vier Elemente und ihre Fähigkeiten

Die Erde beherrscht das Wasser, das Wasser beherrscht das Feuer, das Feuer beherrscht die Luft, die Luft beherrscht die Erde. Ein Kreislauf. Auf ewig.

Terra / Erde – Die Heiler

Erdwächter können sich selbst oder andere heilen. Sie sind der Ruhepol unter den Seelenwächtern, der Anker. Sie besitzen sehr verstärkte Sinne und sind mit der Kraft der Natur verbunden. Sie sind äußerst geduldig, diszipliniert und ausdauernd. Erdwächter lieben die Ordnung und Struktur. Sie sind extrem körperbetont.

Aqua / Wasser – Die Fühlenden

Wasserwächter besitzen empathische Fähigkeiten und nehmen Gefühle anderer über Berührungen auf. Je nach Training können sie diese auch beeinflussen. Wasserwächter tragen ihr Herz auf der Zunge. Sie besitzen eine sehr gute Wahrnehmung anderen Wesen gegenüber und erkennen sofort deren Schwachstellen. Manche Wasserwächter können ihre Zellstruktur so verändern, dass sie eine andere Form annehmen können. Mit viel Übung können sie auch andere Menschen nachahmen.

Ignis / Feuer – Die Magier

Die Feuerwächter strahlen Wärme und natürliche Autorität aus. Sie beherrschen die Künste der Magie und können – je nach Training – verschiedene Zauber wirken. Die Studien der Magie sind komplex und langwierig.

Feuerwächter zeichnen sich durch Enthusiasmus und eine starke innere Motivation aus. Sie wirken auf andere selbstbezogen, manchmal cholerisch. Wie das Feuer geraten sie leicht außer Kontrolle. Sie sind aufbrausend im Temperament, beruhigen sich jedoch auch schnell wieder.

Aer / Luft – Die Geistigen

Luftwächter leben in der geistigen Welt. Sie können ihren eigenen Geist ausdehnen und so alle Seelen im Umkreis erfühlen. Alle Luftwächter können Gedanken beeinflussen und kontrollieren.

Luftwächter sind die einzigen, die teleportieren können. Ein Rudiment aus früheren Zeiten, in denen die Seelenwächter um die Welt reisen mussten, aber noch kein geeignetes Transportmittel besaßen.

Sehr gute Luftwächter können aus anderen Wesen Fähigkeiten entziehen. Bisher gibt es nur wenige, die diese Fertigkeit erlangt haben.

Titanium

Ein Metall, das verwendet wird, um die Waffen der Seelenwächter zu schmieden. Nur mit einer Titaniumklinge kann ein Schattendämon getötet werden. Auch die Seelenwächter selbst können damit verletzt oder getötet werden. Titaniumwaffen sind sehr wertvoll und werden in einer Schmiede extra angefertigt.

Parsumi

Spezielle Pferderasse die von den Seelenwächtern seit Jahrtausenden gezüchtet wird. Die Parsumi sind in der Lage, „zwischen den Welten" zu reisen. Dabei bauen sie eine Art Tunnelportal auf, das sie binnen Sekunden von einem Ende der Welt zum anderen tragen kann. Parsumi sind für Menschen nicht sichtbar.

Die Übersicht der Charaktere

Akil: Seelenwächter in Arizona. Element – Erde

Noah: Exfreund von Akil

Tom: Fischer

Azam: Freund von Akil aus Kindertagen

Mihra: Freundin von Akil aus Kindertagen

Zareen: leiblicher Bruder von Akil

Ewa: Mutter von Akil

Marek: Hufschmied

Safraz: Pferdehändler

Ramin: Wache

Agash: Dämon, der Wünsche mit Hilfe von Münzen erfüllt

Ananka: Die Heilerin und eine von drei Schwestern

Tyche: Die Quelle und eine von drei Schwestern

Moira: Die Schicksalsspinne und eine von drei Schwestern

Ahriman: Dämon, auf den Flüche ausgesprochen werden

Jessamine Calliope Harris: 18-jähriges Mädchen auf der Suche nach ihrer Mutter.

Jaydee: Findelkind. Weder Mensch, noch Seelenwächter. Besitzt Fähigkeiten eines jeden Elements.

Ilai: Das Oberhaupt der vier Seelenwächter in Arizona und Ratsmitglied. Element – Feuer

William: Seelenwächter in Arizona. Element – Feuer

Anna: Seelenwächterin in Arizona. Element – Luft

Benjamin Walker: Detective in Riverside Springs und immun gegen die Fähigkeiten der Seelenwächter.

Colin: Wächter des Feuers. Ist das Oberhaupt einer Familie in der Karibik

Raphael: Wächter der Erde, gehört zu Colins Familie

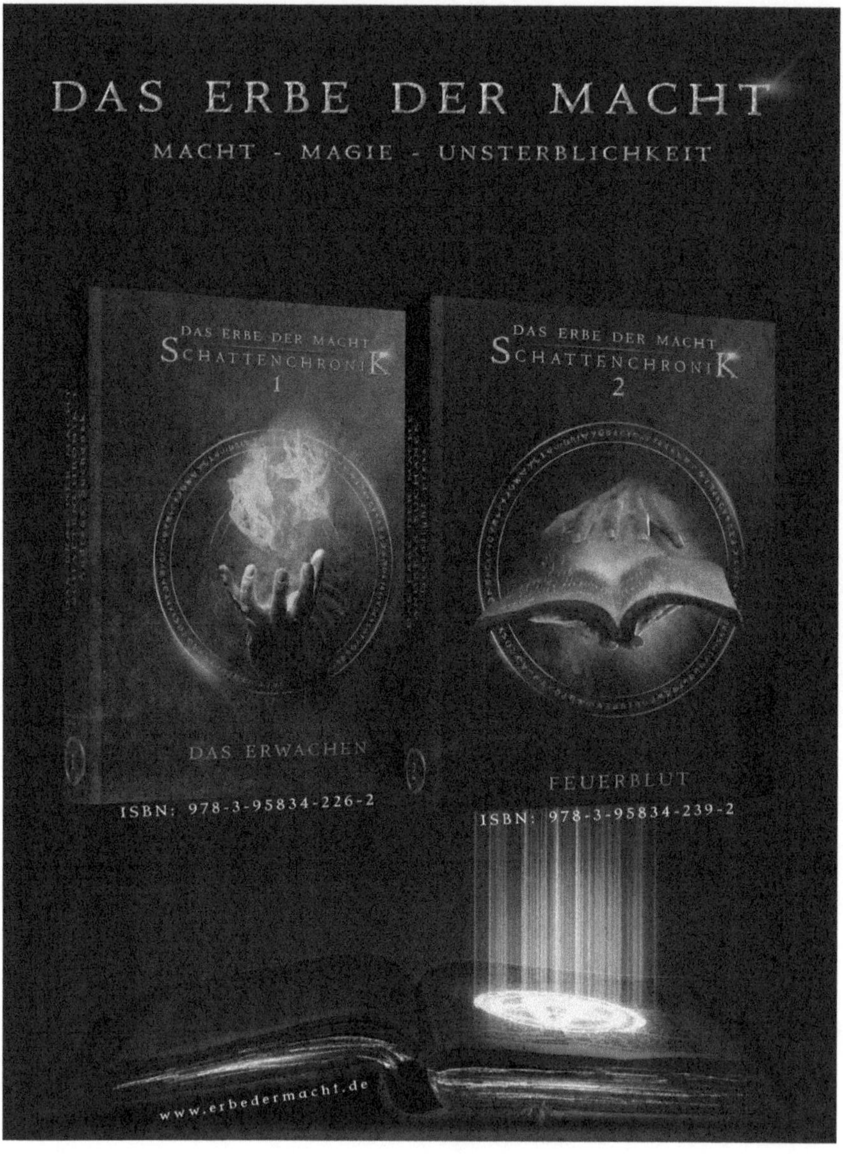
DAS ERBE DER MACHT
MACHT - MAGIE - UNSTERBLICHKEIT
DAS ERBE DER MACHT
SCHATTENCHRONIK
1
DAS ERWACHEN
ISBN: 978-3-95834-226-2
DAS ERBE DER MACHT
SCHATTENCHRONIK
2
FEUERBLUT
ISBN: 978-3-95834-239-2
www.erbedermacht.de

EIN MORDS-TEAM
WELCOME TO
BARRINGTON COVE
Wer tötete Marietta King?
EIN MORDS-TEAM
DER LAUTLOSE SCHREI
ANDREAS SUCHANEK
EIN MORDS-TEAM
GEFÄHRLICHE SPIELE
ANDREAS SUCHANEK
EIN MORDS-TEAM
DAS BÖSE IM SPIEGEL
ANDREAS SUCHANEK
EIN MORDS-TEAM
DIE MACHT DES GRAFEN
ANDREAS SUCHANEK
WWW.EINMORDSTEAM.DE
Eine Serie der greenlight Press

HELIOSPHERE 2265
Die SCIENCE-FICTION-SERIE
von PERRY RHODAN-Stardust Autor ANDREAS SUCHANEK
NEU ALS HÖRSPIEL
Von den Mark Brandis-Machern
Mit bekannten Stimmen aus Film und Fernsehen
SEIT NOVEMBER 2012
Jeden Monat als E-Book, alle zwei Monate als Taschenbuch
Drei mal nominiert als „Beste Serie" beim Deutschen Phantastik Preis
MEHR INFOS UNTER
Web www.greenlight-press.de | Twitter @Heliosphere2265 | Facebook www.facebook.com/Heliosphere2265

Die Seelenwächter kommen wieder!